Carl Amery

Das Geheimnis der Krypta

Gesammelte Werke
in
Einzelausgaben

Carl Amery
Das Geheimnis der Krypta
Roman

List Verlag
München · Leipzig

Die Computer-Grafiken eingangs der einzelnen Abschnitte sind mit freundlicher Genehmigung des Springer Verlages Berlin–Heidelberg–New York–Tokyo entnommen dem Buch »The Beauty of Fractals« von H.-O. Peitgen und P. H. Richter.

Zum Gedenken meiner
ECOROPA-Freunde

Denis de Rougemont,
Edouard Kressmann
und
Manfred Siebker

2. Auflage · 1990

ISBN 3-471-77019-4

Satz: Typodata GmbH, München
Druck und Bindearbeit: Wiener Verlag, Himberg

Inhalt

Prolog

Das Geheimnis der Krypta des Doms zu Freising ist einfach und schrecklich wie alle wirklich großen Geheimnisse.

Die Nabe der Krypta ist die Bestiensäule. Sie steht im Mittenkreuz der drei Säulenreihen, zwischen Düsternis und mattem Ostlicht. Sie ist schlank auf quadratischer Grundplatte, rundum behauen, und stellt einen Endkampf dar: vier Monster, vier Recken, einen Hund, zwei Adler, eine Seherin.

Der erste und der zweite Drache sind die größten. Sie schießen an den finsteren Westkanten nach oben, erreichen fast das Kapitell. Sie bestehen aus Rachen, Augen und ledrigen, angelegten Flügeln. Sie laufen in gewellte Wurmschwänze aus.

Der erste Recke, der des Südwestens, steckt bis zum Kopf im schlingenden Rachen, stemmt sich stumpf und ruhig mit ausgestellten Ellbogen gegen die Mundwinkel des Feindes. Der zweite Recke, der des Nordwestens, kämpft noch; zwar eingequetscht zwischen die Gier des zweiten Drachens und die fetten, überkreuz angeordneten Adler des Kapitells, zwar schon geküßt von der hornigen Lefze des Ungeheuers, stößt er dennoch zu, schräg von oben, mit kantigem Schwert.

Kleiner sind der dritte und der vierte Drache, die der Ostkanten. Sie reichen kaum bis zum zweiten Viertel der Säulenhöhe hinauf: hier, wo es lichter zugeht, hat der Mensch das bessere Kampflos. Der Südostwurm (der dritte also) würgt an einem Hund, der hinteroberst, mit Schinken und Stummelschwanz, noch aus dem Rachen der Verderbnis ragt. Der vierte kriegt ins Maul den gespornten Fußtritt des dritten Recken, der mit bloßen Händen den Riesenleib des Nordwestdrachens umklammert. Der vierte Kämpfer aber steht frei; er hat dem Südwestdrachen, dem schon siegreichen, die Klinge bis zur eigenen rechten Faust in den Leib gerannt.

Zwischen und über den Köpfen der Ost-Krieger findet sich Platz für das Abbild der Seherin, sie hat ein breites Steppengesicht mit zwei kurzen Zöpfen, und sie blickt quellenden Auges ins Licht und in ihr Wahr-Gesicht. Sie trägt eine Zauberblume, die wie eine geplatzte Schote ihre Blütenblätter nach außen stülpt.

Die Köpfe der Recken sind auf Puppenleiber gesteckt, nichts von ihrer Not dringt nach außen, sie brüten inwendig in den Kern des Entsetzens hinein – oder ists christlich-ritterliche Zuversicht, was sie atmen? Da müßte wohl der Meister die Wala, die Weissagerin, anders geformt haben, nicht mit der stumpfen Drohung auf den Lippen –

Sol tér sortna / sigr fold i mar
hverfa af himni / heiđar stiǫrnur –

Sonne schwärzt sich / es sinkt das Land ins Meer –
Schwinden vom Himmel / heitere Sterne

✻✻✻

I

Ins stille Auge des Sturms

Das wichtigste Ereignis des Jahres 1968 war, wie wir alle wissen, die Rückkehr von Dr. Korbinian Irlböck nach Freising.

Das Ereignis setzte gewaltige Veranstaltungen voraus. Sie mußten den Umständen angemessen sein, in denen Dr. Irlböck damals lebte.

Diese Umstände waren großartig.

Betrachten wir ihn doch, wie er im Licht des Spätnachmittags auf der Treppe steht, die vom erhöhten Doppeltor der O'Rourke-Library zum magnolienbestückten Rasen des Campus hinabführt! Er ist schlank, fast mager, hat schütteres Haar, jünglinghafte Bewegungen und einen Blick, in dem noch etwas Gottesvergiftung glimmt; nicht verwunderlich bei einem ehemaligen Seminaristen. Er trägt etwa eine nachtblau schimmernde Cordjacke, eine pulverblaue Sommerhose und eine heitere, zitronengelb und schwarz gestreifte Propellerfliege. Er zündet eine Pfeife aus gekrümmt-faserigem, edlem Holz an, und man sieht, daß er dies geübt hat. Er hat wie jeden Werktag an seiner Analyse der jesuitischen Huronenmission des 17. Jahrhunderts gearbeitet (sein Arbeitgeber, das mittelwestliche College St.-Jean-de-Brébeuf, verfügt über den zweitbesten Bestand an Büchern und Archivmaterial zu diesem Thema). Montags und donnerstags begibt er sich dann in die Vorlesung, freitags ins Seminar, dienstags und mittwochs nachhause in den ahornüberschatteten Crescent Drive, wo ihn die hübsche und eigensinnige Gemahlin Eileen und der dicke kluge Sohn Ernest C. sowie ein steifer Bacardi-Tonic erwarten. Dem folgen, nach einem

vernünftigen Dinner, oft genug gescheite und engagierte Abendgespräche mit gescheiten und engagierten Kollegen: über Gott, das Zweite Vatikanum, Vietnam und die Welt.
Seine Landschaft, sein Seelenhaushalt, seine Mobilien und Immobilien sind so zivilisiert wie überhaupt möglich. Hartnäckig, energisch mit seinen sparsamen Mitteln, nicht ohne List, ist er seinen Weg gegangen, an dessen Ende das Beste steht, was für einen wie ihn zu haben ist: ein weites, luftiges, gegen üble Geister und Winde gesperrtes Glashaus des Geistes.
Wer oder was holt ihn da heraus? Wer stößt ihn rauh in seine weltgeschichtliche Mission?
Da sind etliche Entscheidungen nötig, die zunächst gar nichts mit ihm zu tun haben – falsche Entscheidungen zumeist: erzbischöfliche Entscheidungen in Freising, kuriale Entscheidungen in Rom, Entscheidungen im Weißen Haus, die Entscheidung des Senators MacCarthy (Eugene MacCarthy, wohlgemerkt), in den Kampf um die Präsidentschaft einzusteigen, Entscheidungen des Rektors und eine Entscheidung des Gouverneurs, die Nationalgarde zu mobilisieren.
So steht an einem dieser Nachmittage unser 45jähriger Held wieder auf der Treppe, hinter sich den zitronengelben Quader der Bibliothek, rechts davon die braunroten Klinkermassen des Pendlemeyer Building – und unter sich den Rasen, der von studentischen Demonstrationskohorten besetzt ist. Sie skandieren die feurigen Schlachtrufe, die sie aus den Aufstandskatalogen der Ost- und Westküste bestellt haben:
LBJ – LBJ – how many kids did you kill today? Die Kohorten sind gut gewaschen und sauber kostümiert, in feschen Blazern und Kaschmir; sind formiert aus den Kindern der Dunckelberger und Muller und Reilly; doch ihnen gegenüber zeigt sich, durch die Sichtluken zwischen den Ju-

gendstilkelchen der Magnolien, die Schwarmlinie der Nationalgardisten, die Miller und Reilly und Bocovoy heißen. Die Nationalgardisten tragen dunkelbraune achteckige Schirmmützen über roten Gesichtern und roten Nacken, in den Armbeugen halten sie glattschäftige Garland-Gewehre, altmodische, die noch nichts mitgemacht haben und nach Erfahrung lechzen. Die Gesichter sind rot aus Wut und rot aus Verlegenheit: ein gutes Drittel von ihnen zahlt zweimal im Jahr in die Kirchenkollekte fürs College; ihre jüngeren Töchter tippen Adressen und ihre jüngeren Söhne fahren Zeitungen aus, damit Betty Sue oder Bill da studieren können, und die stehen nun auf wider jede Gründungsabsprache und toben wider den Herrn: *LBJ LBJ*... Die Cheerleader-Mädchen skandieren es übers Megaphon, lassen hier wie dort ihre Brüstchen unterm Kaschmir hüpfen; und die Boys stehen im Glashaus und fangen an mit Steinen zu werfen.

Das Glashaus ist teuer. Wer hat da alles mitgebaut, mitgezahlt?: heidnische, gläubige und häretische Jahrtausende, Alexandrien und Augustinus, Abélard und Thomas von Aquin, Beda, Patrick und Erasmus, dazu Heinrich VIII., Luther und John Knox – und jetzt schmeißen sie es kaputt. Den ersten Stein wirft Sandy der Shortstop, wirft ihn mit seinem bekannten Achselschwung von unten aus der Hüfte – *how many kids* – er fliegt zwischen den achteckigen Mützen hindurch, und dann folgen zwei, drei, sechs.

Dr. Irlböck zündet keine Pfeife mehr an; er ist ein Mitteleuropäer, der Bescheid weiß.

Über sich sieht der Kanonier Irlböck den großen Zirkus der Messerschmitts und Spitfires im heißen klaren tunesischen Frühling, sieht die bleichen Leuchtspuren der 20-mm-Geschosse, die in den Zirkus hineinschlenkern, erkennt die weißen Kappen der Piloten in den Cockpits.

Dr. Irlböck ist ein Feigling wie seinerzeit der Kanonier Irlböck, aber ein Feigling, der sich auskennt: mit einem

Sprung setzt er in den toten Winkel zwischen Treppenwange und Fassade. Die Unschuld, zwischen ihm und den Freizeitsoldaten, kennt sich überhaupt nicht aus: ein Stein trifft den Kolben einer Garland, und dann läufts logisch: das Glashaus ist kaputt, die Gewehre wollen es wissen. Die Unschuld weiß immer noch nichts, weicht nur symbolisch zurück, wendet sich nach wie vor in kindlicher Neugier dem Papa Dunckelberger zu: *...did you kill today?* Einer der Gardisten greift sich an die Schläfe, torkelt dramatisch, wie ers von gefoulten Sportlern im Fernsehen kennt, seine Mütze kreiselt über den grünblauen Rasen, mit etwas Blut am Schweißband, und wahrhaftig flitzt ein Blauhäher über sie hinweg, auf dem Weg zur vertrauten Tränke. Die Spitfire flitzt aus dem Zirkus, schießt nach Süden, schreibt einen geraden Rauchstrich auf den Himmel, kippt ab unter dem heiseren übernächtigen Jubel der Kanoniere, der offene weiße Fallschirm torkelt in die Kaktushecken der maghrebinischen Landschaft, *one Tommy we did kill today...*

Die Gewehre husten jetzt Einzelfeuer – etwa fünfmal; einer in Jeans schlägt einen Purzelbaum, einer fällt flach auf den Rücken, schnellt wie ein Fisch vom Rasen hoch, liegt dann still, während die Zugstiefel der Garde über ihn wegspringen, hinter der Unschuld her, die es nun (zu spät) kapiert. Die flitzt jetzt um die Ecken der Bibliothek und des Pendlemeyer Building; ein Mädchen bleibt zurück, Betty Sue von Lit II, kniet neben dem stillen Studenten auf dem Rasen, weint und schüttelt ihn: *»Jake, Jake! You can't...«*

Das schöne zornige Mädchen, der schöne tote Knabe, den es beschimpft: morgen, übermorgen, die ganze Woche wird es durch die Medien gehen, bis auf die königliche Titelseite der TIME (Sandy der Shortstop hats geknipst). Jake benimmt sich unmöglich, es gibt nicht den Unfug solchen Sterbens, nicht inmitten der noblen indianischen und französischen Ortsnamen, der kirchenstillen Waldströme und der heiligen Glashäuser, doch ein uralter Mitteleuropäer sitzt in Deckung, sitzt im toten Winkel, zwischen Treppenwange und Fassade, zwischen Flugblättern des irischen Senators und ein paar 7up-Dosen, weiß es besser, krümmt sich in die Zwangsjacke seiner Arme hinein, zwingt das schmerzende Gelächter in die Brust zurück: Jake, du kannst nicht? Und ob ers kann. Jeder kanns, auch ohne Übung, lernt sich leicht, lernt sich von selber, auch Irlböck hätts wohl gekonnt, jetzt wie damals: Himmel, Arsch und Zwirn. Keine Ahnung.

Und kein Bild mehr vom kaputten Glashaus oder vom kaputten Afrikakorps, sondern der Weg des Ministranten aus der unteren Sakristei des Doms zu Freising; kein Gewehr in der Armbeuge, sondern das Meßbuch, der fromme Weg vor dem frommen Priester mit dem spitzen Kinn her: zurück, Korbinian, zurück. Der Ministrant zieht am Draht der freihängenden Glocke neben dem Seitenportal; er führt den Priester mit dem Kelch unterm starren Brokattrapez, läßt rechts das Rokoko der Sakramentskapelle liegen, dann den Eingang zur Krypta, schwenkt aus dem Seitenschiff ins Hauptschiff, vorbei am Grabmal des Bischofs Albrecht Sigismund. Eine Werktags-Schulmesse – so gut wie niemand im Dom außer dem frommen Priester und seinem Diener, außer der kühlen Katarrh-Luft im Gemäuer – und der Ministrant Irlböck folgt seiner eigenen kleinen Liturgie, streichelt die polierte sandfarbene Marmorkugel, die der rechte Ehrenlöwe des Grabmals in der Pranke hält. Die vollkommene Berührung mit der reinen Sphäre, aus jahrmillionenalten Grabsteinen vorzeitlicher Mikroben gedrechselt – und der Geruch der acht Jahrhunderte Verehrung, des todessanften Weihrauchs und der Meßweinspuren, des Buß- und Jubelschweißes, in den Mauern gesammelt durch klirrende Winter und launische Sommer: zurück mit Korbinian dem Feigling, zurück ins stille Auge des Sturms.

Der Rest war Abwicklung – in zivilisierten Formen, versteht sich. Eileen lacht sogar ihr rothaariges Sandpapierlachen, während er ihrem Rücken trockene Wahrheit und reuige Lügen mitteilt (»... unser Grundproblem: mein absoluter Mangel an Authentizität, hast du wahrscheinlich längst durchschaut, ich erst jetzt, gerechte Beurteilung auch deiner Schwierigkeiten...«), der Dekan nickt gemessen und, kanns sein, etwas erleichtert (»... zusammenhängende Recherchen vor Ort, in Süddeutschland und Rom, ein Sabbatjahr genügt da sicher nicht...«), die gescheiten und engagierten Freunde sind vor allem modern (»... Leichen im Keller nie ganz tot – Fremdbestimmung – Identität...«). Und so weiter, einige Gründe stimmten, einige vielleicht, und Ernest C. spielte ohnehin Baseball mit Onkel Clem. Hinter Korbinian würde alles leidlich zusammenwachsen. Und so: fort.

Fort über die Twin Cities, über Frankfurt, München; mit sehr leichtem Gepäck, die Gegenreformation und die Huronen werden nachgeschickt, das ist arrangiert. Dann der Nahverkehrszug, Räderschlag der Jugend: Moosach Fasanerie-Nord Feldmoching Schleißheim Lohhof Eching Neufahrn Pulling. Aussteigen und der Blick auf den Domberg.

*

Später in diesem Jahr läuft die russisch-preußische Bruderhilfe gegen Böhmen.

Später in diesem Jahr, beim großen Wahlkonvent der Demokraten, steht der Senator Eugene MacCarthy an einem Fenster des Hilton-Hotels zu Chicago und blickt in die Nacht hinaus. Er sieht zu, wie im Park gegenüber seine Jugend, die Jugend des Friedens-Protestes, von den

Polizisten des Parteifreunds Daley zusammengeschlagen wird. Seine Chancen für die Nominierung sind dahin. Doch tröste dich, schmaler hoher irischer Kreuzfahrer; tröstet euch, ihr Prager vor den Panzern: Dr. Korbinian Irlböck ist im Auge des Sturms. Alles wird sich fügen.

* * *

II

Vorbereitungen von langer Hand

1.

1922: Firnmosers Versäumnisse

Am 9. April 1922 schob Professor Dr. Ludwig Firnmoser einen Umweg auf.

An diesem Tag um 11 Uhr 57 verschloß er den Physiksaal im Neubauteil des Gymnasiums Freising, der teilweise auch den Lehrzwecken des Lyzeums, das heißt der philosophisch-theologischen Hochschule zur Verfügung stand. Da Ferien waren, konnte er den Saal ohne zeitliche Beschränkung für seine Experimente nutzen.

Diese galten dem Gebiet der Magie. Zwar war sein Lehrstuhl ein solcher für Chemie, und er war berufen worden, weil er in München an der Universität als erfolgreicher junger Chemiker gearbeitet hatte – doch interessierte ihn das Fach seit fast fünfzehn Jahren nicht mehr. Sei es durch Veranlagung, sei es durch Vorbestimmung: er war damals in ein neues und, wie er fühlte, eigentliches Lebensprogramm geraten, in die naturwissenschaftliche Fundierung dessen, was er (nach reiflicher Überlegung) MAGIE zu nennen nicht umhin konnte.

Peinlichste Präzision war dabei notwendig und Ehrensache. Er war kein Tischrücker, kein Jahrmarktsbluffer mit Kristallkugel und Sternzeichen aus Goldpapier. Sein Auftrag war Aufklärung; sein Handwerkszeug galileisch (Wiegen, Messen, Vergewisserung durch stete Wiederholung); sein Ethos womöglich strenger als das aller anderen Naturwissenschaftler, wegen der Randlage seines Gebiets. Eben hatte er ins Arbeitsjournal eingetragen:

9. April 1922, vorm. 10.35–11.45

A(nordnung) EINS: Feinwaage frei aufgestellt & austariert. Konzentration 7 sec. – Waage sinkt nach links.

A ZWEI: Rechte Schale mit 5 g belastet. Konzentr. 12 sec. – Waage sinkt nach links.

A DREI: Glassturz über Waage, Vacuum durch Auspumpen. Konzentr. 11 sec. – Waage sinkt nach links.

A VIER: Waage in vacuo wie III. Rechte Schale mit 5 g belastet. Konzentr. 20 sec. – leichte Oszillation, Ausschlag keiner.

Die Versuche hatte er abgeschlossen wie vorgesehen; dennoch war sein Zeitplan durcheinandergeraten. Er hatte vorgehabt, um dreiviertelzwölf abzubrechen, um noch einen Besuch bei Wachtfeitl machen zu können, als das Kind dazwischenkam. Sicher, das KIND war ihm lieber als alle anderen Personæ, die seine Psyche zusammensetzten; lieber als der LAUSBUB etwa, der BUMMELSTUDENT, oder auch die pompöse HOHEIT – vom BOCKSFUSS ganz zu schweigen. All denen aber hätte er getrotzt, hätte seinen Herrscherwillen gegen sie eingesetzt, sie in die Falten des n-dimensionalen Kontinuums zurückgescheucht, in dem sie wohl hausten. Für das KIND jedoch, für seinen noblen Liebreiz, war dieser Wille zu schwach. »Komm«, lachte es mitten in den Drang der Experimente hinein, »komm Papa Ludwig, sei nicht fad, wir tanzen, komm!« Und: »einmal hin, einmal her, rundherum, das ist nicht schwer...« Nun, so kreist denn Dr. Firnmoser, der ernsthafte, zierliche Priester mit schwarzem Gehrock und rechteckigen, stahlgefaßten Brillengläsern, tanzt zwischen Labortisch und der Wüstenstille der leeren Bankreihen mit wehenden Armen und buttergelbem

Knaben-Sopran: »Komm mein Liebling tanz mit mir...«
Berufsrisiko.
Das und nichts anderes. Automatisches Schreiben, telekinetische Versuche, Analyse von und Kontrollmaßnahmen über die sogenannten unwillkürlichen Körperfunktionen: Schlüssel zu Türen im Dunkel, und eine hatte er geöffnet, aus der die Invasion kam – oder waren es mehrere, gleichviel. Karl Jaspers, der seinerzeit, 1913, Firnmosers Buch *Magie als Experimentalwissenschaft* in der *Neurologisch-Psychiatrischen Revue* besprochen hatte, sah das anders, sah sie als »Symptome eines Krankheitsprozesses, der der Dementia-præcox-Gruppe angehört«, womit er dem Verfasser und seiner Leistung in keiner Weise nahetreten wolle. Nun, auch Firnmoser trat Jaspers nicht zu nahe, gab ihm den Respekt, den er verdiente, und blieb im Dienst seiner eigenen Wissenschaft, Pfadfinder auf schwierigem Nachtweg.
Jetzt verschloß er den Saal, verschloß auch das doppeltürige Portal des graubraunen Kastens, der an der Kante des Südhangs stand. Schritt, während es zwölfe schlug, den Klinkerweg am schmalen Garten entlang, der unter den Rückfenstern des alten bischöflichen Hauptbaus zu grünen begann, bog um sein südliches Eck und trat auf den Domplatz hinaus, auf das geräumige Rechteck unter silbriger Sonne, unter föhnwarmen Himmeln, deren Blau von Wolken-Flederwischen feuchtgefegt wurde. Und eben jetzt, die Stunde hat ausgeschlagen, hebt das asthmatische Atemholen der Angelusglocke hoch in der steingrauen Wand der Domtürme an, bricht los wie seit Jahrhunderten, wirft die Klangwolke vom geistlichen Berg über die Stadt und die April-Ebene in den Süden, im Kampf um die Seele des Landes, gegen die Heere, die Jahr um Jahr näherkriechen: die Heere der Hauptstadt und des gott- und königverlassenen Jahrhunderts.

Firnmoser tut vier gemessene Schritte ins Geviert hinein, der Kies knirscht unter seinen Stiefeln, er vergißt einen Augenblick auf die Zügel der Herrschaft – der LAUSBUB schnappt sie, schreit »Pfenning, du bist a's!« hell unter der niederbrodelnden Glockenwolke, klatscht ihn spürbar aufs Schulterblatt und rennt (natürlich ist es Firnmoser, der rennt) weg vom Klerikalseminar zur Linken, entlang an der schimmeligen Front des Gymnasiums, im Haken an der Domfassade, im Haken an der zierlichen Johanneskirche entlang; schlägt dann drei, vier wirbelnde Räder vor dem westlichen Arkadenbogen, steht still, klopft sich winzige Kiesel und Staub von den Händen und neigt das Haupt, ein angeluspflichtiger Priester. Mitten auf dem Platz steht in langweiligem Rondell der steinerne Bischof Otto Magnus, sinnt langweilig in sein Geschichtswerk – er hat seit Generationen Pausenaufsicht über zappelige Lateinschüler, der LAUSBUB hats gewußt.

*

Zur gleichen Zeit, doch unter einer anderen Glockenwolke (der von der Pfarrkirche Sankt Georg) eilt die Haushälterin Katharina Illinger an der gelbsandigen Mauer des Friedhofs entlang, die Kammergasse bis zur rechten Abbiegung in die neu erschlossene Ruppstraße, wo man kürzlich eine schöne Wohnung im zweiten Stock der Nummer Zwei bezogen hat.

Ihr pressierts. Der geistliche Herr liebt die Mahlzeiten pünktlich, und sie hats notwendig gehabt, das Notwendigste um die Geldpakete der Inflation zu erstehen, die sich in den Strudel immer neuer Reichsmark-Nullen stürzt. Etwas Frühgemüs, Seife, Schuhwichs: sie trägts im Einkaufskorb, und der zieht ihre rechte Schulter nach vorn und nach unten. So eilt sie, gebückt, verhuscht – sie, die von Natur gerade und stolz ist. Sie, die dritte Tochter eines mittleren Bauernhofs bei Moosburg, hat sich eben oft bücken, hat oft wo durchschlupfen müssen: bücken nach Putzkübel, Melkstuhl, Roggen-Schwaden; schlupfen durch Kellerlöcher und Bodenluken, ins Versteck des Buchs, das sie nicht lesen durfte, tief unterm Bettschragen. Und jetzt, im so willkommenen Dienst bei dem geistlichen Herrn Professor, ist sie in die Reuse geraten, aus der es kein Rückwärts gibt.

Was bereut sie? Sie weiß es nicht. Um das herauszufinden, war sie eben im Dom gewesen, in der Krypta. Für die Ungeheuer und Krüppel-Ritter an der Säule interessiert sie sich nicht; sie ist zum Grab des heiligen Nonnosus gegangen, des Abtes und Wundertäters, gestorben 970 zu Soracte, im 11. Jahrhundert nach Freising überführt und 1101 in einem Steinsarg beigesetzt. Der Sarg ist etwa bauchhoch in die Südwand der Krypta eingelassen, ragt zur Hälfte aus der Mauer und ist am Fußende durch eine dicke Steinplatte abgestützt. Zwischen Sarg, Platte, Wand und Boden entsteht so eine Passage; ein Mutter-Mund der mühsamen Wiedergeburt. Vor dem Sarg stehen eine Kniebank und ein Kerzenbrett mit schwarzen Eisendornen. Wer da betet, wer da ein Licht aufsteckt, dann schmerzhafte Übung nicht scheut und sich durch den Schlupf zwängt, der zwischen Erd- und Sarggestein die Heilkraft der Reliquien verdichtet – der (oder meist die) mochte Hilfe in vielen Angelegenheiten erfahren, die den (meist weiblichen) Körper betreffen. Gezwängtes Streifen an Sargboden oder Stützplatte verstärkt Medizin und Erkenntnis.

Erkenntnis wovon? Erkenntnis der Sündhaftigkeit ihres Tuns? O je, dazu braucht sie den Nonnosus nicht. Eh ihr langschädliger, straffgescheitelter Kopf durch war, gings vielleicht noch um fehlende Zerknirschung, um die seelen-chemische Verwandlung von Angst und Elend in heilbringende Reue. Kathis Kreuz ist die Nächstenliebe: wer immer ihr zunächst ist, dem fällt ihr Herz und ihre

Hilfe zu, so bedingungslos wie ein Stein der Schwerkraft folgt; und sie wills wohl nicht anders haben. Sie hat ihre Kerze aufgesteckt, sie hat ein Gesetzl des Schmerzhaften Rosenkranzes abgebetet, ist dann auf Hände und Knie – und durch gegangen.
Und das war richtig. Reue hat sie nicht gefunden; keine angstlösenden Seufzer, keine Gabe der Tränen. Wohl aber, während alter Stein an ihren Ellbogen und Schultern rieb, den Anfang zum großen Übergang: von einem Nächsten zum nächsten, der sie demnächst brauchen wird. Ganz einfach zu verstehen – nicht bloß für eine Seele in der Reuse.

*

Professor Firnmoser schritt die hohe schöngeneigte Allee zum Kanzlerbogen und zur Oberen Domberggasse hinab. Er schritt rüstig aus. Die Elstern mit den Mädchengesichtern, die in den Bäumen hockten und ihm spöttisch-wollüstig nachschnatterten, ignorierte er längst: Souveränität wuchs ihm ständig zu. Was ihn bedrückte, waren gänzlich andere Probleme – zwei, um genau zu sein.
Das erste, höchst materielle, war der Druck des Kultusministeriums. Dort, in München, am Salvatorplatz, kauerten scheuklappige Beamte, die auf ihrem Pfund Fleisch, das heißt auf dem pedantischen Nachweis des Lehrbetriebs bestanden. Eine gänzlich neue Front der Naturwissenschaften? Erobernde Vorstöße weit über die Grenzen des Anerkannten, ja Bekannten hinaus ins Weite? Interessierte die nicht. Zwei wöchentliche Vorlesungsstunden in Chemie; neunzig Minuten Speicherwissen, hineingeschoppt in eine feindselige Bildungstradition (war er nicht selber Priester – wenn auch ohne Beruf? Hatte er das nicht mitgemacht hier in Freising?) in unwillige Schädel gehämmert, die für ein Pfarrerleben irgendwo in Ding-

harting oder Bazlwang präpariert wurden – pfui. Forschung-und-Lehre, Humboldts Formel: gut. Aber wenn die Lehr-, lies: die Pauktätigkeit durch die Risiken der Forschung beeinträchtigt wurde – dann hieß es bekennen. Dann lautete die Frage: wo liegt, meine Herren Hornochsen da oben, die Priorität? Sicher, die Personæ kamen ihm im Hörsaal gelegentlich in die Quere, verursachten Unterbrechungen, mochten bauernschädlige Häme auslösen. Und es war ihm auch nicht zuzumuten, weiterzudozieren, wenn auf den Fensterbrettern des Hörsaals nackte Schuppenkerle mit dicken Bäuchen und stachligen Rückenkämmen hockten, die vulgäre Geräusche aus sich entließen.

Berufsrisiko. Genauer: Berufungs-Risiko. Rektor Brugger, das war anzuerkennen, versuchte zu helfen; versuchte die immer ekelhafteren Nach- und Rückfragen des Staatsrats Hemmel abzulenken. Aber dahinter dräuten natürlich die mächtigeren Münchener Hornochsen, genauer: der gelehrte Hornochse schlechthin, Professor Krapp von der psychiatrischen Universitätsklinik in der Nußbaumstraße.

Firnmoser hatte dort einige Monate verbracht, von 1919 auf 1920, bei miserabler Kost, unter entwürdigenden Umständen. Er hatte versucht, Krapp sein Programm auszudeutschen, wenigstens andeutungsweise: den Nachweis bisher unbekannter oder okkult, das heißt wissenschaftswidrig bekannter, jedenfalls unkontrollierbarer Kräfte, die aus (bisher!) unbekannten Dimensionen in unsere gemütlich-miefige euklidische Welt hinein agieren, sie entschleiern als das, was sie ist: eine selbstzufriedene, aber höchst dürftige Dorfpfarrei des Universums. Die Zeit für solche Einsicht war reif; man hörte da so Sachen, von diesem Einstein etwa, und Firnmoser war Naturwissenschaftler, begriff die Methode, konnte Abgrenzungen ahnen. All dies war nicht von heut auf morgen zu machen, nicht ohne Gefahr für Leib und Leben – wie hieß es in seinem alten Alchimisten-Handbuch? *Nonnulli perierunt in opere nostro,* nicht wenige sind bei unserm Werk zugrundegegangen. Doch es war natürlich mit Händen zu greifen gewesen, daß er für Krapp ein Feld-, Wald- und Wiesen-Irrer war; einer, der in Kaltwasserwanne und Zwangsjacke gehört... »Ja, da gehörst du hin, genau da hin!«, schrie der BOCKSFUSS, der Widerling, ließ ihn stehenbleiben, krümmte ihm die Zehen nach innen, ließ ihn drei-, viermal aufstampfen – und im Dickdarm spürte er die hohnvolle Faust des Dämons, die sich um seine Peristaltik schloß, satanischen Dunst erpreßte, den Transport verweigerte. Langsam, mit herkulischer Anstrengung, schob er ihn hinab und hinaus in die Unterwelt, in der er zeitlos auf Herrschaft lauerte.

*

Kathi Illinger ist in die Ruppstraße Zwei gelangt, rennt die weiten gebohnerten Etagentreppen hinauf, schlüpft nach vorn mit geneigter rechter Schulter, den Schlüssel wie ein Florett vorgereckt, sperrt einmal auf und noch einmal, denn wie die Dinge stehen, ist es schon besser, sie schließt doppelt ab. »Ist der Herr Professor da?« – »Auf dem Kanapee liegt er, ob er da ist, weiß ich nicht.« Ihre Antwort ist in Freising bekannt, wird gütig belacht; es ist ja nicht an dem, daß man nicht wüßte, wie es steht um Firnmoser. Auch das Kinderspielzeug stört sie nicht, sie muß sogar selber lachen, wenn der Herr Professor zierlich die Docken und die Wollbären tanzen läßt und dazu mit der Sopranstimme singt; sogar mit dem BUMMELSTUDENTEN kommt sie zurecht, auch wenn sie seine faden und manchmal unschamhaften Witze nicht mag, und ähnlich stehts um die HOHEIT, wenn die sich aufbläst auf den doppelten Brustumfang und mit der sonoren Kommandostimme zu befehlen geruht: »Leg Sie heute das Porzellan auf und stelle Sie den Chablis bereit, ich gedenke standesgemäß zu speisen, Cathérine!« Aber das alles zusammen, zusammen –

Sie legt ein Buchenscheit im Küchenherd nach und setzt das Wasser fürs Gemüs auf: es wird zeitlich grad so hinkommen fürs Mittagessen. Und sie kann noch das Schlafzimmer durchrichten, ehe das Schnitzel in die Pfanne muß. Huscht, die Schultern wieder nach vorn, als obs ins Enge ginge, übern Flur ins weite und karge Schlafgemach; nimmt das Plumeau auf, um es durchzuschütteln, und bricht in die Knie. Bricht in die Knie, legt die Stirn auf die Kante der Federmatratze und beginnt zu weinen, jetzt kann sie's:

Leb wohl du Nächster, den ich umarmt hab, wenn die wilden Schreie kamen, der BOCKSFUSS oder gar der PFERDEFUSS, wenn ich das einzig Tröstliche war in der greulichen heulenden Nacht, und was hätt ich sonst tun sollen? Was hätt ich schon gehabt, um zu helfen, wenn nicht mich selber – die Kathi Illinger aus Eixendorf?

*

Firnmoser war am Kanzlerbogen angelangt. Der gibt den Blick auf die Altstadt frei, definiert ihn wie der Rand einer gewaltigen steinernen Mönchskapuze, umreißt die Dächer und Kamine und, über allen andern, das Schiefergebirge des Dachs von Sankt Georg. Firnmoser verwies er auf sein zweites, viel gewichtigeres Problem: soll er bei Wachtfeitl vorbeischauen, soll er nicht?

Hinter der Frage stand eine bedeutsamere, eine wissenschaftliche. Vor vier Wochen hatte er im Physiksaal eine Versuchsanordnung mit Vakuumglocke aufgebaut; es handelte sich nicht um Wägungen, sondern um die telekinetische Zersplitterung eines Gesteins aus Graphit-Derivat. (Dergleichen hatte er schon öfters geschafft, aber nicht mit der von ihm selbst geforderten Präzision.) Diesmal ergab sich ein absolutes Novum: nach fünfzehn Sekunden war der Versuchsgegenstand völlig verschwunden, an seiner Stelle materialisierte sich (ja, so mußte man das ausdrücken, es gab keine andere Formulierung: materialisierte sich) ein Heft im Quartformat, hellbläulich, mit goldenem Prägedruck. Sehr vorsichtig hatte er das Vakuum reduziert und die Glasglocke weggehoben, Gummihandschuhe übergezogen, eine sterilisierte Zange zuhilfegenommen. Die Vorsicht erwies sich als überflüssig, das Heft war substantiell, alltags-real, man konnte es in die Hand nehmen, von vorn nach hinten, von hinten nach vorn durchblättern –

Ohne viel davon zu haben. Der Titelaufdruck war zweizeilig, die erste Zeile war ein einziges Wort, das er nicht lesen konnte, es bestand aus kyrillischen Großbuchstaben. Die zweite, in etwas kleinerer lateinischer Quadrata, lautete schlicht: KRAVONIA FIRST. Der Text (sechzehn Seiten) hatte zahlreiche Zwischenüberschriften, enthielt offensichtlich numerische Tabellen, in den kyrillischen Buchstabenwald waren einige, in Klammern gesetzte Ausdrücke in Latiniza verstreut: *Futuribles Biomorphes – Delivery – Adaptable Immunization Series...*

Besonders aufschlußreich war das nicht; doch das Ereignis als solches zwang Professor Firnmoser in komplizierte Überlegungen hinein.

Erstens: bisher war es ihm nie gelungen (richtiger: es war ihm bisher noch nie zugestoßen), einen materiellen Versuchsgegenstand durch ein völlig andersartiges Objekt zu ersetzen. War da irgendeine Kontinuität oder Kausalität denkbar? Etwa das gleiche Masse-Energie-Volumen? Aber selbst dann hatten Veränderungen auf einem subatomaren Niveau stattgefunden – mit unvorstellbar radikalen strukturellen Vorgaben.

Zweitens (und das wog fast schwerer): etwas an der Anordnung des Textes, vor allem Details wie die Konsi-

stenz des Umschlagpapiers und die Technik der Broschierung, legten die Annahme nahe, daß er es nicht mit einem zeitgenössischen Erzeugnis, sondern mit einer Botschaft aus anderen Sphären zu tun hatte.
Aus einer parallelen Welt, die durch Kanäle eindrang, welche er geöffnet hatte? Krawonien gabs, das wußte er; ein höchst unbedeutendes Königreich auf dem Balkan, das erst kürzlich von sich reden gemacht hatte, als die gesamte Regierung bei einem Festgottesdienst durch eine gesprengte Kirchenkuppel zermalmt worden war, und das seitdem von einer blutrünstigen Militärjunta regiert wurde. Welche Bedingungen waren vorstellbar, die es gestatteten, in die irre Fanfare KRAVONIA FIRST, also etwa ›Krawonien über alles‹ zu stoßen? Und welche Kausalzusammenhänge waren vorstellbar, die ihm, Firnmoser, ein solches Dokument unter die Vakuumglocke schmuggeln konnten? Stand etwa (ein metakosmischer Gedanke!) nicht nur Euklids Dorfpfarrei zur Diskussion, sondern auch der Charakter der Zeit, die Unumkehrbarkeit des Zeitpfeils? Er wußte, was Entropie ist, wehrte sich mit allen Kräften seines galileischen Ethos gegen solche Zumutung. Aber (und auch das war galileisches Erbe): konnte er das Phänomen unbeachtet lassen, konnte er einfach darüber hinweggehen, weil seine Fingerspitzen den Kontakt und seine Denkstrukturen die Auseinandersetzung mit diesem Ärgernis fürchteten?
Verschiedene Wege der Prüfung waren möglich. Er konnte zum Beispiel die Materialien der Broschüre, vor allem den höchst fremdartig glänzenden Einband, einer chemischen Analyse unterziehen. (Auf gewisse Weise hätte ihn das sogar gereizt – eine Verbindung zwischen diesem Material und den Polymerisationsversuchen, an denen er unter Professor von Pohl in München gearbeitet hatte, war nicht ausgeschlossen.) Oder er konnte sich an Schriftexperten wenden, welche die etwas schlampigen

Drucktypen, kyrillische wie lateinische, auf ihre Stellung in Raum und Zeit untersuchten. Oder...
Bei diesem dritten Oder war ihm Wachtfeitl eingefallen. Professor Wachtfeitl, längst im Ruhestand, der vermutlich achtzig Jahre alt war und es noch lange bleiben würde. Wachtfeitl, einst Gymnasiallehrer und als solcher herzlich unbrauchbar, war bekannt dafür, daß er so ziemlich alle Sprachen zwischen dem Gelben Meer und dem Atlantik kannte. Mit ihm verband ihn, wie sich das in der kleinen Freisinger Akademe gehörte, Duzfreundschaft, und Kompetenz wie Diskretion waren da zweifellos gegeben. Es gab einen einzigen Haken: Wachtfeitl verachtete moderne Sprachen. Er liebte Sprachen als abgeschlossene Kulturkörper, als sauber-tote Objekte auf dem Seziertisch der Philologie. Seine international bekannte Leistung war die Übersetzung eines chinesischen Steins aus dem 6. Jahrhundert.
Und so kam es denn anfänglich auch zu kleinen Reibungen. »Blödes Zeugs, wannst mich fragst«, hatte der Greis leise gebellt, gnomisch aufgeschreckt unter der trüben Birne, die auf ein Papiergebirge von Pali-Texten herabhing. »Irgendwas Politisches. Mob-T-Plan, was is das, a Mehlspeis zum Umhängen? Sie müssen ja alles abkürzen heutzutag. Außerdem: ein ganz verkommenes Balkan-Slawisch, vermutlich ins Analphabetische zurückgeworfen während der Türkenzeit. Deklination ohne Endung – per Präposition – Klötzerl-Baukasten. Naa, nix für mich...« Hatte verdrießlich ein paar Seiten vor- und zurückgeblättert, in vergilbtem kragenlosem Hemd und uraltem Tweedjanker – und plötzlich hing er fest, an einem kleinen Haken, ein grätiger Großvater-Fisch. »*Mlazghan* – da schau. Proto-krawonisch. Turksprache. Also hmmm ... versprechen? Nix versprech ich. Schau mirs halt an. Komm halt wieder amal vorbei. Wahrscheinlich nix – Mlazghan, hmmm. Mlazghan, Verbum,

drei Meere. Und die Verbformen, da schau her. – Also, könnt sich rentieren. Vielleicht. Schau halt vorbei – in vierzehn Tag?«
Vierzehn Tage waren vorbei, drei Wochen waren vorbei. Steif stand Professor Firnmoser im Kanzlerbogen, das Schieferdach und den Vierzigmeter-Turm der Stadtpfarrkirche vor sich; sah den Minutenzeiger auf dem großen Zifferblatt vorrücken: fünf-sechs-sieben Minuten nach Zwölf. Er würde nicht gehen.

*

Sie hat die Schnitzel geklopft und paniert, wischt sich grad wieder die Augen mit der Schürze aus, als der Postbote klingelt. Es ist der kraushaarige und schüchterne Herr Danninger mit Briefen, Zetteln und Tintenstift. »Zwei rekammandierte Schreiben, Fräuln Kathi«, sagt er mitleidig und respektvoll. »Sie müßten unterschreiben, jawohl. Zweimal.«
Sie setzt den Bleistift auf eine Zustellungsurkunde, wirft einen Blick auf den Absender, erschrickt. Es kommt alles zusammen. Sie richtet die Augen genau und nüchtern auf das Gesicht des Postboten, so wie man Schnitzel anschaut, wenn man beim Metzger einkauft, nicht ohne Prüfung. »Wie heißen Sie eigentlich mit Vornamen, Herr Danninger?«
»Ich – mit Vornamen –?« Das ist höchst außerdienstlich, da bekommt Danninger rote Ohren.
»Ja doch. Man sieht sich doch öfter, da ist man halt neugierig.«
»Va – Va – Valentin«, sagt er, stottert er lieblich.
»Valcntin? Da haben Sie ja am 14. Februar Namenstag.« Und sie unterschreibt zügig zweimal.

*

Er würde nicht zu Wachtfeitl in die Fabrikstraße gehen, entschied er. Dies alles lag zu unordentlich im Nebel.

Welche Referenzpunkte hatte er, ja welches Koordinaten-System, um überhaupt welche aufzufinden? Das krawonische Heft lag zwischen unbekannten Sternbildern, ferner als Mohammeds Sarg; in Dimensionen, die womöglich nicht einmal ganzzahlig waren, für die kommenden Jahrzehnte und Jahrhunderte das Werkzeug bereitstellen mußten. Sicher, irgendwann würde er das Ding abholen. Oder er würde eine Postkarte schreiben, um Entschuldigung für die Belästigung bitten, um gelegentliche Rücksendung ersuchen. Vorausgesetzt, der Kollege konnte es nicht selbst für seine Studien verwenden. Zudem: es war zehn nach zwölf, und er liebte es, pünktlich zum Essen zu kommen. Das war er schließlich auch Katharina schuldig, ihrer einfältigen Sorge.

Elastisch sprang er die steile Domberggasse hinunter, bog rechts zur Treppe ab, in den Durchlaß zur Hauptstraße, an der Pfarrkirche vorbei und schließlich in die Ziegelgasse. Die fedrigen Wolken waren fast verschwunden, doch würde das Wetter bald umschlagen; seine Nerven wußten dergleichen.

Die Tür seiner Wohnung stand offen; in ihrem weinroten Rahmen stand frei Katharina, ein Standbild, und hielt ihm starr zwei Briefe entgegen. Der oberste kam vom Kultusministerium. »Ich hab unterschreiben müssen«, sagte sie. Er bemerkte, daß sie geweint hatte.

»Aha. Kein Grund zur Trauer, Katharina.« Es war die Zwangspensionierung, was sonst. Shylock Hemmel hatte sich sein Rumpsteak geholt, wohl bekomms. So kriegte man ihn nicht klein, auch mitten in der Inflation nicht. Er warf den Brief ungeöffnet an Kathi vorbei in den weiten Flur, er drehte eine Kurve und wirbelte unter ein Beistelltischchen. Der zweite Brief trug den Absender des Mineralogischen Instituts der Universität München. »Ah, dies ist erfreulicher: Professor von Pohl. Das, Katharina, macht neugierig.« Er fuhr in die Innentasche

des Gehrocks, holte sich das winzige Federmesser und schlitzte den Umschlag reinlich auf.
Der Brief v. Pohls lautete:

Mein lieber Firnmoser (wie ich schreiben darf), – Sie wissen, wie sehr ich bedauere, Sie an das Lyzeum in Freising verloren zu haben. Sie hätten bei uns bleiben sollen. Insbesondere hätte ich mich nach Kräften bemüht, Sie von dem Terrain fernzuhalten, das Sie seitdem betreten haben. Steriler, gefährlicher Boden, Sie kennen meine Warnungen.

Nun, ich weiß nur zu gut, daß Sie sehr hartnäckig sind, was ja methodisch immer eine Ihrer Stärken ist. Mein Ruf wird Sie nicht zurückholen. Aber zumindest kann ich Ihnen eine Freude machen, die auf unserer alten Verbindung beruht.

Sie haben mir seinerzeit, 1907, die Vollmacht erteilt, die von Ihnen erarbeitete Polymerisations-Methode zum Patent einzureichen. Dieses Patent wurde auch erteilt, zunächst für das Deutsche Reich, Frankreich und die Helvetische Konföderation. Letzteres ist wichtig, weil das Verfahren damit dem Zugriff der Sieger des Krieges entzogen blieb.

Nun erreicht unser Institut (als Ihre damalige Absender-Adresse) die interessierte Anfrage der äußerst aufstrebenden Basler Chemie-Firma Welterli & Lacaze. Sie will das »Firnmoserverfahren« (so das Schreiben) kommerziell nutzen. Da ich davon ausging, daß Sie noch genauso unpraktisch sind wie damals, habe ich einen befreundeten Patentanwalt gebeten, die Konditionen der Nutzung im einzelnen zu stipulieren, um Sie bestmöglich zu schützen. Dank der Sachlichkeit von Welterli & Lacaze, vor allem aber dank der Kompetenz des Anwalts, ist ein Vertrag zustande gekommen, der nur noch Ihrer Unterschrift bedarf. Die Tage der Dürftigkeit, lieber Firnmoser, sind damit für Sie vorbei.

Ein Barbetrag liegt als Anzahlung auf einer Schweizer Bank bereit; er ist erheblich, und ich schlage vor, ihn da stehen zu lassen. Sie können in dieser Inflation nichts Besseres tun. Ein kleiner Bruchteil genügt zur Bestreitung der Anwaltskosten.

Und was die Unterschrift angeht, so werden Sie dieselbe hier im Institut leisten – da kommen Sie mir nicht aus. Endlich eine Gelegenheit, mitten in saudreckiger Zeit auf Ihr und mein Wohl anzustoßen – solange das Lämpchen noch glüht, wie das Kommersbusch sagt.

Stets der Ihre Ferdinand v. Pohl.

Kathi sah zu, wie die HOHEIT übernahm. Sie ließ das Firnmoser-Corpus um fünf Zentimeter wachsen, sie weitete seinen Brustkorb aufs Doppelte, sie ließ sein Auge sprichwörtlich blitzen und sein Kinn heldenhaft nach vorn gleiten. »Cathérine!«, rief HOHEIT mit fürstlicher Stimme. »Die Stunde der Größe, ach was, die Stunde des Verdienstes ist gekommen. Wir werden diesen lächörlüchen Provinzhaushalt auflösen – und zwar cito citissime! so schnell wie irgend möglich. Wir werden uns nach Rom begeben, ins Auge der christlichen Welt, um dort unsere Forschungen zum Abschluß zu bringen; Forschungen, die eine neue Welt- und Seelenkunde wissenschaftlich und unwiderleglich fundamentieren werden. Was den sit venia verbo Staatsrat Hemmel betrifft, so lassen wir ihn barmherzig unter den nassen Stein zurückkriechen, den die Natur für seinesgleichen als Habitat vorgesehen hat. Im übrigen rieche ich ein angebratenes Pfannengericht, n'est-ce pas? Nach dem Déjeuner werden wir das Notwendige im Detail besprechen. En avant!«

»Ich«, sagte Kathi schnell und verhuscht, »geh nicht mit.«

HOHEIT fixierte sie mit allerhöchstem Erstaunen. »Dies, Cathérine, ist absolut lächörlüch. Was das Pekuniäre und das Kulinarische betrifft, so werden Sie staunen, wie –«

Aber selbst HOHEIT gewahrte, daß es darum nicht ging. Kathi schwieg, gerade, mit weit geöffneten Augen und halboffenen, leicht zitternden Lippen; schwieg und schüttelte den Kopf gleichmäßig von links nach rechts, von rechts nach links. Tief unter der HOHEIT heulte verloren der BOCKSFUSS, der begriff, aber für ihn war kein Platz im Rate.

*

Noch vor Ende April 1922 reiste Dr. Ludwig Firnmoser, a. o. Hochschulprofessor i. R., über München und das Mineralogische Institut in die Ewige Stadt ab. Nach einigen provisorischen Quartieren in der Nähe des Vatikans zog er nach Frascati, wo er sich in einer Villa mit Terrasse über einem heiteren Abhang einmietete und seine Studien unerbittlich fortsetzte. Mit einigen Freisinger Freunden blieb er in Verbindung; zwei- oder dreimal wurde er zum Beispiel von dem Ehepaar Quirin und Olivia Zettler besucht.

Katharina Illinger heiratete den Postbeamten Valentin; allerdings nicht den kraushaarigen Danninger, sondern den oberlippenbärtigen, ziemlich trüben Valentin Irlböck. Im November genas sie eines Knäbleins, das in der Taufe den Namen Korbinian erhielt.

* * *

2.

1938: Geheimbotschaften

Am 10. Juni 1938 traf Deutsch auf die zweite Stunde, die von der ersten Pause beendet wurde. Als die Glocke schrillte und die Gefangenen aus den Kerkern des Humanismus entließ, rief Professor Quirin Zettler über den Lärm des Auszugs hinweg: »Irlböck, dableiben! Ich muß mit dir reden!«

Korbinian, schon an der Tür des Klaßzimmers, blieb stehen, kehrte langsam um und kam zum Podest mit dem Lehrerpult und der großen Wandtafel zurück.

Dort saß Zettler. Er hieß Zeffs, wie die Neugriechen (halbwegs) den Göttervater aussprechen – denn sein noch jugendliches Antlitz schmückten mächtige Brauen, die er gelegentlich dämonisch verwendete: *Sprach der Kronide und winkte mit finsteren Brauen* – Zeffs-Zettler war aushilfsweise hier für den erkrankten Ordinarius Lang und schon deshalb beliebt; die Schüler der 6a kannte er kaum, er war deshalb gespannt auf das Kommende und etwas ängstlich. Der Irlböck stand vor ihm, ein knorplig-magerer Seminarist in ärmlichem Janker und knöchellangen Hosen, mit dem Trottelgesicht, das fünfzig Generationen kleiner Leute für ihre Oberen bereithalten und -hielten. Draußen war es grau, der Juni steckte in der Schafskälte, aber das Klaßzimmer schimmerte licht: der Pedell hatte am Vortag die alten Schrägpulte abgehobelt, hatte die eingeschnittenen und eingebrannten Hieroglyphen, Zeugnisse von zwanzig Jahren Schülerlangeweile, entfernt, und so leuchteten die unteren Hälften der dreißig Klappdeckel wie blonder Sand an mittelmeerischen Küsten.

»Irlböck«, sprach Zettler langsam und übte Brauen-Dämonie, »woher kommst du?«
»Aus Haag an der Amper.«
»Was sind deine Leute?«
»Mein Vater hat da den Postdienst.«
»So. Hm. Höchst sonderbar.« Die Braue, nur die rechte, zuckte wie die eines Offenbach-Jupiter, ironisch bis selbstironisch. Zeffs wies auf die erste Bank: »Setz dich.« Korbinian rumpelte dümmlich-eifrig in die Paßform zwischen Pult und Sitz. Es war still, die Gefangenen tobten längst im Hof, und Zettler ließ die Stille sechs Sekunden lang für die Autorität wirken. »Kennst du«, fragte er dann, »aus der Poetik den Begriff des Akrostikon?«
Korbinian blickte drein voll Unschuld und schüttelte den Kopf. Der Herr Studienprofessor schwitzte leicht.
»Ich habe vor mir«, fuhr er abrupt fort, »deinen Kurzaufsatz zum Thema *Großdeutschland ist erstanden*. Ich habe die Aufgabe der Korrektur vom Kollegen Lang übernommen.« Er hielt das blaugebundene Heft hoch, in das diese Kurzaufsätze geschrieben wurden – vaterländisch-ideologische Extemporalien alle: »Die Themen kommen, wie du weißt, von oben, vom Ministerium. – Du schreibst flüssig, wenn auch manchmal etwas schwülstig. Ist dir das klar? Ich weiß, ich weiß, dieses Land hat ein barockes Erbe, die seit dem 18. Jahrhundert vorherrschende Klassik, ihre Neigung zur Wasser-Durchsichtigkeit liegt uns nicht allen; gleichviel, du solltest dich klarer ausdrücken, einfacher stilisieren. Nimm zum Beispiel deinen Schlußsatz: ›... die ohne Leben liegen für unsern späten Sieg‹. Das ist, ums bayrisch zu sagen, geschwollen. Durch Vorziehen des Verbums erzeugtes Pathos, billig zu haben. Außerdem ...« (er schwitzte etwas stärker) »außerdem ist es möglich, daß jemand – die Hefte werden zum Schluß des Trimesters nach oben geliefert – daß also irgendje-

mand weiß, was ein Akrostikon ist. Die spielerische Übung, Wörter oder Zeilen so anzuordnen, daß (zum Beispiel in Widmungen oder Liebesgedichten) die Anfangsbuchstaben einen Namen, ein Motto, gleichviel…«
Korbinians Augen blieben klar und offen, seine sparsamen Lippen traten von beginnendem Erstaunen auseinander: »D-O-L…«
»Schweig!«, donnerte Zeffs, die Brauen erschütterten den großen Olymp. Und: »So ein Zufall!«, lächelte Korbinian blöde.
»Traurig. Sehr traurig.« Zettler sprach nun ruhig, fast unhörbar, aber schlug das Heft mit hellem Peitschenknall auf die Pultplatte. »Ich dachte, du willst Priester werden, nicht Schauspieler.« Er wischte sich mit dem Handrücken über die Stirn, dann den Handrücken mit dem Taschentuch trocken, und seine Mundwinkel wurden unwiderstehlich nach oben gezogen: »Marsch, verschwind' in den Hof!«, befahl er, reckte den Arm und begann zu lachen.
Korbinian rumpelte aus dem Sitz, nickte der Autorität eckig zu und stürzte aus dem Zimmer der 6a. Während er die Treppe hinabsprang, immer drei Stufen auf einmal, drängte Jubel schmerzhaft von innen gegen seine Rippen: DOLLFUSS. Die verschlüsselte Botschaft war angekommen. Dollfuß, der kleine riesengroße Kanzler des katholischen Österreich, der Märtyrer vom Ballhausplatz, der Blut-Zeuge – Garant wohl späten und kostspieligen, aber gottverordneten Sieges. Den hatte er ihnen, den Nazis, hineingewürgt in ihr großdeutsches Thema. Und Zettler (der kein Nazi war) hatte wohl Angst gehabt, aber auch Sympathie. Er mochte den Zettler.
Auf dem Domhof sah er sich nicht lang um. Er sauste, die Witterung der Beute in der Nase, durch die Wirbel der Mitschüler, die in Albereien und Fangspielen um den steinernen Otto rannten, und er stellte Spann, der allein an

den Stufen der Johanneskirche stand und ein umfangreiches Doppelbrot aß. »Abonnémöö!«, lachte er laut und winkte kommandierend mit der Rechten: komm schon. Und der Stadtschüler Spann kam schon, lächelte angstvoll und ergeben und rückte das zweite Sandwich heraus, Roggenscheiben mit reichlich Butter und Mettwurst. (Seine Mutter gab ihm immer zu viel Proviant mit.) Das war der Tribut, den die Seminaristen Irlböck und Reitmeier überschlägig im Abonnement eintrieben – sie, die hungrigen Welpen des Korbinian-Bären, immer noch die wahren Herren-Kinder des Dombergs.

*

Eine Woche später schlich sich der kleine, zitronengesichtige Präfekt im Studiersaal an Korbinian Irlböck an, tükkisch und lautlos wie üblich. Es gelang nicht rechtzeitig, das Buch *Die Rache des Mercedariers* im Pultinnern verschwinden zu lassen, im Herzen seufzend bereitete sich der Knabe auf die übliche Strafverfolgung vor.
Es kam schlimmer. Der Präfekt beugte sich zu seinem Ohr herab, ganz Verständnis und Schadenfreude: »Irlböck zum Direx«, hauchte er. Hauchte es und ging, sein Rücken erwartete Korbinians Kommen, und der konnte auch nicht anders. Eine Herde verschreckter oder neugierbesessener Augen folgte ihm – die Furcht des Herrn ist der Anfang der Weisheit.
TIMOR DOMINI INITIUM SAPIENTIÆ: So stehts in goldenen Buchstaben über dem Bogen, der in die Kapelle des Seminars führt, um den Lichthof laufen Galerien. Heute ist aus dem Bau jeder Duft nach Sauerkraut entschwunden, damals war er allmächtig. Korbinian trottete in ihm, auf dem ersten Stock der Galerie, zum Zimmer des Direktors, unterwegs auf der Suche nach der Schuld, die erwarteter Strafe entsprechen könnte. Und es fiel ihm ein, daß es um mehr gehen könnte: die Oberen mochten sich

verständigt haben, Zeus mit dem Direx, über den Vorfall vom 10. – mochten sich geeinigt haben, daß ein geborener oder autodidaktischer Komödiant nie, nie die dreizehn Stufen zum Hochaltar hinaufsteigen durfte, in weißer Albe, mit schräg umgelegter Stola; daß er nie fähig sein würde zur fleckenlosen Unmittelbarkeit des Priesters.

Aber als er in Auers Büro eintrat, wußte er, daß es um Anderes ging.

»Setz dich«, sagte der Direktor hinter dem Kruzifix, das auf dem Schreibtisch stand. Man war gut zu Irlböck, lud ihn schon wieder zum Sitzen ein. Der Direktor Auer war ein massiver Priester, mit rundem Schädel, grobem Gesicht, offenen Augen und einer sehr feinen Seele. Er sah Korbinian nicht sogleich an, Korbinian betrachtete nur seine rechte Hand, die wuchtige, die mit schwarzen Haarbüscheln bestanden war, und die halbgeöffnet über die Sonnenkringel auf der Schreibtischunterlage glitt, als gelte es, Lichtfliegen als Proviant für kommende Finsternisse einzufangen. »Mein lieber Korbinian«, sagte er schließlich, »ich kann nur hoffen, daß dich das geistliche Leben bei uns gut vorbereitet hat für das, was ich dir jetzt sagen muß.«

»D'Mamm«, würgte Korbinian. Ungläubigkeit und schwarze Gewißheit stiegen auf ihn herab, die Doppelboten mit der Dornenkrone, und der Direktor nickte: »Du hast ja gewußt, wie krank sie – nun, für deine Mutter wars gewiß eine glückselige Stunde, da hab ich keine Angst. – Aber – nun, für uns Waisen im Tal der Tränen – ich weiß es noch wie heut, wie meine Mutter dahingegangen, ich war zehn Jahre älter als du heute, aber es ist und bleibt schwere Mühsal, schwer zu tragen...« Er räusperte sich, setzte sich auf: »Zuletzt doch bloß der Glaube, der uns...« und zog einen Briefumschlag unter dem schwarzen Sockel des Stehkreuzes hervor, reichte ihn Korbinian hinüber. »Sie war wohl vorbereitet, siehst du, vor ein paar Wochen schon hat sie mir diesen Brief geschickt – für dich, für diesen Augenblick. Nimm und lies. Wo du magst, wann du magst, kannst ihn auch gleich hier lesen – wenn du meinst, es ist hilfreich für dich.«

»Doch«, nickte der Knabe, »doch –«, nickte dreimal, knitterte heftig am Umschlag herum. Auer reichte ihm einen Brieföffner hinüber, ein Miniaturschwert, Andenken aus Toledo. Korbinian zog den Doppelbogen aus dem Umschlag und las. Der Direktor sah ihm nicht zu, sah vielmehr auf ein paar Notizzettel, die den Irlböck Korbinian betrafen: einfache Herkunft, der Vater Postler in Haag, einzelgängerisch, oft fiebrig-lustig; viel verstohlenes Lesen aus der Schublade des Studierpults, überdurchschnittlich gut in Deutsch und Geschichte, Namen der konfiszierten Titel: historische Jugendschinken des Jesuiten Spielmann, *In den Schluchten des Balkan* und *Der Schatz im Silbersee* von Karl May, hinter dem sind alle her; aber eine Sammlung lateinamerikanischer Novellen? Und, grundgütiger Himmel, *Raskolnikow?* Da reißt eine Seele aus, durch verzwickteste Labyrinthe, und der plattfüßige Erzieher, wie soll der nachkommen?

Korbinian sah auf, in seinen Augen standen stumpfe Trauer und Erstaunen, »da!« krächzte er stimmbrüchig und reckte dem Priester den Briefbogen hinüber. »Da, bitte!«

Die vier Seiten waren eng beschrieben, die Wörter der Todkranken drängten sich, die deutschen Auf-Ab-Buchstaben stiegen und fielen wie Regenböen ineinander und aufeinander, stießen an die Ränder des Papiers – doch der Direktor kannte dergleichen Handschriften aus agrarischer Landschaft:

> Mein herzliebster Bub, jetz gehts bald dahin, und hoffe ich, daß das Gericht gnädig sei und diese Schmerzenszeit anrechnet auf das Leben als Sünderin. Wir brauchen

allsamt das Herz Jesu und die Schmerzensmutter. Habs nicht immer leicht gehabt mit dem Valentin, aber es ist ein großer Trost, daß du gut studierst auf den geistlichen Herrn, und du versprichst mir, daß du gut weitermachst –?

Aber jetzt muß ich dir unter sieben Sigeln mitteilen, welches Geheimniß wir zwei haben, vor ich hinübergeh. Vor der Heirath habe ich eine harte Zeit gehabt im Dienst, bei einem sehr gescheidten und lieben Herrn, dems aber gottserbärmlich schlecht ging, wenigstens zeitweise, und da ist eben mehr als die erlaubte Nächstenliebe entstanden. Daher kommt auch deine gescheidte Anlage. Es ist sehr brav gewesen vom Valentin Irlböck, daß er mit mir den Ehebund eingegangen und damit alles ordentlich und ehrlich gemacht hat, und deswegen wars ja auch gut daß noch die Verena gekommen ist. Mehr brauchst du nicht zu wissen, der betr. Herr hats auch nicht gewußt, hat trozdem Viel für dich und mich getan, aber ich habe davon nichts angerührt, soll alles dir zukommen wenn du volljährig bist. Das wirst du dann erfahren. Denk darüber nicht nach, aber wenn du mich ins Gebet einschliest, mußt du es wissen, ich hätt sonst keine Ruh. Jezt muß ich aufhören, ich schreibe das zwischendurch, wenn die Vreni nicht reinschaut und der Vater im Dienst ist. Bleib du mein Bub und sei gegrüßt vom Herzen deiner dich liebenden Mutter Katharina.

MERKE: KENNWORT NONNOSUS!

Das Postskript war mit großen lateinischen Buchstaben gemalt.

Dann schwiegen sie, Zögling und Direktor. Auf dem Galeriegang schlurfte und raschelte es, einmal klopfte jemand an ihre dunkle Tür. »Jetzt nicht!«, rief Auer heiser, den Blick auf den reglosen Buben gerichtet. Wie anfangen? Biologisch? Soziologisch? Welches Öl, welcher Wein – für welche Wunde? Was wußte der Korbinian, was ahnte er, einerseits umgeben von handfester dörflicher Anschauung, andererseits umweht von den heiligen Schauern der Unwissenheit? Auer war nicht der Mann, jahrhundertalte Schweigezonen mit lärmender Aufklärung zu erfüllen.

Korbinians Frage änderte ohnehin alles: »Ändert das was –? Ich mein, am Priestertum –?«

Das wars also! Nur das? »Schmarrn!«, rief der Direktor und beugte sich vor, wütend vor Erleichterung. »Ob du Priester werden kannst –? Was soll das ändern? Nichts natürlich! Nicht das Geringste!« Dies und jenes doch, Auer, da ist, zum Beispiel, die Barriere der Unehelichkeit vor dem Bischofsamt... »Sogar Bischof kannst werden, sag ich dir. Gültiges Eheband! An den Fingern wird da niemand nachzählen...« Kirchenrecht, das war lang her, hoffentlich hatte er da nicht eine Dummheit... »Aber verstrick dich nicht in derlei Ehrgeiz, hörst du? Das ist gefährlicher für deinen Beruf als – als – genug!! – Du hast natürlich frei. Bestattung und Totenamt sind morgen, du kannst –«

Bestattung, Totenamt. Jetzt erst dröhnte die Glocke mit zwei schwarzen traurigen Schlägen, jetzt erst fiel der Deckel des Sargs. Korbinian begann stoßend zu weinen. »Ist gut, Bub, ist gut«, murmelte der Direktor, stand auf, kam rund und riesig um den Schreibtisch, schlug seine Arme um Korbinians Schultern, ein sehr guter und verlegener Bär.

Eineinhalb Jahre später denunzierte ihn der zitronengesichtige Präfekt, ein haßgiftiger Schweinehund, wegen staatsfeindlicher Äußerungen bei der politischen Polizei. Auer kam ins Konzentrationslager und starb dort zwei Monate vor der Ankunft der amerikanischen 6. Armee. Der Brieföffner aus Toledo wurde als Reliquie aufbewahrt, kam aber 1968 bei der Auflösung des Seminars abhanden.

*

Man war weiter gut zu Korbinian, entschuldigte ihn vom Unterricht, und den Fußweg nach Haag an der Amper traute man ihm allein zu. Ehe er loszog auf vertretenen Stiefeln, stieg er nochmals in die Krypta hinab, umschritt langsam die Bestiensäule. Dies war sein Mysterium – klar zutage liegend und doch unausschöpflich, wie sich das für ein wirkliches Mysterium ziemt. Das war das Bildnis des Kampfes gegen das absolut Böse, und das war hier und heute der Hitlerstaat, da gab es keine Würstl, das war alles klar und einfach, doppelt einfach jetzt, wo die Tränen um die Mutter die letzten Verklebungen mit dem Irdischen abwuschen. Es ging um Himmel und Hölle, so wars. Warum begriffen das so wenige? Warum? Er haßte nicht nur zutiefst das satansverschmutzte braune System, die Gröler und Stiefelknaller; er verachtete nur um ein Geringes weniger die Blöden und Furchtsamen ringsum, die Dahinleber der Dörfer, das schwarze Freising, das seine Gliedmaßen einzog wie eine Schildkröte: scheintot, wartend auf irgendeine Fügung von außen und oben, während die Drachen aus der Tiefe emporschießen. Sah man denn nicht, was gefordert war: der Stahl der Ritter des Heiligen Reiches? Kein Richter ist unerbittlicher als ein fünfzehnjähriger Bub.

Gewogen, zu leicht befunden: gewundene Hirtenbriefe, freudige Reserve angesichts der Versklavung Österreichs, vorsorgliche Abschiebung all zu feuriger Jugend-Kapläne, stete Wahl des kleineren Übel, das kannte er alles, der Richter. Die große Schlacht war unausweichlich, er sah sich selbst in ihrer vordersten Reihe, gereinigt von aller Zweifelhaftigkeit, das Banner mit dem XP-Zeichen, dem Labarum umklammernd, auf den blutschlüpfrigen

Pflastersteinen der Milvischen Brücke, zu Sieg oder Tod, zu Tod im Sieg bereit für Konstantin, den christlichen, den ewigen Kaiser. Diese hier, die Drachenkrieger aus dem alten Reich, waren seine Kampfgefährten. Aus der verborgenen, aber unverweslichen Einheit des Abendlandes erreichte ihn hier die Botschaft, und ihr schwor er sich zu: das – und nichts anderes. Nichts. Um keinen Preis weniger als dies.

So neu gestärkt und vereidigt stieg er aus der Krypta, trat auf den Domplatz, nahm seinen pietätvollen Weg unter die schiefen Absätze; den Weg durch kleine Wälder, über sanfte Hügel, übers bucklige Land zwischen Isar und Amper. Er fühlte sich stark, wie es Genesenden zusteht – stärker als ein Gesunder.

Daß es ein Geheimnis um ihn und die Mutter gab, hatte er immer gewußt. Es wurde nicht darüber geredet, aber das gehört sich so für ein Geheimnis. Da war, wenn er heimkam, das eigene Gedeck für ihn: Suppen- und Hauptteller auf eigener Serviette, Löffel, Messer und Gabel mit Paten-Gravur. Für den künftigen ›Herrn‹, hieß es, den künftigen Priester, ein alter bäuerlicher Brauch. Die Mutter deckte so feierlich; und er hatte nie gezweifelt, daß dahinter auch Anderes, nur ihm Bestimmtes lag, er brauchte nur in die trübe Dämmerung hinter dem Festkreis zu schauen – Dämmerung mit dem mürrischen Nasenbärtchen des Vaters, dem Pfannkuchengesicht der Vreni, die (wie die Mutter auch) aus irdenem Geschirr auf Wachstuch verköstigt wurden, ihm zuschauten unter trägem Löffelheben, während Mutter und Sohn ihr Emmaus hielten, die Augen ins Licht des Liebesmahls gehoben.

Und nun wars das: Mehr-als-Nächstenliebe, mehr-als-erlaubt. Er verstand weniger von Biologie, als der Direktor vermutete; sicher, er hatte mit den Dorfkameraden den Terror von Froschhochzeiten ausgespäht, die gräßlichen Schreie rolliger Katzen vernommen, über hilflos verkoppelte Hunde gelacht; doch daß dergleichen irgendetwas Faktisches mit ihm und der Mutter zu tun hatte, war völlig ausgeschlossen. Mehr-als-Nächstenliebe: das türmte nur noch ein weiteres Geheimnis auf schon Geahntes.

Totenamt und Beerdigung verliefen in erprobter Landläufigkeit; Pfarrer Steininger redete über Hausfrau-und-Mutter, über Standhaft-ertragenes-Leiden, stellte so ein Heiligenbildchen auf den Dorffriedhof, das keinerlei Porträt-Ähnlichkeit aufwies, und anschließend beim Wirt sprach man sich, während der Bierspiegel stieg, die alten Wörter über Schicksal und Schicksals-Geliefertsein zu: ein kreuzbraves Wei', und g'scheit auch noch, war ihr halt aufg'setzt. Dann, in dem Häuslein am Dorfrand, das sich die Irlböckischen erschuftet hatten, auf dem Wachstuch der Wohnküche, wurde ihm das Essen aufgesetzt von der Vreni, das gewohnte Gedeck. Aber das gab jetzt keinen Festkreis mehr, er saß einsam – das war der wirkliche Abschied vom mütterlichen Gestern. Der Vater und die Vreni sahen nicht her, während er den Suppenteller leerte und ihn nach Gewohnheit links von der Serviette abstellte. Die Vreni, die pflichtschuldig heulte und in Abständen mit dem Ärmel über die Nase wischte, nahm den Teller und trug ihn zum Ausguß. »Halt«, sagte Valentin Irlböck. »Wart ein wengerl.« Er stand auf und ging auf den Gang, man hörte ihn im Werkzeugkasten unter der Treppe kramen. Vreni stand pummelig zwischen Tisch und Ausguß, Korbinian saß, beide waren geduldig, bewegten sich nicht; das kannten sie, daß der Vater manchmal seinen Rappel hatte.

Irlböck kam zurück, klein, fahl und dürr, er hatte einen handlichen Kugelhammer in der Rechten. Er ging um den Tisch, drehte den flachen Teller um, legte ihn behutsam wieder auf die Serviette und drosch ihn ratternd und knirschend in winzige Scherben.

»Vatter Vatter!«, schrillte die Vreni, Korbinian sprang auf und schrie: »Du hast sie gehaut, jawohl, gehaut hast du sie!« Irlböck wischte sich einen Tropfen Suppe aus dem Fliegenbärtchen unter der Nase: »Bankert«, sagte er kalt und zufrieden. Und: »Heil Hitler.«
Korbinian stand an der Tür, er war schneeweiß und reckte den rechten Zeigefinger. »Auf der –«, stotterte er zwischen trockenen Schlucken, »auf der – Mil-vischen Brücke – sehen wir uns wieder.«
Und das wars. Er ging, stolperte hinaus, es wollte Abend werden, der Tag hatte sich geneigt, und die Juninacht zog auf. Er war ganz durcheinander – das Wort stimmte genau auf ihn, der Sturm in Haupt und Gliedern und Eingeweiden wirbelte ihn durcheinander, wehte ihn auf Ziehwegen durchs Holz, kreuz und quer, an Feldrainen entlang zwischen halbreifem Korn und Wicken: Bankert. Auch das Wort kannte er von Dorfkindern, man warf sich das an den Kopf wie Kieselsteine, ein Wort, das wehtun sollte, ohne daß man wußte warum – noch ein Geheimnis, auf strahlende und schmutzige und undurchsichtige Geheimnisse gehäuft.
Bei Haindlfing hielt er plötzlich an unter der weiten Sternennacht. Eine Wiese glitt zum Bachranft hinab, zu schwarzem Kraut und Buschwerk; das war unendlich weit weg, jenseits von unendlichen silbrigen Heuschwaden, hingestreckten Reihen von Gras und Kräutern, die ihr Duftopfer in den Seidenhimmel emporsandten.
Was wußte er nun? Was war er als Bankert? Warum war der Direktor so verlegen gewesen? Warum sollte niemand an den Fingern nachzählen? Was ging übers vollgültige Eheband? Eheband – gut, ein Sakrament, vor allem aber der Nazi Valentin Irlböck und die tranige Vreni, das Wachstuch, Hafnergeschirr und Rackerei, alles um das rare Geheimnis herum – und es sah ganz danach aus,

daß das kostbarste Geheimnis auch das schimpflichste war.

Dann hörte er die Grillen.

Auch mit denen war er groß geworden, mit den Sommernacht-Grillen; hatte etliche von den dicken schwarzen Kerlchen gefangen und in Streichholzschachteln gesperrt. Aber nun auf einmal hörte er sie.

Tausende, Zehntausende über Felder und Hügel gestreut, raspelten unerschöpflich und unerschöpft den wilden sirrenden Gesang aus ihren Schenkeln, schickten ihn empor wie Millionen verkehrter Sternschnuppen, wegstrebend von der Schwere der Erde, hinauf zum geschwisterlichen Brokat des Firmaments. Unentwegt, ohne Unterlaß, bewußtlos angetrieben von schrecklicher Sehnsucht, schrecklicher Not, angetrieben vom Mehr-als-Nächstenliebe, vom Mehr-als-erlaubt.

*

Zum Trimesterschluß im Juli verließ Korbinian Irlböck das Seminar, weil er nicht mehr Priester werden wollte. Er ging in den Ferien nicht nach Haag an der Amper zurück, aber er fand eine Bleibe: das kinderlose Ehepaar Quirin und Olivia Zettler nahm ihn auf, als er den Professor um Rat und Hilfe bat.

* * *

3.

1939: HIC SUNT LEONES

Firnmoser, silbersträhnig vor der blanken goldenen Hohlkugel des latinischen Frühlings. Keine Zeit hat er für den errötenden Blütenschaum auf den Hängen: Kunststück, er wird endlose Zeit für sie haben. Keine Zeit auch für das raschere Huschen der Signora Spángaro, der Hausdame, die Kissen klopft, Päonien in Cloisonné-Vasen gruppiert, als Künstlerwitwe und Künstlerinnen-Seele an Höheres und mystische Hochzeiten glaubt (welche Eminenz des Geistes, questo professore tedesco! Aber sie sieht ihn ja kaum, außer in flüchtigen pastellfarbenen, manchmal strumpfsockigen Durchgängen – durch die Villa, die sie hegt und mit Geisthauch zu erfüllen glaubt).
Firnmoser, endlich erfolgreich, vor dem silbrigen Biedermeierspiegel. Den skeletalen Schädel und die archäologische Papyrushaut, die sich da abbilden, blendet er weg; ist vielmehr fixiert auf die Wurzeln der wenigen Schläfenhaare, die (so schwört er) schwärzlich nachsprießen: neue Jugend, durch exakte Übung eines Lebens gewonnen. Tod und Leben messen sich im Zweikampf – vielmehr, sie maßen sich, der Kampf ist entschieden. Es ist, so meint er, vollbracht, und zwar mit wissenschaftlichen Mitteln.
Firnmoser wird nun Zeugnis ablegen vor einer kleindenkenden, kleinfühlenden Welt; Zeugnis für die Möglichkeit der Freiheit, den Auszug aus dem euklidischen Sklavenhaus von Zeit und Raum; wird buchstäblich auf wegweisender Bahn vorausgehen, auf verwegener Abkürzung hinter die Zeit, heraus aus dem Raum. Das blüht euch, ihr Unbeschnittenen an Herz und Ohren, am Don-

nerstag nach dem Weißen Sonntag 1939. Die Botschaften sind schon hinausgeflattert, die vorzeitigen Pfingsttauben mit den Briefen: kommt nach Frascati und seht, die Ketten sind gesprengt!

*

Die Botschaft an Zettlers machte Umwege, denn es waren Osterferien. Von Freising, wohin sie gegangen war, mußte sie nachgesandt werden ins Alto Adige (wie man »Südtirol« jetzt zu schreiben hatte): Rivariella, Sezione San Bernardo, Val Badia. In der zweiten Jahrhunderthälfte, im Zeitalter der Dienstleistungsgesellschaft, hätte sie sich hoffnungslos verspätet; doch in jenen Jahren, in den letzten Dekaden der Amtsehre, ging das glatt. Die Einladung kehrte auf dem Fuße um, fuhr mit dem Rom-Expreß wieder südwärts, wurde in Franzensfeste (Fortezza) in die Pustertalbahn, in Bruneck (Brunico) in den Post- und Passagierbus durchs Gadertal (Val Badia) geworfen, und an der Haltestelle San Bernardo wurde sie dem Schéppele überreicht, dem schiefmäuligen graustoppeligen Boten mit Maulesel und Tragkorb, der sie nach zwei Stunden gelinden Aufstiegs ablieferte – zusammen mit einem Kalbsviertel, einem Käsrad, einer Steige Tomaten und einem Schreiben der Päpstlichen Akademie der Wissenschaften an den Professore Max Planck. Dies alles schon am Freitag der Osterwoche.
Zettlers gehörten zu den Leuten, die im Urlaub Exklusivität und Einsamkeit suchen und sie dadurch weltweit abgeschafft haben. Jedes Jahr an Ostern Südtirol – das war ohnehin klar, da fügten sie sich in den Hauptstrom süddeutsch-katholischer Kreuzfahrerpflicht. Es war eine Mission, Südtirol zu stärken: sein Deutschtum gegen die Verwelschung; sein vorenthaltenes Recht und seine zertretene Freiheit gegen die Liktorenbündel des Faschismus; die nußbraunen Dörfer und die Christophorus-Riesen an

den Wänden ihrer Kirchen gegen die Turbinen des Montecatini-Konzerns. Das alles gut gemischt mit der Wut gegen den Hitler und gewürzt mit einer guten Prise Hohn gegen seine nichtigen Alliierten, die Italiener. Man setzte auch die eigene Andacht ein in die hiesigen Ostern, seine schimmernden Trachten und schleppenden Lieder, die nach glückseliger Sterbestunde verlangten.
All das gehörte sich einfach, wie man sagt. Aber (das war das Zettlersche Problem) warum gab es bloß so viele von diesen Kreuzzüglern? Olivia und dem Professor graute es vor den Schwärmen an der Etsch und Eisack – vor den Knickerbockern und Dirndln und Lüsterjacken. »Säue!«, rief der Professor sonor gegen belustigten Widerspruch, wenn er auf die vollen Dorfgassen und in die vollen Weinstuben spähte. »Ab acht Personen verwandeln sich alle Fremde in Säue. Eine reine Frage der Quantität.« Floh also mit Weib und Korbinian höher ins Gestein, hinauf zur Latschen- und Schneegrenze, den uralten Rückzugspfaden folgend, welche die Gletscher- und Waldmenschen (von den Ladinern Croderes und Salvangs genannt) und später die Ladiner selber markiert hatten – empor empor, bis zu den Felsen, von denen hoch die Adler kreischen *(i variöls dal sass al alt śćrajeng),* bis nach Rüvariöll, zu deutsch Adlerbach.
Rüvariöll ist ein uraltes Bauernbad. Im Sommer bietet es Kühle und die Kraft einer gelben Schwefelquelle, deren stinkende Wasser mit Kienholz erhitzt und in sargähnliche, bedeckelte Holzwannen gefüllt werden. Im Juni erhält das Bad täglich vier Stunden Sonnenschein, wenn es nicht regnet. Jetzt an Ostern waren es zweieinhalb, weißkalt prasselten die Schmelzwasser auf schieferschwarzen Fels und schleimige Flechten. Wolken, mit fahlem Blitzfeuer geladen, knäuelten sich im hohen Geficht. Korbinian saß im feuchten Pullover, Chestertons Father-Brown-Geschichten auf den Knien und Olivias

Antlitz auf der geistigen Netzhaut, auf grauer Bank am Adlerbach, und abends saßen die Gäste (die Zettlers, der kubische Innsbrucker Historiker Kußtatscher mit Gemahlin und Max Planck mit Nichte) unter fünfundzwanzig Watt am Wirtstisch und spielten das Würfelspiel AUFSTIEG ZUM HÖLLRITZERKOGEL, ein Unikat, das Frau Kußtatscher erfunden und gemalt hatte: ›Feld 18 – Spieler verrenkt sich den Knöchel, muß zweimal aussetzen‹.

Korbinian verlor nicht gern, hatte aber auch Gewissensbisse beim Überholen. Max Planck verrechnete sich oft, wenn er sein gelbes Halma-Kegelchen über die rechteckigen Felder stapfen ließ. »Ahja, eins weniger, Verzeihung«, sagte er still. Ein höflicher Greis mit dem traurigen Blick eines Steppenfürsten, der seine jungen Kriegshäuptlinge fürchtet. »Deacht nochamol a'n Roten, Rosa«, rief dann Kußtatscher der Haustochter zu, und: »Mezz litr de vin kötsche!«, dolmetschte Zettler triumphierend ins Ladinische, stets aufs Neue ergriffen: »Kötsche, vom antiken *coccineus,* neugriechisch *kokkini,* purpurfarben. Absolut eigenständig, ab-so-lut. Und da behaupten die Italiener, Ladinisch sei nichts als ein friulinischer Dialekt. Un-halt-bar.« Wie gut, daß er nichts von Physik verstand. Olivia lächelte mit feinen schmalen Mundwinkeln und verbot es sich sofort, und Rosa, saubergedrehte Zopfschnecken über den Ohren, sagte in die Durchreiche zur Küche hinein: »Deacht nochamol mezz litr.«

*

Firnmoser, auf schimmerndem Terrazzo-Boden am hohen klaren Fenster, finanziell erfolgreich. Vorzugsaktien von Welterli & Lacaze, im Gefolge Aktien von Dupont und ICI, IG Farben nicht zu vergessen; Lizenzgebühranteile aus aller Welt – Schätze, die Rost und

Motten verzehren. Nur der Ordnung halber das Testament bedenkend: den Pflichtteil für die fahrigen, hinterhältigen Schwestern im Chiemgau (mehr als genug für die –); das Meiste an ein Heim für alte Priester (mit der Auflage, Firnmosersche Lebens-Disziplinen so weit als tunlich einzuführen); eine letzte Pauschalsumme an das Depot bei der Heimat & Boden Bank zu Meiringen, Kanton Bern, den Trustfonds Katharina Illinger (ein sanfter Wind aus der Vergangenheit, ein fernes Beben: gab es sie noch? Botschaften wurden nie gewechselt...). Sein wahres Vermächtnis aber sind zwei Messingschatullen im Winkel seines dunklen Arbeitszimmers: die Manuskripte De Vanitate Senectutis (vom Unfug des Alterns) und De Vanitate Euclidiana (Vom euklidischen Unfug). Ergebnisse dreißigjährigen Forschens, dreizehnstündiger täglicher Arbeit im Studierzimmer (die Hälfte davon in Finsternis), galileisch-hartnäckigen Einsteigens in die Labyrinthe und Gitter der wahren Wirklichkeit, immer sicherer seiner erhabenen, den Weltstrumpf von innen nach außen krempelnden Mission. Die Ungewaschenen und Unbeschnittenen werden toben wider den Gesalbten des Herrn, werden sich an die vertrauten Dimensionen ihres Sklavenhauses klammern, das ist seit Jahrtausenden nie anders gewesen; so müssen eben Zeichen und Wunder sein, auch der Nazarener hat sie geliefert, ebenso widerstrebend, wenn man die Schrift zu lesen versteht. Er wird also die trivialen Wunder setzen, am nächsten Donnerstag, vorsichtshalber unter Anwesenheit von Reuter und Agence Havas. (Er hatte die Herren bezahlen müssen, aber was machte das aus?) Und dann werden die Schatullen in die Korridore des Vatikans eindringen, niemand wird sie abweisen, kein kurialer Hausknecht ihr Dasein (und damit den Beginn eines neuen Zeitalters, einer neuen Geschäftsordnung der Menschheit) totschweigen können. *Novus Ordo Sæclorum...*

Und so liest sich die Botschaft auf gehämmertem Bütten:

Professor Dr. Ludwig Firnmoser
gibt sich die Ehre
Professor Quirin Zettler & Frau Gemahlin
am Donnerstag, den 20. April 1939
mittags 12 Uhr
zu einem
Wissenschaftlichen Gabelfrühstück
nebst praktischer Demonstration
magisch-experimenteller Ergebnisse
in seine Villa
Via Goldoni Nr. 11 zu Frascati
einzuladen
MOTTO I: *Ich werde euch aus dem Sklavenhaus Ägypten führen*
MOTTO II: *Novus ordo Saeclorum*
U. A. w. g.

*

»Sehr merkwürdig, sehr bedrohlich«, sprach Olivia Zettler. Sie und der Professor saßen spät abends in Decken gehüllt auf schwarzem Altan vor dem Zimmer. Sie sprachen leise ins schwarze Toben der Schmelzwasser hinein, damit es Korbinian über ihnen nicht hörte. »Er benötigt dringend jeden Beistand, den er bekommen kann. So viel ist klar. Du mußt natürlich hin.«

»Ausgerechnet an Hitlers Geburtstag – noch dazu seinem fünfzigsten.«

»Das weiß er doch gar nicht. Du mußt hin.«

»Die Einladung lautet –«

»Denk doch nach: der Bub!«

»Der soll doch mit. Gerade für ihn wird –«

»Nein, am Montag darauf beginnt die Schule, und –«

Und überhaupt: was für ein Purzeln aller Planung! Sie müßten nach Rom, zu dritt, mit einem Sechzehnjährigen,

durch die Ewige Stadt, durchs uralte Latium, hastig, ohne passende Vorbereitung, ohne Literatur, ohne Quartier...
»Bedenk: wann wieder?«
Ja, wann wieder. Man schreibt 1939, jedermann sieht die Zeichen an der Wand, die Grenzgitter werden niederrasseln auf gottweiß wie lang, und wann kommt der Bub, der von den Kinderlosen ehrfürchtig Erzogene, wieder in die Welt der leibhaftigen klassischen Güter?
Doch geschieht ihm andererseits nicht Unrecht, wenn man... »Rom als Umsteigebahnhof nach Frascati – stell dir das vor!« ... mißbraucht?
Oh die schreckliche Bürde der Bildung, das mühselige Gepäck: der Schrankkoffer der Antike, der christliche Tragkorb und der deutsche Rucksack, in die jedes Jahrzehnt unerbittlich noch mehr Erkenntnisse, noch mehr Emotionen hineindrückt! So hastet man keuchend durch die schon brennende Polis, in der die plündernden Barbaren herumgrölen, – darf nichts aufgeben, muß in die Rucksäcke der Jugend umpacken, was die nur zu halten vermögen: denn wie sollte Zukunft sein ohne solchen abendländischen Vorrat?
– Korbinian, ein Stockwerk über ihnen in feuchtkalter Kammer, deren Balken kaum höher als sein Federbett über ihm lagen, hörte natürlich alles, auch über den Lärm der Wasser hinweg. Das ist bei Sechzehnjährigen unvermeidlich. Natürlich will er nach Rom, dem Ziel aller Straßen, dem goldenen Meilenstein der Ewigkeit im hiesigen Äon. Aber wenns die Zettlers besser wissen?
Denn die wissens immer besser. Seit die ihn erziehen, liegt alles bereit: jedes Gefühl, jedes Stück Welt, jedes Stück Bildung, genau dosiert nach seinem, Korbinians Aufnahmevermögen, sauber etikettiert und beschriftet – und immer mehr, viel mehr, als sich das der Irlböck aus Haag an der Amper je vorgestellt hätte. Da sind, zum Beispiel, Schillers Dramen, die man auf dem Balkon in der Mei-

chelbeckstraße mit verteilten Rollen liest; Olivia fing zu diesem Zweck jede erreichbare Jugend zusammen, unerbittlich. Man ist durch die Jungfrau von Orléans gewatet, durch die Maria Stuart und den halben Wallenstein, immer im Plätschergang der Jamben, und dann wurde wahres Theater draufgesetzt, der LOHENGRIN wurde in München geboten (nach gewissenhafter Lektüre des Textes, versteht sich), der Schwanenritter durfte vernickelt in den Rampenlichtern funkeln, – und dann RICHARD III., der genialisch hinkende Teufel Gollings! Der hat ihm offenbart, was für ein Unterschied besteht zwischen einem deklamierenden Jenaer Klassiker und einem elisabethanischen Theater-Riesen...

Wichtiger noch: München an sich. Zeffs deutete es ihm – die tausend Rollen auf Straßen und Plätzen und in den Parks, die Trambahnen, die zwischen athenischen und florentinischen Kulissen rauschten, das silberne Parlando der Grotte unter dem Friedensengel (noch bis ins hohe Alter würde sie in seinen Träumen murmeln und glitzern) – aber auch die Mittelmäßigkeit so mancher Kunst, die Rohheit der Bierpaläste: »Nazis und Bier, Korbinian, ich bitte energisch: stelle immer die Verbindung her, un-ab-weis-lich...«; lehrte ihn, die Horden hinter den Hakenkreuzfahnen als Masse (MASSE!) zu begreifen, – während andererseits der GEIST sich zum Beispiel in einem Café am Hofgarten verbarg, an einem permanenten Stammtisch, an dem auch Zettler (voll selbstbewußter Bescheidenheit) zugange sein durfte, wegen einiger beachtlicher Glossen in einer beachteten Revue – einem Stammtisch von Herren mit Virginia-Zigarren oder Orientzigaretten und Stöcken mit elfenbeinernen Zwingen, gramvoll oder auch zynisch-heiter über den Untergang des Abendlandes gebeugt.

Dazu: die Sofa-Nächte in Zettlers Arbeitszimmer, wenn ein Gast Korbinians Mansarde benötigte und er sie abtreten mußte – vielmehr innerlich jubelnd sie abtrat, denn das Sofa stand gleich neben dem großen Bücherschrank, und was waren die dürftigen gestohlenen Viertelstunden im Studiersaal des Seminars gegen die glorreichen Nokturnen, die er mit der Nachttischlampe unter der Bettdecke verbrachte: Nokturnen mit Dickens und Thomas Mann und Remarque und Bergengruen und Balzac, mit Biographien von Caesar und Eugène Beauharnais und (was ihn eine Woche lang schüttelte) mit *Zehn Tage die die Welt erschütterten* von John Reed: Oktober-Revolution als rotgraues, dumpfglühendes Panorama von Leidenschaften, die er nicht begriff und deren Flammen ihm niemand deutete, die er auch gar nicht gedeutet haben wollte – eine andere Welt, die sollte wohl ohne Zusammenhang bleiben mit dem Leben, in dem er jetzt rasch dahinfloß.

Dazu (natürlich): das Erlebnis der Etikette. Die Auskünfte darüber, was man tat und nicht tat, die angezogenen Ellbogen beim Essen und das Fischbesteck und das Messerverbot bei Knödeln und Kartoffeln, mit strengen Blikken und stummen Verweisen einexerziert, und die Chöre der Vitamine und Kohlehydrate und Proteine, auf die Olivia hohen Wert legte. Manchmal, wenn Gäste erwartet wurden, wies ihn das Ritual der Herstellung von Speise-Eis in den Keller, zum viehischen Geruch des Viehsalzes, des rosaroten, im hölzernen Zuber, der sich um die rotierende Blechtrommel schloß. Immer muskulöser wurde dann die Arbeit an der Drehkurbel, bis sich die Vanillemasse fast kristallen an den Zacken der Rührachse festsetzte. Und das gab es vor allem, wenn Besuch von auswärts kam, nach der gelernten Verbeugung im Salon, dem Austausch unnötiger Daten: welche Klasse, welche Interessen –? Des Abends Rehpastete (man lebte besser als der durchschnittliche Gymnasiallehrerhaushalt, Olivia geb. Tiegl hatte aus dem Bankhaus in Abensberg einiges mitgebracht).

Doch wichtiger als all dies: das Widerstehen der kleinen freien Gruppe, die sich als Pfarrjugend formiert hatte, weil es keine katholischen Verbände mehr geben durfte. Die kleinen stolzen Tricks der Konspiration, die wechselnden Orte der Zusammenkünfte, die Broschüren und hektographierten Appelle aus dem fernen, vorbildlich organisierten Rhein- und Münsterland, aus Düsseldorf und Walberberg: bleibt treu, alles für Deutschland, Deutschland für Christus. Korbinian setzte da sein eigenes Deutschland ein, das uralte verlorene Reich, das Reich der heiligen Kämpfer, die gegen die Drachen fechten. Zettler, selbst ein Ur-Großdeutscher, dessen Herz in der Schatzkammer zu Wien lag, konnte das erklären und vertiefen beim Besuch der Bestiensäule: die zwei Reiche, die in ewiger Fehde lagen, aus dem Programm des Großen Otto von Freising, das ging alles sehr schön zusammen und eilte wohl (wie sie es erhofften) der leidigen Zeit voraus...

Und während der Woche tat er oft Ministrantendienst für den frommen Priester mit dem spitzen Kinn im Dom, zog am Glockendraht neben dem Seiteneingang, schritt voraus mit dem Missale in der Armbeuge, vorbei am Grabmal des Albrecht Sigismund in vornehmer Freiheit; einer Freiheit, deren Angebote er gar nicht alle einsammeln konnte in so wenigen Monaten.

Und – natürlich alles überwölbend: seine herrliche, seine verbrecherische Liebe zu Olivia.

Die war (natürlich) völlig stumm und platonisch, war um genau dies himmlischer und reicher; und natürlich gänzlich unverbunden mit den pubertären Veränderungen, die ihn nachts gründlich genug bedrängten. Olivias Antlitz war seine Ikon: schmal, streng, mit feinen Lippen und Augen, die ihn aus sanfter Kopfneigung, aber mit weit geöffneten Lidern erreichten. Nichts konnte geziemender sein als solche Bilderverehrung; im Alltag der Erzieherin wie des Erzogenen änderte sich dadurch nichts, nichts auch an den gar nicht so seltenen Fällen von Rebellion, wenn er sich gegen ihre lückenlose Korrektheit aufbäumte. Ja, vielleicht war die Rebellion sein zartester Zugang zu ihr: Mitleid mit der Verbannung, die sie sich selbst auferlegte oder die ihr auferlegt war von Generationen altbayerischer Großbürger. (Das begriff er natürlich erst viel später.)

Und jetzt: Südtirol. Südtirol war, das wußte er natürlich längst, Glut und Blüten und Wein und Wehmut und Hochzeit von Nord und Süd. (Die kalte Kammer, die Eisbäche, das jämmerliche Dunkel: flüchtige Erscheinungen, die wie Wolkenfetzen vor der feststehenden Sonne der Wahrheit dahinjagten.) Von Zeffs freundschaftlich gedrängt, trug er in kleine graue Schulhefte die ladinischen Substantiv- und Verbformen ein, die er von Rosa und ihrem Bruder Carlo erfragte – in einer selbsterdachten abenteuerlichen Schreibung. Mit slawischen Hašeks. Vin Köče, kokkineu, kokkini: die weinfarbene See war dahinter zu erahnen, die Trapezsegel samiotischer Schiffe vor den Sternbildern der ägäischen Nacht.

Die Stimmen unter ihm verstummten; es blieb der Chor der Eiswasser. Korbinian stand auf und tappte zu dem kleinen Fenster, das talwärts in die Nacht blickte.

Er gewahrte die Feuer.

Gewahrte den Ring von acht, von zehn orangefarbenen Augen, die sich auf den Matten von San Bernardo öffneten.

Tirols alte Wachfeuer, gegen alle Welt entfacht für die alte fromme Gemeinfreiheit: auf zum Schwur, Tirolerland, auf zum Schwur mit Herz und Hand. Gelöbnis ewiger Treue, Feuereid, wie er auch aus den Liedern bündischer deutscher Jugend erklang:

Du Volk aus der Tiefe,
Du Volk in der Nacht,
Vergiß nicht das Feuer...

Er, Korbinian, wird es nie vergessen, wird auf abendländischer Wacht bleiben, das schwört er vor dem Bildnis Olivias, vor den alten strengen Bildern des Reiches der Treue, und er kriecht schluchzend unters Federbett zurück.

Will er nach Rom? Will er nicht? Darunter glühte ein heißerer Wunsch, dem er die Worte versagte.

*

Firnmoser, an politischer Erfahrung reicher, ist jetzt konstitutioneller Monarch. Immer besser kommt er mit seinen liederlichen und bockenden Geistern zurecht, er hat sie in weite Institutionen eingepaßt, delegiert jetzt mindere Aufgaben. Dem BOCKS- und dem PFERDEFUSS zum Beispiel überläßt er die Verproviantierung, hat sie sozusagen zu Truchseß und Mundschenk ernannt; schließlich sollten sie sich auskennen, hausen ja, banal-körperlich gesprochen, in den Regionen des Verdauungstrakts. Was macht es ihm, dem jenseitig Beschäftigten, schon aus, drei Wochen von Orangen, zwei Monate von Hörnchen mit Milchkaffee, manchmal von einem täglichen Spiegelei zu leben? Bitte, wenn es den munteren Burschen so zusagt... Und der Marsala-Wein um fünf Lire pro Liter und Abend, bitte – ein kleiner Luxus nach Art der Bohème, die einst in seinen Mauern hauste. Signora Spángaro müßte eigentlich mehr Verständnis dafür aufbringen als sie es tut.

Doch die Festregie für den Donnerstag überläßt er natürlich nicht solch liederlichen Domestiken; die übernimmt HOHEIT persönlich. Ordnet an aus weiter Brust, instruiert Signora Spángaro in ihrer originären Mischung aus Französisch und Italienisch: »Sie sprechen mit Enzo, Madame. Seine beste Composition von Antipasti, compris? Unweigerlich seine famösen Calamaretti und die Artischokkenböden in Sherry-Essig. Als Warmes nur – solamente! –

seine Fettucine Maestose über offener Flamme. Ja, und Zucchini überbacken à l'Enzo, ich vergaß fast, unverzeihlich... Nun zu den Weinen, ai vini: der örtliche Geschmack neigt zu harmlosen weißen Sorten aus den hiesigen Cantine. Ich gedenke diesem nicht zu folgen, pas du tout. Edles vom Rhein, aber vor allem Herbes aus den weit unterschätzten Pyrénées Atlantiques, oui, und spanischen Clarete als dunkelstes Angebot – eh bien, en avant!«
Signora Spángaro notiert, bleich von innen erhellt. Die Große Seelenhochzeit, so fühlt sie, rückt näher.

*

Die Feuer hatten Italiener angezündet. Sie kampierten im Flaschenhals des Hochtales über San Bernardo: ein Bersaglieri-Battaillon, Alpini mit Mulis und winzigen Gebirgsmörsern, Pioniere mit etlichem Schanzgerät. Eine kleine Übung, alles in allem.
»Gegen den großen Freund im Norden«, schnaufte Kußtatscher auf dem Weg zur Busstation (Kußtatschers waren seit dem vorigen April Großdeutsche, aber gar nicht gern). Im grauen Morgen kam ihnen ein Motorrad mit zwei Bersaglieri entgegen, die Hahnenschwänze auf den kühnen Hüten wippten im Takt der hopsenden und schleifenden Fahrt über Steinbuckel und Bachkies.
Folgende Entscheidung war gefallen: Zeffs fuhr allein. Man würde sich am Samstag in Franzensfeste (Fortezza) treffen und dort zusammen in den Expreß nach Norden steigen. Dritter Klasse selbstverständlich.
Olivia und er, Olivia und er: Korbinians Ohren summten laut, die Ohren des Ikarus im Steilflug. Olivia und er: nicht mehr, nicht weniger. Keine weitere Spekulation, solche Liebe spekuliert nicht. Korbinian trug Quirins Koffer, den er nicht spürte – ein winziger Tribut für ein unendliches Geschenk. Nach einer Stunde erreichten sie das Lager, es war voll heiterer Bewegung, Soldaten in

roten Fourage-Fezen schleppten Wasser in Kochkesseln, pfiffen beim Eintreiben der Zeltheringe. Die Sottufficialí warfen Kommando-Musik in die kalte Luft, und (Zettlers blieben fassungslos stehen, Kußtatschers desgleichen) zwei Bersaglieri erkletterten behend je einen Torpfahl, einer warf dem anderen das Ende eines Stofftransparents zu, das dieser an kleinen Krampen festzurrte: HIC SUNT LEONES stand da in römischer Quadrata zu lesen. »Hic sunt leones«, las Olivia laut, die selbstverständlich das große Latinum hatte, und lachte kindlich von Herzen: »Hier sind Löwen!« Ein Offizier zu Pferde, zurückgelehnt im Sattel, sog an einer kraftvollen Nazionale. Zeffs, der keiner Herausforderung entrinnen konnte, wies auf das Transparent und rief dem Reiter zu: »Ché grandezza!« Der Capitano lächelte mit dem grausamen Kinn, das Mussolini modern gemacht hatte, sagte heiser und sanft »Grazie« und warf den glühenden Stummel nach rechts ins kurze nasse Gras. Rom weiß selber, was es wert ist, teutonischer Zuspruch ist nicht nötig.
Oben in Rüvariöll war Max Planck geblieben, las den vage umschreibenden Bericht seines Gewährsmannes im Vatikan, der die Verbindung zum Westen pflegte, Kurierpost aus der Steppe, in die nun die jungen Häuptlinge hinausjagten: Guido Fermi, Lise Meitner, Otto Hahn. Er blickte still ins Geficht und sah die Feuerbrände über Riesenstädten in alten Reichen.

*

Im Vestibül der Villa zu Frascati empfing Signora Spángaro die Gäste; sie trug ein Reformkleid von 1910 und ein Kupferdiadem mit Halbedelsteinen, die bonbonfarbenen Kieseln glichen. Ihre Haut leuchtete fahl und alabastern von innen, von den Leiden jahrtausendalter teuflischer Despotien – rumänischer oder byzantinischer. Sie hatte indische Räucherstäbchen aufgetrieben sowie Weihrauch, der in flachen Schalen schmorte. Sie geleitete durch den mit nazarenischen Fresken bepinselten Salon (hier hatten einst deutsche Maler gehaust und mit dem bayerischen Kronprinzen Ludwig auf das Verderben der Philister getrunken) auf die Terrasse, wo alles zur Erleichterung der Gäste ganz anders war: sehr heiter und sonnig und hiesig. Der Gastgeber verfügte über die Kunst gütiger alter Priester, jedem Ankömmling seine aufrichtige und unendliche Dankbarkeit zu vermitteln; nickte eifrig mit dem ganzen Oberkörper und hielt sein Geheimnis verborgen: die Vereinigung, ja Verschmelzung, die ihm eben erst gelungen, die unendliche Bündnis-Macht aller Lebensalter und Stimmungen, die nun völlig sein und in einem war. Und die Gäste (Zeffs, der Priesterfreund aus Augsburg, die Studienrätin aus Worms, das Ehepaar aus München und Monsignore Ladurner von der Kongregation *Propaganda Fide,* dazu die zwei Herren von Reuter und Havas) waren gleichfalls heiter, verbargen ihre Bestürzung über das Lächeln der Gespenster. Enzo und die Seinen flitzten gekonnt, servierten trockenen Pyrenäenwein und Clarete, ehe man sich an drei blitzenden Tischen voll Mittelmeer niederließ und die Gasflamme unter den Fettucine fauchte. Die Herren von Reuter und Havas warfen politische Köder aus, merkten, daß der Gastgeber uninteressiert und die deutschen Gäste viel zu vorsichtig waren. Akademische Berufungen und Versetzungen wurden erörtert (die Freisinger Hochschule war von den Nazis geschlossen worden, man sagte das nebenbei –) und dann stellte sich Firnmoser an die Balustrade der Terrasse, hinter der fast senkrecht die Talwand abfiel; stand schwarzsilbrig vor dem Blütenschaum und begann zu sprechen.

Er sprach deutsch; denn auch Monsignore Ladurner, obwohl seit Jahrzehnten in Rom, war geborener Südtiroler, und die Herren von der Presse gehörten einer ehrwürdigen mehrsprachigen Generation von Auslandskorrespondenten an. Signora Spángaro war so die einzige, die ihn nicht verstand (sie war als Wahrerin des Überblicks an der Doppelglastür zum Salon postiert) und verstand ihn deshalb wohl am besten. Sie sah Gesten seiner langen bleichen Hände, die sich gegenseitig umflatterten, sich aus unsichtbaren Fesseln wanden; sie hörte Namen wie Planck und Einstein, ›Prozeß‹ und ›Relativität‹; das deutsche Wort, das sie am besten kannte, lautete SEELE, und tatsächlich sprach der Professore auch von ihr, sie wußte, was er meinte, dafür hatte sie mehr als genug Empathie: »Die Seele ist nicht einfach, Monsignore.« Ladurner zuckte dabei wie ein Delinquent, dem sich das Brandeisen des Inquisitors nähert – aber sonst waren die Gäste guter Stimmung, lachten sogar dann und wann, denn Firnmoser sprach locker und brillant, lausbübisch manchmal, kindlich dazwischen, hoheitsvoll nicht minder, und sogar ein- oder zweimal aufstampfend in clownesk-bocksfüßiger Wut, was die Studienrätin veranlaßte, mit den Händen zu klatschen. (Konzentrierte Blicke aller Übrigen stellten das sofort ab.) Was wuchs, was Signora Spángaro körperlich spürte: ein kleines, dann großes, dann unendliches Staunen, vielleicht in Entsetzen umschlagend. Wie hätte sie nicht verstehen sollen? Welche von diesen biederen Seelen vermochte schon die Ankündigung der Großen Hochzeit zu ertragen? Sie kam aber, sie kam. Der Professore reckte sich, begann zu leuchten, warf die Arme nach außen und oben, sprach das Sesam, welches das Tor des Sklavenhauses aufsprengte, wandte sich dann um und legte die Rechte leicht auf das Geländer der steinernen Balustrade. Mit einem turnerischen Sprung war er oben, stand, das Gesicht dem Blütenschaum des gegenüberliegenden Talhangs zugewandt, und tat die ersten Schritte in den neuen Äon.

Die Gäste sprangen auf, stießen einen einheitlichen Schrei aus, der einheitlich erstickte, und erstarrten, lächerlich vorgebeugt über verspritzte Artischockensauce und umgestoßene Weingläser; jede Herrlichkeit ist schrecklich. Signora Spángaro allein geriet in Bewegung, sprang nach vorn, klatschte und rief »Evoé!«

Firnmoser, ganz unerschrocken. Die wichtigen Faktoren sind ihm bekannt, die entscheidenden Parameter berücksichtigt. Er kann frei entscheiden, in welchem Raum, in welcher Zeit er wandeln will, die Gitter sind gefallen, durch jede Tür kann er jedes Kontinuum betreten. Er kann etwa auf dem Linoleum der Klinik in der Nußbaumstraße schreiten (Anno 1919), auf dem Terrazzo-Boden seines Salons (vor einer halben Stunde), er kann, wenn er sich so entscheidet (und er entscheidet sich so), das Kopfsteinpflaster der Freisinger Dombergallee durch die Sohlen seiner Schuhe spüren; kann den Kanzlerbogen betreten, dessen Aussicht sich öffnet, im steinernen Passepartout den Schönblick freigibt auf das Dachgebirge von Sankt Georg und seinen hohen Turm. Daran sieht er die Uhrzeiger kreisen, sie kreisen immer schneller, wirbeln wie Propellerflügel, schreiben das große Versäumnis in die Freiheit seiner Geschichte ein – das Versäumnis des Einzigen, worauf es ankommt, angekommen wäre: des Besuchs bei Wachtfeitl, aufgeschoben, vergessen – das Versäumnis der Botschaft, die er der Welt schuldig blieb. Der Raum der Freiheit kollabiert, der Finger der Anklage schreibt auf den Blütenhang, der plötzlich riesig vor ihm strahlt, das eine Flammenwort

Первокрав

*

»Sechzig Meter, Livia. Senkrecht!«, flüsterte Quirin Zettler im Expreßzug, vorgebeugt zu Olivias Ohr, wegen der anderen Kreuzzügler, die über die Berge zurückmußten.

»Tragödie. Und alles darauf angelegt, verstehst du? Archaisch. Diese grauenvolle, diese –« (homerische Braue zuckte) »– unterweltliche Person in diesem unheimlichen Kleid und dem Kopfreif, ägyptisch schlechthin, Totenreich – und er selbst, er selbst: schrecklich. Es blieb dir Schreckliches erspart. Und dem Buben erst ...«

»Vielleicht«, unterbrach sie fest, die Schultern straffend, die Lippen entschlossen schürzend, »hätte ich Einiges bemerkt, was ...« »Gewiß. Du bist, Livia, in gewisser Weise, da erlaube ich mir keinen Zweifel, stärker und genauer – siehst stärker und genauer als ich. Dennoch, er wirkte unheimlich sicher, verstehst du? Ein Skelett, ein Wiedergänger – und dennoch, so liebenswert bestimmt, so voller Esprit auch – und dann das. Diese Person, diese Spángaro, wollte ihm nachspringen, rief dabei ›Nozze dell anima –‹«

»Nozze –?«

»Heißt Hochzeit. Seelenhochzeit.«

»Hysterie.«

»Sicher. Wir haben sie natürlich –«

»Und du hast nicht verstanden, was er mit dieser Demonstration, es sollte doch eine Demonstration sein, so stands in der Einladung –«

»Über meinen Horizont. Etwas von Pluralität der Seele, ja, und von der Gefangenschaft im euklidischen Raum, aus der er uns –«

»Vielleicht hätte Max Planck ...«

Korbinian stand auf dem Gang des Waggons, die Stirn an die Fensterscheibe geschweißt und sah blicklos in die Berglandschaft, der sich der Zug in atemlosen Kurven anschmiegte. Selbst als Sechzehnjähriger konnte er das Flüstern durch die Abteiltür nicht hören; zudem: was interessierte ihn jener Verrückte? Olivia hatte versucht, ihm zu erklären, auf dem Rückweg von San Bernardo nach

Rüvariöll (Kußtatschers waren bis Bruneck mitgefahren; trotz ihrer proklamierten Begeisterung für die Urtümlichkeit des Bades schmeckte es ihnen anderswo manchmal besser). Olivia sprach, wie es ihre Art war, in trockenen, verschämten Sätzen, mit vielen nachdenklichen Pausen dazwischen, und er hatte ihr hingerissen zugehört, ohne sich ein Wort zu merken, betrunken von der nun ungeteilten Zweisamkeit, bis –

– sie zum Lager der Löwen kamen.

Es war ziemlich leer, der Offizier zu Pferde war längst weg, die meisten Soldaten desgleichen, in den Wäldern oder auf den Matten oder im Fels. Ein Posten mit Alpinihut, der sein Gewehr mit dem aufgeklappten Bajonett zwischen die übergeschlagenen Beine klemmte, lehnte am Torpfosten unter dem großen L, und nicht weit vom Eingang saß ein barhäuptiger Soldat, der den rechten Stiefel ausgezogen hatte und einen Verband um den Rist trug. Er spielte Gitarre.

Er spielte sie gut. Er träumte einige Läufe in silbernen Lagen hinauf und hinunter, variierte sie auf leise seufzendem Griffbrett. Der Soldat war so schön wie sein toskanischer Landsmann, der David vor der Loggia in Florenz; ein junges Haupt mit knappen braunen Locken, ein gerader Schnitt von Stirn und Nase; Stolz, Anmut und etwas Unverschämtheit in den Augen. Er begann vor sich hinzusingen:

Arrivato l'ambasciatore
colla piuma sul capello –

Ja, man konnte ihn sehen, den blutjungen stolzen Gesandten, mit der Feder am Hut, gerade aufgerichtet auf seinem Dromedar –

a cavallo di un camelo –

während die langen braunen Finger die Begleitung tanzten –

ha portat' una letterina –

Und dann sah er hinauf, überreichte sein zuckriges Briefchen der Maid mit den träumenden Augen –

Belle bimbe dall' occhi sognanti,
che sognat' il più tener' amor –

– lächelte dabei klug, etwas spöttisch, etwas kavaliermäßig, ohne seine Botschaft zu verleugnen, die er nun lauter und publikumsgerichtet sang:

arrivato per voi la fortuna –

Die Fortuna, das Glück für die Mädchen, die hinter den Balkontüren und Fensterläden der Konvention, der Standespflichten und Bildungsideale von ersehnter zarter und wilder Liebe träumen... Und da, ausgerechnet, mußte er Olivia ansehen. Olivia, die den Kopf senkte, deren Gesicht sich löste, deren Lippen zitterten unter dem Blick des Soldaten –

– se ti piace Mimi, ti daró tutt' il cuor –

– wehrlos und froh darüber, natürlich nur einen Augenblick lang und nicht länger, aber eine ewige Möglichkeit und ein ewiges Nu lang, eine schreckliche Ewigkeit, die ihn, Korbinian, von den fleckenlosen Klippen stürzte – tief, tiefer als sechzig Meter.

»Livia«, sagte im Abteil Zeffs und machte eine angstvolle Pause.
»Livia – er ist tatsächlich zwei Schritte gegangen – oder drei.«
»Geh zu!«, schnaubte Olivia und lehnte sich unwillig zurück. »Die Phantasie ist dir durchgegangen.«
»Nein!«, sagte Zeffs laut, lehnte sich ebenfalls zurück und sprach laut weiter, der Mitreisenden nicht mehr achtend. »Nein. Ich habe mich nicht getäuscht. – Sagte ich vorhin, ›archaisch‹? Das ist falsch. Es ist sehr, sehr modern, eine

Tragödie der Neuzeit. Ich werde das alles niederschreiben, alles, seit wir ihn kennenlernten. Der Titel ist schon klar: FAUST IN FREISING.«

*

Und er tat es. In wenigen Wochen, ohne jede persönliche Eitelkeit, als Dienst an der Menschheit. Er machte einen Durchschlag, schmückte ihn mit einem Photo der Bestiensäule und schickte ihn noch vor Ausbruch des Zweiten Weltkriegs an einen berühmten Schriftsteller, den er einst, in geisttrunkenen Studienjahren, anläßlich einer Lesung in München angesprochen hatte, und der ihn zu einem Umtrunk anbetender Geister in die Schwarzwälder Weinstuben mitgenommen (natürlich ohne Quirins Rechnung zu zahlen). Daraus hatte sich eine kurze Bekanntschaft entwickelt, sogar mit Besuch in Freising...

Der Schriftsteller war emigriert, und Zettler rechnete eigentlich mit keiner Antwort. Er erhielt aber eine, was sehr schlimm für ihn war.

* * *

4.

1943: Die Nacht der Zypressen

(Ein Tonbandprotokoll)

Widerwärtige Arbeit: jahrzehntealten Schutt durchwühlen, Eingeweide der Erinnerung sortieren. Die Sorte Literatur, die heut zugange ist, und die ich verachte. Aber nicht zu umgehen. Einiges bedarf der Klarheit – zumindest der Vorklärung. Man wird sehen. Vor allem werde ich hören. Erkenne dich selbst? Nach Firnmoser hieße das: analysiere die Diebesbande, aus der du bestehst.
Ich gehe in Stichworten vor, das erleichtert die Sache vielleicht. Es kann gelegentlich passieren, daß ich diesen zwanzigjährigen Kanonier Irlböck von außen sehe, sehr reserviert sehe, und daß mir dann die erste Person Singular unerträglich sein wird. Also, mitten hinein.

Stichwort Eins: in die Erde.
Kein Erfolgserlebnis mehr nach dem Abschuß der Spitfire. Jetzt kamen pausenlos die Bomber über uns, die dicken bösen Marauder, die für 20-Millimeter-Spritzen zu hoch waren, und die Fliegenden Festungen, die B-17, die sogar weit, weit über den schwarzen Watte-Geschossen der Acht-Acht im gleichgültigen blauen Himmel hingen. Wir krümmten uns fötal in die Splittergräben, in die rötliche Enge der Erde, und aus ihr dröhnten, ein Echo des Bombendonners, die Namen der letzten Niederlagen: Medjez-el-Bab, Djedaida, Sidi-bu-Sid... Neben Irlböck hockte Luigi, der Mann aus den Abruzzen; einer von den zwei Italienern, die man uns zugeteilt hatte, keiner wußte genau warum. Luigi war nicht der beste Nachbar jetzt, jetzt nicht. Sie hatten unzählige Stunden auf Wache miteinander verbracht, er und Luigi, weil Irlböck der Einzige

war im Zug, der etwas Italienisch konnte, und die ganze Lebensgeschichte war da zu erfahren, sehr heiter und traurig alles – und von Luigi lernte ich auch den Schlager vom Gesandten auf dem Kamel, mit der Feder am Hut –
(gesungen) – arrivato l'ambasciatore –
(gesprochen) – colla piuma sul capello undsoweiter. Doch davon nicht jetzt. Jetzt entfaltete Luigi sein Talent, sich jeder Stimmung voll hinzugeben, und was jetzt fällig war, waren Trauer und Verzweiflung: wenn sie mich gefangennehmen, chè farà la mia povera mamma? Von der fidanzata, der Verlobten, redete er selten. Mir war nicht danach, ihn zu trösten, ich tat es dennoch, denn alles lief nach Plan – nach dem Plan, den sich Irlböck gemacht hatte, und der sich jetzt, in den Gräben der roten Erde, in ihrer fötalen gekrümmten Ohnmacht seinem Hauptziel näherte. Macht und Ohnmacht, die einander bedingten.

Hier ein Exkurs: der Plan.
Der Plan war das Letzte, was dem Knaben Irlböck vom heiligen Kreuzzug gegen die Finsternis geblieben war, und dieses Letzte war ein einziger Satz: nicht für Hitler sterben. Da war seinerzeit ein bißchen mehr gewesen, die Christusfahne auf der Milvischen Brücke, die Ragnarök-Schlacht gegen die Drachen – überholt überholt, technisch, geschichtlich, heilsgeschichtlich, überholt von motorisierten und ideologisierten Millionen, – und den Lieben Gott zu belästigen, war irgendwie unanständig. Er hatte alle Hände voll zu tun mit der Rechtfertigung Seiner Wege in jenen Tagen – sei's alt- oder neutestamentarisch. (Ist's an dem, daß wir Sein letzter Wille sind? Ernie sieht das wohl anders.) Das blieb also: nicht für Hitler sterben. Einmal hatte er an Desertion gedacht, hatte schon den Koffer mit den Zivilklamotten bereit, aber es war ihm eingefallen, was dann den Zettlers zustoßen mochte – sie waren gar nicht gut angeschrieben bei den Nazis, und in

diesen Zeitläuften nach Stalingrad mochten dem rasenden, in die Ecke gequetschten Drachen die schrecklichsten Dinge einfallen. Es blieb also der brave Soldat Schwejk. Auch den kannte ich – aus Zettlers Bücherschrank. Es blieb die stets wirksame Methode, sich dumm zu stellen. Es blieb bei Drückebergerei, gezieltem Einsammeln von Disqualifikation. Bei einiger intellektueller Anstrengung war das nicht weiter schwierig. Mein Gott, in welche Tätigkeiten, welche Erfahrungen geriet man damit: einkaufen in Frankreich für einen korrupten Batteriechef; Casino-Ordonnanz, mit Hieronymus-Bosch-Einblicken in das Innen- und Sozialleben der Flak-Offiziere; Flicken von Telefonstrippen, Gestaltung bunter Abende undsofort etcetera. Die entscheidende Gefahr des Programms: man verludert dabei. Eigenschaften wie Hinterlist, Feigheit, Doppelzüngigkeit werden zu Tugenden, zu Sklaven-Tugenden, und man gewöhnt sich daran, sehr schnell gewöhnt man sich daran. Wahrscheinlich kamen sie dem Irlböck aus Haag an der Amper, dem dürftig Sozialisierten, gerade recht, kamen ihm mit offenen Armen und bierigem Grinsen entgegen; aber es ist das kein Individualproblem, es ist das Dilemma der Hilflosigkeit, in der wir alle stecken, heute noch und heute wieder, der Stalinismus hat das auf seine Weise weitergeführt, der Ökonomismus des Westens auf eine andere, die Welten der Ruchlosen Biedermänner, der Verdiener und Kaputtmacher, der X-für-ein-U-Schreiber, der Zynisch-Aufgeklärten, die alle Motive des Handelns und Entscheidens wie einen Handschuh umgedreht haben... Genug. Damals, ja damals gings ja nur um ein Jahr, bis der Plan erfüllt wurde, scheinbar nur um ein Jahr, und noch dazu hatte ich einen Bonus herausgeschunden: Gefangenschaft, jawohl, und zwar Gefangenschaft im Westen, Gefangenschaft, o wie kostbar, am Mittelmeer. Unter den weißen Säulen, vor den samiotischen Segeln –

Er hatte es hingekriegt, oder? Es konnte sich nur noch um Tage oder Stunden handeln. Er hatte es hingekriegt, in der punischen Erde zu landen, und begriff nicht ganz, warum er so scheußlich Angst hatte. Zu Luigi sagte er: keine Angst, niente paura, du kommst gesund heim, rivedrai la mamma, le sorelle, la fidanzata... und hatte scheußlich Angst.
Angst des Übergangs, der Passage, Geburtswehen gewissermaßen. Wir sahen uns achtundvierzig Stunden später wieder in der Sommer-Residenz des Bey von Tunis, in einem staubigen Hof vor trockenen Brunnenschalen. Man hatte uns hier provisorisch eingewiesen, die Italiener (man hatte sie zu ihrer Stammkompagnie zurückgeschickt) kamen später, auf eigenen Lastwagen, hatten Wein und Wurst dabei, hatten ein Feldpostamt vor dem Zugriff des Feindes gerettet, waren in bester Stimmung. Luigi und ich lehnten an einem Kotflügel, aßen, tranken und sangen in Terzen von den schönen träumerischen Mädchen –
(gesungen) – belle bimbe dagl'occhi sognanti...
(gesprochen) – Aber ich greife vor.

Stichwort Zwei: Schrott. Der Schrott war überall.
Vor unserer Stellung, zwischen uns und der französischen Zuckerbäcker-Kathedrale von Karthago, lag eine ruinierte Me 323, ein mächtiger zerfledderter Kirchweihschuppen aus Spanten und Leinwand, mit grinsender frontaler Ladeluke und hängenden Albatrosflügeln. In denen steckten, das wußten wir, die Treibstofftanks, sie waren aus Rehleder, erstklassige Schwarzware. Die Araber versuchten sie nachts auszuschlachten, einer wurde dabei erwischt, und unserem dümmlichen Hauptmann gefiels, ihn zu bestrafen, er jagte ihn mit geschwungener Pistole vor dem Auto her, bis dem fast die Lunge aus dem Mund fiel – letzte Chance für Herrenmenschen vor dem Frühjahrs-Schlußverkauf.

Gegen Mittag am 7. Mai überbrachte er den Befehl zum Abmarsch, es fielen keine Bomben mehr (das hätte uns Einiges sagen müssen). Uns wars recht. Wir rissen Breschen in die runden Erdwälle um die Geschütze, fuhren die Lafetten an die Spritzen heran, wuchteten sie hinauf, zurrten sie fest und kuppelten sie an die Mannschaftswagen. Adieu Karthago, adieu Flughafen El Awina, Parole Durchbruch nach Cap Bon, das heißt durch die Stadt Tunis hindurch und auf der anderen Seite der Bucht hinauf und hinein in den lächerlichen Daumen, der nach Nordosten ins Meer hinausragt. Irgendjemand hatte uns hoch und heilig versprochen, daß wir von dort evakuiert würden: es war dies die Art Opium, nach der Nachfrage herrschte. Immer Nachfrage, bis zur Latrinenparole von den Geheimwaffen, bis zur Ardennen-Offensive Weihnachten 1944: Hoffnungs-Schrott.
Der kleine Konvoi der vier Geschütze fuhr also nach Süden, wir saßen auf den Längsbänken des Mannschaftswagens, in zunehmender grauer Hitze, in Angstschwaden, in Korditgestank und Staub der beleidigten Erde. Weit kamen wir nicht, vielleicht zwei Kilometer, bis zu einem Areal voll kleiner Schlachtflieger, die längst wegen Spritmangel nicht mehr hochkamen – auch ein Posten Altware. Da wehten sie uns entgegen, die Boten des Unheils: Kübelwagen, alle möglichen Typen von PKWs, gräulich und bräunlich, aus vier Jahren europäischen Beutezugs, Fahrer mit verrissenen Lippen unter glotzenden Insektenbrillen winkten weit ausholend, die Handfläche nach vorn: zurück zurück, das große Babylon ist gefallen, der Weg um die Bai versperrt.
Das wars denn. Wir machten kehrt, Befehle brauchten wir nicht mehr, wir fuhren rasch und fröhlich nach Norden, wohin sonst. Der Erste, der genau das Richtige tat, war Gruscha, der Schlesier, der große Organisierer von Eiern und Hammelfleisch. Er lachte, stand im rüttelnden

Fahrzeug halb auf, nahm sein Soldbuch aus der Brusttasche und riß den Bogen heraus, auf dem das persönliche Inventar verzeichnet war, idiotisch genau: Hemden Unterhemden Kragenbinden Zeltbahn etcetera; riß das Papier in Konfetti und streute sie über die Felder der Fremde, und fast alle tatens ihm nach und wußten warum: entweder hatte man Etliches schon verscheuert oder man bereitete sich darauf vor, pfiff dem archetypischen Kammerbullen eins, der (was wußte man schon) am Tag der Demobilisierung daherstelzen mochte oder könnte. Die Konfetti wurden vom heißen Fahrtwind weggerissen, der Krieg enthüllte sich als das, was er in erster Linie war: als internationaler Schwarzhandels-Konzern.

Unser Flughafen blieb links liegen, die Kathedrale desgleichen. Ob wir das alte La Marsa rechts oder links passierten, ist mir nicht mehr gegenwärtig, ich bin nach dem Krieg einmal dort gewesen, Ende der Sechzigerjahre, es hatte sich viel verändert. Der Sommerpalast des Bey war wegrasiert, ein Symbol der Vergangenheit, der kolonialen, es regierte Bourgiba, und der hatte modernere Villen – gehört nicht hieher.

Vom Standpunkt der heroischen Weltanschauung unseres Reiches gesehen, waren wir wohl ein ganz trüber Haufen. Kein Mensch dachte noch an Sachen wie Frontanschluß, wir fuhren einfach, bis wir mit den Kühlerhauben ans Meer stießen, der Hauptmann ritt im PKW der lustigen Panik voraus. Der Tag neigte sich sanft und trostreich, der Zug hielt an einer Straßenkurve, an deren Bankett kleine Wellen schmatzten.

Das wars also. Der Hauptmann (er hieß übrigens Kurz) blieb im Konsens der Truppe und befahl, alles Kriegsgerät zu zerstören, damit der Feind es nicht zum Siegen mißbrauchen konnte. Das geschah wieder mit Begeisterung, es war noch besser als die Konfettischlacht. Mai 43, das war nach Stalingrad, das war die Zeit, wo auf breiter Front die ganz anderen Marschlieder aufkamen –

(gesungen) Caramba caracho ein Whisky,
Caramba caracho ein Gin,
Verflucht sacramento Dolores,
Und alles ist wieder hin...

(gesprochen) Wir holten die Verschlüsse aus den Geschützen und warfen sie weit ins Meer, silbrige Briketts, die zu den Einsiedlerkrabben und zu den Seepferdchen hinabtauchten. Dann gings über die Gewehre her; wenn schon Schrott, dann total. Es stellte sich heraus, daß die Kolben der deutschen Karabiner aus schlechtem Weichholz waren, sie zerspellten nach ein, zwei Hieben gegen die Uferfelsen in lange, bleiche Splitter. Aber wir hatten auch einige italienische Flinten dabei, zierliche kleine Vogelspritzen, die Schäfte waren aus Obstbaumholz, unzerstörbar, kaum krummzuschlagen. Gruscha, erinnerte ich mich, hackte herum mit ihnen, schwitzte mit verzerrten Lippen: das gabs einfach nicht, daß die Ithaker irgendwas Besseres hatten, die Banditen, die Arschgeigen. Alles mußte Schrott werden – das tiefinnere Produktionsziel des Kriegs.

Es war das der wahrhaftige Moment, der Abend des 7. Mai, der Moment der Wahrheit. Später, in den herausgefressenen Lagern in Texas und Georgia, wurden fast alle wieder Nazis und Patrioten, machten Terror gegen Defätisten, bis die wirklich Geschlagenen kamen, die aus Italien und Frankreich anno 44. Aber am 7. Mai waren wir Realisten. Standen da ohne Werkzeug, ohne Auftrag, aus der Mega-Maschine herausgefetzt, vier deutsche Burschen, die's wußten. Der Unteroffizier, er hieß Schafbinder, er hatte ein neugieriges bayerisches Bubengesicht, redete an Irlböck hin: »Kann nix schiefgehen, ich kann fließend englisch, du kannst fließend französisch...«

Dabei sahen sie sich alle an mit Hundsaugen voll Angst, weil die Welt auf einmal ganz anders roch.

Stichwort Drei: Mittelmeer.
Die Angst hockte natürlich tiefer als die Einsicht, und noch tiefer saß bei ihm, Irlböck, der Friede. Er hatte den Super-Bonus geschafft, die Luxus-Ausgabe: Mittelmeer. Wenn schon Kapitulation, dann hier, bei Odysseus, den weißen Säulen und Segeln. Er hatte beim Ersatz eine Parole mitbekommen: wer tropentauglich ist, kommt nach Afrika. Er hatte vor dem Oberstabsarzt die Hacken zusammengeschlagen: bitte um Untersuchung auf Tropentauglichkeit. Und ausnahmsweise war die Hoffnung kein Schrott gewesen. Er war angekommen, drei Wochen vor dem Ausverkauf.
Zwischen Messina und Palermo, auf dem Weg zum Flughafen Trapani, auf dem Weg nach Afrika, krochen wir durch Stranddörfer, immer das Blau zur Rechten, das alte Versprechen. Einmal machten wir Rast am Strand, hängten die Beine ins kaum sichtbare und kaum fühlbare heilige Wasser, sammelten die Souvenirs des Meeres: Schneckenschalen jeder Farbe und Form, spitz gedrechselte und solche in barocken Fibonacci-Kurven, Gelb und Purpur und Braun ineinandergeschraubt, packten sie in die fast leeren Brotbeutel (bis auf ein paar Dosen Blutwurst hatten wir die Marschverpflegung längst verdrückt). Aber die Schalen waren nicht leer, wir merkten, wie sie in den Leinentaschen herumkratzten, jedes einzelne Häuschen enthielt ein Monster, einen Drachen, jedes: Einsiedlerkrebse und -krabben jeder Form und Farbe. Sie schleppten die Gehäuse, in denen ihre wehrlosen Hinterteile verankert waren, die finsteren Kerkerwände hoch, Ungeheuer mit zwei verschieden großen Scheren, mit goldenen Fühleraugen, Drachen mit gewölbten Onyx-Panzern, auf der Suche nach der See oder

dem Feind, der sie ihnen genommen – keiner größer als ein halber kleiner Finger. Aber die Soldaten erschraken, verloren die Grade des Maßstabs, merkten, was da zugange war: LEBEN, unbedingt, unbekümmert um jeden Schmerz, eigenen oder anderen, durch Pein in blinden Marsch gesetzt zurück zum lebendigsten aller Meere (damals, damals; inzwischen haben wirs ja fast geschafft, es umzubringen, die Jury aus Delphinen und Robben sitzt bereits, der Angeklagte hat nichts zu lachen). Die Soldaten machten, ›äcch‹ oder ›pfuiteufel‹, schmissen die Dinger von fahrenden LKWs wohin immer, mochten sie heimkommen oder auch nicht, vom nächsten Fuhrwerk zermahlen.

Der Flug selbst war reibungslos verlaufen; die alten Ju 52 hielten sich so nah wie möglich an den Meeresspiegel, manchmal sah man durchs kleine Fenster eine zweimotorige Me 110 überholen, sogenannter Geleitschutz – ein Witz natürlich, wenn die Anderen wirklich gewollt hätten. An diesem Palmsonntag wollten sie nicht, das war alles; am Tag vorher, wie Irlböck später erfuhr, hatten sie gewollt, der ganze Konvoi war in den Bach gegangen. Angst hatte er da keine, merkwürdigerweise. Die hatte er gehabt beim Blick ins grindige Soldatenbordell von Trapani, beim Blick auf die graue Schlange der deutschen und italienischen Soldaten, die da auf der steilen Stiege im Innenhof stand – bleiche Gesichter, ins bleiche gläserne Oberlicht gehoben, hinaufgeschoben zu den vier, fünf Geschöpfen, die da oben Dienst machten, bleiern vorrükkend, kaum freiwilliger als die Turnübungen der Krabben in den Brotbeuteln, als die schreckliche Hochzeit der Frösche.

Jetzt, an der Corniche, wars ausgestanden. Wir waren die heiteren Beobachter, die leidenschaftslosen, à la Descartes, jeglicher Gier enthoben. Nach Westen und Norden stiegen Böschungen auf, es standen Villen herum, es war eine vornehme Gegend: Marsa-la-Plage. Niemand gab Quartieranweisungen, die Vier waren auf sich selbst gestellt – vielmehr, sie waren so frei. Am Hang über uns sahen wir eine moderne Villa, einen flachen Bungalow, zwischen Rosen und Rhododendron führte ein Pfad hinauf, und warum sollten wir da nicht hinaufgehen? Die Villa war offensichtlich verlassen – wars aber nicht ganz.

Nächstes Stichwort: Nadine. Oder noch Mittelmeer? Die Dinge purzeln aus den Fächern…

O Nadine. O Irlböck, ausgerechnet hier, im Spalt zwischen allen Hoffnungen, die Schönste. Auf die du gewartet hast, wohl ohne es zu wissen. Bereit und keusch, warm und Herrin ihrer selbst, mit der Olivenhaut, den festen runden Lippen, den Augen aus mitleidigem Onyx. Kitsch, ich weiß, besser gehts nicht, das weiß jeder. Warum hier – oder, Kunststück: warum hier nicht? Warum nicht genau in diesem Moment, in dem die Verheißung zustandekam, zustande kommen mußte: am ersehnten Meer, im Augenblick der angstumstandenen Freiheit.

Sie stand im schwarzen Türrahmen ohne Angst und Verwirrung. Die anderen drei standen verlegen, wie es Sexual-Prahlhänsen zustößt, wenns erotisch wird. Sie warteten auf Irlböcks Französisch, das keineswegs fließend war, sondern von abgehobelten Schulbänken stammte: ayez la bonté – abri pour la nuit, s'il vous plaît. Und ich erinnere mich, spüre es: ich hatte meine rechte Hand neben ihr Gesicht an den Türrahmen gestemmt, Nadines Nähe verbrannte sie, ich riß sie zurück und sie lachte, sagte leise ›Courage‹.

Ich weiß das, weil Schafbinder eifrig nickte, weil er auch ›Kurasch!‹ sagte, er verstands politisch: die Franzosen hier sympathisierten mit Vichy, die Colon-Tochter sprach uns Mut zu im gemeinsamen Unglück. Und ich erinnere mich, daß wir nach Wein fragten, den wir kaufen wollten, daß etwas wie Zorn über ihre runde Stirn wischte: mais oui, die Villa ist leer, übernachten Sie hier, auf der Terrasse steht Wein, c'est à vous si vous voulez. Und daß sie sich von der Tür löste, um zu gehen, daß ich mit der Frage nach ihr griff: quel est votre nom? einer kühnen Frage, und daß sie lachte: Nadine, und dann den Pfad hinunterging, in einem einfachen, senkrecht gestreiften Waschkleid, es dämmerte schon stark, ich konnte keine Farben mehr unterscheiden, sie war barfuß in antiken Sandalen, und ihre Hüften ein Wink bei jedem Schritt – Nadine, mondieu, ich seh dich wie heute.

Es war ein bescheidenes kleines Märchen: auf der Terrasse standen fransige Rohrstühle, ein runder Rattan-Tisch und auf ihm eine große runde Karaffe voll Rotwein. Der Wind hub an, die Abendkühle, die schönste Stunde des Mittelmeers. Und die vier Soldaten, die keine mehr waren, saßen auf Klippen und tranken, tranken ohne Leidenschaft. Sahen auf einer Klippe jenseits des flachen Sunds eine andere, ältere Villa mit drei Zypressen davor; schwarzen, unerträglichen Nadeln, die ein Geheimnis aufstachen – welches Geheimnis? Das Geheimnis der Welt, wie sie sein könnte, wie sie hätte sein können, wenn wir es ertragen könnten, daß sie auch ohne uns schön ist – daß es ein Bündnis der Zypressen mit dem Meer gibt, weit jenseits unserer Blicke, den tanzenden Zug der Delphine weitab von unseren Stränden und Schiffen.

Wir tranken und sahen zu, wie ein großes Motorboot aus dem Sund kroch, voll ganz Verwegener wahrscheinlich, die ihre Nazi-Freiheit an europäische Küsten retten wollten. Sahen zu, wie zwei drei Spitfires aus dem Nichts geschossen kamen und ihre Bordkanonen rattern ließen, wie zwei drei Feuerblitze vom Boot erwiderten, wie es dann ein wenig nach rechts wendete und starb, schwärzer wurde, auf dem Basalt des Meeres erstarrend, aus dem die Reflexe der Sterne schimmerten. »Verrückte«, sagte

Schafbinder. »Prost.« Dabei wußte jeder, daß er und jeder andere an dergleichen gedacht hatten.

Exkurs: Drehbücher im Kopf.
Natürlich hatten wir daran gedacht. Seit der Umkehr nach Norden hatten wir daran gedacht. Mindestens ein Dutzendmal hatte das jeder für sich durchexerziert: ein malerisches Versteck, sympathisierende Araber oder Vichy-Franzosen, klammheimliches Auslaufen in irgendeiner Nußschale, heroische Ankünfte auf den Liparischen Inseln oder in Sizilien, heroischer Willkomm, alles weit unterhalb jeder Wahrscheinlichkeit. Und dabei gabs das wirklich. Das gabs, ich kenne einen Gleichaltrigen, einen Mitstudenten, der es geschafft hat: auf der Überfahrt beschossen, steifes Bein für den Rest seines Lebens, aber das, den großen Haupttreffer, hatte er. Das gab ihm ein Leuchten in die Augen und eine Mission und einen Lehrstuhl in Franco-Spanien, pfuiteufel. Ein glühender Katholik.
Aber warum gab sich Irlböck, dessen Programm doch erfüllt war, dennoch mit derlei Drehbüchern ab? Ganz einfach: weil daneben andere, bedrohliche Möglichkeiten liefen. Die Möglichkeit, zum Beispiel, in die Gefangenschaft der Freien Franzosen zu geraten, den Rest des Kriegs (ein? zwei? vier Jahre?) und noch darüber hinaus (ein? zwei? zehn Jahre?) in einem marokkanischen Steinbruch zu verbringen. Oder (plausibel genug) zum Wiederaufbau in den kommunistischen Osten abgestellt zu werden. Sein privater Plan schlängelte sich durch ein Minenfeld, ein Minenfeld der Weltgeschichte, ob ihm das paßte oder nicht. Und ich wußte schon damals genug, um zu begreifen, daß wir uns nirgends beschweren konnten, wie schlimm es auch kommen konnte. Nirgends.
Mitten in der Nacht kam dann noch ein Licht von draußen, unten in der Bucht blinkte und brüllte es um Ret-

tung, und die Vier fanden sich an der Brüstung der Terrasse und brüllten mit. Dann aber gingen sie still ins Haus, breiteten Zeltbahnen auf den Steinboden, die einzige Weichheit, die sie besaßen. Irlböck (zurück zu Nadine) bettete sich allein in einem kleinen kahlen Raum mit viereckiger Fensternacht, spürte um ein, zwei Uhr die Hitze aus den Wänden kriechen, als die Zimmertür lautlos aufging.

Es war Nadine. Es war Nadine, ich sah sie, tiefstes Dunkel gegen Sternendunkel angeschnitten, die Hand leicht gegen den Türrahmen gestützt. Sie war unter Millionen zu erkennen. Das Versprechen, begriff ich, war ergangen, als sie den Pfad hinuntergeschritten war, und jetzt wurde es eingelöst, jetzt löste sie sich von der Tür, kam zu ihm, sie, die alles so viel besser wußte und es einfach nahm: »Courage«, sagte es leise und schwingend neben meinem Ohr, und es wurde alles wirklicher als je etwas für mich gewesen ist und sein wird, ganz hell ohne Licht in den Schattenstufen der Nacht, sie ging mit ihrem Licht durch die versperrten Zimmer des Korbinian Irlböck, von deren Wänden die starre Himmelangst seiner Jungfräulichkeit schmolz, keine Einzelheit erinnere ich, drei Stunden Unglaubliches, so muß es gewesen sein, anders hätte das nicht gehalten ein ganzes ausgerutschtes Leben lang, genau so mußte es sein in der Nacht der Zypressen. Es stimmt. Es ist wahr.

Nachtrag und letztes Stichwort: Der Reiter.

Am nächsten Morgen fühlte sich unser Hauptmann tapfer; da sei dem Tommie wohl etwas schief gegangen, erklärte er, nun werde man nach rechts und links Fühlung aufnehmen, und was haben wir noch an Waffen? Drei Karabiner und eine MP wurden gemeldet, der Hauptmann war böse, weil wir seinen Befehl befolgt hatten. Wir kletterten auf die Mannschaftswagen, der unsere wollte nicht anspringen, der vor uns kroch die Straße hinauf in Richtung Bizerta, und dann bekam er Feuer, flache Schläge knallten von links aus den Olivenhainen, der Wagen blieb stehen, die Soldaten sprangen ab und schwärmten wie blaue Ameisen den Hang zur Küste hinunter. Jetzt krachte es auch bei uns, wir rannten in eine Villa hinein, von deren Portico-Wänden hellblaue Mosaiksteine spritzten, rannten in den Keller hinunter, dessen Fenster sich im Hang aufs Meer öffneten, kletterten durch und fanden uns mit den anderen, nicht allen – oben auf der Straße schrie einer wild und laut: »Sanii, Saniii!«

Es war ein hübsches Stück Strand, die Sonne wurde wärmer, einer spielte Ziehharmonika. Gott weiß, wie er die durchgebracht hatte, aber Seine Gnade hat sich ja, durch die Mord-Jahrtausende hindurch, als etwas irritierend Willkürliches erwiesen. Jemand band Handtücher an die untersten Äste der Pinien, die da standen, das Meer wurde weiß und diesig, kein Truppenteil war mehr gesondert zu erkennen, hier sammelte sich Strandgut, nur die Vier hielten zusammen. Ein netter alter Hauptmann war da (nicht der Kurz) und ein junger blonder Leutnant, der weinte: »Keiner hört mehr auf Befehle – wir wollten eine Riegelstellung aufbauen, alles aufgelöst...« Wir sahen und hörten ihm zu mit dem Respekt, den man Schwerkranken schuldet. Niemand schoß mehr, und wir blieben dort unbehelligt bis kurz vor Mittag.

Die Straße zwischen den Villen war gut einzusehen, etwa zwanzig Meter über uns lief sie die Böschung entlang. Von Westen kam der Reiter, zwei Soldaten zu Fuß begleiteten ihn. Er kam langsam zwischen zwei verschwitzten Infanteristen, die zerschlissene Hemden und Wickelgamaschen und Maschinenpistolen trugen. Der Reiter aber war ganz anders. Wir standen und starrten ihn an:

Er trug halblange, gesporrte und an den Schäften mit

Brokatborten geschmückte Stiefel, dunkelblaue Reithosen mit roten Biesen. Er war in eine hellgrüne Pekesche mit roter Verschnürung und silbernen Knebeln gegossen. Hinter den breiten Signalblättern seiner Epauletten hing ein pelzgesäumter, hüftlanger Dolman. Seine Mütze war silbern paspeliert und mit drei verschieden langen Spielhahnfedern gekrönt. Er hielt an, wandte uns schwarze Augen zu, ein hartes und schönes Balkangesicht mit breitem Schnurrbart, hob langsam die behandschuhte Linke vom Sattelknauf und winkte: »Kommen. Los.«
Wir kamen nicht, wir konnten uns nicht rühren. Dann sagte der nette alte Hauptmann klar, mit Wiener Tonfall: »Parade-Justierung der Slavna-Husaren.« Und Schafbinder, vom Bann gelöst, reckte den Arm, lehnte sich zurück und lachte, daß das Echo von der Böschung zurückprallte, laut und fettig: »Lehár, ha ha! – Czardasfürstin, ho ho! – Viktoria und ihr Hu hu-sar...«
Der Reiter rührte sich nicht. »Halt die Goschen«, sagte der Hauptmann zu Schafbinder, salutierte militärisch und stieg als erster den Hang hinauf. »Wohin bitte?«, fragte er höflich, der Reiter winkte nach Osten: »La Marsa. Alte Stadt.« Wir rannten jetzt alle hinauf, atemlos, keuchend, als gelte es in letzter Sekunde aus Todesgefahr zu entrinnen; formierten sofort Dreierreihen, gelernt ist gelernt. Der Reiter sah zu, bis Schafbinder auf der Straße stand, ritt dann gemächlich an, lächelte leicht, als er auf den Unteroffizier herabsah. »Darf mich vorstellen, wann gefällig«, sagte er hart und schwarz. »Rittmeister Milorad Smertscheff von Freies Krawonisches Bataillon.« Sprachs und hieb Schafbinder die Reitpeitsche schräg ins Gesicht; Braue, neugierige Nase und Backe sprangen auf, rot, frisch und glänzend.

***

III

Einrichten

1.

Zur Überschrift

Einrichten: das ist ein artilleristischer Begriff. Das Geschütz wird vorbereitet, das Zielgebiet definiert und eingeengt.
Vorbereitungen von langer Hand (um im Bilde zu bleiben) finden in der Kanonengießerei statt; es kommt zum Beispiel auf die Legierung an, und Mischungs-Elemente des Dr. Korbinian Irlböck haben wir deshalb in einiger Ausführlichkeit angegeben.
Jetzt fährt die Batterie auf – der Beobachter (wer immer das ist, Irlböck selber ist es nicht, der ist das Geschütz oder sogar die Rakete) holt durchs Scherenfernrohr die Bestimmung heran, gibt die Richtzahlen durch, und das Rohr bewegt sich, sicher der Kunst und des Ziels.

*

Irlböcks Seele spürt das freilich anders. Wie wir durch die grundlegenden Arbeiten von Dr. Ludwig Firnmoser wissen, ist die Seele nicht einfach, sondern eine Art Hofstaat – und Korbinians Seelen-Hofstaat ist momentan ziemlich durcheinander.
Das beginnt bei den demütigsten Zugehörigen, bei den Erinnerungs-Dackeln, die auf Kindheitsgerüche spezialisiert sind. Sie winseln verschreckt in diesem Vorortszug, sträuben sich gegen die Mixtur aus schweißgetränkten Kunststoffsitzen und amerikanisch kuriertem Zigarettenrauch, sie erinnern sich an die hölzern-staubige Hitze, den Lodendampf und den stumpfen Knastergeruch der Dritten Klasse von einst. Nicht besser gehts den Erinnerungs-Spionen, die durch Kindesaugen blicken – das Drinnen

und das Draußen sind ihnen fremd, wenigstens einigermaßen fremd. Drinnen der fette Oberschüler, der auf hochgestelltem fettem Knie eine Hausaufgabe mit viel zu viel Integralzeichen erledigt (so weit hinauf ist die Mathematik seinerzeit im Krieg nie gekommen). Drinnen die scharfen, konkreten, ganz unhiesigen Gesichter von drei älteren Männern in würdigen Anzügen mitteleuropäischer Armut: Nordost-Italiener sind sie wohl, oder Slowenen, oder Kroaten, Höhlengräber der gewaltigen Schächte, die in der Münchener Innenstadt für das nagelneue Verkehrssystem ausgehoben werden, das von den Voralpen bis nach Freising reichen soll. Draußen die fiebrig vorankriechenden Angsttriebe der Metropole, Moosach Fasanerie Feldmoching Schleißheim: kleine erschuftete Vorstadt-Heimaten, Gärten voller Zwerge und Rehlein, Staketenzäune, grüne Leerflaschen als Beetbegrenzungen in die Erde getrieben, Eternitplatten an den Wetterseiten der Häuschen; dazwischen hochtreibend fast bis Lohhof der kubische Krebs von Wohnblöcken mit sechs, acht Stockwerken, bei denen sich die Kreativität der Architekten nur an den verschiedenen Farben der Balkonbleche austoben durfte.

Ists das, was Heimat ist? Ist das der Busen, an den er floh? Kommt ihm da nichts zu Hilfe von anderen Persönlichkeiten, Kräften, Individuen, die er im Hofstaat hat? Sicher nicht der immer noch mächtige Zeremonienmeister, der würdige Monsignore an der Hormon-Orgel, der ihn seinerzeit mit Eileen getraut hat, treulich geführt... Was, um Himmels und der Kirche willen, so der Monsignore, hat dich, Korbinian oder auch Corvin Irlböck oder auch Earlbuck, bewogen, dies alles zu verlassen – das herbstlaubfarbene Glück des Mittelwestens, die Daumen in Eileens nächtlichen Achselhöhlen, die trompetende herzerfrischende Naseweisheit deines so klugen Sohnes Ernest C., ja auch (von Uns nur mit einer gewissen, wenn auch

temperierten Mißbilligung gesehen) das Sex-Schmalz und den Sex-Schmelz der rosafarbenen Kaschmir-Pullover zwischen den Magnolien, die totsichere Quellenbeschaffung, die gutgeölte Organisation, die diskursiven Abende bei kalifornischem Chablis und Whisky-Sour – ? Diese Harmonie? Mal ganz abgesehen von dem ernstzunehmenden Treueschwur vor dem Trau-Altar!?
Und wenn er vom strengen Monsignor zur Konkurrenz fliehen will, zum kleinen Doktor Freud, den wir ja alle im Haushalt haben heutzutage, gehts ihm kaum besser – der Doktor Freud schöpft zielsicher aus dem Heringsfaß seiner land-, ja kontinentläufigen Terminologie: klarer Fall von Regression, mein Lieber, der eine Knall auf dem Campus war natürlich nur ein auslösender Faktor, bezeichnend die instinktive Verbindung mit Karthago, bezeichnend für eine sehr komplexe Krise, in der sich natürlich mehrere Faktoren überschneiden. Ad eins die Midlife-Crisis, gebrauchen wir den reichlich unpräzisen Ausdruck, Ermattung nach dem Erreichen von Lebenszielen, die dann plötzlich als Zwischenziele erkannt werden und keine Orientierung für den nächsten Schritt hergeben – dann natürlich Reste von Gottesvergiftung, ekklesiogene Neurose, manichäische Schuldgefühle, die sich in dem Augenblick verstärken, wo Eileens eigene Problematik hervorzutreten beginnt, ihre unterbewußte Abwehr des Bildes der schnuckeligen kleinen Mama und Gemahlin mit Klischee-Sophistication (der Alkohol natürlich nur ein Symptom). Eskalation durch Rückkopplung mit den schon genannten Faktoren, Minderwertigkeitsgefühle deinerseits, mein Lieber, gefördert, zusätzlich gefördert durch die Frühreife des Sprößlings, der dich manchmal schon ganz schön alt aussehen läßt, im Wort- und Nebensinn, der zu ahnen beginnt, wo Daddys Achillesferse zu suchen ist, ok, ok, in Ordnung (oder vielmehr nicht in Ordnung). Hervortreten unverarbeiteter Projektionen,

die mein nicht genug zu bekämpfender Kollege von der C.G.Jung-Fakultät wohl als Archetypen charakterisieren würde, ja und der ist natürlich auch im Haushalt, der Kollege von der C.G.Jung-Fakultät, zitiert die Archetypen: Weiser Vater (in seinem Fall unbekannter, sehr wichtig), Weise Frau Olivia, Weise Geliebte Nadine, Mittelmeer, weiße Säulen, Segel der Samenai, dadurch bedingtes Überkippen (danke Kollege, Doktor Freud übernimmt wieder) in Überwertigkeits-Komplex gegenüber der als inferior empfundenen US-amerikanischen Wirklichkeit, die dadurch wiederum – danke Doktor Freud, ich könnte selber weitermachen ad infinitum – kein Problem, – oder vielmehr doch eins, weil das alles, alles noch nicht stichhält.

Lohhof Eching, die Männer mit den würdigen armen Anzügen steigen aus, der fette Oberschüler klappt die Hausaufgabe zusammen und schiebt sie in seine fettige Mappe, und Irlböck merkt, daß im Stockwerk über all den panischen Personae eine Tür wartet, eine Doppeltür, hinter welcher der Direktor sitzt. Sie ist verschlossen, vorläufig, auf ihr ist eine Messing- oder auch Gold-Tafel montiert, wie an der Tür von Direktor Auer, und auf der Tafel steht: BESTIMMUNG.

Die spürt er, vorläufig, nur blind, nur biologisch, wie ein Lachs, der über die Leiter der Stationen (Neufahrn Pulling) den prädestinierten Laichgründen zustrebt. Der Lust? Dem Tod? Vielleicht beidem. Aber die Lebenserwartung steigt ständig. Er ist, wie man heutzutage durchaus sagen kann, im besten Alter, aus der Knechtschaft der Hormone und des dumpfen physischen Leistungsstrebens entlassen, mit einem entsprechenden Zugewinn an Erfahrung und – ja, Männlichkeit. Er darf daraus schließen, daß ihm etwas aufgesetzt, aufgegeben ist; ein Projekt, eine Mission. Ein Projekt, eine Mission, die natürlich etwas zu tun hat mit seiner Ausrüstung, mit seinen Qualifikationen, der ist schließlich kein Scharlatan, der Dr. Korbinian Irlböck, er hat sich den deutschen Titel und die US-amerikanische Habilitation zäh genug erschuftet, mit Schwarzhandel vor 1948 und lausigen Aushilfsjobs und gelegentlichen Scheinen von den Zettlers und von Vreni, in verrauchten und magenknurrenden Nächten, an rauchenden Kanonenöfen. Seine Arbeit über die Huronen-Mission der Jesuiten steht schließlich kurz vor dem Abschluß, die Perspektiven daraus lassen sich verlängern – was immer ihm bestimmt ist, es wird ein grundsolides Projekt sein. Und eines, eines steht jetzt schon fest: in die akademische Tretmühle geht er nicht zurück. Auf keinen Fall.

Das Projekt hat mit Freising zu tun, auch das steht fest. Es hat mit dieser Stadt der Verlierer zu tun, der leisen Verluste, der jahrhundertelangen Erfahrungen dessen, was die zünftige Geschichte so gern unterschlägt. Da weht Gesetzmäßigkeit heran; Gesetzmäßigkeit – und damit Wissenschaft. Das spürt er schon. Draußen die Schlüterwerke, der Erinnerungsspion erspäht sie, Signal zum Aussteigen. Korbinian steht auf, holt sein einziges Gepäckstück vom schrägen Ablage-Rost herunter, eine Kunststofftasche mit dem Schablonenaufdruck einer Luftlinie. Alles andere wird nachgeschickt – wie erwähnt. Der Zug hält, die aluminiumgraue Tür mit der roten Klinke öffnet sich nach außen – nicht ohne Energieaufwand. Wenn er die zwei Eisengitterstufen des Waggons überwunden haben wird, dann wird ihn Olivia erwarten.

* * *

2.

Schicksal eines Dombergs

Der Reisende, der aus dem Freisinger Bahnhof tritt und sich der Straße zuwendet, welche in die Altstadt führt, wird seinen Blick zwingend gebannt finden vom beherrschenden Domberg, seinen Doppeltürmen und den großen, wohldisponierten Baumassen, die 1250 geistliche Jahre gehäuft haben: ›Ein Gottesberg ist Basans Gebirge... Was seht ihr scheel, ihr Berge, ihr Gipfel,/ Auf den Berg, wo es Gott gefällt zu wohnen?‹ (Ps. 68, 16-17) Zusammen mit dem Nachbarhügel Weihenstephan bildet er einen nördlichen Grenzpunkt der Geröll-Ebene, die sich von den Kalkalpen nach Norden erstreckt.

Wohl schon im 7., bezeugt aber im 8. Jahrhundert, war der Domberg Sitz eines fränkischen Herzogs aus dem Geschlecht der Agilolfinger, war Lebenskern der Stadt, Mittelpunkt der Landschaft, während, um mit dem Historiker Meichelbeck zu sprechen, ›dazumahl München nichts als ein zwischen Sendling und Schwabing entlegenes Bauren-Gut ware / wie man es in den uralten Freysingischen Schrifften gantz ausfürlich findet‹.

Meichelbeck beschreibt mit diesem einen Satz die Kontinuität der Freisinger Entwicklung – die Kontinuität einer wenig lärmenden, doch über Jahrhunderte sich erstrekkenden Niederlage.

Sie begann eigentlich schon mit dem boshaften Entschluß des Gründerheiligen Korbinian, sich nicht hier, auf seinem Heiligen Berg, sondern im Südtirolischen bei Meran begraben zu lassen. Zwar wurde er 50 Jahre später feierlich transferiert, wie es die Kirchen-Räson erforderte, doch fand das Fest-Amt in Mais unter fürchterlichen

Blitzen und Donnerschlägen statt, die zu denken gaben. Die Niederlage setzte sich fort mit der Zerstörung der bischöflichen Salzbrücke zu Föhring, der Errichtung einer neuen, wenige Kilometer flußaufwärts, eben bei Munichen, durch Heinrich den Löwen; setzte sich fort in steten Demütigungen durch die bayerischen Wittelsbacher, durch die permanent schlechte Wirtschaftsstruktur, die Generationen von Bischöfen noch zusätzlich verschlechterten – sei es durch verwegenes Mäzenatentum, sei es nur durch schlichte trübsinnige Völlerei. 1803 dann fegte der Reichsdeputationshauptschluß das bißchen Souveränität hinweg; durch das Konkordat von 1817 wurde der Sitz des Bischofs (jetzt Erzbischofs) nach München verlegt, die Erzdiözese hieß jetzt München-Freising. Was verblieb, war ein Knaben- und ein Priesterseminar sowie ein Lyzeum, d.h. eine philosophisch-theologische Hochschule, in denen der künftige Klerus intellektuell und spirituell auf seine Aufgaben vorbereitet wurde.
Aber damit gelangen wir schon an den Rand der präzisen Überlieferung, der exakt dokumentierten Vergangenheit, und nähern uns den Märchengefilden der Gegenwart.
Es war einmal (ab 1945) eine Nachkriegszeit, da regierte über die Erzdiözese noch der gigantische Kardinal, der Mann mit dem großen Predigtton und dem liturgischfürstlichen Schrittwerk, – die Art geistlicher Herrscher, dem in Hungerszeiten demütige Bäuerinnen Federvieh und Eierkörbe an den Lieferanten-Eingang des Stadtpalais brachten (als Geschenk, versteht sich). Aus solcher Perspektive konnte der Kirchenfürst im Sturz eines teuflischen Diktators nur göttliche Logik am Werk sehen, und aus dieser Logik folgert zwingend Verheißung: Verheißung der Wiederherstellung aller Dinge, wie sie im frommen Land seit Urväterzeiten gewesen waren und wieder sein mußten. So hinterließ er seinem Nachfolger, dem sanften und seeleneifrigen, ein täuschendes Vermächtnis:

eben die Überzeugung, daß nun eine wahrhaft katholische und reuige Zeit angebrochen sei.

Dies schien dem sanften Nachfolger unwiderleglich; denn strömten nicht die Berufenen zuhauf in das Knabenkonvikt und das Priesterseminar auf dem *Mons Doctus,* dem Berg der Gelehrsamkeit? Er glaubte den ererbten Gesichten; sah Hundertschaften, Manipel, Kohorten von Jünglingen, die an jedem Peter- und Pauls-Tag in alle erkennbare Zukunft hinein die dreizehn Stufen zum Hochchor hinaufsteigen würden, in den weißen Alben des Lammes, die Stolen schräg umgelegt, das zittrige Leuchten von Sterben-und-Wiedergeburt übers Antlitz gegossen, bereit, sich vor dem Hochaltar mit dem Rubens-Bildnis des apokalyptischen Weibes niederzuwerfen – Neuzugebärende, die es nach Milch und Honig verlangt, *quaerentes lac et mel* –, um sich dann zu erheben mit furchtbarer Vollmacht, umdrängt von weithergewanderten ländlichen Sippen, die den bekannt kräftigen Primizsegen begehren. Hundertschaften, Manipel, Kohorten: im Geist des Kardinals und seiner Planer ging die Kurve exponentiell nach oben, man sah ungeheuren Platzbedarf voraus, war auch durchaus gewillt, den ebenso rasch ansteigenden Bedürfnissen nach Komfort und Hygiene entgegenzukommen (in der Art wie die heiligen Pachomius oder Simeon Stylites war man doch nicht mehr fromm): Einzelzimmer mit Naßzellen, genügend Räume für Freizeit und Schulung. Geld gabs ja – in dem Punkt hatte der Diktator hohnvoll die alten Verträge honoriert, und die ratlose Republik tats erst recht.

So ließ man also ein zusätzliches, mächtiges Quadratfundament in den Hügel treiben, darauf einen Neubau türmen mit modernen Korridoren, Marmorfoyers, Aufzügen und Treppenschächten. Das quoll nach auswärts und aufwärts, verschlang das lyrische Ziegelrot der alten gotischen Martinskapelle, stemmte den Lehm des Hanges nach unten, und die bröseligen Stützmauern am Fuß des Berges wölbten sich bauchig, rissen in Blitzmustern – es bedurfte beträchtlicher Mühen und Kosten, der Gesetze von Statik und Schwerkraft herrzuwerden. Aber wie gesagt, an Geld fehlte es nicht.

Was jedoch versagte, war der Plan. Die Zuwächse, die exponentiellen Kurven der geistlichen Prognostik hatten den Fehler, den so viele Prognostiken haben: sie rechnen mit unveränderten Bedürfnissen. In diesem Fall war es das Bedürfnis nach Katholizismus. Man hatte übersehen, daß die Zeit überhaupt nicht fromm war, schon die unmittelbare Nachkriegszeit nicht – sondern nur zu Tode erschrokken (nicht über den Tod, den man ausgeteilt, sondern den Tod, den man verdient hatte). Was die Kirche betraf, so wurde sie Opfer der eigenen Milde: Buße und Lossprechung benötigen in heutiger Praxis nicht viel Zeit. Und gerade die milden Bußpraktiken der Kirche, ihr liebendes Verständnis für irrende Kinder (vorausgesetzt, sie gehören zur richtigen Familie) räumten die Geistesspeicher und Seelenkeller der Republik für das neue sakramentale Zeichen, das strikteste Verrechnung und sichtbarsten Erfolg verhieß: die D-Mark. Das Fest des neuen Höchsten Wesens, die Währungsreform, fand im Juni 1948 statt, der Neue Äon war geboren, und die Neue Welt drang (mit entsprechender demographischer und soziologischer Verzögerung) in die Statistik der Berufungen ein.

Einsame, immer einsamere Kandidatenschritte seufzten durch die modernen Korridore, und es kam der nächste, der stämmige energische Kardinal, der wußte, wo es auf Bergtouren und in Großstädten lang ging. Er sah die abstürzenden Kurven, die immer kleineren Trüpplein der Entschlossenen, die nun am jeweiligen 29. Juni bequem nebeneinander, in einer einzigen Reihe, die dreizehn Stufen hinaufschreiten würden. Er war ein Mann von starkem Willen, zog Konsequenzen, machte Schluß, sperrte ab:

philosophisch-theologische Hochschule, Klerikalseminar, Knabenkonvikt. Legte Reste nach Traunstein und München, vor allem nach München, in die Metropole, dorthin, wo die Herren Professoren auch das Promotionsrecht hatten, denn ohne das taten sie nichts mehr. Die Freisinger Säkularisation, unter napoleonischen Adlern begonnen, wurde notariell beglaubigt.
Selbstverständlich wickelte man das alles im Zeichen des größten Optimismus und der größten Entschlußfreude ab. Und folgerichtig wurde das Haus, das einst fürstbischöfliche Residenz und dann Priesterseminar gewesen war, mit dem Ehrennamen des zusperrenden Kardinals geschmückt. Die Freisinger fühlten es anders: ›Der größere Teil des jetzigen Klerus unserer Diözese hat hier gelebt und studiert‹, hieß es in offizieller Broschüre, ›für ihn ist es immer noch ein Stück Heimat. Um so schmerzlicher war es vor allem für die Freisinger Bevölkerung, als im Jahre 1968 das Priesterseminar nach München verlegt und die Philosophisch-Theologische Hochschule aufgelöst wurde ...‹
Schmerzliches ist dazu da, verschmerzt zu werden. In die geräumigen Gevierte des umbenannten Hauses zogen die fröhlichen Nomadenscharen der kirchlichen Weiterbildung: Schnellkurse für gutgewaschene Stadt- und Landjugend, Brautleute-Tage, motorisierte Wochenend-Priesterschaften aus allen südlichen (und manchmal auch nördlichen) Teilen der Republik. Ihre Gefährte mit den Stadt- und Landkreis-Abkürzungen auf den Nummernblechen (Raum M, Raum WÜ, Raum SAD, Raum PAF) knurren jetzt die Untere Domberggasse herauf über das alte Kopfsteinpflaster, rollen unter den hohen Arkadenbögen des Fürstengangs durch und parken auf dem Kies des weiten rechteckigen Domplatzes. Das Gymnasium ist umgezogen an den nördlichen Bergrand, in ein nagelneues Haus, Otto der Geschichtsschreiber hat die Pausenaufsicht los und übt sich in seinem neuen Rentnerjob als Parkplatz-

wächter. Wie es in der offiziellen Broschüre heißt: ›Was zunächst als Verlegenheitslösung erschien, erweist sich heute als Glücksfall.‹

Wer hat also gewonnen? Wer verloren? Aus welcher Perspektive ergibt sich Gewinn, aus welcher Verlust? Welche Verlust-Interferenz ist in den Gewinnstrukturen, welche Gewinn-Interferenz in den Verluststrukturen zu erkennen?

Der Wissenschaft eröffnen sich, kein Zweifel, hier neue weite Felder.

(Dieser Text aus der Serie VERLIERERGESCHICHTEN, die Korbinian Irlböck im Bayerischen Rundfunk plazierte, wurde 1975 nach reiflicher Überlegung abgelehnt. Der Westdeutsche Rundfunk brachte ihn vier Monate später.)

* * *

3.

Die Geburt der Sphagistik aus dem Geist der Träume

Olivia hat ihn wie vereinbart abgeholt. Sie hat ihn angenehm abgeholt: kein ›Willkommen-daheim‹, kein Dichterwort (ein solches wäre bei Quirin Zettler unvermeidbar gewesen), auch keine Anspielung auf seine delikate eheliche Situation. Nur ihre magere straffe Gegenwart, der breiter gewordene Mittelscheitel, ein diskret-teures Kostüm in bräunlichem Wetter-Tartan, ein trockener Kuß auf die Wange, und: »Ich hab ein Taxi.« Das Halbhaus in der Meichelbeckstraße hatte sie nach Quirins Tod verkauft (die Transaktion hatte für Korbinian zwei Semester ergeben); sie wohnte jetzt in einem mehrstöckigen Mietshaus am neumodischen Wettersteinring. Sie war sich ähnlich geblieben, aber nicht gleich, er merkte, daß sie auf Aussprache wartete, aber daß sie wußte, es würde nicht sofort möglich sein: er wollte das jetzt nicht. Die Zeit würde kommen, wenn er sein eigenes Reich, sein eigenes Schneckenhaus hatte. Und er würde es haben.
Wann?
Seine materielle Lage war völlig unsicher. Pensionsansprüche aus den paar Professorenjahren in St. Jean bestanden nicht. Das hypothekenträchtige Haus am Crescent Drive hatte er natürlich Eileen überlassen. Eileen war übrigens großzügig gewesen, das hätte ihn stutzig machen sollen, tugendhafte Gattinnen sind bei Trennung besitzgierig. Eine sonderbare zweite Jugend war angebrochen, er schlief auf einem Klappsofa und hatte die Adresse ›z. Zt. Wettersteinring 32/V bei Zettler‹. Das, so wußte er, würde nicht lang so gehen. Das Projekt würde greifen, und zwar bald. Er benützte alte Verbindungen, um seinen

Zustand zu überbrücken; rief einen Studienfreund beim Bayerischen Rundfunk an und vereinbarte eine Fünfundvierzig-Minuten-Sendung über die Huronenmission. Da spürte er schon Gelände der Zukunft unter den Sohlen.

Tagsüber, wenn er auf der Reise-Schreibmaschine tippte, war er meist allein. Olivia war wenig zuhause, sie war engagiert, besuchte Volkshochschulkurse, hielt auch solche ab, und das alles war im Aufbau, was viel Rennerei bedeutete. Sie fuhr deshalb immer wieder nach München, zu Behördengängen, aber auch zur Staatsbibliothek. Er kapselte sich ein, nach einem liederlichen Lunch überkam ihn regelmäßig ein ungeheures Schlafbedürfnis, das Reich der Träume ergriff ihn und hüllte ihn ein, von ein Uhr dreißig bis drei Uhr, auf dem Sofa.

Es war mehr als nur ein Reich. Schon in Amerika hatte er von der Kapelle des Knabenseminars geträumt, auch vom Blick durch den Kanzlerbogen auf die Altstadt – vor allem aber von den gewaltigen, leeren, schmutzigen, zugigen Kellern auf der Nordseite des Dombergs, den Abenteuer-Kellern der Stadtschülerzeit. Sie lagen unter der schrundigen Alten Residenz; im Traum schwollen sie in die Breite und vor allem in die Tiefe, angefüllt von gestaltlosen Drohungen und Verheißungen.

Das blieb im Traumvorrat; es blieb auch die Tuffgrotte am Münchener Friedensengel, meist ins Alpenhafte überhöht: Theater tödlicher und tröstlicher Abstürze.

Jetzt kamen die amerikanischen Träume hinzu. Sie waren keusch, bukolisch, wehmutsvoll. Mit und ohne Eileen, mit und ohne unsichtbare Rothäute hinter Uferbüschen und Sykomoren – das Amerika wars des LEDERSTRUMPF, der europäischen Romantiker, der entzückten Forschungsreisenden der ersten Hälfte des 19. Jahrhunderts, der entrückten, efeu-umschlungenen Akademe. Da saß er mit Eileen am sterbenden Campfeuer, röstete Schulter an

Schulter mit ihr Frankfurter-Würstchen oder Marshmallows, auf angespitzte Zweige gespießt. Auf Eileen ging er dann endlos zu, zwischen Sweater-Girls und Magnolien, im silbernen Frühlingslicht; mit oder ohne Eileen saß er im lautlosen Kanu, dahintreibend unter den Flammenbögen des Indianersommers. Sanfte Bedrohlichkeit spielte da oft hinein, sicher: Klicken von Flaschenhals gegen Kristallbecher, ihr Rücken, ihr Haar halb hinter der Küchentür, heisere spöttische Rückfrage über die Schulter hinweg, und dazu (nicht immer) eine Präsenz ohne nähere Kontur, die Onkel Clem hieß. Oder dann, ganz jäh, Konfrontation mit der Zukunft: ein dicker, bebrillter junger Mensch mit Aktentasche, der mühelos als Ernest C. Irlboeck erkennbar war, der die Treppe von der O'Rourke-Library herabstürmte und dabei Studenten und Nationalgardisten umrannte, ein junger Mann mit einer durchaus bedrohlichen Mission.

Was die ehrlichere Art von Sexualität betraf, so hatte ihn Nadine vorläufig verlassen. Er war rückverwiesen auf kindliche Bärenträume. (Obs wohl mit seinem Namenspatron zusammenhing, dem heiligen Diözesangründer Korbinian, der ja den von ihm gezähmten Bären im Wappen führt?) Er träumte lange Verfolgungs-Sequenzen, in denen ihn haarige Ungeheuer jagten, durch endlose Keller oder über endlose Heuwiesen, ihn immer einholten, ihn heiß und schrecklich umarmten. Dann erwachte er, den gurgelnden Schrei der Wollust und des Entsetzens auf den Lippen.

Plötzlich aber ereignete sich der Traum, der ihn auf die Spur der Zukunft setzte. Er hatte, das war unbestreitbar, eine neue Qualität, und diese forderte, sofort nach dem Erwachen, Korbinians wissenschaftliche Sorgfalt (und Neugier) heraus. Er schrieb ihn sofort nieder, samt Titel, der auch von vornherein feststand.

*

Alias Johnson

Das Innere eines stählernen kastenförmigen Gefängniswagens. Darin ich (alias Johnson), ein riesiger Neger und ein grauhaariger Wächter, der ab und zu einnickt. Wir fahren ins Bundesgefängnis zu – X? San Quentin? oder das andere an der Pazifikküste – ja, Alcatraz? – jedenfalls ohne Hoffnung auf weniger als dreißig Jahre, und das bei guter Führung.

Der Wächter nickt wieder ein. Der Neger umfaßt ihn mit Klammergriff von hinten und winkt mit den Augen, hinüber zur Stahlwand. Dort klemmt ein Säuretank in Federkrampen, etwa fünf Liter fassend. Alias Johnson begreift, reißt den Tank aus der Halterung, schlägt den Bolzen gegen die Wand und hält mit der Sprühvorrichtung mitten ins Gesicht des Wächters, das in fließendes Plasma zerschmilzt. (Wichtig: Grundstimmung sehr sachlich.)

Wir arbeiten schnell. Der Neger fährt in die Uniformjacke des Wächters und wirft mir dessen gelben Regenmantel zu: machs gut. Löst das Schloß des Türriegels mit dem Schlüssel vom Gürtel des Wächters. Die Doppeltür weht auf, Blick auf eine kühle sparsame Landschaft, die nach rückwärts in die Ferne rast. Der Neger wirft sich gelassen mit Rolle hinaus, Alias Johnson folgt ebenso gelassen. Kommt auf die Füße neben einer Bushaltestelle, in einer Randsiedlung von dreistöckigen Blöcken zwischen Haferfeldern. Kinder fahren auf Dreirädern herum.

Traum-Schnitt bzw. Überblendung: Alias Johnson, im Regenmantel über der Gefängniskluft, befindet sich in der barocken Dombibliothek zu Freising, im ersten Stock des Kreuzgang-Komplexes. Schlendert an Reihen von Pergamentfolianten und lederrückigen Kirchenväter-Serien entlang. Zwischen Band Zwei und Drei der Pseudodionysischen Dekrete ein paar zerlesene Taschenbücher: Krimis.

Aus dem Geheimraum der Bibliothek (der sich hinter einem verschiebbaren Regal befindet) tritt der VATER. (Ähnelt ein wenig Zettler, aber nur ein wenig – insgesamt fremd.) Der V. blickt ihn streng und sorgenvoll an: Nun? – Ich arbeite an einem größeren Projekt über Verlierer, sage ich geistesgegenwärtig. V. nickt, noch streng, aber halb zufrieden: na, da wünsche ich Glück. Doch der Sohn wird festgehalten: du kannst mitkommen zur Vesper, ich treffe mich mit Professor Firnmoser und Major Kurz im Domstüberl.

Die Herrenrunde sitzt mit Blick auf die Stadtgiebel, sitzt an einem blanken Holztisch, ißt Ripperl mit Sauerkraut. Es ist lästig, daß der Regenmantel so kurze Ärmel hat, die senkrecht gestreiften fransigen Stulpen der Gefängniskluft rutschen heraus, wenn er nach dem Brot oder dem Bier greift. Der V. beachtet das nicht, er redet Gelehrtes. Firnmoser, den A. J. nicht kennt, desgleichen; er sagt wiederholt ›Nozze dell' anima‹. Doch Major Kurz, ein reaktionärer Schuft, sieht ihm auf die Ärmel, zeigt Argwohn, steht auf, geht um den Tresen herum auf den Flur, wo ein Telephon an der Wand hängt.

Alias Johnson entschuldigt sich ebenfalls, folgt dem Major, der eine Notrufnummer wählt, auf den Flur, tritt hinter ihn, legt ihm den bewährten Klammergriff an und bricht ihm das Genick. (Wieder die Stimmung großer Sachlichkeit.)

Ich renne dann die Obere Domberggasse hinunter, das Schiefergebirge von Sankt Georg vor mir. Folgendes ist klar: das Alias ist geplatzt. Es gibt keine Deckung mehr. Es gibt nur mehr eine Adresse: die Adresse von Sidonie. (Im Traum nur der Name.) Sie wohnt in der Altstadt, in einem Dachgeschoß. Sie ist zuhause. Sie ist Vergebung und Verständnis. Er erzählt ihr alles: von seinem Aufenthalt in den Staaten, von den Schwindelbriefen in die Heimat, die eine akademische Karriere simulierten, von

seinem Verrat an den alten Eiden. Aber er ist, das sagt ihm Sidonie, natürlich der Ritter, der verschlungen wird, und der Ritter, der noch zustößt – beide. So erklärt sich alles. Sie lachen zusammen, als er fertig erzählt hat und die Polizisten die Tür aufsprengen. Er schießt sich mit denen durch eine von Sidonies Porzellanvitrinen, sieht noch eine Meißner Schäferin mit einem Kelchglas in der Hand, die pirouettiert und dabei zersplittert, wird dann selber von den Garben der Heckler & Koch zersägt –
Ein schöner, ein altmodischer Traum.

*

Als Korbinian auf dem Sofa erwachte, wußte er zunächst überhaupt nicht, wo er war. Dann sah er einen niedrigen Tisch mit Glasplatte und Reseden-Vase, sah schräg über sich ein Bücherregal mit C. G. Jung und Romano Guardini, wußte jetzt zwar, wo er war, aber daß er da nicht bleiben würde, und erkannte sein Projekt.
Er fuhr mit dem Rad in die Altstadt. Er kaufte Schreibmaschinenpapier, Durchschlagpapier, Kohlepapier. Er fuhr zum Postamt in der Hauptstraße, tätigte einige informative Ferngespräche, notierte sich ein paar Adressen und Telefonnummern und radelte, ein schwungvoller Jüngling, bergauf, wuchtig im Stehen die Pedale tretend. Er durchquerte den Gürtel der behäbigen Villen, die sich hinter jahrzehntealten Bäumen verbargen, sich und ihre tausend hellen und dunklen Geschichten, ihre Einsamkeiten und gescheiterten Liebschaften und dürr ertragenen Ehen, er würde noch dazu kommen, o ja, in ihre Dikkichte zu dringen, jetzt hatte er Wichtigeres zu tun.
Er kam am Wettersteinring 32 an, fuhr mit dem Lift in den fünften Stock. Olivia war zurückgekehrt, stand in der Küche, machte sich Kaffee und rauchte eine Zigarette. (Ja, sie war etwas anders geworden.) Sie sah ihn durch den Rauch an: »Du hast was, oder?« und lachte dann wie einst,

kindlich und von Herzen erfreut. Er war bewegt, er küßte sie auf die Wange, ging an die Schreibmaschine, spannte einen Konzeptbogen ein und schrieb.

*

An die

Geisteswissenschaftliche Forschungszentrale
der Bundesrepublik Deutschland
MANNHEIM

Betr.: Ersuchen um Unterstützung eines Forschungsvorhabens der Geschichtswissenschaft

1 Der Unterzeichnete ersucht um Unterstützung
des Projekts
SPHAGISTIK
ZUGÄNGE ZU EINER SYSTEMATIK DER VERLIERER

2 Ansatz des Projekts

2.1 Ausgangssituation

2.1.1 Die Geschichtswissenschaft folgt bisher strukturell der sogenannten ›Tatsächlichkeit‹ (Faktizität) der Ereignisse. Dies ist keine zwingende Methode, sondern eine Vorliebe. Aus dieser Vorliebe folgt unabweislich eine Vorentscheidung: die Vorentscheidung für den Gewinner. Es findet Selektion statt: auf der Rampe des geschichtlichen Potentials werden die ›realistischen‹ Entwicklungen des Erfolgs als Forschungsgegenstand akzeptiert, die verdrängten, verlorenen Potentiale von einem bestimmten Punkt ab dem Nichts überantwortet. Ihnen ist der ›zweite Tod‹ bestimmt, das Erlöschen der Memoria.

2.1.2 Diese Systematik gilt auch dort, wo scheinbar objektiv über zwei Seiten einer Konfrontation gehandelt wird: die Zustände oder Handlungsträger, die unterliegen, das Banner, das versinkt, mögen mit Wohlwollen, ja Sympathie betrachtet werden – selektiert wird allemal. Die Panzer-Armee der Faktizität stößt durch; was zurückbleibt, sind Tote, Flüchtige, gelöste Verbände, die (nach einer möglichen Anstandsfrist) keiner Trauerarbeit mehr bedürfen.

2.2 Unzulänglichkeit der bisherigen Methode

Solange die Geschichtswissenschaft bei dieser methodischen Vorliebe verharrt, bleibt sie in der Vorwissenschaftlichkeit stecken; genauer: auf einer unteren, mechanistischen Stufe der Erkenntnis. Sie verstößt damit gegen fundamentale Gesetze der wissenschaftlichen Einsicht:

2.2.1 physikalisch gegen den ersten Hauptsatz der Thermodynamik, den Satz von der Erhaltung der Energie;

2.2.2 biologisch: Die Gesetze des Lebendigen kennen keine Hierarchien des Erfolgs bzw. Mißerfolgs (hier liegt ein Grundirrtum des sog. Sozialdarwinismus!). Ein Ausscheren aus den Kreisläufen des Organischen, d.h. des Leben-und-Tod-Kreislaufs, gibt es nur um den Preis des Todes auch für den scheinbaren Sieger.

3 Die Sphagistik – Wesen und Ansatz

(griech. σφαγή = ›Niederlage‹)

Die Sph. sieht und behandelt ›Sieg‹ und ›Niederlage‹ als gleichgeordnete, gleich-reale Tatbestände. Mit jedem Sieg, d.h. jedem Gewinn in der historischen Lotterie, wird eine bestimmte Linie auf einem Feld der Realität beschritten, dessen Vielzahl von Linien sich asymptotisch ∞ nähert. Indem sie sich weigert, auf den Erfolgs-Strich zu gehen, behält die Sph. das ganze Feld der Potentialität im Auge, tut sie den Schritt in eine höhere Dimension, in die Komplexität nichtlinearer Formeln.

3.1 Überlegenheit des sph.istischen Ansatzes

Die Geschichtswissenschaft hat sich den Errungenschaften des Jahrhunderts, d.h. der Überwindung des mechanistisch-kausalen Denkens, zu stellen. Durch den sph.istischen Ansatz wird der Bereich der Niederlage als ein gleichwertiges Datenfeld erschlossen.

Daraus ergibt sich

3.1.1 – eine neue Dimension von Verifikations- bzw. Falsifikations-Möglichkeiten – die Geschichtswissenschaft nähert sich den Kriterien der *hardcore science;*

3.1.2 – eine neue Rangstellung für die Probleme und Tatbestände der Religion, der Philosophie, der Kunst und Literatur. Ihre Energien sind seit Altamira, seit dem Buche Hiob, dem Gilgamesch-Epos und der Ilias in viel höherem Maße auf das Problem der ›Verlierer‹ als auf das der ›Sieger‹ konzentriert – was sich logisch zwingend aus der höheren Dimensionalität der Niederlage ergibt (s. o.);

3.1.3 – eine exakte(re) Bestimmung der Interferenz von ›Erfolg‹ und ›Niederlage‹: Erfolg und Niederlage sind Bestandteile eines Systems von Interferenzen. Erfolgsstrukturen enthalten Potentiale und Ursachen von Niederlage, wie umgekehrt jede Niederlage Keime von Erfolgsstrukturen enthält bzw. enthalten kann.

Die Sph.ik wird es möglich machen zu bestimmen, welche Binnenstruktur der ›Niederlage‹ Kennzeichen künftigen ›Erfolgs‹ aufweist, und wo andererseits die scheinbar erfolgreichsten Strukturen Keime der Niederlage nähren.

4 Zusammenfassung

Die Sphagistik sieht und behandelt Sieg und Niederlage zunächst als gleichgeordnete Realien. Da jedoch jeder ›Erfolg‹ eine Vielzahl (potentiell: eine Unendlichkeit) von aufgegebenen Realitäten hinter sich läßt, geht die Geschichtswissenschaft mit der Sphagistik in die nächsthöhere Dimension über.

Die Sphagistik ist demnach keine neue Parteilichkeit, sie ist die Aufhebung der bisherigen historischen Parteilichkeit zugunsten einer höheren Objektivität.

...

Da es sich beim Auf- und Ausbau der Sphagistik um einen gänzlich neuen Ansatz handelt, der intensiver und materialreicher Mühen bedarf, erlaube ich mir, einen Voranschlag zu überreichen, der eine Frist von 10 (zehn) Jahren und einen Finanzbedarf (Lebensunterhalt, Reisen, Literatur usw.) von

DM 54.000.– per annum

vorsieht – ein bewußt bescheiden gehaltener Ansatz.

Ihrer Zusage mit ruhiger Zuversicht entgegensehend

Ihr Dr. Korbinian Irlböck.

Anlagen:

1) Curriculum Vitae
2) Dokumente in Kopie:
   Abitur-Zeugnis – Doktor-Diplom – US-Habilitation
3) ein Exposé über die jesuitische Huronen-Mission im 17. Jahrhundert, welches Leitlinien der sphagistischen Methode illustriert.

* * *

4.

Sankt Nonnosus und FONDAZIONE TRASCENDENZA

Korbinian gab den Brief an die Geisteswissenschaftliche Forschungszentrale, einen derben braunen Umschlag, eingeschrieben auf. Der Schalterbeamte frankierte, klebte das rotumrandete weiße Wapperl, stempelte und warf die Kostbarkeit in den Ausgangs-Korb. Im gleichen Augenblick wußte Korbinian, daß er von dort kein Geld bekommen würde. Denn wie hat ein solcher Antrag für solche Leute auszusehen, sich anzufühlen? Gut abgehängt, vom Fett und der Würze der Emotionen gereinigt, allen metaphorischen Zaubers entkleidet, jeden Duftes bar – ein biederes Skelett. Lebendiges erschreckt und verschreckt, ist Perlen vor die Säue, Pralinen vor die Roboter-Juroren. Deprimierte es ihn, das zu wissen? Eigentlich nicht. Die innere Richtung stimmte, die innere Strömung trug, wurde reißender. Als er aus dem Postamt trat, bemerkte er die Sonne, sah die viele Jugend auf der Hauptstraße, beschloß, Erinnerung zu festigen oder zu bereinigen. Er schlenderte an den kleinen Häusern der Fischergasse entlang, an dem dunkelgrünen Bach, der mit der Hauptstraße parallel lief: es sind die kleinen Häuser, welche die wichtigsten Rätsel der Geschichte (der Verlierer- und Hoffnungs-Geschichte) enthalten. Er schlug einen spitzen Haken und stieg von Nordosten her die Untere Domberggasse hinauf, die einzige Zufahrt des Dombergs für Autos, passierte das alte Turmtor, steuerte den Dom an – genauer: das Grabdenkmal des Bischofs Albrecht Sigismund, denn da galt es etwas zu verifizieren.

Das Schiff der Kathedrale war kühl und still, und stumm das Gejodel der gipsernen Rokoko-Putti. Der Marmorbi-

schof im Chorrock blickte ihn bleich und grämlich an. Korbinian besah sich die Sockellöwen und stockte vor Überraschung:
Die beiden heraldischen Viecher, voneinander nach außen abgewandt, hielten Marmorkugeln fest, das war richtig; aber sie preßten die jeweils äußeren Vordertatzen auf den Sockel, keine fünfzehn Zentimeter über dem Bodenpflaster. Wie hatte er sich da, das Meßbuch in der Armbeuge, hinunterbücken können, ohne stehenzubleiben – das heißt, ohne eine völlig unliturgische Haltung einzunehmen? Ohne den seraphischen Schritt des frommen Priesters zu blockieren? Unvorstellbar. Ein absolut unvorstellbarer Bruch des Vertrags, unter den er damals gestellt war.
Aber er fühlte es doch! Fühlte es so deutlich und sinnlich wie vor kurzem unter der Treppe der Library, fühlte den glatten Stein in der Handfläche –
Es gab nur eine Erklärung, eine heilsam erschütternde: er hatte damals nicht die Kugel des rechten Löwen gestreichelt, sondern dessen Schnauze. In der Tat, sie sah glatt und einladend aus; spiegelglatt, zusätzlich poliert mit dem feinen, vornehmen Firnis des Handöls. Ja, so wars, so mußte es gewesen sein: der Knabe Irlböck hatte den Versen des Psalms 90 vertraut, hatte sich an den Rachen der Bestie gewagt, ein kühner Dompteur, der auf Gottes Zusage hin Löwen, Drachen und Basilisken bezwingen kann. Keck und sicher hatte er sich gefühlt – kecker und sicherer als der Geschichtsdozent im mittelwestlichen Glashaus der Akademe. Wärme kroch in ihm empor, vom Solarplexus zum Herzen, das Gefühl bisher verborgener und bereits überstandener Reisegefahr.
Wie immer, wenn er in den Dom kam, stieg er auch in die Krypta hinunter. Die Meditation vor der Drachensäule gab ihm heute nichts. Das kam vor, verdroß ihn nicht. Sie konnte nicht immer fruchtbar sein, sonst wäre sie kein

Geschenk, sondern trüber magischer Handel. Ohne Eile, doch ohne zu zögern, wandte er sich dem Nonnosusgrab zu. Er hatte eine spezielle Schwäche für den wundertätigen Abt von Soracte mit seinem sportlichen Angebot. Und da kam die zweite, ebenfalls gänzlich unerwartete und sehr fruchtbare Überraschung: Nonnosus.

Er hatte den letzten Brief seiner Mutter in den Krieg mitgenommen – törichterweise. Irgendwo zwischen der Rekrutenkaserne am Bodensee und den Baumwollfeldern von Tennessee war er ihm abhandengekommen – doch was machte es aus? Er kannte ihn auswendig. Jetzt erst, vor vier atmenden Votivkerzen, fiel ihm die mögliche Bedeutung des Postskriptums zu, der ungelenken lateinischen Großbuchstaben:

MERKE: KENNWORT NONNOSUS.

Licht am Ende des Tunnels: winzig, unerträglich hell, ein Laser-Punkt. Er steckt dem Wundertäter eine Kerze auf, setzt sich oben im Schiff auf eine Kirchenbank, denkt scharf nach, ordnet Möglichkeiten und Wahrscheinlichkeiten, während der heilige Michael auf dem Altarbild des Rubens die Teufel in die Hölle donnert, immer und ewig. Dann rennt er, ja rennt zurück zur Hauptstraße.

Verena, seine Schwester (das ist, Halbschwester), hatte einen guten Posten bei der Bayerischen Kreditbank-Filiale: halbwegs zwischen oben und unten, zwischen Schalter und Anlageberatung. Verena war weinerlich und tüchtig, und sie hatte das bißchen Kontakt mit dem irlböckischen Namen aufrechterhalten, hatte ihm tapfere und weinerliche Briefe geschrieben, denen, als er noch studierte, gelegentlich ein Zehn-, selten ein Zwanzigmarkschein beilag. Aus St. Jean hatte er ihr Bunt-Amerikanisches geschickt: Textilien, englische Taschenbücher (über *accounting,* aber auch gefällige, nicht kitschige Romane), gastronomische Spezialitäten wie indianischen Wildreis. Es war eine klinisch-vorsichtige Beziehung; er

mochte sie ja, die Vreni, aber sie stand im bocksfinsteren Schatten des Valentin.
Der Zeitplan stimmte genau; er traf sie, als sie gerade dabei war, die Glastür für den Publikumsverkehr zu sperren. Als sie ihn, die Hand am Sicherheitsschlüssel, sah, erstarrte sie. Sie war fanatisch auf Haltbarkeit frisiert, mit glasierter Dauerwelle; sie trug ihre knochige Figur und ihr Schneiderkostüm sicher, ihr sparsamer irlböckischer Mund war nicht ungeschickt durch Lippenstift aufgewertet. Aber als sie ihn sah, erstarrte sie: sie erkannte das Kommende in seiner Entschlußkraft. »Vreni –«, rief er, mehr brauchte es nicht. Es war offensichtlich: eine alte Truhe voller Schrecknisse sprang auf, schimmelige Geheimnisse quollen hervor, munter klappernd richtete sich das Skelett auf. Es war nur zu ihrer Beruhigung, daß er hinzufügte: »Ich hätt gern die Bankmitteilungen.«
Bei der Bayerischen Kredit hatte er kein Konto; und selbst wenn er eins gehabt hätte – Vreni hätte ihn nicht mißverstanden. »Der Vatter«, sagte sie wehrlos. »Da geh ich besser mit. Oder du mit mir, ich hab den Wagen hinten stehn...«
So fuhren sie beide in Vrenis Volkswagen in die Wiesentalstraße. Die schlängelt sich im Bogen vom Kloster Neustift zu den Hügeln empor. Dort stehen die Häuser, die den ersten grimmigen Wiederaufbau nach 1948 bezeugen: zahnlückige Fronten, niedrige Dächer, Faser- und Eternitplatten, Holzstiegen von der Straße hinauf zur Haustür, Schweiß und Häßlichkeit der Eigenleistung. Vater und Tochter waren aus Haag hergezogen, als die Pensionierung des Postbeamten und Vrenis Aufstieg das ermöglichten. Sie hielt ihm noch Haus, sie hatte sich nicht lösen können von der grauen, unabweislichen Bestimmung einer ledigen Tochter. Sie bugsierte den Wagen in die winzige Lücken-Garage zwischen zwei

Anwesen, sie drehte die Zündung ab und saß ein paar Augenblicke ohne Bewegung, die großen Hände im Vinylschoß. Dann weinte sie. »Glaub mirs, Kurwi, es war schrecklich für mich.«

»Na, es ist ja vorbei«, sagte er leichthin. »Wer könnt schon sagen, obs anderst besser gangen wär?« Sie stiegen aus und gingen durch die grüngestrichene Verbindungstür ins Haus.

Valentin Irlböck saß am großen Küchentisch, mit einer Brille weit unten auf der Nase, und bastelte am Spiralfederblock einer alten Spielzeug-Lokomotive. Blechteile von Waggons, lackierte Dächer mit Schiebefalzen, einsame zweirädrige Achsen: Valentin spielte nicht, er spekulierte auf künftigen Kursanstieg für altes Spielzeugblech (und hatte recht damit, wie wir wissen). Er sah sich nicht nach den Eintretenden um.

»Vatter«, begann Vreni leise und wurde immer leiser bis zum Flüstern. »Der Kurwi wär da. Wegen der – Mitteilungen. Aus der Schweiz.«

Valentin sagte nichts, wandte den Kopf nicht. Nur sein winziger Schraubenzieher wurde immer langsamer, als arbeite er unter Wasser in einem einfrierenden See. Auf seinem spitzgewölbten blanken Schädel, zwischen einem welken Kranz heufarbenen Haars, waren drei große Pigmentflecken.

Vreni plumpste auf den freien Hocker, fegte ein halbes Dutzend blecherne Formen vom Tisch, legte den rechten Unterarm auf den Tisch und ihr Gesicht auf den Kostümärmel und heulte rechtschaffen und ausgiebig. Korbinian stand an den Türrahmen gelehnt, in dunkelblauer Cordjacke und pulverblauer Hose. Valentin fror endgültig ein, sein Werkzeug kam in einem winzigen stählernen Schraubenschlitz zum Stehen.

»Ich brauch wenigstens die Adreß«, sagte Korbinian diplomatisch.

»Wenns weiter nix is«, knurrte der Alte, überraschend versöhnlich. Er stellte den Motorblock ab, legte den Schraubenzieher daneben, griff mit zwei Fingern in die obere Außentasche der alten Wolljacke, die er trug, und fischte einen altmodischen Schlüssel heraus. »Zeigs ihm, Vreni«, sagte er brummig, fast entschuldigend, und schob den Schlüssel zwischen zwei lädierten Güterwagen durch (auf einem stand 8 CHEVAUX – 40 HOMMES). Vreni richtete sich auf, nickte zweimal kräftig und zornig, auf ihrem Ärmel vermählten sich Tränennässe, Lippenrot und Wimpernschwarz. »Komm Kurwi«, winkte sie mit dem Dauerwellen-Helm, der starr und gleichmütig über ihrem schmerzverbogenen Antlitz stand.
Korbinian hatte das Wohnzimmer zwei- oder dreimal gesehen; es war halbdunkel und kalt, roch nach mangelnder Verwendung, nach dem grausamen Verzicht der unteren Mittelklasse auf wirkliche Gemütlichkeit. Während sich Vreni zur vertikogekrönten Kommode schob (die kannte Korbinian noch aus Haag), sah er sich um und stählte sich aufs neue gegen das panische Mitleiden, das ihn hoch- und wegzutragen drohte: Mitleid mit diesem bewußtlosen Elend, seinen Nierentischchen und Lampentüten aus imitiertem Pergament, seinen schwarzen, knallbunt vollgekleckten Tapeten: Hilfe Hilfe wir-sind-doch-wer ... sorry, kein Platz für alle im Rettungsboot, das Boot ist voll, und die Ziehung ist vorbei. Vreni kniete und öffnete die unterste Schublade; ihre Rechte fuhr weit in den hintersten Winkel. Dann richtete sie sich auf und hielt den Deckel eines Schuhkartons, in dem hintereinander ein Stoß aufgeschlitzter Briefe standen, alle in ihren Umschlägen. »Neunundzwanzig Stück«, murmelte sie und übergab langsam, feierlich, liturgisch.
Korbinian setzte sich auf eine schlecht erdachte Couch, schaltete eine der Tütenlampen an und bog ihren Hals zu sich herunter. Er riffelte durch den Stoß; Absender aller

Briefe war die Heimat & Boden Bank zu Meiringen, Kanton Bern, Confédération Helvétique. Die älteren Couverts waren vergilbt, zwischen 1954 und 1955 änderten sich der Stil des Aufdrucks und das Format, aber sonst nichts – für die Heimat & Boden Bank zu Meiringen gibts keine Apokalypsen. Jeder Brief enthielt eine Aufstellung von Wertpapieren und den Auszug eines Girokontos.

»Seit Neununddreißig hockt ihr da drauf«, sagte er nicht ohne Bewunderung. Wutgeraffte Erinnerungsbilder durchzogen ihn: Kanonenofen in zugiger Dachkammer, hektisches Post-Sortieren in bleierner Dämmerung, Teller voller Sauerkraut, der Rauch billiger Zigaretten über halbkaputter Schreibmaschine, anderthalb Jahrzehnte Kaminkletterei zum akademischen Plateau. Alle Briefe waren an Mme. Katharina Irlböck adressiert, zuerst nach Haag a. d. Amper, Deutsches Reich, später Bayern, später BRD, dann an die Wiesentalstraße 69, D-805 Freising. Vreni stand hinter der Tütenlampe, ungeschlacht und reuig, drehte die Finger ineinander: »Er hats auf dem Totenbett, auf ihrem Totenbett hat er ihrs versprechen müssen, daß er sie aufhebt für dich ...«

»Bis wann? Bis zur Volljährigkeit, oder? Anno 43, spätestens.«

»Da warst im Feld – und dann in Amerika. Und dann hat sichs halt so eingespielt.«

»Eingespielt – soso.« Er zog den letzten, schon computererstellten Ausdruck aus dem Umschlag, ohne auf den Inhalt zu achten: »Ein Kennwort-Konto.«

»Vorm Umzug hat der Vatter alles auf den Kopf gestellt. Wirklich alles, sogar die Bodenbretter hat er angehoben. Na und dann – dann hat er halt darauf gewartet, auf die Jahresmitteilung. So um Lichtmeß herum.«

»Auf was?«, Korbinian lachte trocken. »Daß ihm die Schweizer das Kennwort schreiben?«

Vreni wurde rot – nicht aus Scham, sondern aus beruflicher Entrüstung, sie war Bankangestellte und konnte erwarten, daß nichts so Dummes gefragt wurde. »Er hats nur aufgemacht und dann da hineingetan.«
»Und nie was gesagt?«
»Eigentlich nie. Einmal, Anno dreiundsechzig oder vierundsechzig, vielleicht. Er hat gesagt: der kommt auch nie an das Geld.«
Korbinian lachte, faltete den letzten Ausdruck und legte ihn in seine Brieftasche. Dann ging er mit Vreni wieder in die Küche hinüber. Der Vater hatte das Spielzeug (alles Spielzeug, auch das, was die Vreni auf den Boden gewischt hatte) auf ein Brett gestapelt, hatte das Brett auf einem Hocker abgestellt, hatte eine Bierflasche aus dem Kühlschrank geholt und zwei Schoppengläser vom Regal. Er schenkte gerade ein, als sie kamen. Er reichte Korbinian das eine Glas: »Stoß ma an, auf die Kathrin.« Er sah fast heiter aus, eine Zahnlücke wurde unter dem struppigen Schnauzer sichtbar, der ihm über Lippe und Mundwinkel hing (was die Oberlippe betraf, hatte die Entnazifizierung restlos geklappt in deutschen Landen).
»Da kann i net nein sagen«, erwiderte Korbinian. Die Gläser schlugen mezzoforte aneinander, ohne jede Musik. Der Schaum war angenehm. »Wer hat denen eigentlich den Adressenwechsel mitgeteilt?«
Mit dem Mittelfinger der Hand, die das Bierglas hielt, wies Valentin dumm und pfiffig auf Vreni.
»Und wie hat sie unterschrieben?«
Vreni sagte und trank nichts, sie stand blaß und monumental auf dem Linoleumboden. »Im Auftrag: Verena Irlböck. Was sunst? San mir Urkundenfälscher?« So Valentin.
Korbinian trank schweigend, den Blick über den Glasrand auf den Irlböck gerichtet. Alles war klar. »Und wie heißt das Kennwort?«, fragte er.

Treffer! Valentin fing an zu kichern, es schüttelte ihn, das Kichern, er wischte Bierschaum aus dem Schnauzer. »Woher soll ich das wissen, he?«

»Dog-in-the-manger«, sagte Korbinian halblaut.

»Was –?«

»Ein amerikanischer Spruch. Der Hund in der Futterkrippen. Er laßt den Ochsen nicht hin, auch wenn er selber das Heu gar nicht fressen kann.«

»Dees is gut, dees is gut«, kicherte Valentin, hilfloser, stärker geschüttelt. Kichernd nahm er Korbinian das halbvolle Glas aus der Hand, schüttete es zusammen mit dem seinen in den Ausguß: »Verschwind«, sagte er. »Schleich dich.«

»Na, wenigstens haust nix mehr kaputt«, sagte Korbinian. Verena stieß einen hohen, lächerlichen Klagelaut aus. Korbinian blickte auf den Küchentisch, merkte, daß er der gleiche war wie in Haag an der Amper, sah sich selbst vor sorgfältigem Gedeck mit Serviette, Messer und Gabel, sah das Gesicht der Mutter im Liebeskreis und im Halbdunkel die Ausgeschlossenen, Valentin und Vreni. Stärker spannte sich in ihm das gräßliche Mitleid, der Drang, sie an Land oder ins Rettungsboot zu ziehen, aus der stinkenden Sargasso-See ihres neidvollen Lebens – das Mitleid riß, die Spannung mit ihm, er begriff, daß sie nicht ins Boot wollten, sondern daß sie wollten, daß er in den Sumpf sprang. »Also, pfüatgod beinand«, sagte er und ging.

*

Zwei Wochen später (er hatte alle möglicherweise wichtigen Dokumente besorgt und ein Girokonto bei der Bayerischen Kredit, Zweigstelle Freising, errichtet) betrat er die Heimat & Boden Bank zu Meiringen, Kanton Bern. Sie stand (und steht) tiefbraun und altmodisch in der braunen Herbstluft des Hasli-Tals; die Einrichtung war bewußt

rückständig, das Personal bewußt modern gehalten. Der jüngere Herr, an den er verwiesen wurde, trug ein Plaid-Jackett, sorgfältig gesengte braune Locken und eine Hornbrille, die an Grabbeigaben keltischer Fürsten erinnerte. Korbinian war viel zu gewissenhaft gewesen, hatte viel zu viele Dokumente mitgebracht, die Formalitäten liefen nach Nennung des Kennworts denkbar schlicht ab.
»Es freut uns natürlich sehr, wenn einer unserer Fonds sozusagen zum Leben erwacht«, sagte der bebrillte jüngere Herr (er hieß von Graffenwyhl; später erfuhr Korbinian die Bedeutung dieses Namens im Gefüge des Berner Patriziats, was wiederum Rückschlüsse auf die Bedeutung der scheinbar so demütigen Heimat & Boden Bank erlaubte). »Wenn Sie einen Blick ins Portefeuille werfen –« (er betonte ›Pórtefeuille‹), »so werden Sie sofort feststellen, daß wir bemüht waren, all diese Jahre über den rechten Weg zwischen investiver Kühnheit und unabdingbarer Sicherheit zu finden – die *aurea mediocritas,* der goldene Mittelweg der antiken Philosophie ist sozusagen das Programm unseres Hauses. Auf dem Grundsockel Welterli-Lacaze lassen sich, wie Sie sich denken können, getrost etwas – gotische Finanzgebäude errichten, ohne daß die Statik darunter leidet. In Abständen, wie Sie sehen, wurde der Fonds von außen erhöht – hier, 1931, 1939 –, aber das Wesentliche ist und bleibt die konsequente Entwicklung der Polymer-Industrie. Durch die Ereignisse seit 1939 wurde sie zusätzlich intensiviert.«
Keine Apokalypse für die H & BB.
Dr. Irlböck fuhr mit dem Daumen die Liste der Aktiennummern herab. Einige Namen kannte er: Dupont, ICI, und natürlich Hoechst, Bayer. Welterli & Lacaze kannte er nicht, aber das Zentral-Geheimnis bleibt in einer zünftigen Religion immer verschleiert. »Kann ich mir«, fragte er möglichst nebenbei, während er seinen Daumen beschäftigte, »die Frage erlauben, wer diesen Fonds seinerzeit errichtete?«

Wenn er mit Erstaunen gerechnet hatte, so hatte er sich verrechnet. »Sie als Inhaber? Doch selbstverständlich.« Von Graffenwyhl flippte in einem alten Ordner zurück, und Korbinian spürte plötzlich die vertraute Sehnsucht in den Eingeweiden – die Sehnsucht nach dem Vater. »1922 errichtet von der Anwaltskanzlei Neumann & Banter, München.« Von Graffenwyhl wurde spontan und planvoll persönlich: »Der junge Herr Neumann – er ist siebzig, aber hier in Meiringen dennoch der junge Herr Neumann – ist wie sein Vater Stammgast in Meiringen. Er ist, wie sein Vater, Verehrer von Sherlock Holmes, wissen Sie.«

»Die Reichenbach-Fälle«, nickte Korbinian und wies vage nach links oben durch die Kassettendecke hindurch auf die steilen Hänge.

»Sie kennen das auch? Épatant. Von da oben hat sich Sherlock Holmes, dem Willen seines Verfassers folgend, mit dem Todfeind Moriarty in die Tiefe gestürzt. Ein mystisches Ende für eine so rationale Gestalt. Yin und Yang – so würde ich das sehen. Aber ich bin natürlich literarischer Amateur...«

»Sagen Sie das nicht. Sieg und Niederlage ineinander verschlungen, das ist sehr treffend.«

»Eine heilige Hochzeit, ja. Leider hat Conan Doyle auf Wunsch der Leserschaft seinen Helden wiederbelebt; ich finde das künstlerisch bedauerlich.«

»Sehr bedauerlich – schon wegen Meiringen.« Die Hitze in den Eingeweiden starb ab, der Vater blieb hinter der Regaltür wie eh und je. »Ich würde gern einen Dauerauftrag auf ein Konto der Bayerischen Kredit in Freising, Oberbayern, erteilen und einen gewissen Barbetrag gleich abheben. Ihre Auftrags-Vollmachten bleiben selbstverständlich bestehen.«

»Sehr gut. Was die gegenwärtige Höhe Ihres Gesamtkredits betrifft –« (von Graffenwyhl zeigte mit dem Kugel-

schreiber auf eine Schlußsumme), »besteht kein Problem.«
Die Schlußsumme war siebenstellig, und die erste Ziffer war keine Eins. Dr. Irlböck atmete langsam und tief durch – er war, wenn nach hiesigen Begriffen auch kein reicher, so doch ein sehr wohlhabender Mann.

*

Er kehrte nicht sofort nach Freising zurück. Er stattete sich in Zürich aus, drahtete Olivia seine verzögerte Heimkehr, buchte einen Flug nach Athen, mietete sich ein tüchtiges kleines Boot mit einer tüchtigen kleinen Crew und befuhr die weinrote See, die glorreichen Inseln des archaischen Jahrhunderts: Lesbos Chios Samos ... Der Herbst war ihm gnädig, wenn auch schon mit sprühenden Tänzen durch weißgefalzte Wogenkämme. Er schloß die Reise mit einem fünftägigen Aufenthalt in Karthago, Grand-Hôtel Saint Louis (Angebot ca. 15 Betten). Er fuhr mit einer bunten offenen Kleinbahn nach Marsa-la-Plage; die Gegend war schwer aus der Erinnerung zusammenzusetzen, aber er fand im Vestibül einer Villa über dem Strand blaugrüne Kacheln mit flachen Granatsplitternarben. Auf der Terrasse des Hotels, in Erwartung der Abendbrise und des Abendessens (die Touristen-Saison, damals ohnehin noch bescheiden, war längst vorbei, und er war verwöhnter Spezialgast, für den allein die Gasflammen unter dem Grillspieß brannten –), schrieb er zwei Schecks aus und zwei dazugehörige Briefe. Den ersten an Eileen Hanrahan, St.-Jean-de-Brébeuf, Minn. ($ 25.000.–):

Dear Eileen – das Schicksal war gütig, und so bin ich in der Lage, mich anständig zu benehmen. Fasse dies nicht kapitalistisch auf, sondern feudal: hier wird nichts gehandelt, sondern ein Gastgeschenk gegeben, wie es zwischen freien Menschen üblich ist – oder sein sollte. Es wäre mir recht, wenn es Ernest weiterhelfen könnte, aber das bleibt natürlich völlig dir überlassen. Was mich betrifft, ich finde meine Schrittlänge, ich beginne zu vermuten, daß alles seinen Sinn hat, und ich kann nur hoffen, daß es dir nicht anders geht. Küsse Ernie von mir und sei du geküßt von Corvie.

Den zweiten, kürzeren, an Verena Irlböck, Bayer. Kreditbank, Freising:

Liebe Vreni, – angesichts Eurer langjährigen Mühewaltung um mein Vermögen ist es wohl richtig, Euch etwas zukommen zu lassen. Grüß Vatter von mir, er wird sich freuen, daß die Warterei nicht umsonst war.

Kurwi

Der Scheck dazu lautete auf DM 9.500; zehntausend, so fand er, wäre zu infam gewesen, neun komma fünf war immer noch infam genug, die letzte vierstellige Möglichkeit. Er lächelte sich beifällig zu, schraubte die Kappe auf den silbernen Füllfederhalter aus Zürich und lehnte sich zurück – es war bemerkenswert, wie subtil Gemeinheit wurde, wenn genügend Geld dahinterstand. Man servierte ihm den bekannt guten Feigenschnaps des Hauses sowie frittierte Scampi als Vorspeise; das Hammelfleisch am Grillspieß erreichte das richtige Aroma, welches sich der Abendbrise zu besserem Effekt bediente. Dr. Irlböck trug einen crêmefarbenen Sakko und einen dunkelblauen Querbinder, er bekam graue Schläfen, die ihn kleideten, er blickte in die Sternennacht und auf den mattschimmernden Kreis des punischen Hafens hinab. Und plötzlich merkte er, wo er hineingeraten war: in die vorletzte Szene einer mäßig-witzigen britischen Gaunerkomödie (›Gentlemen leben standesgemäß‹ oder so ähnlich) – in die Szene des trügerischen Erfolgs, vor die Interpol aufkreuzt oder die Beute sich als Falschgeld präsentiert. Er lachte, aber er kam sich dabei nicht komisch vor.

*

Nach Freising zurückgekehrt, fand er zwei Briefe: einen erwarteten und einen unerwarteten. Der erwartete teilte ihm mit, daß sich die Geisteswissenschaftliche Forschungszentrale leider nicht in der Lage sehe, das Vorhaben ›SPHAGISTIK... usw.‹ zu unterstützen, da es noch konzeptuale Mängel aufweise.
Der zweite, unerwartete, kam aus Kingston/Jamaica und lautete:

Venezia, Sep. 30 - 1968

Hochgeschätzter Herr Professor, –
– auf Umwegen ist Ihr großartiges Arbeitsvorhaben (SPHAGISTIK... etc.) zu unserer Kenntnis gelangt. Unsere Stiftung würde sich geehrt fühlen, wenn Sie sich in der Lage sähen, eine Zusammenarbeit ins Auge zu fassen.
Wir dürfen uns vorstellen: FONDAZIONE TRASCENDENZA ist ein international verankertes Institut, es macht sich zur Aufgabe, die wissenschaftliche Szene auf Trends zu beobachten, welche Wege in über-disziplinäre Anstrengungen zur Bewältigung der immer komplexeren Menschheitsprobleme bahnen könnten.
Wie bekannt, bemühen sich zur Zeit herausragende Geister in aller Welt vornehmlich um die Komplexität nichtlinearer dynamischer Systeme und Prozesse. Dabei ergeben sich zukunftsweisende interdisziplinäre und über-disziplinäre Perspektiven. Ihr Ansatz zu einer ›Systematik der Niederlage‹ fügt eine weitere, äußerst interessante Perspektive hinzu.
Die FONDAZIONE TRASCENDENZA wurde in erster Linie geschaffen, um Persönlichkeiten wie Ihnen die labyrinthischen Wege durch etablierte Wissenschafts-Bürokratien zu ersparen, in denen wir natürlich über unsere eigenen Informationsquellen verfügen. (Dies dürfte als vorläufige Erklärung für unsere Anfrage genügen!) Wir möchten Sie ausdrücklich einladen, mit uns in Abspra-

chen über fruchtbare Arbeitsbedingungen einzutreten. Im allgemeinen genügen uns halbjährliche Berichte; gelegentlich würden wir uns erlauben, Sie selbst mit der einen oder anderen Anfrage zu belästigen, welche sich aus dem Auftrag unserer Stiftung ergibt oder ihn fördern könnte.

FONDAZIONE TRASCENDENZA legt Wert auf einen möglichst niedrigen Prozentsatz an Verwaltungskosten. Wir schlagen Ihnen deshalb vor, Ihr Projekt auf eine etwas höhere Stipendien-Summe auszulegen. Bei der Breite Ihres Ansatzes scheint dies mehr als gerechtfertigt.

Aus historischen Gründen wurde Venedig als legaler Sitz der FONDAZIONE gewählt. Um jedoch unsere Zusammenarbeit, der wir mit Vergnügen und Spannung entgegensehen, möglichst bald in Gang zu setzen, dürfen wir Sie bitten, Ihre Antwort unmittelbar an FONDAZIONE TRASCENDENZA Inc., Executive Branch, Box 364, Kingston/Jamaica zu senden, evtl. mit zusätzlichen Unterlagen.

Aufrichtig der Ihre,
(Maxwell Huong Dee)
Schatzmeister.

Die venezianische Adresse der Stiftung: 45b, Rio Terrà degli Assassini.

***

5.

Tee mit Olivia

Auch der Rest des Jahres 1968 war von Glück überhangen. Als erstes löste Dr. Korbinian Irlböck das Versprechen ein, das er sich selber gegeben hatte: die eigenen vier Wände. Freising begann die Wohnungsknappheit zu spüren, die von der Metropole ausstrahlte; aber alte Verbindungen und das neue Konto ermöglichten eine sehr exklusive Lösung: ein Halbhaus mit Garten im innersten Sakralbezirk, rechts von der Passage, die durch den Torweg des alten Gymnasialtrakts an den schweren Schwibbögen der südlichen Domflanke entlangführt bis zum frequentierten Nebeneingang. Der Weg wird von Besuchern beschritten, wenn das Gitter des Innenportals verschlossen ist; die Sohlen der Frommen, der Kunstliebhaber, der einfach Neugierigen knirschen dann sanft auf Pflaster oder Kies, voll zögernder Erwartung. Autolärm ist höchstens von fernher zu hören.

Irlböck übernahm die Wohnung (Miete zahlbar an die Erzbischöfliche Finanzkammer) von einem jungen Fundamentaltheologen, dem die Schließung der Hochschule höchst gelegen kam, und der einem Lehrstuhl im Nordwesten entgegenfieberte. Euphorisch lud er Korbinian in seine Kellertrinkstube ein, die von merkwürdig zwanghafter Weltläufigkeit kündete: blauweiße portugiesische Kacheln an Wand und Theke, ein Fensterchen mit bleigefaßten Scheiben auf der Hang-, also der Südseite, und ein höchst sonderbares Sortiment in den Regalen. »Porter gefällig – oder Guinness?«, fragte er feurig, während er schon eingoß, vor einer Kulisse von Tequila, Sake, kanadischem Whiskey und Spirituosenflaschen, in denen ver-

zweigte Gewürzbäume wuchsen. »Die neuen Kategorien«, rief er und trank sandfarbenen Schaum ab, »ergeben sich aus dem Dialog mit dem Marxismus. Bloch hat uns den entscheidenden Durchbruch verschafft, es wird letzten Endes darum gehen, wessen Zukunft offener ist – auf der Plattform der Entsakralisierung und Hominisierung der Welt. Paulusgesellschaft, Garaudy, Rahner, Moltmann – Sie kennen doch die Gesprächsprotokolle von Karlsbad –«
»Und was meint Moby Dick dazu?«, fragte Korbinian. Der Feuerkopf setzte sein Guinnessglas ab, peilte die Richtung: »Querschüsse von rechts bleiben nie aus. Er kann sich ja in Rom beschweren, bei der Propaganda Fide.«
»Ich dachte, Moby sei Episkopalianer«, erwiderte Korbinian mild. »Aber im Prinzip haben Sie recht: Querschüsse können nicht ausbleiben.« Die Theologen hatten den marxistischen Omnibus in voller Fahrt erwischt, aber der nächste war vielleicht schon abgefahren, von Berkeley aus oder von Wien, in drei vier Jahren würden sie wieder rennen müssen, um aufs Trittbrett zu kommen. Sie erwischten es immer.
»Und Promotionsrecht!«, lachte der Feuerkopf fröhlich. »Übrigens, möchten Sie die Bestände hier –« (er wies ausholend auf die Exotica in den Regalen) »– übernehmen? Der Transport wäre zu umständlich.«
»Das ist sehr anständig von Ihnen.«
»Wir könnten das pauschal –«
»Oh. Ich nahm an, die Ablösungssumme – wissen Sie, ich habe einen etwas anderen Geschmack. Bürgerlichen.«
Der Weltläufige nickte, generös und überlegen: »Also gut. – Es wird Ihnen gefallen hier.«
Das tat es, sobald die Trinkstube entfernt war. Korbinian richtete sich zurückhaltend modern ein, ging milde mit seinem Geld um, sozusagen im Berner Stil. Skandinavi-

sche Möbel, eine Küche, der er die geballte Effizienz einer guten Kombüse verlieh (er kochte gern), Rattan-Möbel auf die kleine Terrasse über dem Garten, der schräg zur Moosach hin abfiel, mit Herrschaftsblick über die Ebene, ja bis zu den Alpen. So brauchte er nicht mehr auf die Domterrasse zu gehen, um Zettlers unabweislichen Auftrag wahrzunehmen: die Beobachtung der Barbarenarmee. Gegen den Weg hin war der Garten durch Haus und Mauer abgeschirmt, eine mittelmeerische Art zu wohnen.

*

Olivia war genügend dem Fortschritt (und ihrer Selbstlosigkeit) verpflichtet, um ihn mit Rat und Tat zu unterstützen. So kam es, daß er sie am letzten Novembersamstag zum Tee laden konnte, laden mußte. Der Tag war wärmlich genug vor der Südwand, daß man auf die Terrasse gehen konnte, mit Wolljacken, Stövchen, Teekanne und den intensiven Süßigkeiten, die er auf den ägäischen Inseln kennengelernt hatte. Sie fröstelten wohl etwas (schließlich waren beide über fünfundvierzig, wie Korbinian taktvoll bemerkte) und er wußte, daß jetzt der Bericht über Quirins Hingang fällig, nicht mehr aufzuhalten war. Er kam nach dem Tee, bei einem Glas Sherry, unter Himmeln, die sich rasch verdunkelten. Olivia war anders geworden, wie schon bemerkt, aber natürlich nicht völlig anders. Sie sprach mit der alten zögerlichen Korrektheit, aber sie brachte urplötzlich irgendeine Burschikosität ein, die wie ein wunderliches Objekt in das Glas ihrer Rede eingegossen war. Korbinian fertigte später aus dem Gedächtnis ein Protokoll:

– Es war der Kreislauf. Medizinisch stimmt das sicher, aber körperlich war er nicht der Typ. Er war Wanderer, das weißt du, und das ist bekömmlicher als Sport. – Abgehärtet auch, wir haben immer bei offenem Fenster geschlafen. Weißt du ja. – Was ihn heruntergebracht hat,

das war die ganze geistlose Entwicklung. Er war doch ein christlicher Konservativer, aber ein wirklicher, und da ist man ja heute ein Linkskatholik. Er hat viel von Walter Dirks gehalten, von Heinrich Böll auch, und die Dinge liefen doch in die andere Richtung. – Das ist abstrakt gesprochen, aber du kannst dirs konkret vorstellen: das Gerede etwa bei Einladungen, die man hier gar nicht vermeiden kann. Im Lehrerzimmer auch, solang er noch aktiv war. Diese Selbstgefälligkeit, dieser geschlossene Mief, Arglosigkeit und Rechthaberei in einem, und das Gefühl, daß sich Freising immer noch totstellt – jedenfalls das Milieu, zu dem wir nun einmal gehören. Den Münchener Stammtisch gabs auch nicht mehr, die Hitlerzeit hat ihn aufrechterhalten, aber die Nachkriegszeit hat ihn aufgelöst, so hatte Quirin rein gesellschaftlich weniger als unter den Nazis. Schrecklich, das zu sagen. Aber man muß den Dingen ins Auge sehen. Wiederbewaffnung, zum Beispiel. Das ging doch zu schnell. Aber auch so Dinge wie der scheußliche Stil, in dem landauf landab Kirchen gebaut werden – in der Oberpfalz, hört man, hunderte. Modern nennt sich das, aber das hat er immer bestritten, hat es glänzend widerlegt. Richtig wütend ist er da geworden. – Ja, es wurde fast so etwas wie eine Pilgerschaft in der Fremde, sein Alter. Das alles zehrte an ihm. Der Kalte Krieg dann. Er bekam wieder das Kopfweh, das er unter Hitler gehabt hatte, du erinnerst dich, die Tage, wo wir ganz still sein mußten. Ja, und dann das Schlimmste: die Faustgeschichte.
Firnmoser, weißt du ja. FAUST IN FREISING. Er hat dieses Exposé in einem Sitz geschrieben, nach dem Abendessen immer, im Sommer Neununddreißig. Es war ein Nachtbuch. Er hat sich nie ausreden lassen, daß Firnmoser damals zwei, drei Schritte tat – ins Leere. – Ließ das in der Schwebe, sicher, aber hat versucht, sich in neue Theorien einzuarbeiten: neue Physik einerseits, Einstein, Planck – (Feld 18, Spieler verstaucht sich den Knöchel)

– die Art Wissenschaft lag ihm aber überhaupt nicht. Wenn er eine Formel mit mehr als den Grundrechnungsarten sah, kam er nicht weiter. Andererseits hat er Sachen entdeckt wie C. G. Jung, die tibetanischen Totenbücher, alles ins Esoterisch-Seelische gewendet – Du wirst sehen, diese Dinge kommen wieder, wenn die gegenwärtige marxistische Façon abklingt – aber es hat ihn auch nicht befriedigt, jedenfalls nicht als Lösung für das Firnmoser-Rätsel...
Aber darum gehts nicht. Du erinnerst dich, er hat einen Durchschlag an den großen Emigranten geschickt. Tommy hat er ihn immer genannt, ein ironischer Name aus lauter Verehrung. Sagte plötzlich, während der Brand Münchens am Himmel stand: habent sua fata libelli, ob der Durchschlag wohl durch die kontinentalen Brände gefunden hat? und so weiter. – Wir haben keine Illusionen gehegt, verstehst du? Es war eher ein amüsantes Ratespiel in blutig-ernster Zeit. Du warst ja damals auf den amerikanischen Baumwollfeldern, in der Fettlebe. Entschuldige.
Wir haben auch seine Reden im Radio gehört. Ganz leise, unter der Steppdecke, es war bei Todesstrafe verboten. Reden an und über Deutschland, tief gekränkte. Weit weg, in jeder Hinsicht. Aber grade deshalb wie ein gewinkter Gruß aus heiler Welt. Nach dem Krieg lang nichts, und dann schickt uns ein ehemaliger Schüler Quirins, er hatte ja viele dankbare Schüler – Galauner wars glaub ich, zwei Klassen vor dir, den großen Faust-Roman, mit angestrichenen Stellen und Bitte um Kommentar.
Hast du ihn gelesen? Flüchtig? Naja, er war nie deine Sorte Autor, das weiß ich. Aber doch immer sehr zivilisiert. – Faustus als deutscher Tonsetzer, von Adorno stark instruiert. Hatte nichts mit Firnmoser zu tun, gar nichts. Warum sollte er auch? Der Dichter trifft seine eigene Wahl, was er braucht und was nicht.
Bloß: der ganze Roman ist von einem fiktiven Chronisten geschrieben, einem Freisinger, ja, einem Freisinger Pro-

fessor. Und wie heißt er? Serenus Zeitblom. Das ist ja wohl mit Händen zu greifen.
Im Roman ist dieser Zeitblom ein ziemliches Arschloch. Entschuldige. Wilhelminisch insgesamt. Schwarzweißrot. Schwärmt noch 1943 von den Heldentaten der U-Boote, von der kühnen Mussolini-Befreiung und so. Kannst du dir das vorstellen? Dabei ständig abendländisches Gejammer, das System ist dämonisch, der Untergang nah und so weiter. Aber doch ein spießiger, verschwitzter Schwarzweißroter, wenn auch ein katholischer. Mit zwei Söhnen, die offensichtlich Nazis sind.
Zettler hat es nie mit den Spießern gehabt, das weißt du. Er war dazu viel zu radikal, im philologischen Sinne: radix, die Wurzel, er ging immer an die Wurzel der Dinge. Und er hat sich immer lustig gemacht darüber, wenn sich irgendein Nest aufgeregt hat, weil es in diesem oder jenem Werk schlecht wegkommt oder auch bloß meint, daß es schlecht wegkommt. Oder daß einer meint, daß er ›vorkommt‹ – als Dieb oder Päderast oder auch bloß als Depp.
Das Letztere ist sicher das Kränkendste. Nun, es hat Quirin gekränkt. Aber nicht eigentlich persönlich. Mehr im Grundsätzlichen, verstehst du? Da hat er ein Manuskript abgesandt mit einem ungemeinen Schicksal – nicht nur spannend, wirklich ungemein; und der Meister hat sich seinerzeit unsere Verehrung durchaus gefallen lassen, er war einmal zum Tee in der Meichelbeckstraße, zusammen mit dem Indologen Zimmer, der sich ja auch für Firnmoser interessiert hat. Weit vor deiner Zeit natürlich, er ging ja 33 raus und hatte natürlich völlig recht damit. Zimmer übrigens auch.
Tommy bekommt also das Manuskript, das Exposé. Kanns nicht brauchen, nehmen wirs an. – Aber bleibt es dabei? Nein. Er behält das Etikett FAUST, hängts an Nietzsche und seinen Spirochäten auf, das erörtert er ja ganz

offen. – Im psychoneurotischen Fin-de-siècle war er richtig zuhause, da war ihm sauwohl, entschuldige, deswegen ja auch sein ständiges Herumquälen mit Richard Wagner, warum denn sonst. Und außerdem fällt ihm ein, er kann einen Chronisten brauchen, einen parodistischen, das schreibt er ganz offen. Das ganze Schema des Faustus ist eine Parodie auf den großen bürgerlichen Roman, und er wird geschrieben von einem Ahnungslosen, einer Figur der sozusagen komischen Entlastung – Serenus Zeitblom. – Sehr bayrisch ist der Name nicht, der Zeitblom kommt ja auch nicht aus Bayern, sondern aus Kaiseraschern, einem stockfinstern Nest im deutschen Herzland, wo die Kathedralen voller Schreinerschragen stehen, auf die Kanzel ausgerichtet statt auf den Altar.

Gut, Zeitblom ist hilflos, Zettlers waren auch hilflos. Das weiß man heute, man schämt sich, und es soll nicht wieder passieren. Aber – schwarzweißrot! Wenn er schon nichts vom Katholizismus versteht, und er versteht offensichtlich einen Scheißdreck davon, entschuldige, dann will man so – s o – nicht vorkommen. Nicht als verschwitzter schwarzweißroter Depp. Mein Tee hat ihm damals geschmeckt, und er ist ein heikler Hanseat. Wir haben ihm sogar die Bestiensäule gezeigt, ja. – Ah, die zaubrische Norne! sagte er, als wir ihm die Spitznase auf die Ecclesia stießen, er hat das Programm des Großen Otto, die ewige Schlacht der Zwei Reiche, ins psychologische Sprechzimmer verlegt, da spielt ja auch sein Faustus.

Quirin bekam den ersten Infarkt drei Wochen nach der Lektüre.

Verheiratet ist er, dieser Zeitblom, mit einer Helene, geborener Ölhafen. Sehr originell das. Wie der Name sagt: eine Dampfnudel, Heimchen am Herd. Während Quirin, Verzeihung, Serenus im geistigen Deutschland, speziell in München herumschlieft, hockt sie zuhaus und

zieht Nazis groß. Nach Italien darf sie mit, aber da häkelt sie. Strickt? Häkelt? Häkelt, glaub ich. Jedenfalls nichts sonst.
Hat mir natürlich nichts ausgemacht. Ölhafen aus Olivia Tiegl, das ist schon so borniert, daß man einfach drübersteht. Aber Quirin war objektiv getroffen. So hineinmontiert werden als schlichte Seele, verstehst du? Als Depp, dem alle Damen und Herren, aber insbesondere die Damen, so ganz nebenbei ihre mörderischen Zustände anvertrauen, weil der Serenus damit garantiert nichts anrichten kann. Und der geniale Spirochäten-Wirt natürlich turmhoch darüber. Verstehst du, wie ihn das treffen mußte?
Und ich finde, daß Firnmoser mehr ist als dieser Tonsetzer. Erhabener Wahnsinn, Ausgriff aus dem euklidischen Dorf – das ist mehr als Spirochäten. Das ist ein persönliches Urteil, gewiß – aber schließlich haben wir das wirklich mitgemacht. Zudem: erhabener, weil erfolgloser. Der echtere Verlierer. Denn dieser Faustus, dieser Tonsetzer Adrian wird berühmt, zweifellos, mindestens posthum berühmt, das vermittelt das ganze Buch. Und Firnmoser? Seine hinterlassenen Manuskripte (das haben wir herausgebracht) sind bei seinen Schwestern im Chiemgau gelandet, die haben ihn gehaßt, weil sie gemeint haben, das ganze Geld sei an die Spángaro gegangen. Sie haben die Manuskripte einem alten Kuraten gezeigt, einem Betonkopf. Der hat sie verbrannt, weil sie häretisch, ja apostatisch seien. Kannst du dir das vorstellen?
Vielleicht kommt noch einmal ein Rächer für ihn, ein Rächer aus seinem armen Gebein. Ex ossibus ultor. Vielleicht du, Korbinian?
(Und Korbinian fügte dem Protokoll hinzu:)
Olivia stand auf, das Sherryglas in der Hand, ging ans Geländer der Terrasse, blickte schweigend in die perlgraue Ebene. Dann wandte sie sich um, sah mich an,

ruckte ihr kleines energisches Kinn nach vorn und sagte, mit den Tränen kämpfend:
»Nazis hab ich nicht großgezogen.«

*

Drei Wochen später entdeckte er den großen Keller.

* * *

6.

Durchbruch ins dunkle Glück

Neue Wohlhabenheit – das bedeutet, Geld ausgeben zu müssen. Und Dr. Irlböck hat sich entschlossen, dies auf leise, stilvolle Weise zu tun. Das wiederum läßt ihm kaum eine Wahl: Kunst und Weine sind da sozusagen ein Muß.

Nach Entfernung der fundamentaltheologischen Trinkstube wird der vordere Teil des Kellers für nüchterne Vorratszwecke und eine Waschmaschine bestimmt. Der hinterste, östliche Raum soll den Weinkeller aufnehmen. Er ist teils betoniert, teils aus kantigen Steinen gemauert, das Ergebnis einer langen, wenig planvollen Baugeschichte. Aber es herrscht die gleichmäßige Kühle, die dem edlen Zweck entspricht.

Die abschließende Ostwand besteht aus drei weiten Bögen auf granitenen Pilastern; die Zwischenräume sind mit Tuff, Nagelstein und altem Bruch vermauert. Die drei Nischen sind zu flach für Flaschenregale, und Korbinian beschließt, sich körperlich zu betätigen. Zwar ist er als Studierter in dem irrigen Glauben erzogen worden, kein Handwerks-Talent zu haben; aber spätestens in der Kriegsgefangenschaft hat er gelernt, daß das Unsinn war. Er besorgt sich einen elektrischen Schlaghammer und läßt ihn gegen den steinharten Mörtel toben (ist der vielleicht vor fünf-, sechshundert Jahren mit Weinessig angesetzt worden? dergleichen gabs –). Er beginnt mit dem linken, dem nördlichen Bogen; und der Bolzen schlägt, nach einem letzten jähen Triumphkreischen, durch in schwarze Nacht. Leise Luft kommt ihm entgegen, ein scheuer Kuß der Leere.

Ungläubig, aber beglückt starrt er ins offenbarte schwarze Geheimnis. Und sofort entscheidet er: es wird sein Geheimnis bleiben. Mit einem Schlag hören alle seine Kellerträume auf – sie sind wohl eine handfest vordergründige Sehnsucht gewesen, so wie man vom Schwimmen oder Autofahren träumt, wenn mans noch nicht kann.

Er läßt sich Zeit, löst einen Quadratfuß nach dem andern, schafft den Schutt korbweise weg, verteilt ihn zwischen Dämmerung und Nacht, verstohlen wie ein Gefangener, der an seinem Fluchttunnel arbeitet. Im übrigen ist es nur der eine Bogen, etwa vier Fuß breit, der nicht solide ans Erdreich grenzt; Tor zum Gang in unbekannte Reiche.

Ehe er vorstößt in sein Lascaux oder Altamira, konstruiert er eine schwenkbare Geheimtür, die auf schweigenden Kugellagern läuft, mit einem unschuldigen Weinregal davor. Erst gegen Ostern 69 wird er damit fertig. Wird eines Tages der Vater aus ihr hervortreten, aus den Eingeweiden der Erde? Hat er Angst davor? Natürlich hat er Angst. Aber doch nicht nur Angst.

*

An Weihnachten hat er Olivia besucht, mit dem Mittelwesten telephoniert; aber der wahre Festglanz entstand durch Sidonie – die wirkliche Sidonie, nicht die des Alias-Johnson-Traums. Er hat sie zufällig bei Vreni am Bankschalter getroffen, als er den Eingang der monatlichen Apanage aus Meiringen überprüfte (und die erste stattliche Zuwendung der FONDAZIONE vorfand).

Die wirkliche Sidonie wohnt nicht im Dachgeschoß, das ginge gar nicht. Sie wohnt ebenerdig, in einem Kleinwohlstands-Haus in der Parkstraße jenseits der Bahngleise – dort, wo die Hausnummern in Schrebergärten ausrinnen und dann plötzlich wieder weiterlaufen. Sidonie Heller war von der Kinderlähmung in den Rollstuhl geworfen und kann ihn nie verlassen; so hat er sie damals schon gekannt, in den trotzigen Zeiten des Hitler-Reichs, unter der Christusfahne auf der Milvischen Brücke. Ihre Courage war viel wahrer als die der übrigen kleinen Helden, da sie aus der Wahrheit ihres kämpfenden und leidenden Körpers kam. »Du erinnerst dich an den Kaffeebesuch, den ersten, bei Zettlers in der Meichelbeckstraße?«, fragt er sie aufgeräumt. »Mein Gott, war Olivia entsetzt, weil wir uns geduzt haben! Kommando: Fräulein Heller heißt das, das gehört sich. Sie hat unsere Jugendkultur damals überhaupt nicht verstanden.«

»Ich war aber dann öfter zum Schiller-Lesen bei euch, hast du das vergessen?«, antwortet sie. »Jungfrau von Orléans war ich, hab mir's gut gemerkt: der schwere Panzer wird zum Flügelkleide,/hinauf hinauf, die Erde flieht zurück,/ kurz ist der Schmerz, und ewig ist die Freude.« Er lacht, sie lacht mit – ihre Art, Dinge zurechtzurücken.

Sie ist Lithographin und als solche originell, hat ein altmodisches Fettkreideverfahren variiert und poliert ihre Solnhofener Schieferplatten selber: ihr massiver Schultergürtel ist nicht nur Handicap und Krankheitsfolge, er ist auch ein Guthaben, das sie anlegt. Hinter ihr in einer Volière sausen und zittern bunte kleine Vögel, die Poldi oder Malchus, Finni oder Thekla heißen. Ist sie glücklich? Sie sieht so aus; oder vielmehr: sie sieht aus, als mache sie sich darüber keine Gedanken, jedenfalls keine unnötigen. Im Tiefflug tosen gelegentlich Neffen und Nichten durch die Werkstatt, denn Tante Doni ist interessanter und populärer als Mutter Bertha, die donnernd den Haushalt führt. An Weihnachten hat Korbinian Spielzeug für die Kinder mitgebracht, für Sidonie das Buch *Saint Among the Hurons* über den heiligen Jean de Brébeuf sowie eine Goldbrosche, die zu teuer ist. »Das hättest du nicht tun sollen«, sagt sie bestimmt aus ihrem runden weichen Gesicht. »Du bist verheiratet.«

»Wenn mans so heißen kann.«
»So einer wie du bleibts. Aber ich bin schon froh, daß es dich gibt.«

*

Die Finsternis hinter der Schwenktür ist keine Drohung, sie ist trocken, heimelig, für ihn aufgehoben. Der Gang ist niedrig (die Leute waren einst kleiner, wie bekannt) und führt sanft bergab nach Osten, ehe er an eine Gabelung stößt. Zwei Gänge also: einer wohl hangabwärts, einer parallel zur Achse des Doms. Beide vermauert – früher oder später. Er freut sich in der Finsternis, die Möglichkeiten vermehren sich, Hohlräume künftigen Erfolgs mitten im Erdreich der Niederlage, ein Exempel für die Sphagistik. Er kann sich Zeit lassen.
Mit der Sphagistik selber auch. Er zwingt sich in die Mathematik, denn ohne die wirds nicht gehen, er beginnt die mathematischen Aspekte seines Projekts genauer abzuschätzen – oder doch zu erahnen. Er beschließt, einen Computer-Programmierkurs zu machen (was er natürlich der FONDAZIONE mitteilt).
Im Keller selbst geht er jetzt archäologisch vor. Er stellt zwei Strahler auf und markiert Quadrate im Höhlenstaub; schaufelt ihn mittels einer Plastikspachtel durch ein Haarsieb. Er findet einen rissigen kleinen Hornlöffel, einen Salzburger Pfennig von 1690 und eine grünspanige Medaille der Rosenkranzkönigin, sichtlich 18. Jahrhundert. Alles nicht besonders spannend – aber es wird bestimmt spannender werden.

*

Freising verändert sich. Zwar bleibt die linke Sturmflut der 68er-Studenten an den Schwellen der technischen Fächer kläglich hängen, und Freising ist eine Dependance der Münchener Technischen Universität – spezialisiert auf Landwirtschaft und Brauwesen. (Weder Bauern noch Bierbrauer kann man heutzutage vorwissenschaftlichen Zuständen überlassen.) Was kommt, ist der Große Campus: weit, generös, eine Versuchswelt mit Glashäusern und Versuchsgärten, mit reservierten Parkplätzen und kurzrasierten Rasenhängen – eine Welt, in die das Bräustüberl und der Lantprechts-Keller von einst eingepaßt sind, letzterer mit seinem weithin gerühmten O'batzten, einem Rezept für Paprika-Weichkäse.

In München beginnt sich der große Erdbeben-Graben zu schließen, der den Zug der ältesten Salzstraße aufriß, und in dem der Zentraltunnel der S-Bahn laufen soll. Die Kroaten und Serben steigen aus den Schächten, kehren entweder heim, um rohe rote Häuser auf der Insel Krk oder im Hajduckenwald zu errichten – oder sie bleiben und eröffnen Kneipen mit Plavac und Ćevapćići, in der gastronomischen Nische knapp unterhalb der Italiener und etwa gleichgerichtet mit den Griechen. Im Sauseschritt gehts ins bayerische Kalifornien.

Korbinian hat damit nichts zu tun, will damit nichts zu tun haben. Seine Besuche in München beschränken sich im Wesentlichen auf die Staatsbibliothek und ihr engeres und weiteres Umfeld. Er wird, ohne Wert darauf zu legen, in Freising allmählich bekannt – ein Eigenbrötler, ein Original, das gesenkten Hauptes und mit auf dem Rücken verschränkten Händen in den Isar-Auen spazierengeht.

Er stöbert aber auch in Buchhandlungen, er sitzt in der Dienstags-Runde des Historischen Clubs ein, er befreundet sich planmäßig mit dem Domcustos, verschmäht auch die aufkommenden Cafés der Jugend nicht ganz. Er unterhält höfliche Beziehungen zu progressiver und klerikaler Intelligenz, zur Heimatpflege und zu lokalen Cineasten.

Und dann, am 28. September 1971, morgens um zwei, klingelt sein Telephon neben dem Bett. Es ist Onkel Clem aus dem Mittelwesten, der anruft; der natürlich nicht in die mitteleuropäische Zeit zurückrechnet oder es nicht will, die Nummer hat er von Eileen, von wem sonst. »Hi Corvie, how's tricks?« Clem spielt den Präriestoffel, um ihn zu ärgern, und Corvie freut sich darüber, er weiß, daß er Clem nicht eigens zu ärgern braucht, daß er ihn allein durch seine Existenz unwiderruflich ärgert. Er blickt offenes Auges in die Nacht seines Schlafzimmers, ein Auto heult in der Ferne, er spürt die harte Zuverlässigkeit der Schlummerrolle im Nacken, antwortet gleichmütig: »Hi Clem. What's cooking?« Idiomatik von vorgestern, tückisch gepflegt.

»Alles o. k., alles hunky-dory, alles bestens. Eileen nimmts ganz groß, ist einfach ganz groß, Eileen. Weißt du ja.«

»Alles hunky-dory? That's great. Just great.«

»Yeah.« Pause. Yeah, Clem, red nur weiter. »Hör zu, Corvie, es ist wegen der Knete. Wegen der Doitschmark.« Clems dröhnende Dringlichkeit kämpft gegen die hemisphärische Distanz. »Macht Eileen nervös.«

»Hat sie nie geschrieben.«

»Täte sie nie. Gosh Corvie, du kennst Eileen, da ist sie ganz groß, täte sie nie.«

»Just great, weiß ich. Es ist ja auch nur für Ernie. Mir gehts großartig, weißt du, was die Knete betrifft –«

»Hast es geschafft, was? You made it. Großartig.« Scheißspiel das, Clem mit seiner Cessna und Immobilien in Florida –

»Clem, hör zu. Erstens sinds meistens Swiss Franks, eine Nummer besser, you know, und zweitens betone ich laufend: sie kann damit machen, was sie will, es würde mich nur freuen, wenn's Ernie zugute käme. Der Bursch soll –«

»Ernie? Ernie is grand, Corvie. A Whiz Kid. A Wunderkind.« (*Wunderkind* auf deutsch.) »Ein grandioser Eier-

kopf, jetzt schon. Sie schmeißen ihm die Stipendien nach – no problem. Möchte wissen, woher er sie hat, seine erstklassigen grauen Zellen.« Das ist unter der Gürtellinie. Clem ist nervös genug, unter die Gürtellinie zu hauen.
»Gnade von oben, Clem«, lacht Corvie falsch-herzlich ins Dunkel. »Es ist der liebe Gott, der die Gene mixt. Gottseidank. – Aber wenn er's jetzt nicht braucht, vielleicht später? MIT, Harvard, Berkeley – oder einfach ein Freijahr, er hat was, um gegen jede Wand zu spielen. Soll er haben.«
»Hör zu.« Eine Sternenwoge rauscht in die Leitung, es gibt noch keine Satellitenverbindungen, Clem rückt in galaktische Ferne. »It's about – geht um – Eileen. Kennst ihr Problem. Jedesmal, wenn sie den Bankauszug –« (Rauschen) »wieder da. Du mußt –« (Knattern) »schon ihre Authentizität ...«
Authentizität. Aha. »Booze, you mean.« Alkohol. Das Klirren des Flaschenhalses gegen den Glasrand, die wilde Ferne in ihren Augen, das Nebellicht aus Galway. Das ist ihre Authentizität, die steht ihr zu. »Clem, listen. Du machst ein Konto auf, Sperrkonto, o. k.? Schickst mir die Nummer. Dauerauftrag, geräuschlos, no problem. O. k.?«
Ein paar Sekunden knistert nur Clems Hochspannung in der Leitung, dann: »Das ists nicht, Corvie, alter Bursche. Das ists überhaupt nicht. Not at all.«
»T. S. Eliot: this isn't what I meant at all«, sagt Corvie, geht damit auch unter die Gürtellinie, T. S. Eliot ist nicht Clems Bier. »Sicher, Clem, sicher.« Er weiß, was es ist: es ist Clems habgierige Großmut, die alles haben möchte, sie will Eileen haben und Ernie gleich auch noch, schottendicht, und da klemmts noch für Clem: der transatlantische Irlböck-Fuß in der Tür. »Aber denk auch an meine Lage. Blut ist dicker als Wasser, weißt du.« Legt auf und starrt weiter ins Dunkel, eine halbe Stunde lang – der unbewegte Beweger. Der ferne Vater, der nun (wer weiß es?)

aus der Geheimtür in ferne mittelwestliche Träume tritt, die Träume Eileens? Clems? Ernies?

*

Am Nachmittag nach diesem Nachtgespräch schafft er den rechten Durchbruch. Wie erwartet öffnet sich ein luftiger, leicht feuchter und moosiger Gang, ein Ziegelgewölbe über einer ziemlich steilen Treppe, die zur Moosach hinabsteigt. Das Ende ist wieder Mauerwerk – ein altes Fundament vermutlich.

Den linken Durchbruch zögert er hinaus – nicht, daß er davor Angst hätte. Überhaupt nicht. Aber der wird, soviel ist klar, in die ältesten Bereiche führen – die Bereiche des Doms, der Krypta, des Kreuzgangs, der Benediktuskirche. Dazu braucht er mehr Freundschaft, gleitet behutsam in die Programme des Bildungszentrums im Kardinal-Döpfner-Haus (›Erfolg und Niederlage in der Geschichte‹ – ›Die Huronen-Mission im 17. Jahrhundert und ihre Probleme‹), referiert und diskutiert in der Dienstagsrunde, muß aber ab und zu schon einen Termin absagen, denn die Sphagistik wird seriös, er bekommt Anfragen von auswärts: ein Symposium in Marbach, eine Lecture in Edinburgh. Auch Aufsätze erscheinen, etwa im *Cambridge Historical Survey:* ›Sphagistics – An Approach to the Problem of Potential History‹ – in der *Revue de l'Avenir,* Lausanne: ›Le discours sphagistique – est-il un discours humaniste?‹ –

» – und erfreulicherweise auch schon eine marxistische Attacke, von einem Seminar-Kollektiv in Berlin: ›Sphagistik – Dialektik der Aufklärung oder das neueste Nebelwerfer-Modell der Reaktion?‹«, erzählt er Sidonie, während sie Schraffuren ritzt und das Sonnenlicht geringelt durchs Laub vor dem Panorama-Fenster kommt.

»Was hast du genau gegen die Marxisten?«, fragt sie und pustet Staub von der Platte.

»Eigentlich nicht viel. Meine Dialektik ist langwieriger. Und riskanter, das ists. Mehr Dimensionen, und nicht auf Sieg angelegt, von vornherein. Ungefähr der Stand der Dinge auf der Bestiensäule: es geht verdammt knapp zu, Drachen von unten, Adler von oben. – Du!«, ruft er impulsiv. »Wir sollten sie zusammen anschauen, die Säule.«

»So ein Unsinn. Wie komm ich denn in die Krypta hinunter?«

»Selber Unsinn!«, gibt er zurück. »Wir haben genug Freunde und Helfer. Ein paar gestandene katholische Landburschen aus dem Bildungszentrum, die heben dich –«

Sidonie wird plötzlich wütend: »Mich interessiert die Säule nicht! – Schwerter, Drachen –« (eine unwillige Geste nach unten, Schmerz in den Mundwinkeln) – »davon hab ich selber genug.«

»Was hast du lieber? Rokoko? Den Konditoreibetrieb des Quirin Asam?«

»Du schaust zu wenig. Dreh dich um, schau selber«, sagt Sidonie und weist mit dem Stichel auf die weißverputzte Wand hinter Korbinian. Er tuts, wendet sich um, sieht zum ersten Mal wahrhaftig die zwei Kopien, die da hängen, gute Kopien: auf Holz die Dreifaltigkeits-Ikon des Rubljow, die drei dunklen, schlanken, geflügelten Tischgenossen; und daneben die Verkündigung des Giotto, Engel und Jungfrau in silbrigem Gold vor gestochenem umbrischem Frühling. Er versteht natürlich sofort. Das sind Leiber, die jederzeit abheben, wenn es an der Zeit ist – abheben in schweigender Heiterkeit, ohne brüllenden Kampf gegen die Schwerkraft. »So wie du«, sagt er leise, »könnte man schon Christ sein.«

»Probiers halt«, sagt sie.

Hinter der linken Vermauerung entdeckt er Schönheit: einen länglichen weiten Raum, durch Gewölbegurte gegliedert, den er mit der Ehrfurcht des jugendlichen Entdeckers betritt. Jawohl, des jugendlichen: es öffnet sich Sinn und Bestimmung. Hier riecht es anders, Pilze und Bakterien haben ihr Werk geleistet, alte Verwesungen sind längst ausgestanden, diese Welt ist in ihre strenge Permanenz zurückgekehrt, in die Permanenz der Krypta. In einer Ecke steht eine Truhe, schrundig von Alter, er öffnet sie behutsam, sie enthält spätmittelalterliche Paramente mit brüchigen Brokatbahnen, einen spätgotischen Kelch. Den wird er nicht herausgeben, leichten Herzens entschließt er sich zur Kriminalität.

Er hält sich an seine archäologische Disziplin, er teilt ein, er siebt sorgfältig das schwärzliche lockere Erdreich. Das ergibt Knöchelchen, auch einen zarten, makellos gewölbten Schädel, einen Fötus vermutlich, vielleicht auch ein Neugeborenes. Über die Jahrhunderte hinweg sendet er seinen Entschluß zur Versöhnung und Vergebung: wer immer sich hier vor dem Leben gefürchtet hat, die Amnestie der Jahrhunderte gilt, vor ihm braucht sich niemand zu fürchten, er ist Zeuge, gewiß – aber ein später, stiller, schweigsamer Zeuge. Die fernen Geister bittet er um Erlaubnis, sich einrichten zu dürfen, und er nennt den Raum MONREPOS, er malt den Namen mit weißem Kalk über den Bogen des Durchbruchs.

Er legt Strom hinein, den er unauffällig an den Wohnungszähler anschließt, er stellt eine antiquarische Flippermaschine auf, die alte Art mit den großen, schwarz auf weiß sich drehenden Ziffernrollen, den Rollover-Drähten im Spielfeld für die stählernen Kugeln. Er wird vertrauter, installiert einen Schreibtisch – und, im Laufe der Jahre, in denen sein Projekt sich entwickelt, Knospen ansetzt, Herbstlaub abwirft, seinen Computer (vielmehr die einander ablösenden Computer immer neuer Generationen) mit Ausdrucker, mit immer größeren, immer bunteren und flexibleren Schirmen und Programmen.

Er hat seine Mitte gefunden – tief in der Freisinger Erde.

7.

FUTURIBLES BIOMORPHES

Wie wir wissen, begann man ab 1972 die Welt anders zu sehen, begann sie gewissermaßen aus dem Blickwinkel der Sphagistik zu sehen. Und Dr. Korbinian Irlböck erhielt eine umfangreiche Sendung: ein Luftpostpaket von der FONDAZIONE TRASCENDENZA, üppig frankiert. (Bisher waren seine halbjährigen sorgfältigen Berichte nur mit formalen Dankschreiben quittiert worden – und mit der monatlichen Überweisung.)

Das Paket enthielt drei Bücher: *Blueprint for Survival* von Edward Goldsmith, *Limits to Growth,* den Dennis-Meadows-Bericht an den *Club of Rome,* und zu letzterem einen Materialienband, der besonders dick war. Planspiel zum Überleben, Grenzen des Wachstums – das kannte er natürlich schon, aber der Materialienband war ihm sehr willkommen.

Das beigefügte Schreiben lautete:

Venezia, 10-11-72

Stimatissimo signor professore, –

– Ihre grundlegende Arbeit verfolgen wir, wie Sie sich denken können, mit stets gleichbleibendem Interesse. Zum ersten Mal seit Beginn unserer Kooperation treten wir mit einer konkreten Bitte an Sie heran:

Mit den Werken unserer Stipendiaten, die wir beiliegend übermitteln, festigt sich eine neue Richtung der Prognostik, die von Paul Ehrlich und anderen zwar schon gewiesen wurde, die aber erst jetzt in den Hauptstrom des globalen Bewußtseins eintritt. Die technisch-optimistische Phase der Futurologie (Herman Kahn u. a.) wird damit zunehmend obsolet, eine neue, ökologisch-pessimistische, ist eingeleitet. Die Frage lautet: Wird die Menschheit imstande sein, die Gefahren der nächsten hundert, ja fünfzig Jahre zu meistern? Welche Mittel wird sie einsetzen müssen, um die bewohnbare Zukunft gegen die Parameter der Welt-Gefahr (Bevölkerungsexplosion – Verknappung der Energie bzw. überhöhte Energiefreisetzung – Verschmutzung – Erschöpfung der Ernährungsreserven – atomarer Holocaust) zu sichern?

Damit tritt eine neue, ja die wesentliche Aufgabe an FONDAZIONE TRASCENDENZA heran. Sie ist gewillt, sich der Herausforderung zu stellen. Die internationale AKADEME, d. h. das in der wissenschaftlichen Welt akkumulierte Wissen und die von ihr erarbeiteten Problemlösungs-Strategien, sind die einzig verbliebene Instanz, welche die Verantwortung für die Zukunft der Menschheit übernehmen kann – und sie deshalb übernehmen muß. Nur wenn sie dies tut, ist das Vertrauen gerechtfertigt, das die zivilisierte Menschheit in sie setzt, und das sich in der großzügigen Dotierung unserer Arbeit manifestiert.

Innerhalb, ja oberhalb dieser Akademe nimmt FONDAZIONE TRASCENDENZA infolge ihrer systematischen, jahrelang gepflegten interdisziplinären Personalpolitik eine Spitzenstellung ein, verfügt über das notwendige Wissen und das notwendige Problemlösungspotential. Sie hat damit begonnen, aus diesem Potential eine interdisziplinäre Arbeitsgruppe mit dem Namen FUTURIBLES BIOMORPHES (mögliche, den Lebensgesetzen angeformte Zukünfte) zusammenzustellen. Eine Diagnose-Gruppe hat bereits die Arbeit aufgenommen, eine therapeutsiche Gruppe wird ihr folgen.

Wir bitten Sie, hochgeschätzter Herr Professor, um Ihren Beitrag zu dieser sublimen Aufgabe. Sie haben den sphagistischen Ansatz zu hohem wissenschaftlichem Rang entwickelt, und wesentliches Material aus Ihren Halbjahresberichten ist bereits in unsere Rechner eingespeist worden. Wir sind sicher, daß Sie, wenn Sie Ihr Werkzeug zielgerichtet auf unser Problem anwenden, noch bedeutende a) diagnostische und b) therapeutische Vorschläge beisteuern werden.

Diesen sehen wir mit Spannung entgegen. Da die Zeit drängt, wären wir sehr dankbar, sie innerhalb der nächsten drei Monate zu erhalten. Zudem müssen wir um strikteste Vertraulichkeit bitten. Beides (Einhaltung des Fristenplans wie der Vertraulichkeit) ist für weitere Zusammenarbeit von zentraler Bedeutung.

In steter Verbundenheit der Ihre,
(Helmholtz Huong Dee)
Schatzmeister.

PS – Bitte senden Sie ihren Beitrag direkt an
FUTURIBLES BIOMORPHES (FUTUMOR)
P. O. Box 454
Helsinki 3.

Das Paket war in Vancouver aufgegeben.

Korbinian las den Brief im MONREPOS, am großen kargen Schreibtisch neben der Flippermaschine. Die Maschine hieß GASLIGHT und zeigte auf der Zählerwand das Halbporträt einer bleichen blonden Dame in weißer Federboa, vor einer schummrigen Straße mit einem schwarzen Fußgänger und zwei matten Gaslampen.

Aus dem dunklen Pflaster steigt TRASCENDENZA, mit Vogelmaske und Cappa. Zwischen sparsamen Birkengruppen, in der sauberen Hölle einer Sauna, beraten nackte Namenlose die Rettung der Menschheit. Auf der scharf angestrahlten Kirschholzplatte lag der zarte kleine Schädel, das verhinderte Leben, und blickte ihn an.

Dringender Zeitplan, strikte Vertraulichkeit: ein neuer, ein scharfer Ton. Da zog einer – oder mehrere – an der

Angel, absichtlich, damit es ein bißchen weh tat. Er hatte bisher etwa hundertzehntausend Mark erhalten.
Er würde sich der Aufgabe stellen – warum nicht? Die Bücher kannte er, mit Ausnahme des wichtigsten, des Materialienbandes. Den würde er sich sofort vorknöpfen. Seine Sphagistik paßte in die neue Perspektive wie die Eisenfaust in den Samthandschuh: HIC SUNT LEONES. Er legte im Kopf seine systemische Blaupause über die Meadows-Diagramme. Die Menschheit, jedenfalls die siegreiche der letzten drei Jahrhunderte, zeichnete sich klar ab: ein typisch instabiles, zentrifugales Erfolgs-System, das seine Spirale durch steten Einbau neuer Siege verlängert – und sich dem Punkt des Zusammenbruchs asymptotisch nähert.
In diesem Sinne schrieb er:

> »... die Ansätze von *Limits to Growth* entsprechen fundamentalen Ansätzen der Sphagistik ... können von ihr wesentlich differenziert werden ... verweise auf offensichtliche Parallelen der Meadows-Prognostik zu meinen Analysen sowohl des Aztekenreichs wie Bismarck-Deutschlands ... Ihnen vorgelegt in meinen Berichten Nr. 6 und Nr. 8 ... Nexus von positiven Rückkopplungen, die eine auf die Dauer unhaltbare Hegemonial- bzw. Monopol-Situation heraufführen, gefangen im von mir so bezeichneten Reusen-Effekt, einer Gefangenschaft in der selbstzerstörerischen Methodik ...«

All das las er, von sich selbst begeistert, Sidonie vor. Gegen ihre Gewohnheit hörte Sidonie auf zu arbeiten. Sie schwenkte ihren Stuhl von der Schieferplatte weg und ihm zu. Sie saß blaß, reglos und aufmerksam, die Hände im Schoß verschränkt. »Ich versteh das schon«, sagte sie und zwang sich zu schweigen. Er sah sie ermunternd an: »Na red schon –«

»Du gibst Berta Geld«, sagte sie.
»Was soll das?« rief er wütend. »Ich hab ihr gesagt, sie soll das Maul halten. Warum solls euch schlecht gehen, nur weil momentan die Nachfrage nach deinem Stil –«
»Du kriegst Geld von denen. Ich meine –«
»Sündengeld, meinst du?«
»Ich red von dir.«
»Schmarrn. Also das ist echter Schmarrn. Sie haben mich anerkannt, verstehst du? Sie wissen, was sie an mir haben. Sonst täten die nicht zahlen.«
»Eben. Ich weiß es auch, verstehst.«
Sie schwiegen beide. Vögel namens Malchus und Zenzi plapperten leise. Draußen fiel der nasse Schnee der kranken Winter, die allmählich normal wurden. Er lehnte sich zurück und sprach leise, gefaßt:
»Der Witz ist, Sidonie, daß die Leute recht haben. Brauchst bloß lesen, wie die Betonköpfe aller Lager auf sie losgehen – von den Unternehmerverbänden bis zu den Marxisten. Unbeschnittene an Herz und Ohren. Aber die Wahrheit zieht voran.«
»Und was hat sie von dir, die Wahrheit? Ich mein, das sind doch Techniker, wie die schreiben. Was für Vorschläge werden sie denn machen? Welche machst du? An ihren Früchten, weißt...«
»Ah.« Er blieb sitzen, den Kopf zurückgeworfen, die Augen geschlossen. »Eine neue Kultur. Darunter läuft nix. Fehlerfreundlichkeit, das heißt Dezentralisierung. Genügsamkeit, als würdiger Gegensatz zur unwürdigen Armut. Neue Belohnungen, neue Sanktionen. Entkoppelung von Wohlfahrt und Energiefreisetzung... aber das ist dir wohl schon wieder zu technisch, was?«
»Bloß, weil ein Wort fehlt. Und das ist nicht technisch.«
»Ein Wort –?«
»Tod.«

Er sprang auf, stemmte seine Knöchel auf den Arbeitstisch, sie wurden weiß. »Tod – ausgerechnet du sagst das – du, die Lebendige? Weißt du, was FUTUMOR so ungefähr auf deutsch heißt? Beschissener Tod.«
»Aha.« Jetzt war sie nicht mehr blaß, jetzt war sie sicher. »Es geht doch ums Leben, und das gibts nicht ohne Tod. Das ists. Das haben deine damischen, wie heißts? Rückkopplungen –« (das höhnisch) »immer weiter weggeschoben, aber das müßt' immer dabei sein, verstehst du? Beim Fehlermachen ist er ja schon dabei, der Tod. Du sagst doch, wir müssen Fehler machen können, das heißt, wir müssen sterben können, immer ein bißl, immer angenommen. Wenn das keiner mehr annimmt, dann kommt wirklich der beschissene Tod – komplett. Das ist nicht ganz klar ausgedrückt, aber...«
»Klar genug. Für mich klar genug. Aber so kann ich das nicht hineinschreiben.«
»Logisch. Mußt du auch nicht. Bleib technisch, das verstehen die. Du mußt mehr verstehen. Was red ich, du verstehst es ja auch.« Und sie drehte sich ihrer Arbeit zu.

*

Und so sprach Olivia: »Was deine Sidonie sagt, ist natürlich völlig richtig!«, beim Tee am Wettersteinring. Sie hatte sich die Haare kurz schneiden lassen, zwei Bugwellen stießen jetzt vom Mittelscheitel ab und kräuselten sich fast ohne Grau über den Ohren zu dünnem Lockenschaum. »Du mußt mir diese Bücher geben, du hast sie ja jetzt doppelt, netwahr? – Irgendwie haben wir das ja immer gespürt, Quirin und ich. Wir haben ja auch versucht, es dir zu vermitteln. Masse, erinnerst du dich? Rüvariöll? Hier kommen auf einem Umweg zentrale Themen wieder zurück, konservative Themen, aber die, die sich jetzt konservativ heißen, verstehen das natürlich überhaupt nicht. Irgendwie ist das ungeheuer erregend, findest du nicht? – Wahrer Konservativismus, das bedeutet jetzt ganz radikalen Umbau, Kampf gegen Drachen und Schlangen –«

»So radikal wie nur denkbar. Ob möglich – das ist die entscheidende Frage.«

»Eine Frage des Willens.«

»Weißt, Olivia, manchmal genügt der nicht.«

»Doch. Der genügt, wenn er stark genug ist.« Das hatte sie immer gesagt, hatte sie unter Hitler gesagt. War es Olivias starker Wille gewesen, der die Alliierten zum Sieg geführt hatte? »Du mußt den Leuten nur klarmachen, was auf dem Spiel steht. Daß man mit den bisherigen Allmachtsgefühlen und Allerweltsmethoden nicht durchkommt.«

Er lächelte. Er saß auf dem Sofa, auf dem er wochenlang geschlafen, von Bären und Kellern und Verbrechern geträumt hatte. Sie tranken Tee mit Zitrone, der auf dem Glasplattentisch stand, und rauchten Zigaretten. Irgendwann hatte er damit angefangen. »Die Akademe, wie der ehrenwerte Maxwell oder Helmholtz Huong Dee schreibt – obs den überhaupt gibt? Klingt jedenfalls sonderbar. Die ganze FONDAZIONE klingt sonderbar, ist jedenfalls höchster Luxus, gesellschaftlich gesehen. Der hundertprozentige Überbau, um mit unseren marxistischen Zeitgenossen zu sprechen.«

»Dann mußt du's ihnen eben auf ihre Weise beibringen.« Sie runzelte die Stirn, stippte die Zigarette aus, dachte nach. »Du mußt denen die Alternative klarmachen – eine ganz und gar mörderische. Super-technokratische. Die sich selber ad absurdum führt.«

Er lachte. Lachte immer stärker, zwang sich japsend zum Zitat: »Sollte aber einmal –« (holte Atem) »– die kommunistische Gesellschaft sich genötigt sehen – die Produktion von Menschen – von Menschen!! – ebenso zu regeln, wie sie die Produktion von Dingen schon geregelt hat – schon hat!! – so wird gerade sie und sie allein es sein, die dies ohne Schwierigkeiten ausführt – ohne Schwierigkeiten, verstehst du –?«

»Warum kommunistische Gesellschaft?«

»Hast recht, ist nicht entscheidend. Ist ein Zitat von 1881, Brief von Friedrich Engels an Kautsky.«

»Ja, das kommt hin. Die Hauptsache ist doch das Wissenschaftliche, oder? Ohne Schwierigkeiten!« Sie warf den Kopf zurück, zog den Mund zornig zusammen. »Wenn du – wie heißt das? Akademe statt Kommunismus schreibst, hast du's.«

*

Und so kams, daß Dr. Korbinian Irlböck seinem Antwortschreiben an die FONDAZIONE TRASCENDENZA, vielmehr an die Arbeitsgruppe FUTURIBLES BIOMORPHES, nach langen, humanistisch erleuchteten Ausführungen über die notwendig fehlerfreundliche, todvertraute Gesellschaft der Zukunft, einer genügsamen und eben deshalb nicht armen Zukunft, folgende Zusammenfassung folgen ließ:

»I. Dies ist die *series of humane measures,* die Serie von humanen Maßnahmen, die Edward Goldsmith in seinem Planspiel anspricht, mit entsprechenden systemischen Erweiterungen und Präzisierungen.

Sie ist äußerst komplex und nur unter sofortigem Einsatz aller lokalen, regionalen, internationalen Kräfte und Energien zu verwirklichen. Sie erfordert vor allem einen radikalen Umbau aller bisherigen Prioritäten.

II. Man kann natürlich auch rein technisch an einem einzigen, allerdings entscheidenden Parameter ansetzen: der Bevölkerungsdichte. Bei sofortiger Stabilisierung und möglichst baldiger Reduzierung der Bevölkerungszahl des Planeten, die unter größtmöglicher Beachtung aller Gebote der Humanität erfolgen müßte, wäre der Zivilisation in ihrer gegenwärtigen Form eine Atempause gegönnt, die sie zur Entdeckung echten, d. h. in die Zukunft verlängerbaren Fortschritts verwenden könnte.

Die Kapazitäten hierfür stehen zur Verfügung: die B-Waffen-Labors der Staaten, in Verbindung mit der aufsteigenden Gen-Technologie.

Freising, 2. Februar (Lichtmeß) 1973.

Dr. Korbinian Irlböck.«

*

Er lachte, als er das dicke Schreiben an Box 454, Helsinki 3, aufgab. Sollten sie ihn doch rausschmeißen, wenn sie Lust hatten.

Sie taten es aber nicht.

* * *

8.

Peripetie

Wenn das Geschoß den höchsten Punkt der Bahn erreicht, setzt sich Schwerkraft durch, erzwingt und beschleunigt den Niedergang im verkürzten, steileren Parabelarm. Außer der Bewegung im Luftraum ereignet sich nichts bis zum Aufschlag.

*

Dr. Korbinian Irlböck hat die Fünfzig überschritten und wird, wenn er sich rasiert, seinem Spiegelbild etwas gram. Zwar ist er hager (er nennt es schlank) und meint, jetzt erst das für seinen Typ bekömmlichste Alter erreicht zu haben; aber er täuscht sich nicht über die unerbittliche Abtragung seines Zeitkontos hinweg. Schafft ers, sich auf den großen Fehler, den Tod, einzulassen?

Von der FONDAZIONE hat er ein (offensichtlich vervielfältigtes) Schreiben erhalten:

Kingston, Datum des Poststempels.

Dankend bestätigen wir den Eingang Ihrer Antwort vom 1. 2. 1973 auf unsere Anfrage vom 10. Nov. 1972. FUTUMOR hat Ihre Analysen und Vorschläge bereits in die Programme der diagnostischen wie der therapeutischen Arbeitsgruppe eingespeist.

Mit verbindlichem Dank
(Edison Huong Dee)
Schatzmeister.

Dem folgten zwei, erkennbar nun für ihn bestimmte Postskripta:

PS 1 – Sie sind mit Wirkung dieses Schreibens zum ADVISOR von FUTUMOR ernannt und erhalten als solcher ein Honorar von $ 20.000.– per annum. Die vertraglichen Vereinbarungen betr. Ihr Vorhaben ›SPHAGISTIK‹ bleiben davon unberührt.
PS 2 – Sollte in einer die FONDAZIONE oder FUTUMOR betreffenden Frage ein dringender Bedarf nach Kontakt entstehen, so geben Sie bitte in der ZEIT (Hamburg) eine Heiratsannonce auf mit dem Einleitungssatz:
Wer bürstet patriarchalischen Löwen gegen den Strich?
Der weitere Inhalt der Annonce kann entfernte Hinweise auf das Problem enthalten, um das es sich handelt, sollte jedoch keinerlei Konkreta enthalten.
EHD

Der neue Ton, der schmerzende Haken, das Gebürstetwerden gegen den Strich: er mag das nicht. Er beschließt Dienst nach Vorschrift, es pressiert ihm nicht mehr mit der Sphagistik, und sie hat sich ohnehin majestätisch-labyrinthisch verzweigt: Sieg/Niederlage, Dimensionen der Potentialität, Gewinn- und Verlust-Inferenzen, Punkte des Umschlags: eine schöpferische Pause ist dringend geboten.
Und so beschließt er, narrativ zu werden; das heißt Geschichten zu sammeln oder zu erdenken, Geschichten von Verlierern im örtlichen historischen Kontext. Er blickt auf Freising aus neuer Perspektive. Ja, warum nicht Freising? Warum nicht hier, in seinem reichen Verliererhumus, die Datenmengen häufeln, welche der kindliche Sinn der Wissenschaft so liebt? Und warum nicht nebenbei, zum eigenen und der Hörer Vergnügen, ein paar in zierlicher Form zu Papier bringen und sie den Rundfunkredakteuren schicken, die er (meist vom Studium her) kennt? (Fernsehen interessiert ihn nicht, Bildchen sind

ihm zu platt, er hat auch gar kein Gerät.) Und damit kann er sich das venezianische Gespenst in der Vogelmaske vom Leibe halten...

Freisinger Verlierergeschichten: das Nebenprojekt gewinnt Form und Farbe. Er diskutiert in der freundlichen Dienstagrunde, durchblättert den historischen Bestand: Schon der Gründer Korbinian kommt in Frage, ein überaus begabter Verlierer, ein Freund zarter göttlicher Weisheit, auf den Dornenpfad der Missions-Organisation unter Barbaren gestoßen, gleichzeitig hitzig und verträumt, wieder und wieder verkracht mit dem hiesigen Herzog, dem Agilolfinger, und insbesondere mit dessen eisenharter Gemahlin. Otto, der große Bischof und Geschichtsschreiber, dessen Weltchronik der Zwei Reiche vom scheinbaren Sieg der Welt und ihrer langwierigen Niederlage handelt (ein Vorläufer der Sphagistik, zweifellos!). Die jugendlich-verkommene Figur des wittelsbachischen Bischofs Ernst, auf dem Schachbrett der Gegenreformation herumgeschoben und sich an Weiberröcke klammernd. Vielleicht auch Modern-Phantastisches? Ein groteskes Divertimento?

Er schreibt das alles im MONREPOS, mit einer Flasche Médoc oder Burgunder am Ellbogen, eingehüllt von der dröhnenden Stille des Kellers, bis es ihm schwerfällt, die Augen auf den laufenden Bildschirmzeilen zu halten. Dann sitzt er oft lange, im Drehstuhl zurückgelehnt, die Fingerspitzen zum Zelt zusammengelegt. Und dann – kann es vorkommen, daß er MONREPOS flieht, daß er vergißt, die Schwenktür zu schließen, daß er mit Flasche und Glas ins Wohnzimmer hastet, ein, zwei Kästchen voller Dias aus dem blondlackierten Wandschrank zerrt und in den Projektor schiebt:

Eileen und Corvie, glatt und glücklich in Wichita Falls; Corvie und Eileen am Tomahawk Lake; der Campus im Abendlicht; Ernest C., ein lächerlich wiederholbares

Baby, bekleidet, unbekleidet, lächelnd, krähend, protestbrüllend; ein Waschbär am Root River; Geysire im Yellowstone Park; wieder Eileen, Ernest und Corvie; Eileen am Steuer des Ford Edsel (sie waren auf das Modell hereingefallen); Corvie mit Angelgerät, Corvie mit Onkel Clem oder vielmehr Onkel Clem mit Corvie (so wars ja wohl immer), einen kapitalen Hecht hochhaltend; Dekan Foster und Father Niemeyer im Gespräch mit Corvin Irlboeck und Gemahlin und Gus Halveen und Gretchen Posansky, ernst bei Kerzenlicht, in der Vorbesprechung zum großen nachkonziliaren Symposium GAUDIUM ET SPES in der Pendlemeyer Hall. Was sucht er? Warum tut er sich das an? Die Farben sind voller als das Leben, die Gesichter bedeutender, die geheimen Proportionen der Körper vom Goldenen Schnitt beherrscht. Er sucht, argwöhnt er, eine Lücke, einen Riß in dieser Harmonie und Schönheit, er hatte das drüben nie zugegeben, aber Eileen mit ihren traurig-witzigen Augen hat das wohl auch getan, sie haben aneinander vorbeigebohrt wie höchst unwissenschaftliche Sappeure. Da war doch ein Dia von Eileen, er weiß nicht mehr, wers geknipst hat, Clem oder er, es ist ziemlich egal, ein Bild von einer Garden-Party, das sie kichernd nach vorn gebeugt zeigt, ihr rotes Haar in Strähnen nach vorn geworfen, mit einem schrägen Glas in der Hand, aus dem Whisky Sour in goldener Kaskade der Kamera entgegenspritzt, er hat es rausgeworfen, ein Feigling, ein Leugner der Sphagistik...

Und dann passiert es, lang nach Mitternacht, daß das Telephon schnurrt und jemand mit rissiger Schleierstimme sagt: »Hi lover.«

Er antwortet nicht in der Art, das kann er nicht. Er sagt dafür: »Eileen.«

»Sie ists, sie ists. Wie gehts meinem Verlierer?«

»Er gewinnt – Hör zu, was gibts?«

»O, nichts von Bedeutung. Nichts von wirklicher Bedeutung. Nichts Negatives, verstehst du.«

»Du kommst also durch, nach wie vor. Ich meine –«

»Was sonst, alles hunky-dory, wie wir Oldtimer sagen. Ich bin im Zensus-Büro, das weißt du, allseits geachtet. Registriere unbestechlich, was es so zu registrieren gibt: Anwachsen der Hispanos und der Scheidungen und der Arbeitslosenziffern, oder auch Abnahme derselben wie momentan. Clem hält mich auf dem engen und geraden Pfad.«

»Wie erfreulich...«

»Eminently so. Ernie saust durch die Highschool, ist fast fertig damit, immer ein Jahr statt zwei. Mann, da haben wir was zuwege gebracht, wir zwei... – Hör zu, Lover.«

»Bin ganz Ohr. Oh Eileen.«

»Nix. Bitte nix. Hör zu. Clem schickt dir einen Scheck. Über den gesamten Betrag.«

»Welchen Betrag?«

»Stell dich nicht dumm, dazu bist du nicht dumm genug.« Spöttisch und voll Mitgefühl, sie trifft Clems Ton genau: »Alle Doitschmarks und Swiss Franks. Er weiß kein Konto von dir.«

»Das will ich ihm auch geraten haben.«

»Was wirst du tun?«

»Ihn zerreißen, was sonst?«

»Dacht' ich mir. Bleibt dir wohl nichts anderes übrig.«

»Oh doch, doch. Ich werde ihn endossieren und an den Sierra Club schicken. Er ist die einzige Naturschutz-Organisation, die ich kenne in den USA.«

»Dein Ernst, was?«

»Und wie. Ich hasse zivilisiertes Benehmen. Das hat uns ruiniert.«

»Das zerreißt ihn. Er haßt die Gedärme der Naturschützer, Gift für den Immobilienhandel.«

»Er ist doch lernfähig, oder? Er muß lernen, wie wir alle.«

Die transatlantische Leitung rauscht und schweigt. Zwei Leute schweigen und verfluchen ihr Schweigen. »Du bist weit weg, Lover.«
»So ists wohl immer gewesen. – Eileen...«
Aber da hat sie aufgehängt.

*

Der Scheck ist dann nicht gekommen. Aber das Gespräch bleibt ihm in den Knochen und in den Drüsen. Auf ein paar Monate wird er elend. Schließlich ist er noch in den argwöhnischen Jahren, die man die besten nennt. Natürlich liebt er Sidonie, aber was hat das mit der ganz hundsordinären Lüsternheit zu tun? Irgendwo hat er gelesen (oder er bildet sich ein, es gelesen zu haben), daß Dr. Freud mit vierzig Jahren den Geschlechtsverkehr eingestellt habe, um besser sublimieren zu können. Aber erstens glaubt ers nicht, und zweitens lebt er in einer Welt, in der allenthalben der sexuelle Diskurs zu großer Form aufläuft. Und er lebt im Bannkreis Münchens, das sich seit Jahrzehnten wacker müht, zur Lust-Hauptstadt Mitteleuropas zu werden (wenn es auch nie ganz damit zurande kommt). Er fährt jetzt öfters hinauf, besucht Opern und Klassiker-Inszenierungen, in denen mehr oder weniger sinnlos kopuliert wird. Er besucht Bars und Treffpunkte, die er von ständigem Schwachsinn beherrscht findet. Er besucht sogar erotische Clubs, die er zum Speien findet.
Sidonie hat wie üblich recht: er bleibt verheiratet, und zwar kirchlich, ein unerbittlicher Monsignore sitzt an seiner Hormon-Orgel, räumt seinen Platz nicht, und der biologische Caliban heult erbärmlich zum Mond, gebannt in den Kreis, den ihm der Erzengel Ariel gezogen hat.

*

Einmal kommt es fast ganz anders; und zwar im späten Herbst 1976, als er per Schlafwagen nach Venedig fährt.

(Fliegen findet er plebejisch, und ein Auto hält er nicht, er ist reich und kann rechnen.) Dabei geht es ihm zunächst überhaupt um etwas ganz Anderes. Sicher sicher, *Venezia regina d'amore,* Venedig die Königin der Liebe; aber es gibt zunächst für ihn das Venedig der kunstvoll hinausgezögerten Niederlage, wohl der kunstvollsten überhaupt, wenn man einmal von Wien absieht – und zweitens muß er wenigstens einmal versuchen, seinen Arbeitgebern auf die Schliche zu kommen. In den Irrgärten der Bürokratie ist eine FONDAZIONE TRASCENDENZA nicht zu finden, den Rio Terrà degli Assassini findet er, aber eine Nummer 45b wieder nicht. Er wohnt in einem guten kleinen Hotel in der Nähe des Markusplatzes, und als er am zweiten Abend herunterkommt, um zum Essen zu gehen, sieht er die Dame.

Sie sitzt im Foyer bei einer Doppeltasse Espresso, gespannt wie ein Flitzbogen von Energie und Frustration. Sie wirft einen Blick auf ihre kleine, von Diamantsplittern glitzernde Armbanduhr, sie zischt »Merde!« und springt auf. Ihre Augen (schwarz, lustig und wütend) fallen auf ihn, sie tritt mit drei starken Schritten auf ihn zu und fragt auf deutsch: »Hätten Sie Lust, mit mir essen zu gehen?« Zweierlei ist damit klar: diese Dame versetzt man nicht, und sie erkennt Nationalität auf Anhieb. Die ihre ist (jedenfalls für Korbinian) nicht zu bestimmen: etwas französische Boshaftigkeit, mittelmeerische Annahme des Lebens, sicher auch eine osteuropäische Sturmwolke an ihren Himmeln.

Worüber sie beim Essen gesprochen haben, weiß er später kaum mehr. Aber Eindrücke bleiben registriert. Der Strom der Fußgänger etwa, der vor oder vielmehr hinter den dunklen Fenstern des teuren kleinen Restaurants vorbeizieht, ein Strom von wachen und halblauten Stimmen und Schritten, tückisch, höflich, maskiert, Stimmen und Schritte mit den Spuren alten Glanzes und steter Intrigen, die in ein zeit-resistentes Netz gewoben werden, ein permanentes Kunstwerk ohne schnöden, unmittelbaren Zweck. Die Dame ihm gegenüber (›junonisch‹ hat man so etwas früher genannt) sie redet und redet mit kraftvollen Fingern und redet mit tanzenden Armbändern, während sie eine Riesenschüssel voll Miesmuscheln Marinara verputzt, während sie eine Flasche Verdicchio trinkt mit langen Schlucken und auf- und absteigender Kehle, während sie die intellektuelle Bürokratie der westlichen Welt als ein Ensemble dumpfer Halbaffen denunziert. Sie ist, scheint es, selbst irgendwo im Artikulations-Betrieb tätig, exploriert die Korridore von Projekten und Zuschüssen, mit exzellenten Verbindungen zur UNESCO, die sie als besonders hasenherzig und neidgebeutelt beschreibt: »Diese französische Blondine da in Brüssel – inadmissibel – redet wie die Sambesi-Fälle, ohne etwas zu sagen – wie heißt es bei diesem deutschen Dichter, ›dreiunddreißig ihresgleichen geben erst ein Fragezeichen‹ – Morgenstern, ah!« Ihr tadelfreies Deutsch vibriert von internationalen Obertönen. Später stellt er (durch Elimination) fest, daß er ihr eine Menge über sich selbst erzählt haben muß – Persönliches in der Art, wie man heutzutage diagnostisch über ›Probleme‹ redet, aber auch über seine Arbeit, über Grundzüge und Tücken der Sphagistik, die aufsteigende internationale Diskussion – nichts, kein Wort und keine Andeutung über die FONDAZIONE oder gar über FUTUMOR, nicht hier in Venedig, da ist er sicher. Und er merkt, wie die gute alte Magie ihr gutes altes Gebräu über aphrodisischer Flamme zusammenschüttet und umrührt; merkt, daß er ihr mit altmodischen französischen und italienischen Galanterien die Cour schneidet, sie werden herzlich und ohne Hochmut belacht. Das ist, ins Erfreuliche gewendet, wozu er herkam; und er sagt es ihr auf deutsch, während sie aus hochstaplerischen Tumblern Armagnac, *âge inconnu,* trinken (er ist wieder in die Krimi-

nal-Polit-Komödie alter Art geraten, der Mr. Advisor von Futuribles Biomorphes, mit seinem Konto in der Schweiz, den Briefkästen in Kingston, Helsinki, Vancouver, den eisgrauen Schläfen; hineingeraten in den Glanzpapier-Reklamedruck von altgoldenen lichtergeschmückten Drinks im Kerzenschimmer): »Madame, deshalb also bin ich hiehergekommen, ich war auf der Pirsch nach einem venezianischen Gespenst in Vogelmaske und Cappa, dem Gespenst des ewigen Komplotts, und stoße mir nichts dir nichts auf seinen angenehmsten, mir bisher nur literarisch bekannten Aspekt: die geheimnisreiche Schöne – aber wie nenne ich Sie, hoffentlich nicht nur in der Erinnerung?«
Sie winkt dem Kellner, sagt fast unwillig über die Schulter: »Ich übernehme natürlich die Rechnung. Ich arbeite für eine Stelle, die absolut brünstig auf Abrechnungen über Arbeitsessen ist. Veramente, kein Widerspruch bitte.« Und erhebt sich wie Hera vom Schilflager am Bach Doryssa, nach dem Beilager mit Zeus.
»Ich nehme an, wir wohnen im gleichen Hotel«, behauptet er wahrheitswidrig. Sie lacht und schüttelt den Kopf, während der Kellner sie in den Mantel schmeichelt: »Keineswegs. Aber Sie begleiten mich zum Taxi-Boot, ja?«
Sie wählt trotz der feuchten Kühle ein offenes Boot, es zischt in die Nacht der Lagune hinaus, dem Lido entgegen, wo sie (so detailliert stellt er sichs vor) als einsame Fürstin in der letzten besetzten Suite eines alten Grandhotels haust, beim Frühstück vom Hofstaat umtänzelt. Mit flammenden Lenden steht er an der Ablegestelle, sie wendet sich im Sitzen um, formt mit den Händen einen Trichter und ruft mit weithin tragendem Alt: »Remember Giovanna!«
Sie hat ihn nicht einmal nach seinem Namen gefragt, merkt er. Wie hat sie ihn eigentlich angeredet zwischen

Miesmuscheln und Armagnac? Mein Freund? Oder – mon ami?
Jedenfalls: *regina d' amore*...

*

Auf den Domberg zurückgekehrt, findet er einen Brief vor mit einem einzigen Satz auf dem Bogen:
»Ich fühle mein Ende nahen. – Sidonie.«

* * *

IV.

Exkurs: Freisinger Verlierergeschichten

Hier ist der Platz, einige der belletristischen Texte einzufügen, die als Hobelspäne von der systematischen Werkbank Dr. Korbinian Irlböcks abfielen. Er selbst nennt sie

FREISINGER VERLIERERGESCHICHTEN.

Innerhalb des großen Komplexes der Sphagistik (und zweifellos haben Sie längst bemerkt, daß unsere Erzählung insgesamt ein Komplex von Verlierergeschichten ist) nehmen diese Texte einen besonderen Platz ein. Sie definieren Dr. I.s Sitz im Leben, sie versuchen, ein ebenso hartnäckiges wie flüchtiges Aroma festzuhalten – das Aroma einer geistlichen Stadt am Schattenhang der Geschichte.

Typus einer geistlichen Stadt: so nannte unser Freising schon W. H. Riehl, der große Volkskundler des vorigen Jahrhunderts. Freising (zur Zeit etwa 1400 Einwohner) liegt links der Isar; seine beiden Hügel, Weihenstephan und der Domberg, sind die nördlichen Grenzsteine der Moränen-Ebene. Hinter dem Domberg und unterhalb Weihenstephans liegt eine langgestreckte, schmale Talsenke mit dem Stadtbach, an dem die Fischergasse entlangläuft; parallel dazu die Hauptstraße, durch den Marienplatz in zwei Abschnitte gegliedert. Nach Nordwesten steigen zögerlich Hügel empor, bis zur ersten Kammhöhe, auf der die alte Stadtmauer verlief. Sie ist heute noch markiert durch den Oberen, den Mittleren und den Unteren Graben – reizvolle Gassen mit Kopfsteinpflaster zwischen niedrigen Hausreihen.

Kochbäckergasse, Ziegelgasse, Sporrergasse, Amtsgerichtsgasse und Weizengasse: das sind die Rippen der Stadt, die das Rückgrat der Hauptstraße mit den Gräben verbinden. So blieb dies bis vor etwa achtzig Jahren – also bis zur Zeit des Endes der Städte und der Geburt der Ballungsräume. Nun wurde die Linie durchstoßen, die umliegenden Hügel und das Moos jenseits der Isar lockerer oder dichter bebaut, Gartenstraßen griffen hinaus, eine Arbeitersiedlung entstand am Goldberg, zwei Kasernen und (nach dem Zweiten Weltkrieg mit steter Beschleunigung) das wirre Wesen der Miets- und Eigentumshäuser, der Institute, Schulen, Ringstraßen, eine weite Ausschüttung in die Hügel und ins Erdinger Moos. Das lief immer rascher ab, hängte sich den rustikalen Schmuck alter Dorfnamen um, die man sich eingemeindete: Vötting Attaching Haindlfing Marzling, ein pathetisches Groß-Freising mit 88 Quadratkilometer und 34 000 Einwohnern – doch in Wahrheit längst Suburbia Münchens, Endhaltepunkt der metropolitanen Schnellbahnlinie S1. Verworrene Zeiten!

Zu Korbinian Irlböcks Geschichten selbst: Kenner werden die ihnen zugrundeliegenden Strukturen der Sphagistik unschwer erkennen. Sie entstanden in den Jahren 1974 bis 1981; die letzte wohl später. Sie wurden teilweise vom Bayerischen, teilweise vom Westdeutschen Rundfunk gesendet. Die Tonträger der BR-Sendungen sollen angeblich im Archiv an der Münchener Hopfenstraße noch auffindbar sein, der Pförtner ist allerdings nicht sehr hilfreich.

Eine Änderung, die später vorgenommen wurde, ist als solche ausgewiesen.

Es soll schließlich nicht verschwiegen werden, daß einige Kritiker Zweifel an der Autorschaft K. Irlböcks angemeldet haben; sie trauten oder trauen dem zurückgezogenen Gelehrten die innere Spannkraft und Weite für unsere Texte nicht zu. Wir halten solche Spekulationen für müßig. G. B. Shaws Aphorismus über die Shakespeare-Frage abwandelnd, dürfen wir feststellen: wenn er, Irlböck, nicht der Autor ist, dann eben ein anderer, der ebenfalls Korbinian Irlböck hieß.

*

1.

Der heilige Korbinian und der Bär

Beim schaudervollen Zug über die Alpen rastet man, vom Aufstieg gerädert, am Brennersee, zwischen Schneeflekken, am Rand der alten römischen Straße. Man zündet ein Kienfeuer an, röstet Dörrfleisch und Buchweizenfladen, trinkt sauren Wein aus dem Geißbalg. Beim Wiederaufladen vermißt man ein Saumtier; es hat sich losgerissen samt seiner Bürde, ist zwischen Fels- und Latschengruppen fortgestreunt, und dann spürt man den Geruch, der wilder als die Wildnis ist, hört den Schrei, mit dem ein Leben entzweigerissen wird.

Bär!

– sagt Enno, der treueste Diener. Die Führer und Knechte stellen sich zu Gruppen –

dutsch ad om –

– mahnen hoch und heiser die Hiesigen: schön beieinander bleiben, heißt das. Einer hat den Bärenhund dabei, den gewaltigen, der keinen andern Auftrag hat, als sich nicht zu fürchten. Sie teilen sich, nehmen den vermuteten Ursprung des Schreis in die Zange, vorsichtig und blutdürstig.

Der Heilige weiß es besser; er hat als Knabe viel von Bären geträumt, und die warteten immer da, wo sie nie sein konnten.

Der Heilige trägt natürlich keinen Prälaten-Schnickschnack wie etwa auf den Bildergeschichten von Asam, er hat Wildlederstiefel an, gallische Bundhosen (bracae), einen lammwollenen Überwurf und (das Wichtigste jetzt) das große geweihte Silberkreuz aus der Lombardei. Zwischen Kalkstein und Wurzelwerk steigt er nach links hinauf in den mürrischen Berghimmel; und auf einer Lichtung findet ers.

Der Bär hat schon die Bauchdecke des Saumtiers aufgerissen und sucht, um sich mutig und schlau zu erhalten, zuerst nach den edlen Innereien. Er sagt –

Servus...

und frißt weiter.

Der Heilige schaut ihm zu – nicht erschreckt, warum auch, es geht kaum anders zu als bei adligen Jagden oder bäuerlichem Sauschlachten. Aber dann hält er sich am Kreuz fest und spricht:

Du bringst dich in eine üble Lage. Ich muß nach Rom, da hilft nichts, der Heilige Vater hat mich gerufen. Unser Gepäck ist aufs Dürftigste beschränkt, keine Traglast ist entbehrlich. Du wirst einspringen müssen.

Der Bär mustert ihn mit dem maskierten Grinsen, das die Dompteure nervös macht:

Ich tät mirs überlegen, wenn ich du wär.

Der Heilige ist froh, daß man schnell aufs Wesentliche kommt:

Du weißt, daß du mir nicht drohen kannst. Ich bin gebunden wie du, aber besser behütet.

Der Bär:

Da gibts Unterschiede. Bei mir gehts um den Lebensunterhalt. Mühselig genug. Oder meinst, dein altes Muli schmeckt mir?

Er hat das Herz gefunden und frißt es.

Der Heilige lacht:

Meinst vielleicht, mir schmeckt diese Reise?

Der Bär blickt ihn jetzt humaner an, fast gemütlich:

Wer zwingt dich zum Wunder? Ich bin, was ich bin, und du auch. Wer hat uns eingerichtet? Der Schöpfer Himmels und der Erde. Erster Glaubensartikel. Kein Grund, dagegen aufzumucken. Ohne das Muli kommst nicht weiter? Sei froh. Ein Fingerzeig. Höhere Gewalt. Kehrst um, hast es ausgestanden.

Er sucht gelassen weiter, prankt violettes Gedärm aus dem Kadaver.

Der Heilige wird schärfer:

Keiner Kreatur stehts zu, mich zu versuchen. Es geht nicht drum, was mir schmeckt oder dir. Es geht um das, was tiefer dringt als der Hunger. Ich trage das Kreuz, siehst du's nicht?

Der Bär mampft mit vollem Rachen:

Und deswegen – mußt du – nach Rom –

Der Heilige:

Eben drum. Es geht ums Licht in der Finsternis, um die Erleuchtung der Völker, die im Todesschatten sitzen. Um die Botschaft, die gepredigt sein muß: das Evangelium...

Der Bär:

Missionare gibts schon lang. Die staden letzten Römer, die spinnerten Iren mit ihren Rucksäcken und geschwärzten Augenlidern. Kommen und gehen über die Pässe schon seit hundert Jahren, predigen, läuten zusammen. Meine Mutter sagt, sie schmecken auch nicht besonders. Kreuze tragen sie alle.

Der Heilige:

Sie haben keinen Garten gepflanzt, waren selber noch Wildnis. Jetzt muß Edelfrucht gezogen, müssen Wege gelegt werden – und das Freisinger Bistum vollgültig gestiftet.

Der Bär, angewidert:

Politik. Kirchenrecht.

Er zerbeißt einen Knochen, daß es kracht.

Der Heilige spürt, wie Zorn aus dem Bauche nach oben quillt, er ist drauf und dran, der sturen Kreatur den Donnerkeil des Wunders draufzuhauen. Aber seine Wut wird eingeholt und besänftigt von Jahrhunderten der Sammlung um sich und hinter sich. Er findet Heiterkeit in der Sammlung, setzt sich auf einen feuchtweichen Moderstamm, stützt die Ellbogen auf die Knie und schaut neidlos zu, der arme Bär wird eine ordentliche Mahlzeit brauchen, auch wenns zunächst nur bergab geht.

Laß jetzt keinen Knochen krachen, sondern hör zu –
sagt er.

Du tust, wozu du geschaffen. Ich tadle dich nicht. Ich tu nicht, wozu ich geschaffen, das weiß ich zu jeder Stunde des Tages – oder fast jeder. Mein Vater hieß Waldekisus, meine Mutter Korbiniana: warum wohl, he, nenn ich mich nach ihr und nicht nach dem fränkischen Schwertnamen? Mein Gemüt zog mich immer ins Stille; mit euch, mit den Bewohnern der Einsamkeit, hätts mich schon immer zu hausen gelüstet als zartester Liebhaber der ewigen Weisheit: Matutinsingen in der Morgenfrühe, in den Tau hinein; Pilze und Beeren sammeln für des Magens Notdurft…

DER BÄR, widerwillig aufmerksam:

Und hie und da ein Honigstock, mmmm…

DER HEILIGE, mitgenommen von der eigenen, hochbegeisterten, silberzüngigen Rede:

Du sagst es, Urse, du sagsts: wohl abends ein Glöcklein läuten, verschwenderisch über sieben Wälder seinen Klang aussäen, dem himmlischen Sämann aber überlassen, wo Gnade aufgeht. Öl und Wein bereithalten für die Wunden der Beraubten, die am Pfad liegen, die man findet, oder die einen finden… Nichts tat ich lieber als damals den Totgeglaubten vom Galgen zu heben, ihn übers Pferd zu legen, spornstracks zum Statthalter galoppieren um Begnadigung, und dann das Blut wieder spüren, wie es heiß ins Äderwerk steigt (er, der Belebte, ist jetzt mein treuester Knecht Enno –). Dies, und mit dem Stab die eifrige Quelle schlagen aus dem Hügel von Weihenstephan, das notwendende Wasser. Doch das war schon für die Kommunität, für die Regel-Gemeinschaft des Römers, des Benedikt, die sich einen Hügel unterwirft, die Bäume und Reben pflanzt, Schuhwerk riemt und Kutten webt gegen die gleichgültige Grausamkeit der Natur – und die ist nichts, glaub mir, gegen die grausame Natur in uns selber, im unerlösten Menschen. Die hängt hinüber von der mulifressenden Unschuld in die planende Kunst der Vernichtung, des Vaters des Nichts von Anbeginn ... Da ich dessen gewahr wurde, mein Urse, da konnte ich nicht mehr in den köstlichen Wald gehen, dafür gibts zu wenige in unseren Zeiten und Landen, die noch Quellen schlagen und Gartenwuchs erschwitzen können. So hab ich Ja gesagt, sags jeden Tag wider meine geschaffene Natur, in Widerwillen, nie eingeschläfertem Zorn, stetem Heimweh. Denn wo finden wir heute noch die Heimat, der unser Heimweh sich zuneigt? Nicht hinter der Ferse, die vom Biß der Schlange hinkt. Die Heimat liegt vorn und bergab, alles andere folgt daraus, so wie der Fisch in die Reuse schwimmt: das Kloster zuerst, dann der Auftrag von oben, die Wachsamkeit auch gegenüber dem weltlichen Schwert – Rom, die Reise nach Rom, die Rast am Brennersee. Ich schleppe meine Last. Du wirst es auch tun.

Der Bär ist plötzlich satt, schwenkt flink und rollend um den Kadaver herum, richtet sich vor dem Heiligen halb auf. Er zieht die Lefzen hoch, seine Zahnreihen starren wie eine Gebirgskette:

Hast du mich geträumt, Korbinian, Sohn der Korbiniana?

Der Heilige, unerschrocken:

Vielmals, in knäbischer Angst.

Der Bär wird steiler, hinter seinen Augen flackert ein Licht, das flammenfarben näherkommt:

Viele Kinder träumen von mir. Einst, jetzt, in sæcula sæculorum. In allen Regionen der Welt, sogar auf den Inseln der Gegenfüßler, wo mich keiner je gesehen. Ich bin der Schrecken, vor dem sie davonlaufen. Ich bin der Schrecken und hole sie ein.

Der Heilige donnert:

Schweig!!

Der Bär löst seine Vorderpranken vom Boden, seine Augen brennen, seine Millionen Haare richten sich auf:

Ich umarme sie, schwarz und mörderisch, und dann...

Der Heilige reißt das Kreuz vom Hals, reckt es ihm entgegen:

Apage!

Der Bär steht senkrecht, seine Arme breiten sich aus:

...und dann, hingeworfen und erstickt, hast du nicht gemerkt, daß du daheim bist? Daheim?

Der Heilige (es geht jetzt um alles):

Apage in nomine Christi!!

In diesem Augenblick gibt von oben der Bärenhund Laut, ein Steinschlag auf eine Trommel. Enno schreit, wie er vor dem Galgen nicht geschrien hat:

– Vater, Vater!!

– und schwingt den zolldicken Wurfspieß mit den Widerhaken, die Männer seiner Truppe mit ihm, wie sie durch die Latschen brechen.

Der Bär wendet sich ihnen sofort zu, zu seinem teuren Tod bereit.

Der Heilige, zu dessen Gunsten sich alles gewendet hat:

Haltet ein!

Alle erstarren in Furcht und Ehrfurcht – ein Bildnis für künftige Zeiten.

Der Heilige:

Ich tu euch kund: dies ist unser Bruder Ursus. Er ist bereit zu tätiger Reue. Er wird die Last des Saumtiers übernehmen, das er in der Not des Hungers geschlagen hat. Wir sorgen für seinen Unterhalt, und er folgt uns nach dem Fingerzeig Gottes: hinab und vorwärts! nach Rom.

Die Knechte und die Führer starren ihn und den Bären an, mit Augen rund wie Mushafen. Dann bricht wilder geistlicher Jubel los, nur der Bärenhund ärgert sich. Der Bär plumpst rundlich

auf alle Viere zurück, trollt sich zum Tragsack, den sein Menü geschleppt hat, und beschnüffelt ihn grämlich.
DER HEILIGE *leise zu ihm, während Enno und zwei Knechte schon das Lastgeschirr auf den wolligen Rücken passen:*

Du hast Glück, mein Freund. Ein Blick in die Verheißung, wo der Löwe neben dem Lamme liegen wird.

DER BÄR, *hereingelegt, brummt, nur dem Heiligen verständlich:*

Und wer schleppt dann?

DER HEILIGE *antwortet nicht; er ist auf die Frage nicht vorbereitet.*

(Jahre später fügte Irlböck noch einen Satz hinzu:
ENNO:

Es ist besser, wir blenden ihn. Er ist dann gefügiger.)

***

2.

Bischof Otto und der Erzpoet

Wenn wir Mailand bezwungen haben...

Er war auf einem sanften Saumtier gekommen, ein alter Mann; er hatte ein Pergament mitgebracht, das seine Beschwerde enthielt, hatte es dem Kanzler Rainald von Dassel übergeben, hatte ihm kurzen Vortrag gehalten; verstand dies willig, denn das Amt des Kaisers war stetes Begehrtwerden, stetes Reiten und Rennen, unterbrochen nur von den großen Feier-Liturgien – auch seine, des Oheims, Klage mußte hier, im Heerlager, zwischen tausend Entscheidungen entschieden werden, die der Rotbart zu fällen hatte: Entscheidungen im Reich, Entscheidungen über ferne Marken und Könige, Entscheidungen für die oder die Heerstraße, Entscheidungen über Mann und Roß, über ausgebliebenes Geld und nötiges Geld.

Er war eingeritten, vielmehr sanft eingestapft, durch Rossestampfen, Hämmern und Licht auf Waffen, durch den Gestank schmorenden Horns, der von den Feuern der Hufschmiede herüberwehte, und am Eingang zum Prunkzelt, knapp hinter den zurückgeschlagenen Leinenbahnen, war er an die ausgestreckten Beine eines Betrunkenen gestoßen, der eine Fiedel hielt und an einen Holzklotz gelehnt war, und der Kanzler hatte nachsichtig gelacht: ein Dichter, sagte er, sei das, ein sehr guter, ein Erzpoet, und er begehre im Wirtshaus zu sterben, wo der Wein dem Mund des Sünders am nächsten sei, wenn die Engelchöre singen. Der Erzpoet sah widerwillig auf, er hatte ein bleiches Gesicht und einen eingefallenen Brustkorb; er war krank, so der Kanzler, und es wäre schade um ihn, man werde ihn mitnehmen und nach Salerno weitersenden, zur berühmten medizinischen Fakultät. Der betrunkene Dichter sprach hurtig, als fürchte er einen angedrohten Peitschenschlag, ein paar flotte Verse zum Ruhm des Kaisers. Dann tat er einen Zug aus einem granatsteinbesetzten Becher, der wohl golden war, seinem Schimmer nach zu urteilen.

Wenn wir Mailand bezwungen haben. Alle sprachen darüber, das Heerlager war ein einziger Disput über dieses Mailand, und der Bischof spürte einen wunderlichen Schmerz scharf am Herzen, wenn er an die stolze Stadt dachte, an ihr ruhmreiches altes Christentum, an das Edikt des Konstantin, an den großen Ambrosius, der einen allmächtigen christlichen Kaiser von der Schwelle des Doms gewiesen hatte. Der Schmerz war Vorschatten des schweren Untergangs; denn wie konnte eine einzige Stadt, sei sie noch so reich und hoffärtig, diesem Meer von Fahnen und Stahl und Schilden, dem Zorn des Kaisers der Christenheit trotzen, der sich auf dem großen Blachfeld versammelte?

Der betrunkene Dichter murmelte, während er sich den Mund abwischte und an den Saiten der Fiedel herumzupfte: »... so erhob sich denn im Reich Hochmut aller Arten,/und vor allem nenn' ich gleich jene Langobarden ...«

Das Prunkzelt war eine liederliche Hochzeit von Pracht und Schmutz: schlickgraue Stiefeltritte auf lohfarbenen Teppichen, Sand über die Stufen zum Hochsitz geweht, und der brokatene Vorhang, durch den Rainald der Kanzler ins hintere Gemach zum Kaiser gegangen war, hatte dunkle Ränder vom Zugriff der Hände und Handschuhe. Bischof Otto spürte die Gicht in Waden und Knien, es war kein Sessel da, er verzieh es dem Neffen, er war mit kleinen deutschen Klagen und Beschwernissen gekommen – einer winzigen Klage, einer kleinen Beschwerde im Adlerblick des Kaisers vermutlich, aber es ging um Recht und seine Kränkung, und gab es da Groß oder Klein?

»Türme haben sie erbaut«, so des Dichters Gemurmel, »nach Gigantenweise,/haben sie emporgestaut bis in Gottes Kreise...«
Wenn wir Mailand bezwungen haben. Der Kaiser sagte es auch, als er, gefolgt vom Kanzler, durch den Vorhang getreten, den Oheim artig umarmt, ein Kissen auf den Antritt zum Hochsitz geworfen und ihn zum Ausrasten genötigt hatte. Der Kaiser war mittelgroß, breit von Gestalt, vom weithin gerühmten Rotbart waren seine gesunden Wangen und seine blauen Augen gerahmt. »Euch ist bitteres Unrecht widerfahren, Oheim«, sagte er rasch und entschieden. »Der Welfe ist wahrhaftig ein Löwe, ein brüllender Löwe in der Wüste, er springt zu, wo er Beute wittert, das alles werden wir nach der Ordnung des Reiches entscheiden, wenn wir Mailand bezwungen haben.«
Das wars also wieder. Und das war der Kaiser Rotbart, mehr Kaiser mit jedem Jahr der Regierung, es waren sechs jetzt, es konnten vierzig werden, wenn Gott es gäbe. Otto spürte in den alten Eingeweiden die Blutsliebe zu diesem Neffen, dessen Leben ein Kreuzweg war – denn was sonst war dieses Regieren von Dänemark bis Sizilien. »Das Salz«, hatte der Bischof in seine Pergament-Beschwerde geschrieben, »das Salz ist wahrlich eine große Gabe des gütigen Gottes an Seine Menschen, aber auch an die Kirche Gottes in unseren Landen. Es wird mit wenig Mühe aus den Bergen gewässert, es wird am Ende seines Wegs nur in winzigen Mengen gebraucht – eine Handvoll, drei Handvoll für jedes Faß Surfleisch oder Kraut. Und so kann der notwendige Unterhalt für die weltliche und geistliche Regierung durch Zölle gewonnen werden, von Hallein bis ins Böhmische oder, westwärts gewendet, bis weit hinüber an den Rhein, da unser Stift Freising klein ist, nicht reich an gutem Weide- oder Ackerland, wie es dem Kaiser wohlbekannt

ist. Wir sind deshalb sehr arm ohne die Salzbrücke zu Föhring.«

Wenn wir Mailand bezwungen haben...

Adler haben keine blauen Augen, sondern schwarzgelbe, aber der Kaiser hatte die blauen Augen und dennoch den Adlerblick. Der schaute nicht auf die verkohlten Bohlen bei Föhring, der schaute weit über die Berge, bis ins ferne Rom; sah aber vor allem in der lombardischen Ebene das riesige Geviert, die Zyklopentürme, die mehr waren als Haufen von Fels und Backsteinen, das hatte der Dichter wohl richtig getroffen, da wurde Gott entgegengebaut – und nicht in frommer Absicht, beileibe nicht. Und daß die Mailänder nicht zahlen wollten, war auch nur Bild und Gleichnis. Es ging um den Zustand des Corpus der Christenheit, das wußte der Geschichtsschreiber Otto sehr wohl. Die Macht, die da entstanden war, saß nicht nur an einer Salzbrücke, die hatte tausend Brücken gebaut und Hohlwege besetzt, auf denen die Maut erhoben oder erpreßt wurde.

Und es war kein Herrscher mehr, keine geweihte Krone, die über diese Macht gebot, es waren Podestà und Capitani, aus denen ein schwarzer Wille von unten handelte. (Und doch, vielleicht, der jahrtausendalte Trotz des großen Ambrosius?)

Ein Gestum Friderici, eine Großtat Friedrichs war wiederum nötig, und sie würde wiederum stattfinden, auch das wußte der Chronist. Denn der Chronist schrieb seit Jahren, seit der Thronbesteigung des Neffen, an eben dieser Chronik, den Gesta Friderici.

Dazu hatte ihn der Neffe verführt, der Rotbart. Vielmehr: seine Liebe zum Neffen hatte ihn verführt. Der Oheim grollte ihm deshalb und liebte ihn deshalb. Otto, der Weltchronist, hatte sein weites und schönes Werk vollendet, nach den Plänen des heiligen Augustinus, hatte die zwei Reiche beschrieben, die es seit Adam und Eva gab und gibt, und die sich in feindseligen Brüderpaaren offenbaren: in Kain und Abel, in Isaak und Ishmael, in Jakob und Esau. Hatte beschrieben, wie sich das Reich der Welt, von der Lehre und dem Erlösungstod Christi niedergeworfen und betäubt, sich nun aus der Christenheit selbst zu erheben trachtet, daß in dieser, in unserer Zeit, die ja als die letzte gilt, die durch die Scheußlichkeit der Laster das Ende der Welt und durch das Gegenteil davon, das Herannahen des Reiches Christi ankündigt, daß in dieser Zeit einerseits die schlimmsten Frevler und lüsternsten Liebhaber der Welt leben, andererseits aber Menschen voll des glühendsten Eifers für Gott und voll Sehnsucht nach dem Himmelreich. Hatte beschrieben, wie die neue Art von Ritterschaft begründet wurde in dieser unserer Endzeit, die strenge Ritterschaft der Kreuzfahrer-Orden, hatte beschrieben, wie die Strenge im Mönchs- und Klerikerstand bis auf den heutigen Tag zunimmt, so daß nach gerechtem Ratschluß Gottes, während die Bürger der Welt immer tiefer im Schmutz versinken, seine Bürger durch seine Gnade immer höher zum Gipfel der Tugenden aufsteigen. Dies im siebenten Buch seiner Chronik, Kapitel Neun. War aus dem schrecklichen Zusammenbruch des Dritten Kreuzzugs durch tausend Gefahren zurückgestolpert zum Freisinger Domberg, krank am Leibe und wahrheitsgewiß in der Seele, ringsum bestätigt von den Zeichen der Zeit, die das Siegel des Beweises auf seine Lehre und seine Erwartungen setzten. Da wäre nichts mehr zu schreiben gewesen, da war der Bau vollendet in seiner stimmigen Schönheit.

Und dann war der Neffe auf den Thron gestiegen, hatte die Welt gedröhnt von seinem Ruhm, von der Hoffnung, die sein Name barg, und so war Otto nicht nur der Schwäche der Blutsliebe gefolgt, sondern dem Dröhnen der allgemeinen Hoffnung, hatte die neuen Großtaten erlebt, beschrieben, den Aufstieg des alten Kaiser-Ban-

ners zu neuer, wohlgeordneter Herrschaft, zur Restitution der karolingischen, der ottonischen Herrlichkeit. Es war, das gab er zu, der alte Oheim, eine neue Jugend für ihn geworden –.
Wenn wir Mailand bezwungen haben...
Und jetzt war man zurückgelangt zu den feindlichen Brüderpaaren. Des Rotbarts Mutter war eine Welfin. War er der Gottes-Zwilling und Heinrich, der finstere Löwe, der Zwilling der Weltnacht? Dann paßte seine, Ottos, Klage aufs genaueste in seine Schrift über die zwei Reiche. Dann war auch diese Klage eine allererste Sache, ein erstes Anliegen, über das der Kaiser nun zu entscheiden hatte. Wenn es Rechtfertigung des Kaisertums gab, des letzten Versuchs, die Welt gerecht zu machen, dann war es die: einzutreten für den Schwachen gegen die Habgier, gegen die blanke Gewalttat (flammende Brückenbohlen bei Nacht zum Beispiel, Gebrüll und Gelächter, Jagd auf die ahnungslosen Salzkarren, die man nun flußaufwärts scheucht, dem Hof Munichen entgegen). Christliche Schlichtung gegen das Recht der Faust –.
Wenn wir Mailand bezwungen haben...
Es gab eine einzige, eine tödliche Bewandtnis, die gegen ihn, die gegen das Recht auf die Brücke sprach: die Bewandtnis des weltlichen Besitztums überhaupt. Wie war er, ein Bischof, ein Hirt der Seelen, zu der Brücke gekommen? Wie zum Szepter eines Fürsten?
Angenommen Rainald der Kanzler, angenommen Friedrich der Kaiser würden sich ihm zuwenden und dies fragen – was konnte er ihnen antworten?
Er wußte es natürlich. Es gab keine solche Frage, die er nicht in seiner Chronik gestellt und ausgehalten hatte. Wenn ich meine eigene Meinung sagen soll (Vorwort zum Sechsten Buch), so erkläre ich, daß ich durchaus nicht weiß, ob Gott die Erhöhung seiner Kirche, die wir nunmehr erleben, besser gefällt als ihre frühere Niedrig-

keit. Es scheint jedenfalls ihr früherer Zustand besser gewesen zu sein – während der jetzige glücklicher ist. Was uns bleibt, ist die allgemeine Ansicht, ist die Irrtumslosigkeit des Felsens Petri, ist die alte Schenkung Kaiser Konstantins, die der Kirche das Abendland überantwortet hat.

Aber weder der Kaiser noch Rainald von Dassel hätten die Frage stellen können. Die Macht der Kirche, die Bistümer, die gleichzeitig Fürstentümer waren: das war innerstes Mark und Blut des Reiches selber, und das verteidigte man gegen den Papst selbst, wenn es sein mußte – gegen den argwöhnischen römischen Papst, dem Mailand beileibe kein unwillkommener Verbündeter war.

Wenn Mailand erst bezwungen ist: Der Blick des Adlers, ob blauäugig oder nicht, kühn ist er. Aber ist er auch barmherzig? Ja, ist er wirklich klug? Ist er wahrhaft gerecht?

»Wenn wir Mailand bezwungen haben«, sagte der Kaiser aufrecht (nun erst merkte Otto, wie bedacht es gewesen war, den Oheim zum Sitzen zu nötigen, er mußte nun hinaufschauen zu dem blonden, halb geharnischten Neffen, der mit leichten Schritten im Zelt umherging), »wenn wir Mailand bezwungen haben, wird Gerichtstag gehalten. Dann wird sich dein Recht offenbaren.«

Dann. Nach einem, nur Gott weiß wie langen, Feldzug. Dann, wenn riesige Türme gebrochen, Hunderte von feindseligen Meilen überwunden waren. Und da begriff der Bischof, der Staufer und Babenberger: es war furchtbar einfach, einfach und furchtbar.

Er begriff, daß der Kaiser jetzt den Löwen nicht reizen durfte. Er hätte es sehen müssen beim Einritt – hatte es gesehen, ohne es zu bedenken –, daß über einem Drittel der Zelte die Wimpel der Lehnsleute des Löwen flatterten. Wenn der Löwe die Heeresfolge verweigerte, dann gäbe es keinen Mailandzug. Dann hätte der Trotz der Republik

schon gesiegt, der Fahnenwagen der Capitani und das Wagnis der lombardischen Türme.
Das sahen die blauen Adleraugen auch. Sahen es ganz genau, und wogen dagegen die Maut einer Salzbrücke an der Isar, wogen aber auch die unabweisliche und im Schoß der Zukunft verborgene Rache gegen den Löwen, gegen seine stete Anmaßung. Ließen sie reifen, die Rache, ließen die Spreu mit dem Weizen wachsen bis zum Tag der Ernte im Feuer. Das war, erkannte der Oheim, kaiserliche Politik.
Und kaiserliche Schwäche. Der Adler mochte oben schweben, auf mächtigen Schwingen, mochte die Reiche überblicken von Sizilien bis Dänemark; die Luft, die seine Schwingen trug, war die alte Luft der alten Lehnswelt: Treue gegen Treue, durchwachsen von stetem Verrat und Mißtrauen, steter Bereitschaft der Vasallen, die Macht zu prüfen, die da über ihnen schwebte im kaiserlichen Himmel.
Und so wußte Otto der Bischof, welcher Spruch ergehen mußte. Wußte, daß die neue Brücke bleiben würde, die Brücke bei Munichen, gegen alles unveränderliche Recht, das dennoch verändert wurde von einem Jahr aufs andere. Otto würde es wohl nicht erleben. Er fühlte sein Ende nahen. Er fürchtete sich nicht davor. Er war ein Mönch, ein Zisterzienser, einer von denen, in deren Weltverachtung sich das Ende der Zeit ankündigte, der Ruf seines besonderen Blutes hatte ihn, den Widerwilligen, aus seiner Klosterheimat Morimund gerufen, weil der Stuhl eines Reichsbischofs besetzt werden mußte, er war ein Staufe und Babenberger und hatte sich gefügt. Und jetzt schloß sich der Lebenskreis, er konnte zurück nach Morimund, konnte die Mitbrüder dort um das größte Geschenk bitten, das sie zu vergeben hatten: Gebet und Geleit auf dem Sterbelager, auf dem schmalen Gratweg zum heiligen Michael mit der Seelenwaage.

»Freising soll indes nicht Not leiden«, sprach der Kaiser. »Wir verordnen, daß die Hälfte der Maut von Munichen an Euch erstattet werden muß. Dies ist mein Wort, bis Mailand bezwungen ist.«
Der Bischof stützte sich auf, als er sich mühsam erhob, neigte das Haupt, der Kaiser gab dem Verwandten seine Umarmung und eilte aus dem Zelt, tausend neuen Entscheidungen entgegen, der Kanzler folgte über die ausgestreckten Beine des Dichters hinweg.
»Ich werde ein Spiel niederschreiben«, sagte der und tippte gegen die bleiche Stirn. »Ich habe es hier im Kopf: das Spiel vom Antichrist. Er kommt und überzeugt alle. Er wirkt Wunder und Zeichen. Er gewinnt die Könige des Ostens, die Könige des Westens, er gewinnt zuguterletzt den Kaiser.«
»Wie kann er ihn gewinnen?«, fragte Otto, beugte sich nieder zu den besessenen Augen des Erzpoeten.
»Der Antichrist bringt Frieden und Sicherheit«, sagte der Erzpoet.
»Pax et securitas.«
Der große Chronist erbebte. »Aber er siegt nicht.«
»Vor seiner Niederlage«, sprach der Erzpoet, »stehen zwei allein und schutzlos: die Kirche und die Synagoge. Elias kehrt zurück und vergießt sein Blut, und die Kirche steht und singt: Ein Büschel Myrrhen ist mein Geliebter mir, er ruhet zwischen meinen Brüsten.«
»So also wird die Endzeit sein«, sagte Bischof Otto von Freising. Er sah die letzte Schlacht, die die ewige Schlacht ist: Ritter und Ungeheuer mörderisch verknäuelt unter fetten Adlern, die schutzlose Ecclesia mit dem Myrrhenbüschel an der Brust.

* * *

3.

Bischof Ernst und ›sein' Vettel‹

Der harsche Ausdruck ist historisch beglaubigt – vergleiche hierzu Lojewski, Günter von, *Bayerns Kampf um Köln,* in: *Um Glaube und Reich. Beiträge zur bayerischen Geschichte und Kunst* (München 1980, S. 40).
Er stand in einem Promemoria, das Herzog Wilhelm V. von München an seinen Kanzler nach Köln schickte; die Abschrift lag auf schwarzem Holz zwischen zwei Kerzen, zwischen Sorge und Weitsicht, zwischen einem geistlichen und einem weltlichen Herrn. Die Flammen der Lichter neigten sich in schwankendem Atem zwischen den Gesichtern, und es ging um den Bruder des Herzogs, den jungen Bischof Ernst. Man schrieb 1583, baierische Waffen hatten den Godesberg genommen und Köln in der Faust, der katholische Glaube stand auf der Kippe, es ging um die deutsche Wurst, um des Bischofs schleunigsten Aufbruch an den Rhein, wo nicht nur das eine Hochstift auf ihn wartete, sondern ein ganzer Triumphwagen voll Mitren und Bischofshüten: Köln, Hildesheim, Halberstadt, Lüttich, alle dem Ernst zugesprochen von einem Rom, dem dies sehr sauer aufstieß, weils gegen alle tridentinische Reform ging (was dem weltlichen Herrn nicht übel gefiel, es blieb denen Römern nur Wittelsbach und nichts als Wittelsbach, mußten einen schämigen Bogen machen um die eigenen Dekrete, und das brachte dem Haus politisches Heu ein). Aber was tat der Ernst? Fuhr er oder ritt er los? Mitnichten. Weil, so wütete Wilhelms Handschrift, – ›sein' Vettel aus Freysing nicht hinabzubringen sey ...‹
»Sie heißt Kümmernis. Kümmernis Schmetzin«, sagte der geistliche Herr mit dem groben Gesicht. Der weltliche

Herr mit dem feinen Gesicht seufzte beziehungsreich, nickte: »Lüsternheit des Fleisches.« Er hatte eine grobe Seele. Der Geistliche mit dem groben Gesicht hatte eine feinere, seufzte kennerisch: »Wanns nur das wär – «
»Ich kenns, war in Rom mit ihm«, schnaubte der Weltliche – das Licht fuhr erschrocken über die Handschrift hin. »Haben ihn in den Palazzo gesperrt, war aber bloß ein Hupferl für ihn, ging uns durch mittels einer Leiter aus Hanfstrick. Zu die Menscher.« – »Das«, so der Grobgesichtige mit feinerer Einsicht, »könnt er stantepede haben, und mehr, und Schmiegsameres, Seidigeres, in Köln am Rhein, in Lüttich allenthalben. Nein nein Freund – es muß und muß einzig die Kümmernis sein. Und das, Freund, machts schwierig, das schlägt schon ins Heidnische, ins Revier des Gottes mit dem Schießbogen.« – »Dabei bloß von den Wachszieherischen in der Fischergasse«, knurrte der weltliche Rat, der seelengrobe. »Hätt sie's nicht machen können wie ihre Namenspatronin hochselig?«
Das wiederum ging dem geistlichen Herrn zu weit, er lehnte sich in den Schatten zurück, lächelte geistlich verwundet. Die heilige Kümmernis (das muß hier eingefügt werden) war eine orientalische Prinzessin und heimliche Christin gewesen, sollte einem heidnischen Mogul angetraut werden und hatte vom Herrn des Himmels Häßlichkeit erfleht, um solchem Geschick zu entrinnen. Prompt erhört, war sie in kostbarer Robe und mit einem stattlichen Bart zur Hochzeit erschienen. Der Vater, hochergrimmt, weil sie ihm die Politik ruiniert hatte, hatte sie ans Kreuz schlagen lassen; und so (gekreuzigt, gekrönt, bebartet und im Hochzeitskleid) war ihr Schnitzbild zu Neufahrn bei Freising von der Isar angetrieben worden, genoß seither ziemliche Verehrung. »Oder –« (der weltliche Grobian hielt an seinem Faden fest), »hätt sie nicht persönlich intervenieren können, die Patronin, im Sinne der Jungfräulichkeit? Die Schmetzischen sind gewiß erz-

fromme Leut, haben sicherlich gedacht, daß es wohl kein Schock christlicher Mägdlein im ganzen Abendland gibt, die auf den Namen der Kümmernis getauft sind, und daß dies wohl in besonderen Gnadenerweisen durchschlagen möchte bei einer ansonst unterbeschäftigten Heiligen. Na, jetz wärs an der Zeit gewesen, warum tut sie nix?«
Weil sie nichts anderes ist als ein romanischer Christus, hätte der hochgebildete und kunstsinnige Geistliche Rat sagen können; aber das hätte der Grobian schon überhaupt nicht verstanden. »Es ist doch ein völlig anderer Casus«, sprach er deshalb weich wie rinnendes Wachs. »Kein Heidenkaiser, sondern ein erzkatholischer geistlicher Fürst, wenns je einen gab – und gerad deswegen weit und breit kein Eheband. Das sind verschlungene Pfade. Und –« (er seufzte schwer) »sie riechen nach Schwefel und Bimsstein.«
»Pech und Schwefel, aha! Behext hat sie ihn!« So der Weltliche, dankbar für eine schlüssige Erklärung. Die Doppelflamme stand in seinen engen schwarzbraunen Augen, und sie entließ angenehme Bilder in sein Inneres: höllischen Liebreiz, auf vier Klafter Scheitholz gestellt, oder so etwas wie bei der Bernauerin, eine saubere Hexenprobe in der Donau oder in der Isar... wie wärs damit?
»Um des Himmels und unseres Glaubens willen nein!«, sprach entschieden der Feinsinnige, der das Spekulieren des Groben auf der anderen Seite erriet. »Das würfe uns alles über den Haufen: die Hochstifte und den jungen Herrn. Alles. In gebildeten Zeiten wie den unsrigen, ich bitt euch! Da muß Besseres zu finden sein. Freundlichere Elemente. Erbauliche Bekehrung – wenn auch *cum tremore aliquo,* mit beträchtlichem Schauder. Bedenken wirs.«
Und das feine Gesicht wie das grobe beugten sich ins Licht, griffen sich Pokale, die hinter den silbernen Kerzenständern warteten, und tranken sich mit den Augen zu.

– Aber beschauen wir jetzt die Not von der anderen Seite, vom Ernst her. Er war jung, ein strammer Kampel, und kein Mensch hatte ihn gefragt, was er wolle. Das brauchte es auch nicht, wie er selber wußte. Das Haus ging vor, so oder so, er war ein jüngerer Sohn, und die niederen Weihen nebst dem Bischofshut von Freising hatte er sich gefallen lassen. Mochte es sogar. Mochte die Nähe zu den kleinen Moos- und Hügelschlössern, das Schüttern der Torfböden, wenn die Hufe der Jagd darübergingen, die Reiherstaffeln, die in den weißen Himmel schossen und die Beizvögel hinterdrein; mochte den Grünen Veltliner, den trefflichen, aus den österreichischen Domänen. Nur den Philippsbau, die bröckelnde Residenz auf der Stadtseite des Dombergs, mochte er nicht sonderlich; und grad da erwischte es ihn, bei einer volks-offenen Festivität. Er war ein Wittelsbacher; will sagen, er suchte das, was die jungen Weiber bieten, triebs ein ohne kalte Vorsicht. Die Geschichte mit der Kümmernis lief zuerst nicht viel anders als dergleichen eben läuft: ein Tanz, ein Maiengesicht unter der Brokathaube und Kostbar-Ahnbares unter Mieder und gefälteltem Rock; ein paar Höflingsnasen angesetzt aufs Wer und Wo, noch ein Tanz, Fahrt zur Commedia auf der Trausnitz über Landshut (das Letztere schon wunderlicher Aufwand). Der Jüngling war dann verrückt wie eine Hummel, spürte nachts ihre Achselhöhlen um seine Daumen, sprang im triefenden Morgengrauen oder taubem Mittag in Birkeneck oder Haimhausen aufs Roß und donnerte der Freisinger Fischergasse zu, dem schimmelgescheckten Häuslein in der Zeile am Stadtbach, über den die Massen des Dombergs hängen.
Was half elterliche Frömmigkeit bei solchem Schicksal? Da hatte die Einsicht des Geistlichen Rats schon Grund: die Geschichte war so ganz anders als die der heiligen Patronin (einen Bart hätten sie dem Töchterlein so oder so nicht angewünscht). Da fügt man sich halt, steht nicht an

der Stiege, wenn der Galan in Wams und Barett hinaufstürmt. Aber soll man sich in solchem Jammer nicht wenigstens mit etlichen weltlichen Spänen trösten dürfen, die vom Hobel fürstlicher Sündhaftigkeit abfallen? Ein großes oder kleines Privileg etwa, wenn schon kein Titel (oder Nobilitierung gar, wer wagte dergleichen überhaupt zu denken –); ein verbriefter Vertrag auf Kerzenlieferung für die oder jene Wallfahrt oder für mehrere; und wenn schon nicht das, so doch das ein' oder andere an Gerät und Zierat...

Deute das der gefallenen Tochter an (und nicht nur einmal), wenn sie nichts, aber schon gar nichts dazutut, im Gegenteil? Was wärs schon, den Bremsigen eine Weile wegzuhalten, Ach und Weh um die Jungfernschaft, Wechselgesänge zwischen Christenpflicht und Neigung anzustimmen! Stattdessen wars immer nur der hohe Galan selber, der ihr jeden winzigen Erweis seiner Liebes-Knechtschaft aufdrängen mußte: Samtschühlein, einen Venediger-Leuchter aus rosenrotem Glas, zwei Pokale in gleicher Farbe, und ein Fäßlein vom besten Veltliner (aus dem er, der Wittelsbacher, eh das Meiste trank). Sie, die Kümmernis, wars zufrieden und riß ihn eben damit in sich hinein, war gefügig, weil sie genau das wollte, was ihr zustieß oder vielmehr ihm: denn sie war angelangt in den innersten Gemächern des Fürsten, von denen er selber nichts gewußt, vielmehr fassungslos zuschaute, wie sie eins nach dem andern aufsperrte; sah zu, wie dieses Fieberbild seiner Gier in ihm ein Mensch wurde, jedes Fingerknöchlein, jedes Flaumhaar neben den Ohren so wirklich und wahrhaftig wie er für sich selber; wie sie überall aufschien: im Sonnenaufgang, dem zinnblechernen, überm nassen Moos, in der Fuchsjagd, im Hochamt – vielmehr nicht aufschien, sondern seit eh und je überall drin war. Jetzt, da er am Tisch in ihrer Kammer saß, vergnügte er sich an seiner Ohnmacht, befahl sichs, daß

alles vorbei wäre, daß da eine andere säße als die zufriedene junge Kümmernis mit dem Maiengesicht – aber es ging nicht, und das war sein tiefstes Vergnügen. Ging um alles von der Welt und vom Himmel nicht, auch um die großen Hochstifte im Norden und Westen nicht. Nicht um die Türme von Sankt Gereon und den gleißenden Rhein, nicht um den breiten Reichtum von Lüttich. Italienische Seufzer dichten war nicht sein bairisches Bier, und so blieb ihm nichts als trutzig zu wiederholen: »Ich geh net, wann du net mitgehst!« und einen Schweinsknöchel aufs Messer zu spießen.
Sie widersprach nie; nahm das vielmehr schweigend auf und in sich hinein, bis sie leise und ein wenig fettig darüber lachen konnte: »Mein gnädiger Herr, was tät ich zu Köln unter den elftausend heiligen Jungfraun, jede elftausendmal so gut wie die Wachszieherstocher.« Er hockte, die runden Arme breit auf den Tisch gestemmt, den dicken rotblonden Schopf vorgeschoben, als ginge es gleich ans Raufen: »Sollen die sich was anderes ausdenken.« Wenn sie die Augen gesenkt hielt, waren die Lidwimpern ein langer gerader Strich, wenn sie aufblickte, strebten ihre Augenwinkel schräg nach oben wie jetzt, da sie ihn stolz ansah, so stolz, daß er sie verstand; aber auch verstand, daß er nicht weniger stolz sein durfte als sie. In dem Netz lebten sie gefangen, lebten wie keine Seele ringsum in der schwarzen Fischergassse, in Freising unter dem Polarstern; brauchten keine Commedia, keinen Kontertanz mehr, keine Aus- und Auffahrt, nichts als die zwei rosenroten Becher und das Zutrinken und wieder die Stunden, in denen alles richtig war, in wieder und wieder besiegelter Wirklichkeit voll ächzenden Staunens und grünen Weins. Bis der allerfrüheste Morgenregen ans Fenster knöchelte, diskret und lilafarben wie ein Prälat. Da sah sie zu, fast unsichtbar hinterm Alkoven-Vorhang, wie der Bischof im Finstern die Schuh riemte, sich gürtete wie

im Traum, hörte ihn die Stiege hinuntertappen, hörte die Tür raunzen. Sie hörte nicht mehr, wie sie ihn erwischten. Sie erwischten ihn auf dem Steg über den offenen Bach. Seine Knie waren noch langsam und schwer von Glück, der Rupfensack war schneller, und es waren drei Herkulesse, die ihn einsteckten und verschnürten. Da es noch ein Traum war, schrie er nicht, konnte es nicht. Lag schon quer über einem Sattel, der Galopp ging hohl die Gasse hinunter und dann flacher und schneller auf geschütteter Straße. Seine Wut wickelte sich aus den Wachauer Weinschwaden, die unbändige Wittelsbacher-Wut, sammelte sich in der verschnürten Finsternis, und sie würde mit den dreien schon fertigwerden, mit fünfen, wenn es sein mußte – aber da war keine Zeit mehr. Die Hufe droschen auf Eichenbohlen, verstummten. Sechs Hände griffen ihn, hoben, ließen ihn, die Füße voraus, aus dem Sack rutschen – und er fiel.
Wartete auf den Stoß der Erde, der kam nicht, vielmehr fiel er tiefer und tiefer, stieß wie ein Zweizack in silberne brechende Kälte, zog sie in die Lunge, wo sie ihn brennend fast zerriß. Fünf Klafter tief schoß er in die gletschertrunkene Isar, und es war seine Fortuna, die ihn hochbrachte, sein Glück und seine glücklicherweise angesammelte Wut: hustend, speiend, mit gespreizten Armen, seitwärts rollend und Purzelbäume schlagend in die Kälte hinein und aus ihr heraus, von der Gewalt des Stroms gepeitscht wie ein Traller-Kreisel (und das war noch ein Strom damals, die Isar!). Zeit zum Denken hatte er nicht, mußte zuerst die mörderischen Schnürstiefel loswerden und dann das vollgesogene Wams, mußte mit halbem Mund nach der Luft schnappen, die ihm der Strom zuteilte. Wenn die Flut seine geschwollenen Augen freigab, erwischten sie grauschwarze Frühe, schwingende Ufer, finstere Buschklumpen; und, ob offen oder zu, das Maiengesicht der Kümmernis, wie er sie im letzten Atemzug

des Abschieds gesehen, kaum erschaubar hinter dem leinenen Nachtvorhang. Was sagte sie jetzt? Er stieß mit dem Ellbogen an einen Felsbrocken, den die Isar von weit oben mitgebracht, fand Halt mit der Sohle, war halb aus dem Wasser – und hörte den Bolzen am rechten Ohr vorbeischwirren, riß sich herum und klatschte mit dem Rücken ins Mittenwasser zurück. Grad noch hatte er die drei bemäntelten Schattenreiter gewahrt, die am Ufer entlanggaloppierten, ihre Armbrüste waren scharf wie Bußkreuze in die Dämmerung gezeichnet. Was wars? Eine Hinrichtung? Er verstands nicht, und gab sich dem Strom hin als einer Gottesprobe – verstands auf einmal zu einem winzigen Part: hatten sie damals nicht dem Albrecht, seinem Ahn, die liebe Bernauerin genommen, hatten sie die nicht in die Donau geschmissen, weil sie mit ihrer Schönheit das Haus Wittelsbach erschüttert hatte? War das vielleicht die Angst der Kümmernis gewesen, die er nun stellvertretend für sie durchlitt? Was er jetzt ganz hundsgemein nah erlitt, war die Kälte; nicht die schreckhaft-hitzige des plötzlichen Sturzes, sondern die tödlichlangsame: Millionen gläserner Ameisen, welche sich in die Knochen fraßen. Die sich damit Zeit lassen konnten, nur er konnte es nicht – oder konnte ers? Hinter den geschlossenen Lidern sah er die Kümmernis, wie sie jetzt ein Gemach nach dem anderen verließ, einen Kerzenleuchter (den rosenroten) in der weißen Hand, die Gemächer seines Lebens – und vielleicht geschahs ihm recht: der Strom unter ihm mahlte und trommelte zum Gericht.

Und erging das Gericht gegen ihn nicht auch wegen der Kümmernis, grad wegen ihr? Hatte er vergessen oder nie bedacht, was ihr blühen konnte von den langen Plänen des Hauses, die es ja gab, da er gefangen war zwischen ihren Brüsten und in ihrem Schoß? Da er, vielmehr, sie gefangen hatte im Sturz seiner Verlorenheit an sie, während sie es immer gewußt: daß ihm, entlang der Ströme der großen Ebene, ein Geschick bereitet war, besiegelt durch die verfluchten Erbschaften seines Namens? Dann (so kams ihm in der großen Kälte) hatte sie immer Angst um ihn gehabt. Er dankte ihr, während er zu sterben vermeinte und nicht starb. Nicht starb – weil er unversehens (oder doch geplant) im Zug des Flusses das putzig-winzige Gebiet des Freisinger Hochstifts verlassen, auf herzoglich-baierischem Boden angekommen war. Mit dem Hintern stieß er daran, auf den flachen Kies einer Uferbucht abgetrieben, in frischgewaschene morgendliche Keuschheit, in der er sich schnatternd erhob. Watete durch glucksendes Kieswasser der Trockenheit zu, dem Wiesenplan, auf dem ihn zarteste Sorge erwartete (wußte auch, daß er nichts mehr von den Armbrustschützen zu scheuen hatte, die stocksteif flußauf verharrten, in Morgengrauen und nachlassendem Regen kaum zu gewahren).

Dem Halbnackten, bläulich Zitternden bot sich ein tiefes und beziehungsreiches Bildnis. Da standen allenthalben würdetragende Gruppen in römischer Kirchentracht, angeblinzelt von der Morgendämmerung, die hinter ihnen im Osten aufbrach; standen zwischen Erlen und Weiden Tische und Taburetts, bequeme Sessel auch; stand schließlich ein großer festlicher Wagen aus dunklem leinölgetränktem Zedernholz, mit breiten, silberbeschlagenen Radfelgen. Manche der Tische waren mit makellosem Linnen gedeckt, auf dem sich goldene Gefäße für Wein, Wasser und heilige Öle erhoben; andere wiederum waren übersät mit siegel- und bullengewappneten Pergamenten, neben denen die Schwanenfedern in den Tintengläsern warteten; andere mit brokatglitzernden Reihen von Ornat und Paramenten. Ganz rechts hinten, an der Böschung, die von der Straße zum Uferplan hinabsank, machten sich (so gewahrte es der Bischof, den nun respektvolle Pagen mit riesigen weißen Lacken warmrieben) rüstige Männer und Weiber an gewaltigen Frühstücks-

Tresen zu schaffen. Alles Übrige aber war Weihe und Herrschaft: zinnoberrote Soutanen unter spinnwebfeinen Spitzen-Chorhemden aus Flandern; zobelgefütterte Cappæ von den reichen Ufern des Rheins; Lila und Schwarz aus dem ernsten Norden um Halberstadt und Hildesheim; dazu die geistlich-hageren und die kleinäugig-fettigen und die von innen illuminierten jesuitischen und die rosig-schönen Gesichter: Stiftspropste aus Lüttich, Domkapitulare aus Köln, Dekane aus Hildesheim, Kuriere aus Halberstadt…

Und der große, der Triumphwagen trug auf künstlichen Gestellen das Was und Warum solcher Veranstaltung: die Pyramiden von Mitren, Glockenspiele von roten Hüten mit langfallenden netzgeknüpften Troddelquasten, einen Meiler von feuervergoldeten Bischofsstäben, über den die ersten Küsse der Morgensonne hinwegblitzten; geistliche und weltliche Herrschaft über den Westen und den Nordwesten, ihm, dem Liebsten der Kümmernis, dargeboten auf der flachen Hand des Heiligen Geistes. »Nimms!«, sagt die Kümmernis. Er breitete die Arme aus und ließ sich vom flinken Respekt mit Talar und Chorhemd bekleiden, während Knabenmünder über Rot und Weiß, vor dem Triumphwagen aufgereiht, sich zum Jubelchor öffneten:

Salve Salvator Patriæ	Gegrüßt sei, Retter unsres Lands,
O dulcis princeps optime,	Gegrüßt, du edler süßer Fürst,
Resplendens tu virtutibus	Der du erstrahlst im Tugendglanz,
Fidem conserva tribubus!	Der du des Glaubens Wahrer wirst!

Und während die Kümmernis in innerster Herzenskammer das letzte Licht ausblies, mit den entschwindenden stolzen Augen ihm zuwinkte, schritt er nicht minder stolz dem ersten Tisch entgegen, an dem zwei Weihbischöfe und ein Schwarm dienender Akolythen schon warteten.

So blieb halb Deutschland katholisch.

* * *

4.

Alias Johnson und der Tod von Freising

Joe (›Alias‹) Johnson sitzt mit einem Drink und einer Zigarre im Dachgarten des Luxor-Hotels zu Toronto und schaut einer hübschen Blondine zu, die nackt und betrunken in den Swimmingpool springt. Die Blondine gehört ihm nicht, könnte ihm aber leicht gehören, denn er hat eben zwei Zentner Crack für die kanadische Schuljugend mit erheblichem Profit abgesetzt. Er stellt sich seinen Lebensabend jedenfalls blond und sonnig vor.

Joe (›Alias‹) Johnson, eigentlich Sepp Johanser, ist ein absoluter Schuft, sein Weg zu Macht und Reichtum führte über Leichen und geplatzte Schecks. Doch wie viele Schurken hat er ein einfaches Gemüt, und dies erklärt den einzigen religiösen Zug seines Charakters: felsenfestes Vertrauen auf den heiligen Abt und Wundertäter Nonnosus. Er verdankt es seiner bayerischen Mutter in den Tenements von Chicago, welche ihn informierte, daß er seine, Joes, Existenz der Wunderhilfe des heiligen Nonnosus nach der Pflicht-Passage unterm Stein-Sarkophag verdanke. Dies hat ihn tief beeindruckt, denn Joe existiert gern – ein Gefühl, das nur wenige von denen teilen, die ihn näher kennen. So viel zur Exposition. Er fühlt sich also wohl im Dachgarten des Luxor-Hotels zu Toronto, glaubt an einen sonnigen und blonden Lebensabend (etwa in zehn Jahren anzutreten, er ist jetzt zweiundsechzig), aber wie es im Leben so gehen muß, tritt der Tod auch an ihn heran.

Sein Ruf kommt in Form einer Tragtafel, auf der CALL FOR MR. COSTELLO steht. (Es ist dies der Name in seinem gegenwärtigen Paß.) Er folgt dem Pagen, wobei er eine gehbehinderte alte Dame umstößt, tritt in die Zelle neben

der Rezeption und nimmt den Hörer auf: »Yeah?« Mehr sagt er nie, er bleibt grundsätzlich in Deckung.
»Ist dort Josef Johanser?«, fragt jemand langsam und sorgfältig auf deutsch. »Hier Tod.«
»Kenne keinen Joe Hanser«, antwortet Joe auf amerikanisch. »Und keinen Todd.«
»Nicht Todd – Tod. Wie Gerippe, was ohnehin nicht stimmt. Ich zitiere Hugo von Hofmannsthal: Ich bin nicht schauerlich, bin kein Gerippe. Ich bin Ihr spezieller Tod, der Tod des Josef Johanser, geboren 11. 11. 1926 in Chicago. Stimmt das soweit?«
»Woher rufen Sie?«, fragt Alias, er bleibt sauber in Deckung.
»Das ist das Problem. Ich rufe an aus Freising, Bayern, BRD. Ich habe Befehl, Sie, morgen nachmittags fünfzehn Uhr, three p.m., in der Krypta des hiesigen Doms abzuholen. Aber unsere Datei zeigt Sie in Toronto, Luxor-Hotel, Zimmer 2131. Da hat jemand Mist gebaut.«
»Auch mein Eindruck, Sportsfreund.« Joe hängt schnell auf und denkt schnell und scharf nach.
Spätestens hier merkt der gebildete Leser, daß es sich um eine Variation der alten Geschichte DER TOD VON SAMARKAND handelt. Da meldet sich der Tod bei einem Prinzen und teilt ihm fairerweise mit, daß er ihn morgen abholen muß. Der Prinz wirft sich auf seinen schnellsten Renner, rast, um dem Tod zu entrinnen, ins ferne Samarkand. Aber da wartet schon, was sonst, der Tod und wundert sich nicht wenig, daß er nach Samarkand geschickt worden ist, um seinen Auftrag zu erledigen.
So harmonisch liefen die Dinge im alten Orient. Aber unsere Geschichte spielt im zwanzigsten Jahrhundert, wo man nicht einmal mehr den Eigenaussagen des Todes über den Weg traut; und so muß Joes Kalkül entsprechend komplizierter sein.
Er geht zunächst davon aus, daß der Tod nur angerufen hat, um zu checken, daß er tatsächlich im Luxor sitzt.

Vielleicht aus der nächsten öffentlichen Sprechzelle. Zurückverfolgen läßt sich das nicht.
Andererseits ist sein Tod vielleicht besonders gerissen, ist ihm mit der Wahrheit gekommen. Dann wird er morgen, 15 Uhr MEZ, in Freising sein, in dieser Domkrypta. (Eine Krypta, das weiß Alias, ist ein Domkeller ohne Restaurationsbetrieb.)

Typisches Entscheidungsquadrat: er kann hierbleiben. Zwei Möglichkeiten: der Tod hat ihn reingelegt und spaziert ins Zimmer 2131. Oder er wartet in Freising, dann hat er, Joe, ihn, den Tod, reingelegt.
Zweite Möglichkeit: er rückt aus nach Freising (wo immer das genau ist). Dann macht der Tod hier ein dummes Gesicht, wenn er ins Zimmer 2131 eindringt. Oder er wartet wirklich in der Krypta. Dann –
»That's it!«, knurrt Alias, schnappt mit den Fingern und rennt aufs Zimmer. (Leider steht keine gehbehinderte alte Dame im Weg.) Er ruft bei der Lufthansa an, erhält jede benötigte Auskunft, bucht für den Abendflug nach Frankfurt und von da mit der Pendelmaschine nach München; bestellt ein Taxi und fährt in die Chinatown zum Restaurant ›Himmlisches Wohlwollen‹, wo er den Hinterausgang kennt, nur im Fall des Falles. Von da aus schnappt er ein zweites Taxi zum Flughafen, kommt bequem und fahrplanmäßig zurecht.
Der internationale Luftverkehr ist fixer als orientalische Renner. Mit nur zwanzig Minuten Verspätung, um 10.50 Uhr, landet er in München-Riem, mietet einen BMW und ist zum Mittagessen in Freising, ißt im führenden italienischen Restaurant. Verspeist Rigatoni, Saltimbocca, einen großen Salat, Tiramisù, trinkt ein paar anständige Biere und hinterher einen doppelten Espresso, sein Magen hat mit seinen Nerven nie was zu tun gehabt. Listig und rülpsend steigt er ins Auto und fährt, der Auskunft des Kellners folgend, die Untere Domberggasse hinauf.

Wenn der Tod wirklich da ist, dann hat er von Joe (›Alias‹) Johnson Einiges zu lernen, hat, um Joes Ausdrucksweise zu verwenden, *another think coming.*
Eine Krypta ist von Haus aus finster. Aber jemand hat gerade Touristen herumgeführt, und so brennt ein Strahler hinter einer der Säulen. Joe erkennt natürlich den Sarg des heiligen Nonnosus sofort, nach der Schilderung seiner trotz allem liebenden Mutter: halb aus der Wand ragend, mit dem Büßerdurchschlupf darunter. Vorsichtshalber steckt er eine Kerze auf das dafür bestimmte Brett, läßt seine 110 Kilo auf die Kniebank nieder und checkt die Armbanduhr, in Frankfurt nachgestellt: 14:57. Zeit für Action.
Er erfindet ein passendes Stoßgebet, erinnert den Heiligen an die Kausalverbindung mit seiner, Joes, Existenz und beginnt mit dem vorgeschriebenen Durchgang: unter dem Sarkophag und zwischen Wand und steinerner Stützplatte. Fern und hoch über der Krypta dröhnen vier höhere und drei tiefere Glockenschläge, die Beschwörung ist vollbracht – und Joe steckt fest. Er ist kein Kamel, aber die Passage ist ein Nadelöhr, für Kinder eines älteren, kleineren, hungrigeren Geschlechts bestimmt. Zudem: er ist ein Reicher, und was für einer.
»Weh mir«, sagt hinter ihm die würdevolle Stimme, die er vom Telefon kennt, »Ich habe kein Macht mehr über dich, du stehst unter der Obhut des Wundertäters.« Pfui Teufel, der Mr. Tod hat ihn mit der Wahrheit aufs Kreuz gelegt.
»Dann hilf mir wenigstens raus, ich steck in der Klemme!«, röchelt Joe.
»Das«, antwortet der Tod erhaben, »ist nicht mehr mein Problem.«
»Heiliger Nonnosus!«, röchelt ›Alias‹ in eine höhere Richtung, stößt mit einem brutalen Ruck einen Zoll voran, sitzt endgültig fest im Gestein wie eine tausendjährige Eichenwurzel: 110 Kilo, und ein italienisches Mittagessen.

»Dein Ruf ist erhört«, schwebt eine gütige Glockenstimme vom nahen dunklen Kreuzgewölb hernieder. »Ich kann den Sohn meiner treuen Dienerin Traudl Johanser nicht dem Tod überlassen. Du bist ihm entrissen, du weilst in den Dimensionen der Ewigkeit, im immerwährenden Nu, im nur dir eigenen Hier und Jetzt, Josef Johanser. Deine Sünden, zahlreich wie der Sand in der Wüste, habe ich gesehen, habe sie nicht gezählt. Meine Liebe zu denen, die mich vertrauensvoll anrufen (und vertrauensvoll bist du, Josef, das sah ich), ist bedingungslos. Du bist auf ewig vom Tod befreit.«

»Aber ich steck in der Klemme«, röchelt Joe ersterbend und weiß, daß er nicht sterben wird. Jemand hat vor 15 Uhr das Licht ausgeknipst; die Flammen der Kerzen brennen noch, starr, in einem ewigen Nu. In ihrem Schein sieht er, wenn er den Kopf wendet (und das kann er) das Hinterteil eines Hundes, der zur Hälfte in einem Drachen steckt – seit dem zwölften Jahrhundert, wohl auf immer und ewig.

»Sei frohen Mutes«, sagt Nonnosus. »Du stehst auf immer und ewig unter meinem Schutz.«

»Ich halt's aber nicht aus«, röchelt Josef Johanser aus Chicago.

»Das«, so der Heilige, »ist nicht mein Problem.«

*

Moral eins: Rechne nicht zu fest damit, belogen zu werden – es kann eine grausame Enttäuschung sein.

Moral zwei: Laß dich von Fachleuten beraten, ehe du auf Metaphysik eingehst.

Moral drei: Was ist unser gefährlichstes Risiko? Die Wundermacht des Guten.

* * *

V.

Einschlag

1.

Gefunden – verloren

Das Ende nahm sich Zeit für Sidonie. Oder war es Sidonie, die sich Zeit fürs Ende nahm? Ihr Kreislauf knickte ein unter der Last ihres Körpers, ein Laubbäumchen im Schnee, aber ihre Seele stützte es, ihre zähe Seele. Sie lag jetzt, ins Krankenhaus wollte sie nicht, Berta wollte es auch nicht. Mit ihr teilte sich Korbinian in die Pflege, Tage um Tage. Die Jahreszeiten rannen dahin in den Isar-Auen über der Parkstraße.

»Du bist kein Typ für die Bettpfannenbrigade, Kurwi«, sagte Sidonie und brachte ein Grinsen zustande. Und: »Hinauf, hinauf, die Erde bleibt zurück«, wenn Berta und er sie hoben, um das Notwendige zu erledigen. Das Notwendige war Knochen- und Kotarbeit.

»Willst du ihn haben?«, fragte er sie offen. »Deinen Tod, meine ich. Du weißt, daß ich das fragen darf. Fragen muß.«

Sie schaute ihn an, kalkweiß und von Schweiß bedeckt, der süß roch, wenn er frisch war, trotz ihrer Krankheit. Ganz unförmig füllte sie den Alkoven in ihrer Werkstatt aus, doch man achtete ohnehin nur auf ihr Gesicht. »Wenn du ihn haben willst«, sagte er, »geb ich dich her. Sonst auf keinen Fall.«

Sie überlegte: » Ich laß mir Zeit. Das hält dich von deiner Arbeit ab.«

Das stimmte nicht ganz. Zwar bestand sein letzter Halbjahresbericht aus einem einzigen Satz: »Zur Zeit keine mitteilenswerten Ergebnisse.« Aber er dachte über kleine Lebensläufe nach, hiesige, wenn er im finsteren MONREPOS stand und auf der GASLIGHT-Maschine spielte, die Dame

mit der Federboa krank leuchtete. Da war Firnmoser, zum Beispiel. Damals, anno 39, war er dem sechzehnjährigen Egoismus nur im Wege gewesen, aber nach allem, was er von ihm wußte, war er sicher ein klassischer Verlierer. Das Kleine im Großen, vielmehr das System im Individuum aufzuspüren – wenn es ein Individuum war: Firnmoser war überzeugt gewesen, daß das Individuum teilbar ist.
Auch Freising begann zu leuchten, etwas krank zu leuchten, von Geld und anderen künstlichen Energiequellen, die historischen Fassaden wurden verjüngt und strahlten wie unter Klarsichtfolie, Punktscheinwerfer richteten sich auf immer mehr Türme, die Hälfte der Hauptstraße wurde als Fußgängerzone munter gepflastert, Elektronik bewegte die lichten Kuben der Schaufenster. In den Auen wirbelten die Krähen an unsichtbaren Drachenschnüren, aber kleine bunte Vögel waren kaum mehr zu sehen.

*

Olivia fühlte kein Ende nahen, im Gegenteil. Dürr wurde sie, doch immer flinker. Sie fand einen neuen Weg durch die schimmernden Säulen humanistischer Pflicht: den Kampf gegen den jüngsten Anschlag der Barbaren, den Flughafen München II. Er sollte mitten ins Moos kommen, halbwegs zwischen Erding und Freising. Die Metropole, arrogant wie immer, kippte den Müll ihrer Probleme vor ihre nördliche Haustür, auf die grünen Feuchtwiesen. Olivia war kein Volkstribun, das besorgten andere: flinke Anwälte, vollmundige Lehrer, Dissidenten der katholischen Jugend. Olivia schrieb Briefe in ihrer steilen schnörkellosen Handschrift an die paar Prominenten, welche die neue Alternativbewegung hatte, brachte Artikel und Redner her, ihrer Art war kaum zu widerstehen. Es bildete sich die Grüne Liste, die das auch merkte, sie stellte Olivia als Kandidatin für den Landtag auf. Korbinian ließ sich von ihr auf kleine, dünnbesonnte Kundgebungen schleppen, von einem Friedhof mit Schmiedekreuzen, die man wohl herausreißen würde samt den Gebeinen der Verlierergeschichte. Bei dergleichen fühlte er sich nicht wohl, er war kein Mann für Kundgebungen, er stand dann neben sich selbst und wunderte sich über den aufgeregten alten Knaben. Die flinken Anwälte preßten das Anliegen durch die juristischen Instanzen, die Füchse und die Maulwürfe und die Kohlmeisen in den Hecken freuten sich der Gnadenfrist. Auf immer, so wußte Korbinian, würden sie nicht bleiben, der Flughafen würde kommen, jedenfalls nach seiner, der sphagistischen Systematik.

Das System im Molekül: neben Firnmoser begann ihn Wachtfeitl zu interessieren. An den erinnerte er sich auch, er hatte ihn gesehen, die kleinen Bilder begannen aufzutauchen. Wachtfeitl war immer achtzig gewesen, ein dünner winziger Hagestolz mit kragenlosem Hemd, speckiger Joppe, formlosen Hütchen. Ein Spaziergang, zum Beispiel, mit Zettler in den Isarauen, Zettler redete über den tiefen Riß zwischen Romanik und Gotik, aus dem die ersten Dämpfe der Moderne gestiegen seien, und da tapste ihnen Wachtfeitl entgegen. Zettler, lächelnd mit Mundwinkeln und Brauen: »Grüß dich, Wachtfeitl, wie gehts immer, was machst denn so?« (Innerhalb der Freisinger Akademe war man auf Du.) Und: »Na, was macht ma' scho' mit Fünfadachz'g«, so der Alte, »mei' Sanskrit schaug i' mir halt an, damit i's net vergiß...« Das ist Größe in unreduzierbarer Verkleinerung, Selbstähnlichkeit in millionenfacher Maßstabsdifferenz, es mochte sich lohnen, wahrhaftig.

Die Untere Hauptstraße war jetzt autofrei, aber die alten Kinderspiele kamen nicht wieder: Himmel-und-Hölle, Reifentreiben, Fangermandl. Die kleinen Greise der Gegenwart hockten vor bläulichen Bildschirmen, die rasch bunter und bunter wurden.

*

Gelegentlich kam ein Geistlicher mit dem Sakrament zu Sidonie. Er kam rasch und modern, in PKW und Zivil, die Hostie im Klapp-Etui und die Schnur-Stola in der Brusttasche. Berta ärgerte ihn regelmäßig durch altväterische Feierlichkeit, durch Kerzen und Blumenvasen neben dem Kreuz auf bleicher Spitzendecke. »Sie sind doch in der Gnade, Frau Heller«, sagte der Geistliche zu Sidonie, er hatte lückenhafte rote Augenbrauen. »Sie sammelt eben Verdienste für den Thesaurus Ecclesiæ, den Gnadenschatz der Kirche, die sie dann anderen, Bedürftigeren zuwenden kann«, sagte Korbinian, wenn er dabei war, »mir zum Beispiel!« und lachte dazu katholisch. Er hatte wirklich den Verdacht, daß Sidonie es auch seinetwillen tat, daß sie ihm eine Lektion erteilte auf ihre indirekte Art, eine Lektion in Leben-und-Tod. »Schmarrn«, sagte Sidonie, die ihn durchschaute. »Mir tuts gut, das ist alles. Und dem Hochwürden auch, wenn ers erst versteht.«
»Er läßt sich aber Zeit damit«, erwiderte er mürrisch.
Wenn er in die Bank kam, war Vreni wütend. Ihr erster Grund war einsichtig: Valentin wurde auch ein Pflegefall. »Er verkalkt«, sagte sie und flippte durch die Belege. »Macht mit Fleiß ins Bett, das weiß ich. Er wird boshaft.« – »W i r d boshaft? Das ist gut.« – »Was vertrödelst du deine Zeit bei der Heller?«, zischte sie. »Du hast es doch. Zahl eine Pflegerin, zahl zwei, die sind tausendmal besser als du.« – »Ich zahl dir eine, ich zahl dir zwei«, erwiderte Korbinian trocken. »Wie wärs damit, ha?« – »Geh leck mich doch am Arsch«, so Vreni. Es war zum ersten Mal, daß sie in so hiesige Aggression verfiel. Es war gut für sie. Natürlich wars auch Anderes, Vertrackteres, wußte Korbinian. Wenn er sich weder um sie noch um Sidonie küm-

mern würde; wenn er irgendwo in den Appartement-Klippen Münchens ein Nest für einen Betthasen hielte, – nun, dergleichen wurde üblich, Selbsterfahrung, das kannte man, ein Zug der Zeit. Aber was er mit Sidonie trieb, war seelisch, war hundsgemein und verdächtig.

*

Die Grünen hofften auf mindestens fünf Prozent in ihrer ersten Landtagswahl, sie schafften eins komma acht und waren sehr betrübt darüber – bis sie begriffen, daß das nicht so schlecht war, nicht in einem konservativen Land wie Bayern. Sie lagen hoch über den Promille-Splittern der anderen nonkonformistischen Gruppen, sie bekamen Wahlkosten-Rückerstattung, also Staatsgeld, und waren damit respektabel.

»Das ist erst der Anfang«, sagte Olivia. »Wir sind im Kommen, verlaß dich drauf.« Ihr Wille stand leuchtend als Meerstern über den Klippen des Niedergangs.

Und sie redete mit Korbinian über Firnmoser; denn er begann ernsthaft über ihn zu recherchieren. Zettler hatte sein Manuskript nach der Lektüre des hinlänglich bekannten FAUSTUS verbrannt; aber es gab bestimmt andere Quellen. Olivia meinte, ein Konvolut mit dem Nachlaß müsse in München liegen, in der Universitätsbibliothek vielleicht. Außerdem gab es das Hauptstaatsarchiv mit den Dokumenten der amtlichen Laufbahn – wenn sie nicht im Krieg verschwunden waren.

Firnmosers Buch über *Magie als Experimentalwissenschaft* fand er in der Münchener Stadtbibliothek; in einer Sammlung von Occulta, die ein knorriger linker Bibliothekar angelegt hatte, bevor ihn die Nazis hinauswarfen.

Er erkundigte sich auch in der Dombibliothek, aber die hatte nichts über Firnmoser. Dafür hatte sie den Nachlaß Wachtfeitls: laufende Meter von Sprachnotizen, Realien über vorderasiatische Kulturen, die Arbeit über den chinesisch-nestorianischen Stein aus dem 6. Jahrhundert, den der alte Herr dechiffriert hatte. Korbinian würde darauf zurückkommen.

Olivia hatte einen Gesprächstermin mit dem Regionalbischof zustandegebracht, sie überredete Korbinian, sich der kleinen Delegation anzuschließen. Er war guter Laune, denn Ernest hatte ein Stipendium für Berkeley bekommen, und so beobachtete er das sterile Theater dieser Audienz aus der heiteren Proszeniumsloge. Der Bischof redete natürlich um den ökologischen Brei herum, die alten Gaben des Heiligen Geistes waren kaum mehr verfügbar, und in die Einflugschneisen des jetzigen Flughafens hatte man Wohnblöcke für Zehntausende hineingebaut, in denen Tausende von erbosten Gläubigen wohnten. Daß das ganze Verkehrssystem den Klippen des Absturzes zudrängte, war da nicht zu vermitteln, solche Zusammenhänge herzustellen verbot man sich mit der Einfalt der Tauben und der Klugheit der Schlange. Olivia im Tartankostüm stand auf, richtete ihren pädagogischen Zeigefinger erst nach oben, dann nach unten und sagte (zögernd und bestimmt, wie es ihre Art war): »Wessen Verbündeter sind Sie, Herr Bischof?« Derlei prallte am Bischof natürlich ebenso ab wie an jedem anderen Politiker.

*

Eines hatte Vreni immerhin bewirkt: Er sah ein, daß es einen Sinn hatte, für eine Schicht bei Sidonie eine Pflegerin zu zahlen. Er zahlte gut und bekam eine kompetente Kraft namens Sonja Huber. Die kompetente Kraft war schweigsam und machte nicht viel her von sich, es war nicht festzustellen, ob sie Sidonie besonders gern hatte. Korbinian hatte jetzt Zeit für einen oder zwei Fachartikel, er kam natürlich trotzdem ins Haus an der Parkstraße. »Wir unterhalten uns, da bist du besser«, sagte Sidonie,

und so kamen sie auf das Buch über die Huronen und den heiligen St. Jean-de-Brébeuf.
»Das ist schon sehr merkwürdig«, meinte sie langsam. »Da hat dieser unglaubliche Jesuit Jahrzehnte bei den Huronen verbracht –«
»– fünfzehn Jahre ganz allein –«
»Ja, ganz allein, das muß man sich vorstellen, in Gestank und Gebrüll und Unzucht, und hat sie heiß geliebt, ihre Tapferkeit, ihren Humor, ihre Redekunst –«
»– und war davon überzeugt, daß sie vom Teufel besessen waren, das nur nebenbei –«
»– ja, und dann hat er sie alle umgebracht.«
»Nicht nur er allein. Und er hat es nicht gewußt.«
»Sicher. Aber er hat auch die Bazillen eingeschleppt, er auch, da gibts wohl keinen Zweifel.«
»Nicht den geringsten. Alles, was in den genetischen Labors der mittelalterlichen und frühneuzeitlichen Städte ausgebrütet wurde: Blattern, Typhus, Influenza –«
»– das stürzt sich auf seine Huronen und bringt sie um.«
»Er tauft sie, ehe sie sterben, vergiß das nicht.«
Sidonie sieht ihn an aus ihren treuen Augen, aus ihrem weißen gedunsenen Gesicht: »Wie kommst du damit zurecht, Kurwi? Von deiner Wissenschaft her, meine ich.«
Er blickte zurück, ohne Wimperzucken. »Erinnere dich an die letzten Seiten des Buches. Da haben die Erbfeinde, die Irokesen, die letzten Siedlungen erstürmt, den Pater und seinen jungen Gefährten erwischt, haben sie zwölf Stunden lang zu Tode gefoltert (mit größtem Respekt übrigens, er benahm sich kommentmäßig, das heißt heldenhaft, und sein zarter junger Gefährte auch), und dann ziehen die letzten Jesuiten ab mit ein paar Dutzend katholischer Huronen, im Kanu. Was sagt der Pater Superior, während er sinnend in die grünen Wasser blickt? Gottes Wege sind unerforschlich, so etwa.«

»Du erforschst sie aber, die Wege Gottes. Du und zehntausend andere.«
»Und? Ich würde mich moderner ausdrücken als der Pater Superior, ich würde sagen: das Schicksal der Huronenmission illustriert die interessantesten Probleme der Sphagistik überhaupt. Lach nicht.«
»Da gibts nichts zu lachen.«
»Richtig. Erfolge und Niederlagen, strukturell ineinander verzahnt. Erfolge nach einer Kategorie, einem Wertesystem, Katastrophe in einem anderen. Und gute Absichten überall. Beste Absichten als Auslöser einer finalen Katastrophe.«
»Nach katholischer Lehre«, sagte Sidonie und biß sich auf die Unterlippe, »nach katholischer Lehre kommts auf die Absicht an – oder?«
»Zweifellos.«
»Der Pater und die Anderen haben nicht gewußt, daß sie an den Epidemien schuld sind.«
»Natürlich nicht. Er sagts auch ständig den Huronen, daß er nicht weiß, wo die Seuchen herkommen. Er macht ein paar hygienische Vorschläge, die nicht viel nützen. Aber du erinnerst dich, daß es Huronen gab, die ihn der Zauberei beschuldigten. Wenn wir den vorwissenschaftlichen Wortschatz vergessen, waren sie näher an der Wahrheit als er.«
Sidonie legte vorsichtig den Kopf ins Kissen und schloß die Augen. »Glaubst du, – glaubst du, er wäre zu ihnen hinaufgezogen, in ihre Siedlungen, wenn ers gewußt hätte?«
»Das –«, Korbinian strich sich übers leicht stoppelige Kinn, »ist verteufelt schwierig.«
»Verteufelt – oder einfach verflixt?«
»Schon ein bißl verteufelt, meine ich. – Diese Jesuiten waren ungemein gescheit, ungemein diszipliniert, ungemein flexibel, ungemein geschult in der Abwägung mo-

ralischer Gewichte, hatten und haben ja den Ruf, eher ein bißl zu flexibel zu sein. Aber es gab natürlich einen Wert, der über allen anderen stand.«

»Das Heil der Seelen.«

»Ja.«

»Mit anderen Worten –« (Sidonie sprach leise und mühsam) »– er wäre gegangen. So oder so.«

»Ich glaube ja. Innerhalb seines Wertesystems waren tote Huronen im Himmel wichtiger als lebendige in der Gewalt des Satans.«

»Jetzt sind die Missionare anders.«

»Nicht mehr so konsequent. Gottseidank.«

»Wenn du konsequent wärst –« (Sidonie wälzte sich qualvoll zu ihm herum, stemmte den versagenden Körper hoch, sah ihn an) »wie täte das ausschauen?«

»Ha!« Er lachte fast wütend. »Ich bin auch nicht konsequent. Wenns mir drauf ankäme, auf Konsequenz ankäme, da würde ich zum Beispiel den Theologen Moltmann fragen, was er meint, wenn er jetzt erzählt, der Mensch sei gar nicht die Krone der Schöpfung, worauf es ankomme, sei das Reich Gottes. Ich würde ihn fragen, wo in Dreiteufels oder der Dreifaltigkeit Namen in seinem Reich Gottes die Bazillen ihren Platz haben, welche die Huronen erledigten. Ist die Internationalisierung der Mikroben, nach Braudel und anderen eine der wichtigsten Geschichtsmächte der aufsteigenden Neuzeit, in irgendeiner Heilsgeschichte vorgesehen, und wenn ja, in welcher? Jedenfalls sind sie wichtiger, die Mikroben, als Bismarck oder Ludwig der Vierzehnte.«

»Oder Luther? Oder Franz von Assisi?«

Er schwieg und dachte nach. »Franziskus«, antwortete er schließlich leise, »hätte nichts gegen die Mikroben. Er hätte begriffen.«

»Was hätte er begriffen?«

»Er preist doch alles, die ganze Schöpfung: Sonne, Mond, Ochs und Esel, Wind und Tau. Er hätte gesagt: Schwester Mikrobe.«
»Oh«, sagte Sidonie fast unhörbar. Sie hatte den Kopf wieder ins Kissen gelegt und die Augen geschlossen. Dann sagte sie laut und frisch: »Danke.«
Er sah sie bestürzt an, aber er merkte, daß sie es so meinte und nicht anders.

*

Um diese Zeit begann er sich Sorgen um seinen Bruder Esel, den Körper, zu machen; selbstlose Sorgen, wie er hoffte, oder doch rein funktionelle Sorgen um die Erhaltung seiner Energie. Er kaufte sich ein Tourenrad mit drei Gängen, das er unregelmäßig benützte, fuhr durch Ortschaften mit den alten Namen, die er erkannte (die Namen, nicht die Ortschaften) und kehrte oft erst nach Einbruch der Dunkelheit auf den Domberg zurück. Er kaufte sich eine Jogging-Ausrüstung, fand sie sofort lächerlich, ließ sie liegen und begann zu wandern – eingedenk der Zettlerschen Praxis. Er wanderte tags, er wanderte nachts, wie seine Arbeit und die Sorge um Sidonie ihn freigaben. In einer warmen Mondnacht geriet er auf die Wiese bei Haindlfing, auf der er damals, 1938, die Grillen mit neuen Ohren gehört hatte. Jetzt lagen keine Heuschwaden mehr herum, das taten sie grundsätzlich nicht mehr, der Juni hatte seine Bestimmung im Kalender verloren, das Grünfutter wurde jetzt nach Tagesbedarf mit Mähmaschinen eingefahren. Die Wiese war stumm. Der Mond schien schweigsam auf sie nieder, keine Sehnsucht raspelte zehntausenfach zu den Sternen empor. Und (so entdeckte er) er erwartete es auch nicht. Nicht mehr. Sein Schritt erwartete nichts mehr, mit dem er auf Rain und Gras trat, zurück zur geteerten Straße, an deren linkem Rand er zurück nach Südosten ging. Die

Natur ging ihm verloren, je mehr er sich mit ihr befaßte: mit Kreisläufen, Energie und Biomasse, mit ihren Räumen, Zahlen und Gezeiten. Er rief die lebenden Bilder von einst herauf: die stahlblau-elfenbeinernen Schwalben, die durchs Gebälk der Ställe und Stadel flitzten, die zehn, zwölf Schmetterlingsarten, die über bunte Bukkelwiesen torkelten, den Waschbären am Root River, den Blauhäher auf dem Weg zur Tränke. Aber er dachte sie nur herbei, sie waren nicht mehr lebendig, waren kolorierte Stiche an alten Tapetenwänden. Wirklich waren jetzt die heulenden strahlenden Ungeheuer, die ihn überholten oder die ihm entgegenrasten, hinter seinem nächtlichen Rücken greller wurden vom Doppler-Effekt, die ihn einfach weitertapsen ließen, einen veralteten Entwurf der Evolution, während sie Igel und Hasen und Frösche gleichmütig plattwalzten: survival of the fittest. Und da, inmitten stockschwarzer kranker Fichtengehölze, spürte er das, was er sofort als seine einzige völlig ehrliche Emotion erkannte: Haß. Hinter den Gehölzen stieg die Natur auf in riesigen gleichgültigen Gebirgen von Energie und Materie, die den Menschen verspotteten – nein, nicht einmal verspotteten, die einfach da waren und warteten – worauf? Auf seinen stellvertretenden Haß? Auf sein stellvertretendes Frohlocken? – Ja, denn auch das stieß ihm zu in dieser stockschwarzen Nacht: daß er schadenfroh auflachte über die Verlierer, diese lächerlichen Gebilde aus Stahl und Blech und Protein, vollgetankt mit Bier und Sprit, die ihren kurzatmigen Teufelspakt genossen. Die Natur brauchte sie nicht, brauchte ihn nicht, aber er war auf der richtigen Seite und wartete mit ihr. »Na warte!«, schrie er lachend hinter dem nächsten Audi 80 her, der ihm die glühroten Schlußlichter zeigte, »na warte!«, und schüttelte spielerisch die Faust.

*

Als Sidonie starb, arbeitete Dr. Irlböck im Hauptstaatsarchiv in München an der Ludwigstraße. Da gings freistaatlich-großzügig her, die Karteikästen standen mit kühlen Zwischenräumen herum, und der noble kleine Lesesaal war kaum frequentiert. Die Akte Firnmoser war da, sie war trocken und spannend. Personalbögen mit Eintragungen der Freisinger Rektoren wechselten ab mit Firnmosers eigenen Einlassungen und den Interventionen besorgter Freunde. Die schönste war der Brief eines Professors von Pohl vom Mineralogischen Institut der Universität München, mehrere Seiten voll Sorge, geschrieben in charaktervoller altdeutscher Kursivschrift. Firnmosers eigene Briefe waren gleichzeitig entsetzlich schüchtern und entsetzlich selbstbewußt. Seine Darstellung hatte ihm nicht viel genützt, schon deshalb, weil er die Rolle der offiziellen Psychiatrie ganz falsch einschätzte. Denn das Kultusministerium war nicht auf den Kopf gefallen, nahm ihn, Firnmoser, beim Wort, mit dem er auf seine Gespräche bei Chefarzt Krapp verwies, richtete Rückfragen an die Nußbaumstraße und erhielt in vier Zeilen die entscheidende Auskunft: nicht fähig zur Wahrnehmung der Amtspflichten. Das wars, die gutmütigen Verzögerungsversuche des Freisinger Rektors nützten da nichts. (Heutzutage, überlegte Irlböck, ginge das alles wohl viel rascher...)
Die Zwangspensionierung war Firnmoser per Einschreiben mitgeteilt worden. Der Zustellungszettel vom 9. April 1922 lag der Akte korrekterweise bei. Er war unterschrieben von der Hausangestellten Katharina Illinger.
Als Sidonie starb, war er da vielleicht schon nicht mehr im Hauptstaatsarchiv? Ging er da vielleicht schon, mit betäubten Augen und Ohren und betäubtem Gemüt, die Ludwigstraße hinauf zum Marienplatz? Wand er sich vielleicht schon durch die Schwärme der gleichgültigen Großstädter, entlang an der heulenden Parade der Karos-

sen, die er alle nicht sah, alle nicht spürte, da nun dieser ungeheure, dieser ungeheuerliche Vater heraustrat aus der Geheimtür, hineintrat in sein MONREPOS, seinen sicheren Keller?
»Ich bin nie da, wenns drauf ankommt«, sagte er später zu Berta, als er mit ihr in der Parkstraße beim Kaffee saß.
»Wir waren alle nicht da, niemand war da«, antwortete Berta zornig. »Die Huber war beim Einkaufen, ich hab in der Küche Tee gemacht. Ganz schnell ist das gegangen auf einmal. Ich hör so was, wie wenn der Blitz einschlägt, ich saus rüber, und da liegt sie, wie ein großer Stein, aus der Wand gebrochen, liegt weiß und mit Blut am Mund übern Arbeitstisch, schaut nochmal her und sagt: Danke Kurwi.«
»Wofür hätt sie sich bedanken sollen?«, fragt er dumpf, er ist müde und ganz weit weg, die Art seines Körpers, zu trauern. »Was weiß ich?«, fragt Berta zurück, zornig, weil sie es wohl besser weiß oder besser zu wissen glaubt, und: »Max! Hol die Zigaretten!« Max steht auf, demütig, und geht weg um die Zigaretten. Max ist ihr Mann, er ist ihr vor zwölf Jahren mit einer Flitschen durchgegangen, und seit einer Woche ist er wieder da, wo er hingehört. Berta nimmt ihn natürlich auf. So gehört sich das, sie ist der Typ.

*

Das Gespräch mit Vreni war nicht mehr zu verschieben. Sie hatte es in der Bank zu einem eigenen Zimmer gebracht, mit dem Namen VERENA IRLBÖCK auf poliertem Mahagoni. Für dieses Gespräch war das kein Vorteil: sie konnte nicht mehr in den Auszügen blättern, wenn er mit ihr redete, sie mußte jetzt einfach wegschauen.
»Weiß der Vatter, wer mein Vater war?« Es klang nach spottbilliger bayrischer Bühnenkomik, ihm war nicht danach zumut.
»Glaub schon«, sagte sie zu ihrer Tischplatte.

»Was heißt: glaub schon? Hat er nie darüber geredet?«
»Eigentlich nie.«
»Was heißt eigentlich? Hat er was gesagt oder nicht?«
»Vielleicht einmal.«
»Vielleicht –? Mein Gott, Vreni, laß dir doch nicht alles aus der Nasen ziehen.«
»Ich weiß doch nicht genau, was er gemeint hat!«, rief sie weinerlich und aufsässig. »Wie dein Scheck über neuntausendfünf gekommen ist, da hats ihn zerrissen.«
»Und was hat er gesagt?«
»Ungefähr: die Hitler waren auch zu lax. Mit die Erbkranken.«
»Mit wem –?«
»Erbkranken. – Meingott Kurwi, wenn nicht der Scheck gewesen wär, ich hätt überhaupt nicht gedacht, daß das irgendwie mit dir zusammenhängen könnt, ich mein –«
Erbkrank. Ein Ausdruck aus dem Naziwörterbuch der Unmenschen. »Das werden wir feststellen«, flüsterte er. In Vrenis Schreckensaugen sah er seinen Haß gespiegelt. »Ich red mit ihm.«
»Das tust nicht«, flüsterte Vreni. »Das tust nicht. Er versteht nix mehr.«
»Kannst dich drauf verlassen: das versteht er.« Und er sprang auf und verließ augenblicklich die Bank und ging in den Regen hinaus; ging im blauen Trenchcoat und mit karierter Schottenmütze, schritt schnell aus, ebenmäßig, voll starrer Hoheit und bocksfüßiger Teufelei; ging über General-von-Nagel-Straße und Alte Poststraße vorbei am Kloster Neustift, bog schräg ein in die Wiesentalstraße, hinauf und vorbei an Eternit und Eigenleistung von gestern, an Holztreppen und Fenstergeranien, bis zur Nummer 67. Er ging durch die Garage geradewegs ins Haus.
Valentin lag im Bett auf drei Kissen, sein greiser Schädel mit den Pigmentflecken stand vor dem verschnörkelten

Kopfteil des alten, nun halbierten Ehebetts. Eine Nachbarin, die aushalf, sah erschreckt zu ihm auf, er winkte sie in die Küche, und der greise Schädel wandte sich ihm zu, einsam und hochmütig. Er war jetzt glattrasiert, weil das pflegeleichter war.
Korbinian stand im nassen Mantel, mit der nassen Mütze, die er nicht abnahm, am Türrahmen und sagte: »Du hast mich anzeigt, oder?«
Der gebißlose, halboffene Mund des Schädels formte lautlose Silben. Korbinian beugte sich leicht vor und fragte leise, spöttisch: »Wie hättens denn die Nazi wissen sollen – der Sohn vom pumperlgesunden Arier Irlböck, ha? Wer hätts denen sagen sollen?«
In den Augen des Schädels flackerte etwas: listige Vertraulichkeit. »Kat-in dot«, sagte er.
»Das denk ich mir. Die Mutter war tot, klar, sonst hättst dich nicht getraut. – Aber du hast denen geschrieben, oder? Du wolltst mich sterilisieren lassen, oder? Oder vielleicht noch mehr?«
»Be-be-weische«, sagte der Schädel und wankte von links nach rechts, von rechts nach links. Das Zimmer war trüb und dunkel.
»Ah, die haben rückgefragt. Die wollten Beweise. Und da hast du's aufgeben, was? Hast selber Angst gehabt vor denen.«
»Pfaffenbankert«, sagte Valentin Irlböck, plötzlich zehn Jahre jünger, »Idiotenbankert«. Und, sich selbst zurückgegeben, voll geglückter Bosheit: »Heil Hitler.« Fiel mit dem Kopf auf die drei Kissen zurück, die Augen starr nach oben, den Mund mit den nackten Kiefern aufgerissen, unerreichbar – doch von Kathi Illinger noch immer besiegt. Der Gruß an den Führer war Valentins letztes lautes Wort. Er starb fünf Tage später, bewußtlos, doch mit der letzten Ölung versehen. Verenas Kranz trug die Schleife: ›In stetem Gedenken – deine Kinder.‹

Fünf Tage später entdeckte Korbinian den letzten Gang, der vom MONREPOS nach Norden führte: pfeilgerade auf die Krypta des Doms zu. Die letzten fünf Fuß schienen in eine Felswand gehauen, aber der Domhügel kannte keine Felsen – es war das Fundament der Kathedrale selbst, auf das er gestoßen war. Am Ende der niedrigen Enge ragte ein halber Sarkophag aus dem Mörtelwerk; unschwer war die hintere Hälfte des Nonnosus-Sarges zu erkennen. Am Kopfende war sie aufgebrochen; und als Korbinian mit einer Stablampe in den hohlen Quader hineinleuchtete, sah er nichts als Leere und winzige Dünungen von Staub. Welcher private, verstohlene Hunger nach Heil hatte sich der ehrwürdigen Gebeine bemächtigt? Und was war zurückgeblieben, welche Geisteskraft, die durch Jahrhunderte Heilung und Tröstung gewährte?

*

Dr. Korbinian Irlböck (etwas kahler, etwas weißer, aber insgesamt ein jugendlich wirkender älterer Herr) verlegte seine größere Einsamkeit in den Lesesaal der Dombibliothek – also ins Innere des Baus, den er als Seminarist bewohnt hatte. (Der allmächtige Sauerkrautgeruch war längst geschwunden, auch wenn Korbinians Erinnerung ihn stets aufs neue unerbittlich heraufrief, wenn er das Eingangsportal durchschritt.) Der Bibliotheksdirektor, opferfreudig lächelnd, schleppte ihm Meter um Meter des Wachtfeitl-Nachlasses heran, und Korbinian ackerte sich durch, ein sturer bajuwarischer Pflüger: Schollen aus alten graubraunen Aktendeckeln brach er um, mit achteckigen Etiketten, mit schwarzen glänzenden Bändchen verschnürt.

Materialien zur Entzifferung des berühmten Chinesensteins. Sanskrit. Pali. Avesta, achämenidische Keilschrift. Eine Broschüre von 1906, betitelt ›Streifzüge durch den alten Orient‹, mit Wachtfeitls Notat auf dem Umschlag: ›Hoffnungslos veraltet‹. Hethitisch, Proto-Hethitisch, das

ist Chattisch. Keilschrift-Exzerpten mit akkadischen, sumerischen, babylonischen, assyrischen Annotaten. Judaica, Talmud-Hebräisch, Altarabisch, Chaldäisch, Aramäisch. Sarmatica, Altbulgarisch, Kirchenslawisch – das Abendland rückte näher. Was war er nicht für ein herrlicher Verlierer, dieser untaugliche Gymnasialprofessor!
Die letzten drei Konvolute waren MISZELLEN I, II und III betitelt. Aus dem zweiten purzelte ihm die Broschüre entgegen – etwas absolut Exotisches, eine Begegnung der anderen Art. Die Broschüre war geheftet, hatte einen hellblauen, kunststoffglasierten Einband und trug die goldgestanzte Inschrift

ПЕРВОКРАВ

KRAVONIA FIRST.

Der Text (in kyrillischem Alphabet) war modern gegliedert, mit Zwischenüberschriften, eingerückten Tabellen, einigen lateinisch gedruckten Wörtern; offenbar ein Programm oder dergleichen. Ein Zettel war mit einer Nadel an die vordere Seite des Umschlags gespießt, der Wachtfeitls Handschrift trug: ›Von Koll. Firnmoser übergeben am 16. 3. 1922‹.
Zwischen Schlußblatt und rückwärtigem Umschlagblatt dann ein Bündel Notizblätter mit Rohübersetzung, zahlreichen Verbesserungen, Fragezeichen und Annotationen. Auf dem letzten Zettel stand: »Wirrer Schmarren. Marxistisches Zeug? Abkürzungen, Neologismen, Fachausdrücke. Aber interessante alte Wortbildungen, Stoff für Slawisten. – Nie abgeholt, da F. nach Rom ging. – FW.«
Das Jahrhundert war fortgeschritten, und so verstand Dr. Irlböck notgedrungen einige der Neologismen, verstand vor allem die lateinisch gedruckten Wörter (einige englisch, einige französisch). Lange starrte er in die Übersetzung, blätterte panisch zurück ins kyrillische Original (er kannte die Sprache nicht, wohl aber die Buchstaben – und

vor allem kannte er die Sorte Wissenschaft, für die sich Wachtfeitl nie interessiert hatte).
Er sah sich sichernd um: Alias Johnson war allein. Er steckte Broschüre und Übersetzung in die Brusttasche, verschnürte sorgfältig und ohne Zittern den Band MISZELLEN II, dann ging er.
Seine Zugehfrau war in dieser Zeit eine Slowenin, sehr proper, mit einer süchtigen Fixierung auf moderne Putzmittel; seine Wohnung roch wie eine besonders fanatisch geführte Klinik. (In den Keller kam sie ihm natürlich nicht.) Er zahlte ihr den vollen Lohn für drei Tage im voraus und bat sie, so lange nicht zu kommen. Sie schüttelte ihr donaumonarchistisches Haupt und blieb gehorsam weg. Er holte Rum und Rotwein, machte sich einen Topf Punsch nach dem anderen, kämpfte damit gegen das Fieber und den Schüttelfrost, die ihn grausam überkamen. Er baute Wolken des Halbschlafs um sich auf, während er ausgestreckt unter dem Panoramafenster lag, ohne sich auszukleiden.
Aus der Tiefe der Geschichte erhob sich Hrimsar der Erhabene, der große Kagan der Krawonier. Im Wind, der von den Bergen herabheulte, knatterte die getrocknete Haut des jungen Berserkers an der Fahnenstange: das Schlachtbanner, der Mlazghan. In finnischen Saunen berieten selbstlose Schädel über die Rettung der Menschheit, wußten nicht, daß Hrimsar zu Tal ritt, um ihre Pläne und damit die Geschichte zu verändern – ein für allemal. Und auf seinem Rauschlager spürte Korbinian die Reitpeitsche im Gesicht und den Blutstreifen: rot, frisch und glänzend.
Kein Zweifel, Korbinian Irlböcks dritte Jugend war angebrochen – die gefährlichste und die abenteuerlichste.

*

Er kopierte die Broschüre und die Übersetzung in einem unauffälligen Laden. Die Originale verschnürte er wieder

im Konvolut MISZELLEN II – im sichersten Ort, den er sich denken konnte.
Er zog Erkundigungen ein. Modernes Krawonisch wurde in Passau unterrichtet, von einem Professor Mistić-Ruckeisl. Er ließ, (dank, dank der gutgeölten Forscher-Welt!) einen Intensivkurs auf Band mit Begleitbuch kommen und einen Stoß Literatur: die Heldengedichte des Miroslav Botev sowie Karol Debćens, des Klassikers, historischen Schinken *Zerbrochene Ketten.* Er entdeckte, daß ein Engländer namens Anthony Hope eine höchst erfolgreiche Schnulze über Krawoniens Königin Sophie geschrieben hatte, und ließ auch die kommen. Er sperrte die Kisten voller Sphagistik weg und übte laut in der Geisterstille von MONREPOS: die einfachen Substantiv- und die komplizierten Verbformen, er fühlte sich hinein in den Fall der Sätze, den harten, trotzigen, von Jahrhunderten der Niederlage gehämmerten Akzent.
Nach zwei Jahren fühlte er sich imstande, Wachtfeitls Rohübersetzung zu überprüfen und zu bearbeiten.
Und als er feststellte, daß es in München eine ›Deutsch-Krawonische Freundschafts-Gesellschaft (DKFG) e. V.‹ gab, trat er in dieselbe ein.

*

In der ZEIT (Hamburg) gab er folgende Kontakt-Annonce auf:

> WER BÜRSTET PATRIARCHALISCHEN LÖWEN GEGEN DEN STRICH? – Rüstiger Akademiker, Raum FS, sucht gleichgesinnte Jägerin (50–55) für Weg in bewohnbare Zukunft und tabufreie Plaudereien am Kamin. Stichwort Befreiung (DELIVERY). Schwäche für Südost-Europa erwünscht. Warum kein Urlaub in Krawonien?? Exzellente und exklusive Bedingungen gesichert. Zuschriften unter...

2.

ПЕРВОКРАВ
Kravonia First

Es folgt Dr. K. Irlböcks Übersetzung des Projekts PERWO-KRAW, erstellt nach zweijährigem Studium der krawonischen Sprache und Zeitgeschichte.
Um das redaktionelle und linguistische Problem zu illustrieren, vor dem Dr. K. stand, werden in Klammern Vokabeln aus der Rohübersetzung von Wachtfeitl (gekennzeichnet durch W) eingefügt. Neologismen (meist Fremd- oder Lehnwörter aus dem Russischen) sind nicht eigens gekennzeichnet.
*Wörter, die im Glossar (am Ende des Abschnitts) erörtert werden, sind durch * markiert.*
Fremdwörter in Großbuchstaben stehen im Original in Latiniza (lat. Alphabet).

*

I. Ziel des Projekts
Ziel des Projekts PERWOKRAW ist die Einlösung des historisch-politischen Auftrags Kravoniens: die Einigung des Balkans unter dem *Mlazghan.
Sowohl die Lage Kr.s im Herzen der Mutter-Region als auch deren unglückselige Geschichte zielen unabweisbar (W: pfeilgleich) auf diese *Verheißung hin. So reißt der historische Prozeß-Strom zum unsterblichen Vermächtnis (W: Todeslager-Wort) unseres großen Kagan, *Hrimsar des Erhabenen, dessen Einigungswerk *Źabrij der Verräter zerstörte.
Hrimsars Eid:
»Der Mlazghan küßt die drei Meere!«
konkretisiert (W: verleiblicht) die Weite wie die Begrenzung dieses Auftrags.

Hiezu waren drei grundlegende Voraussetzungen (W: Fundamentsteine) nötig:

Voraussetzung Eins: KREKOSOTS

Den Grundstein zur Verwirklichung von ›Krekosots‹, d. h. des Kravonischen Öko-Sozialismus, legten die weitblickenden Beschlüsse des Zehnten Plenums (Parteitags) der *PKKr. Sie skizzierten die Perspektiven des weiteren Ausbaus der materiell-technischen Basis (W: ??) der entwickelten sozialistischen Gesellschaft.

Zentrales Ziel der staatlichen Politik ist, demzufolge, der Schutz und die Verbesserung der ursprünglichen Eigenschaften (W: Eingeborenheiten) der Natur/Umwelt der jetzigen und der kommenden Generationen, die immer harmonischere Gestaltung der Wechselbeziehungen (W: *Responsorien) zwischen Gesellschaft und Natur.

Das Vorhaben wird erreicht, wenn die Vorzüge des sozialistischen Gesellschaftssystems (W: Volks-Ordnung?) in organischer Einheit mit den Errungenschaften (W: Beute-Stücken) des wissenschaftlich-technischen Fortschritts genützt werden.

Damit ist die marxistisch-leninistische Lehre von der Wechselwirkung (W: Responsorien) zwischen Gesellschaft und Natur neu entfaltet im qualitativen Sprung (W: *Tanzfigur?).

Voraussetzung Zwei: Abschaffung eines Nebenwiderspruchs (W: ??)

Der durch ›Krekosots‹ beflügelte Wissenschafts-Fortschritt eröffnet die Entwicklung einer Reihe von Normen und Indikatoren (W: ??), welche die Rahmenbedingungen für eine fruchtbare Wechselwirkung zwischen Natur und Gesellschaft konkretisieren (einsichtig machen?).

Dabei tritt der Nebenwiderspruch auf, daß der Planet Erde und damit auch unsere Mutter-Region an einer Bevölkerungsdichte (W: Volk-Last) leidet, welche das

Optimum der genannten Wechselwirkung mindestens um den Faktor Zehn (W: ???) übersteigt.
Eingedenk des programmatischen Satzes (W: Ahnen-Weisheit) von F. Engels in seinem Schreiben an Karl Kautsky vom 1. Febr. 1881:

> »... sollte aber einmal die kommunistische Gesellschaft sich genöthigt sehen, die Produktion von Menschen ebenso zu regeln, wie sie die Produktion von Dingen schon geregelt hat, so wird gerade sie und sie allein es sein, die dies ohne Schwierigkeiten ausführt...«

(Anm. von KI: Dieses Zitat wurde von W ausgelassen)
– ging die *KRAWNAUK einen Kooperationsvertrag (W: Bruder-Arbeitsbündnis) mit fortschrittlichen Kräften des nichtsozialistischen Auslands ein, welche die Arbeitsgruppe FUTURIBLES BIOMORPHES gebildet haben. Dabei geht es um die Entwicklung und Vervollkommnung des Virus-Agens DELIVERY. Nicht zuletzt durch die Pionierarbeit der Bakteriologisch-Virologischen Sektion von KRAWNAUK (??) gelang es, diese Arbeit beträchtlich zu beschleunigen. Das Agens DELIVERY wird demnächst in internationaler Abstimmung (W: Chor-Gesang?), aber für den Balkan unter eigener Regie der Sektion BV der KRAWNAUK, in massenhafte Vervielfältigung gehen. Durch die Reduktion der planetarischen Bevölkerung auf ±5% des gegenwärtigen Bestandes wird der oben erwähnte Nebenwiderspruch beseitigt.
(Anm. von KI: Dieser Abschnitt und alles Folgende von W nur mehr stichwörtlich übersetzt)

Voraussetzung Drei: Herstellung politisch-militärischer Ausgangsbedingungen

Aus den Möglichkeiten, welche DELIVERY eröffnet, folgt zwingend die historische Chance, die politisch-militärischen Ausgangsbedingungen für die Erfüllung (W: Eid-Einlösung) des krawonischen Auftrags sicherzustellen.

Dies gelang wiederum den Pionieren der Sektion BV von KRAWNAUK, durch die Erstellung der ADAPTABLE IMMUNIZATION SERIES (AIS). Dieses Serum (W: Antidot, Gegen-Gift) wird es erlauben, die historisch-zivilisatorische Überlegenheit von Krawonien und ›Krekosots‹ auch militärisch-numerisch (W: von Zahl her?) durchzusetzen.

II. PERWOKRAW: Realisierung (W: Verleiblichung?)
Schritt Eins: Sicherstellung der Kader (W: ??)
Prophylaktische AIS-Impfung wird in drei aufeinanderfolgenden Schlucken eingenommen. Es geht um die Sicherstellung folgender Kader:

ZK –
Staatsrat (W: Volks-Sabor)
Regierung –
Sicherheitsorgane (W: Wachsame Eingeweide?)
Modernisierte Einheiten von Heer und Luftwaffe –
Organische Intelligenz (W: Eingeweide-Intelligentsija?)
Spitzen der Vaterländischen Front –
Mitglieder der Jugend-Organisationen (erste Dringlichkeit!).

Schritt Zwei: Ergänzung des Mob-T-Plans
Der Totale Mobilisations-Plan wird durch logistische und administrative Anweisungen (W: Läufer-Zettel) ergänzt und an die neue Lage angepaßt.
Krisenstäbe (W: Leid-Sabors) werden aufgestellt für die unerlösten (W: *harrenden) Provinzen:

Walachei –
Transsylvanien –
Rumelien –
Thrakien –
Cis-Rhodopisches und Trans-Rhodopisches Makedonien –
Illyrien –
Pannonien.

Ihre materielle Ausrüstung wird durch die voraussichtlich reichen Ressourcen (W: Beutegüter) der heimgeholten (W: *aufgenommenen) Gebiete selbst gesichert.

Exkurs: Neue numerische Bedingungen

Laut UN-Jahrbuch sind die unerlösten Provinzen z. Zt. wie folgt besiedelt:

Walachei –	ca. 20 Mio.
Transsylvanien	ca. 6 Mio.
Rumelien	ca. 4 Mio.
Thrakien	ca. 5 Mio.
Cis-Rhodop. & Trans-Rhod.	
Makedonien	ca. 6 Mio.
Illyrien	ca. 22 Mio.
Pannonien	ca. 10 Mio.
Summe	ca. 73 Millionen.

Die kravonische Bevölkerung belief sich beim letzten Zensus auf 4,76 Millionen.

Nach Realisierung des DELIVERY-Programms mit einem Immunitäts-Faktor von 1 : ±20 dürfte die Bevölkerung der unerlösten Provinzen

3,8 bis 4,2 Millionen

betragen.

Dem stehen gegenüber:

AIS-geschützte kravonische Kader	0,35–0,40 Mio.
Überlebende krav. Restbevölkerung	0,20–0,25 Mio.
Summe	0,55–0,65 Mio.

Dies ergäbe ein (theoretisches) Verhältnis von ca. 1 : 6,8 bzw. 7.

Schritt Drei: Heimholung der unerlösten Provinzen

Die ersten Folgen der Beseitigung des bevölkerungspolitischen Nebenwiderspruchs dürften überall schwere Unruhen mit anarchistischen Merkmalen sein. Es wird sinnvoll sein, die Reife dieser Zustände etwa zwei Jahre im AIS-geschützten Bollwerk (W: Ringwall) Kravonien abzuwarten. Der unausweichliche (W: pfeilgerade) Sieg des Mlazghan wird dann umso dankbarer begrüßt (W: gehuldigt?) werden. Man wird diesen Sieg als das erkennen, was er objektiv-historisch, d.h. wissenschaftlich IST: der Triumph der dank ›Krekosots‹ höchsten Entfaltung des wissenschaftlich-dialektisch determinierten Fortschritts (W: Schmarrn, Schmarrn, Schmarrn).

III. Prinzipien (W: Leitsprüche) **des Umbaus**

Sind getreu dem Auftrag die Adria, das Schwarze Meer und die Ägäis erreicht, ist das Vermächtnis Hrimsars eingelöst, wird ›Krekosots‹ zur ersten wahrhaft wissenschaftlichen Struktur (W: Fachwerk) des Mutterraumes. Diese Struktur wird föderalen Linien folgen, wird eine Vielvölker-Gemeinschaft (W: Lager von hundert Zelten) inmitten einer desorganisierten Welt sein. Seine Ausstrahlung (W: *Nimbus) wird krath- und donau-aufwärts weit nach Westen, über Moldau und Don weit nach Osten reichen. Unter den Prinzipien von ›Krekosots›, der weisen Führung des ZK der PKKr und von KRAWNAUK werden die alten, leidgeprüften Völker der Mutter-Region und darüberhinaus alle, die sich dem Ruf des Fortschritts nicht verweigern (W: abschwören?), einem neuen Völker-Frühling unter dem Mlazghan entgegenschreiten.

Vorwärts und aufwärts zur vollen Entfaltung der Produktivkräfte! (W: ??????)

IV. Schlußbemerkung

Durch PERWOKRAW erhält das DELIVERY-Projekt der internationalen FUTUMOR-Gruppe erst seine wahre historisch-dialektische Dimension. Unausweichlich ging und geht die Flugbahn der Geschichte auf die konkrete, demokratische Gleichheit zu, welche die alten Abhängigkeiten

(W: Hörigen-Ketten?) beseitigt. DELIVERY macht die Herrschafts-Instrumente des Imperialismus zunichte, und erst in dieser neuen Gleichheit kann die alte Vermächtnis-Treue zur politischen Wirklichkeit werden, erhält sie den durch mehr als ein Jahrtausend vorenthaltenen, schwer verdienten Siegespreis:

Der Mlazghan küßt die drei Meere

*

Es folgt ein kurzes Glossar zum besseren Verständnis des Textes, aus den Notizen von Dr. K. I. zusammengestellt. Zuvörderst einige Bemerkungen zur krawonischen Sprache:
Die kr. Staatsgründer des 7. Jahrhunderts, die sog. Proto-Krawonier, waren ein Reitervolk aus dem Osten mit dem Namen KALWAN, das eine turko-ugrische Sprache hatte. Diese ist bis auf Reste verschwunden. Unter Hrimsar (s.u.) wurde die Nation getauft, und zwar im byzantinischen Ritus. Das slawische Krawonische ist noch heute stark von diesem Ritus und seiner Literatur bzw. Liturgie geprägt (siehe die Beispiele im Glossar!). Während der langwierigen türkischen Besetzung verlor das Kr.ische Einiges seiner alten Pracht und Vielfalt, u.a. die Deklinations-Endungen; es blieben reiche Verbformen. Typisch ist der Laut gh (ein eigener Buchstabe dafür wurde in das kyrillische Alphabet eingefügt, es handelt sich um einen weichen Rachenlaut) und die Modifikation des einem Possessiv-Genitiv übergeordneten Besitzer-Substantivs durch das Suffix -n. Die Sprache gibt also zu, daß Besitz den Besitzer verändert.

GLOSSAR

aufnehmen, heimholen (kr. **prośćavat**)
theol., aus dem Altkraw. = Heimholung (Mariens, dann aller Gerechten) in den Himmel

harrend (kr. **oćyvaśćy**)
theol. wie oben, = Zustand der Gerechten im Welt-Äon vor der Ankunft des Erlösers bzw. des hl. Pneuma

Hrimsar der Erhabene (reg. 862–878)
gilt als der größte Kagan der Krawonier. Einigte die Stämme um den Krath und im Gebirge bis zum St.-Peters-Paß, ließ die Nation taufen und zog Klostergelehrte ins Land. Wurde angeblich von Źabrij dem Verräter (s.u.) erdolcht.

Krawnauk
Abk. für **Kravonska Akademijan na Nauka,** Krawonische Akademie der Wissenschaften

Mlazghan (urslaw. ***molod** = jung, + proto-kraw. **ghaun** = ›Vorkämpfer, Berserker‹, später ›Leibgardist‹)
urspr. Standarte aus der Haut des tapfersten gefallenen Vorkämpfers; heute Nationalfahne, seit 1947 mit rotem Stern in der Ecke

Nimbus (kr. **ygharźda**)
der Heiligenschein auf den byzantinischen und altslawischen Ikonen

Responsorien
Wechselgesänge in der Eucharistiefeier und im mönchischen Chorgebet

Tanzfigur (kr. **durvar**, vom proto-kr. **dylbal**)
der Durvar ist ein komplizierter Doppelsprung in der **hujra,** dem kraw. Reigentanz; er wird heute nur noch von professionellen Tänzern beherrscht und ausgeführt

Verheißung
aus der griech.-orthodoxen Theologie übernommene prophetische Verheißung a) des Erlösers, b) des Paraklet, c) des Gerechten Gerichts am Ende der Zeiten

Źabrij der Verräter
der legendäre Mörder Hrimsars d. Erhabenen, s.o. – wahrscheinlich Personifizierung (und Dramatisierung) des Widerstands vor allem der volsenjischen Berg-Clans gegen die Zentralisierung.

Und zuletzt natürlich

PKKr

Abk. für **Purtija Komunisten na Kravonja,** Kommunistische Partei Krawoniens (später: Bund Menschlicher Sozialisten).

* * *

VI.

Unter dem Mlazghan

1.

Wissenschaft und Frieden

Im Innern der Kurve, welche die Caravelle zieht, kippt der Horizont nach oben, mit ihm das breite Knie der Krath, zinnern im Septemberdunst, mäandernd zwischen Inselschilf und Uferschilf, uralte gefährliche Heimat. Vom vordersten Sitz erhebt sich die muskulöse Stewardess der HRIMSARFLOT, reißt mit beiden Händen die volsenische Schaffelljacke straff (die verordnete Tracht des Freiheitswillens) und spricht ins Mikrophon, mit dem Zorn, der in der Sprache selbst liegt, dann russisch, englisch (für den runden jungen Amerikaner im Sitz 9D und den breitknochigen Schotten im Sitz 7C), französisch (für den Gascogner im Sitz 8B) und schließlich deutsch für Dr. Korbinian Irlböck:
»Damenundcherren, wir fliegen, wann gefällig, über die historische Schleuse von Miklevnji, wo unter Kommando von Heldenkönigin Sophia die zehn Kruppkanonen versenkt geworden, im Kampf gegen repressives Stenović-Régime 1875. Unser Vaterlands-Dichter Karol Debćen singt darauf: Stählerner Same der Freiheit, in Schoß der Mutter Krath gesenkt. – Anzuschnallen, wann gefällig, und Rauchen einzustellen, fertig zur Landung in Slavna Zwo. Thank you.« Und sie marschiert den engen Gang hinunter mit einem Tablett, schiebt jedem Fluggast ein gelbes Bonbon unter die Nase, Widerspruch ausgeschlossen. Die Bonbons schmecken scharf, süß und abscheulich, ihr Duft reitet auf dem internationalen Mief der Caravelle.
Die Caravelle fliegt zweimal wöchentlich ab Wien. Irlböck hätte einen der regionalen Turboprop-Flüge der

HRIMSARFLOT bevorzugt, von Novi Sad nach Slavna etwa; noch besser: einen Liegewagen im Thrakia-Expreß, voll von Rucksack-Traggestellen, bloßen Füßen in Turnschuhen, neuen Grillöfen in verbeulten Kartons, fransigen Freßpaketen; voll von unförmigen Großmüttern, denen die Sippe aufs WC hilft, von mürrischen Zöllnern an drei Grenzen und hellen Schaffnern mit originellen Vorschlägen zur Fahrpreisgestaltung. Aber es geht um *Nauka i Mir,* also den Ersten Internationalen Kongreß für Wissenschaft und Frieden, den die Krawonische Adakemie der Wissenschaften (kurz KRAWNAUK) ausrichtet, und Dr. Korbinian Irlböck ist eine Delegation (BRD). Da war keine Alternative denkbar, Prestige ist Prestige, es mußte die Caravelle sein, und aus dem gleichen Grund muß es die VIP-Lounge im Flughafen Slavna Zwei sein (niemand kennt Slavna Eins, es ist vermutlich die Privatpiste des Großen Genossen). Man (das heißt die Ein-Mann-Delegation der USA, des UK, Frankreichs und der BRD) trinkt drei scharfe süße Vinjaks zum starken süßen Kaffee (die amerikanische Delegation, sieht Irlböck, gießt zwei davon diskret in einen Palmetto-Topf), wartet auf die lange Wolga-Limousine nach Dobrava.

Wie kam Irlböck hierher? Die Frage ist falsch gestellt, sie muß lauten: Wie hätte er es vermeiden können, hier zu sein? Wie hätte er dem Auge der KRAWNAUK entgehen können, nachdem er (im Gefolge seines Zusammenstoßes mit dem Wachtfeitl-Nachlaß) jähes Interesse an Krawonien entfaltet, die schwierige Sprache erlernt, ja sich der »Deutsch-Krawonischen Freundschaftsgesellschaft e.V.« angeschlossen hatte – er, der international bekannte Sphagistiker?

Das Büro der DKFG befindet sich in der Savignystraße zu München: drei kleine Zimmer, ein Waschbecken, Toilette auf dem Flur. In diesem Teil Schwabings waren schon in den Fünzigerjahren Mietskästen hochgezogen worden, sie halten die Dürftigkeit jener Jahre fest. Er saß (ein Gejagter? Ein Jäger auf Pirsch?) dem Vorsitzenden der Gesellschaft gegenüber, dem Kollegen-Genossen Xaver Müller. Er, Korbinian, trug Tweed und ein offenes Rohseidenhemd, Müller, ein altgedienter Gewerkschafter, Polyesterhemd mit heruntergezogener Krawatte. Seitwärts an der Schreibmaschine saß die viereckige Irma Göll-Jakusić, die Schreibmaschine war riesig und alt, Frau Göll-Jakusić schoß unentwegt zehn stählerne Finger auf ihre Tastatur ab. (Slavna hätte wohl eine elektrische genehmigt, aber Irma liebte Schlachtenlärm.) Korbinian Irlböck: was war er hier, was tat er hier? Bot er sich vielleicht nur als Köder an, ein dümmlicher Geißbock, der auf den brennenden Tiger aus der Dschungelnacht wartet?

Jedenfalls war Xaver Müller nicht der Jäger. Er war der Verlierer in der Sackgasse, der Verlierer schlechthin, er roch richtig danach. Roch nach hineingefressener bayerischer Proletarierwut, nach drei Jahren Konzentrationslager und nach seinem Geburtstag, dem 3. Mai 1919, an dem die bayerische Räterepublik unterging. Wenn er redete, roch er noch stärker, nach dem zersetzten Essig der permanenten Rechthaberei und der permanenten Niederlage: »Es muß was g'schehn, Kollege.« (Bis vor kurzem hatte es ›Doktor‹, in Kürze würde es ›Genosse‹ heißen.) »Du mußt aktiver werden, das Potential ist da. Du kennst die Sprache, du liest die Literatur, wir können an eine neue Zielgruppe hin, an die Schicki-Mickis vom Feuilleton. Denen muß das doch nuntergehn: Fuks, Borvić, Lutev – die authentische Stimme des krawonischen sozialistischen Bewußtseins.« Korbinian hatte Fuks, Borvić, Lutev erlebt; sie waren als Delegation nach München gekommen und hatten vor vierzehn Leuten gelesen, ein trübes Zeugnis der Stagnation. »Das Feuilleton, Kollege«, sagte er möglichst obenhin, »interessiert sich höchstens für Mistić, und der sitzt, wie du weißt. Wir täten Slavna auch gar keinen Gefallen mit der alten Garde. Die realsozialistische Linie ist out, man konzentriert sich doch auf das nationale Erbe.« Und er wies boshaft und unbewegt auf den Farbdruckposter, der an der Wand hing: 1200 JAHRE HERRLICHES KRAWONIEN, mit dem rosaroten und senfgoldnen Kloster Pystrová, in vier wackere Arten von Grün gebettet. Müller schnaubte Essigsäure: »Tradition, hast recht, klar. Wird auch schon aufgenommen – Lutev schreibt zur Zeit das National-Epos um, vielmehr, gestaltet den Stoff neu, Debćens *Zerbrochene Ketten,* die Befreiung von der imperialistischen russisch-österreichischen Okkupation, nach wissenschaftlichen Gesichtspunkten.« Lutevs wissenschaftliche Gesichtspunkte, auf *Zerbrochene Ketten* losgelassen – nein, das verdiente der gute alte Debćen nicht. Das mußte er...

Aber er mußte nicht antworten, denn Irma Göll-Jakusić griff ein. Sie redete einfach dazwischen, wie es ihre Art war – schrie vielmehr dazwischen, in den Typenkorb der Maschine hinein, während sie weiterhämmerte (was schrieb sie eigentlich die ganze Zeit?): »Xaver! Laß den Doktor! Der ist doch nix für Agitation, der gehört doch auf die wissenschaftliche Ebene, da geht die Zusammenarbeit nächstens systematisch los...«

Wars das gewesen? War Irma hinterm Typenkorb die wirkliche Macht? Es kam jedenfalls Fritjof Gabor..

Der war wirklich etwas ganz Anderes: eine Schlüsselfigur der KRAWNAUK, fast ihr Monopolist, was Westkontakte betrifft, ohne eine Spur von ideologischer Wuschelbehaarung. Er hatte ihn angerufen in seidigem österreichisch-ungarischem Deutsch, auf der Durchreise von Paris (Kongreß für Molekularbiologie) in München. Falls der Herr Professor einige Minuten seiner kostbaren Zeit, wanns gefällig, selbstverständlich komme er nach Freising, er werde sich der effizienten Nahverkehrsmittel bedienen, um wenigstens einige Worte mit dem berühmten Sphagistiker – keine Bescheidenheit, Herr Professor, Sie entrinnen ihrem Renommee nicht, New Hampshire, Grenoble, Bologna, der ganzen akademischen Welt ein Begriff. Privat? Auf dem Domberg? Epatant. Wenn ich, um ganz aufrichtig zu sein, einen kleinen Wunsch betreffend den Treffpunkt –? Äußerstes Interesse an der Bestiensäule, vielleicht –?

Und so kams denn auch. Korbinian hatte inzwischen einen Kantschlüssel für den Beleuchtungskasten und schaltete die Punktstrahler ein, ehe er die Treppe in die Krypta hinabstieg. Fritjof Gabor an der Bestiensäule: das war in der Tat etwas Besonderes. Unter Mittelgröße, mit einem länglich-ovalen, fast kleinen Gesicht, dessen Schläfen wie Alabaster das Licht durchschimmern ließen, trug er ein modisches, in senkrechten grauen und graublauen Streifen gemustertes Jackett und darunter, wahrhaftig, eine Weste mit irisierenden Knöpfen. Sie war nicht aus Seide, aber der ganze Gabor wirkte seidig – nicht ein bißchen halbseiden. Er war kosmopolitisch und ein echter Patriot, mit dem Bittermandel-Aroma des trotzigen Balkan, dem Aroma von Zorn über verpaßte Chancen, einem Schuß proto-krawonischer (und, wenn sein Name nicht trog, wohl auch magyarischer) Reiterwildheit; und so war der gutgebadete Adademiker, der die Säule umschritt, dennoch ein Fachmann, der etwas von schartigem Nahkampf versteht.

Was ihn hinriß, das war die Seherin an der Ostflanke der Säule: »Das«, sagte er bestimmt, »ist Maria Theresia.« Die österreichische Kaiserin, so erklärte er, schwebe als Archetyp, als Steinzeitgöttin im Reifrock über dem ganzen Südosten, eine gewaltige, weil ganz fleischliche Utopie mit mächtigen Brüsten und energischem Schoß. »Ich bin Marxist, natürlich – aber das, das darf uns nicht verlorengehen Sie kennen die sechstausend Jahre alten steatopygischen Figurinen aus dem Donau- und Drautal? Wir halten das durch, so hoffe ich wenigstens.«

In Korbinians Wohnung pries er dann den türkischen Kaffee des Gastgebers (nannte ihn allerdings den krawonischen: genau wie die Griechen werden die Krawonier nicht gern an alte Sklaverei erinnert, wenn sie auch das Kaffeerezept der Unterdrücker lieben lernten), und er war sichtlich, wenn auch nicht aufrichtig verblüfft, als Korbinian begann, Konversation auf krawonisch zu machen; brachte es fertig, diffizile Verbformen zu korrigieren, ohne ein Schulmeister zu sein; zum Deutschen zurückzuleiten mit höflichster Begründung: er versuche, sein Deutsch durch Übung im Sprachgebiet und vor allem mit so eminenten Geistern wie seinem Gastgeber, vom Rost zu befreien – so sehr er die Heimatlaute in der Fremde schätze, kein häufiges Erlebnis, wie sich der Herr Professor denken könne. »Herr Professor«, sagte er dann beim gemeinsamen Genuß krawonischer Zigaretten (die gar nicht schlecht sind), »Herr Professor«, (Korbinian konnte ihm den Titel nicht ausreden), »ich habe natürlich ein Attentat auf Sie. Einen Anschlag. Bitte sagen Sie nicht nein. Bitte.« KRAWNAUK plane demnächst den ersten wahrhaft wissenschaftlichen und wahrhaft internationalen Kongreß zum Thema *Wissenschaft und Frieden,* und Korbinians Anwesenheit sei schlechthin unentbehrlich. »Ihre Sphagistik ist, so scheint mir, der erste wahrhaft systematische mehrdimensionale Ansatz zur Erhellung der Sieg-Niederlage-Problematik, ein überhelles Licht auf unsere kruden Prätentionen. Kriegsziele zum Beispiel. Gibt es etwas Lachhafteres als das Schicksal der Kriegsziele, und zwar fast in der ganzen Geschichte?«

Es war jetzt an Korbinian, aufrichtig verblüfft auszusehen, die Ehre zu würdigen, sich grundsätzlich bereit zu erklären. »Ich müßte mich allerdings mit den neuesten Entwicklungen im ideellen Bereich auseinandersetzen, die in Krawonien, aber vor allem in Ihrer Akademie –«

Das, so Gabor, sei keine Schwierigkeit. KRAWNAUK werde sich glücklich schätzen, jedes Material, das dem Professor Dr. Irlböck, dem großen Sphagistiker, relevant erscheine, baldmöglichst zuzustellen – durch diplomatische Post, das gehe am schnellsten. »Haben Sie bestimmte konkrete Vorstellungen?«

»Nun ...«, Korbinian sah nonchalant an Gabors Alabasterschläfe vorbei, wedelte unbestimmt mit der Zigarette, »ich denke zum Beispiel an KREKOSOTS ...«

Gabor sagte nichts. Gegen das Panoramafenster zur Ebene wehten pfenniggroße nasse Schneeflocken, es war ein verrückter Frühling, wie sie normal wurden, und alles war still, kellerstill: ein Gespenst ging um in Europa.

Gabor klopfte sorgfältig seine Asche in die japanische Keramikschale, sprach leise, mit fast unbewegten Lippen (ein Jäger auf der Pirsch): »Wie bitte –?«

Korbinians Skalpell war ausgerutscht, jetzt konnte nur durchgestanden werden: »KREKOSOTS. Krawonischer Öko-Sozialismus. Ich habe bislang kein relevantes Material darüber gefunden, und die DKFG ...«

»Wer –?«

»Die Deutsch-Krawonische Freundschaftsgesellschaft e.V. Sie hält an einer überholten Linie fest, da bin ich sicher. Aber Sie können sich denken, daß ich angesichts der Weltlage das kühne avantgardistische Konzept KREKOSOTS ...«

»Tatsächlich«, sprach Gabor zögernd, »werden in Expertenkreisen bei uns derartige Deliberationen angestellt, abgewogen. Sie sind noch nicht zur Entscheidung gereift.«

»Nun, ich weiß, den Grundstein legten die weitblickenden Beschlüsse des Zehnten Parteitags. Aber ...«

»Der Neunte Parteitag«, unterbrach Gabor leise, aber

unerbittlich, »hat sich nicht mit der Frage befaßt. Aber Sie haben recht: der Zehnte wird es wahrscheinlich tun. Zur Zeit werden die Gutachten und Perspektiven gesammelt, der Parteitag wird wohl übernächstes Jahr stattfinden.«
ΠΕΡΒΟΚΡΑΒ – so stands plötzlich flammend auf der Panorama-Scheibe, vor den Blütenblättern der großen Schneeflocken. Ein Anachronismus hatte ihn genarrt, unter ihm öffnete sich der Abgrund – jetzt half nur gewissenloseste Schauspielerei, mit runden Augen und rundem Gelächter wie seinerzeit bei Zettler mit Dollfuß: »Wird erst stattfinden? Sie merken, ich bin noch zeitgeschichtlicher Analphabet, was Krawonien betrifft. Ich habe noch viel zu lernen. Sie müssen mir dabei helfen.«
»Und Sie uns, Herr Professor. Unbedingt.« Gabor sprachs mit zurückgewonnenem kosmopolitischem Lächeln. »Sie werden, Sie müssen uns besuchen. Und Sie bekommen alles verfügbare Material.« Daheim waren sie wieder, daheim im Glashaus der internationalen Wissenschaftsrepublik, in ihrer unbefangenen Unverschämtheit, auf den subventionierten kartesischen Klippen der Forschung. Gabor erhob sich, und »Da svedani no Slavne!«, sagte Korbinian herzlich und ein bißchen falsch.
Gabor bewegte verneinend seine künstlerischen Schläfen: »Unser internationales Kongreß-Hotel, das Anthony Hope Hotel, befindet sich nicht in Slavna, sondern in Dobrava, unserer szenisch schönsten Stadt. Am Ufer des Talty-Sees.«
»Ah, Dobrava! Talty-See!«, rief Korbinian völlig spontan. »Ich kann es kaum erwarten.«
Und so kommt es, daß er jetzt in einer dreireihigen Limousine vom Flughafen nach Südosten fährt, zusammen mit UK, USA und Frankreich, einem steinernen Chauffeur und einem jungen, heldisch-schönen Dolmetscher, der Petar Stavnic heißt, und der ihnen, vom Beifahrersitz nach rückwärts gewendet, die notwendigen Touri-

sten-Auskünfte gibt. Die Straße geht unvermeidlich durch die Kapitale; zuerst durch die krude Urbanistik der Mietskasernen mit vergreistem Putz und dürrem Rasen auf gelbem Sand, über die nördliche Krath-Brücke schließlich in die historische Hauptstadt, am Denkmal des romantischen Nationaldichters Botev vorbei (»natürlich gegen die Türken gefallen, unter dem Banner der Aussichtslosigkeit, wie sich das gehört...«), am modernen und wilden, an Mestrović erinnernden Denkmal Hrimsars (»trug den ehrenden Beinamen ›der größte Totschläger nach Gott‹, beachten Sie den großartigen, säge-artigen Szimitar...«), entlang am Kanal, der sich um den Sankt-Michaels-Platz als Doppelkanal schlingt und so das Zentrum Slavnas zur Insel macht (»hier wurde 1873 der Knabe Alexis, der Zwei-Wochen-König, von Stenović zum Herrscher ausgerufen, dann kam die Okkupation, Sie wissen ja ... links die kunsthistorisch denkwürdige Kathedrale von Sveti Glykofor, die Kuppel ist leider neu, die alte wurde 1921 gesprengt, um König Milan und das Bauern-Kabinett zu töten, der König hat leider in letzter Minute abgesagt, die Bauern nicht, es war der Beginn der faschistischen Militärdiktatur...«), dann zum südlichen Krath-Arm, vorbei am charmant bröckelnden ›Hotel der Befreiung‹, vormals Hôtel de Paris (»von dieser Terrasse warf Heldenkönigin Sophia, vorher natürlich, ersten Blick auf Kronprinz Sergje, jenseits der Krath erblicken Sie königliche Residenz, heute Historisches Museum mit einer erstklassigen Folterkammer...«). Die Bilder der Stadt sind steif und plastisch, erinnern Korbinian an Knabenzeiten, an das alte Panoptikum in der Ziegelgasse zu Freising, wo man für ein paar Pfennige durch eine Doppel-Linse guckte: ferne, erheiternde Zonen, beneidenswerte Umrisse und Farben, Volksleben unter Akazien, Cafés mit Wassergläsern zum Türkischen, pardon Krawonischen, und: »Der Suleiman-Turm!«, ruft der lebhafte

Gascogner, »voilà!« – »Erbaut als türkische Festung«, nickt Petar Stavnic, »damals Instrument fremder, später Instrument innerer Repression. Kronprinz Sergje hat ihn heiß geliebt fürwahr.« Slavna ist bunt, Slavna nimmt das Leben wie es ist, das heißt auch gewalttätig; Slavna ist trotzdem ein Rätsel, wenn man es durch die Rätsellinse von PERWOKRAW betrachtet. Dr. Irlböck sucht nach Strukturen, nach Erfolgs-Interferenzen in einer Geschichte der Niederlage und umgekehrt, aber die Evidenz einer Touristenfahrt in der Wolga-Limousine kann natürlich nicht genügen.

Im Osten endet die Stadt jäh nach ein paar Reparaturwerkstätten und einem großen Loch links von der Straße (»Archäologisches Gelände, wir legen hohen Wert auf Archäologie. Hier findet Suche nach protokrawonischer Burg statt, vermutlich zweiter Kagan, Yrkuś...«). Das Land ist fruchtbar, besetzt von pfiffigen paprikabehangenen Bauernhäusern, langweiligen Schweine-Kollektiven, Reihen von gebückten Frauen in Lavendelfeldern (»unsere Landwirtschaft ist Standard Eins im COMECON...«), Bauern- und Arbeiter-Monumenten im großdeutschen Muskelstil. »It's a paradise,«, murmelt der Schotte, Petar Stavnic gibt ihm einen schnellen Dolchblick des Hasses, er weiß es offensichtlich besser.

Dann der Talty-See im Nachmittagslicht, eine Lagune mit Halbinseln aus Schilf, mit Nistplätzen für Kormorane und Flamingos und Staatsurlauber. Dobrava, voller Palmen und Erinnerungen an Mätressen mit Sonnenschirmen und traueräugige griechische Handelsherren vor Puffbrettern und Anisschnäpsen, eine habsburg-gelbe Villa hinter heraldischem Gitterwerk und Rhododendren (»Sitz der jeweiligen Favoritin des Königs oder des Kronprinzen, sehr historisch...«), dann die neue Devisen-Sektion am Strand, mit dem neunstöckigen Anthony Hope Hotel.

Der asphaltierte Parkplatz ist von riesigen ernsten Bäumen umstanden, in denen Millionen von Zikaden rasen, unerbittlich gepeitscht vom Fieber des Mehr-als-erlaubt. Unter der nierenförmigen Betondachschürze vor dem Eingang erwartet sie Fritjof Gabor, die Hände leicht in die Taschen des leichten Leinenjacketts geschoben. Die Rechte nimmt er nun heraus zu freundlichem Gruß: »Welcome, bienvenus, willkommen! Le professeur Charles Morgoudou, n'est-ce pas? And Professor Thwaites, what an unexpected honour.« Er muß laut und feierlich brüllen wie ein britischer Zeremonienlakai, wegen der Zikaden. »Oh, doctor Earlbuck, all the way from Massachusetts..« Dann, in besonderer Zuwendung (oder kommt es Korbinian nur so vor?): »Und mein ganz spezieller Freund, Professor Irlböck.« Er spricht es etwa ›yrrlbek‹ aus, es klingt türkischer als damals in Freising, vermutlich wegen der Nähe von Suleimans Turm. »Sie werden alle sehnlichst erwartet, die Konferenz beginnt in einer Stunde.«
Petar Stavnic hebt Korbinian die Koffer aus dem Gepäckraum, lächelt mit erschreckend weißen und kompletten Zähnen: »Ich wünsche Ihnen und dem Weltfrieden alles Gute.«

* * *

2.

Das Vermächtnis des Kagan

SCHAUPLATZ: Der Dachgarten des Anthony Hope Hotels zu Dobrava am Talty-See.
ZEIT: Ein Abend im September 198.*
PERSONEN: Dr. E. C. Earlbuck, Synergetiker, M. I. T./USA
Prof. Fritjof Gabor, von KRAWNAUK
Dr. Korbinian Irlböck, Sphagistiker, Freising/BRD
Prof. Vincent Morgoudou, Agronom, Univ. Bordeaux/F.
Prof. Alan Thwaites, Mathematiker, Univ. Edinburgh/UK.
Der Dachgarten bietet eine der bedeutendsten krawonischen Aussichten überhaupt, gerade auch in den Stunden der Nacht. Rings um den See, dessen Brise angenehm emporweht und den Duft von Lavendel und Rosen trägt (neben anderen Düften, die es in südlichen Ferienorten gibt), winken die Lichter von Dörfern und Urlaubs-Domizilen. Schwarz und exakt dringen die Wipfel von Zedern und Ilex-Eichen fast bis zur Höhe der Brüstung, die Zikaden schweigen jetzt. Im Norden, jenseits des Sees, sind gegen den Sternenhimmel die bestimmten Massen des volsenjischen Gebirges erkennbar, von der Bärenkuppe bis zu den Grenzmassiven um den Sankt-Peters-Paß. Knapp unterhalb der Bärenkuppe blinkt in kurzen Abständen ein rotierendes rotes Warnlicht; es ist auf der höchsten Zinne der sagenumwobenen Burg Praslok angebracht. (Burg Praslok gehörte bis vor kurzem zu den wichtigsten Touristenattraktionen des Landes, ist jedoch seit einigen Monaten Sperrgebiet und beherbergt eine Sektion von KRAWNAUK.)
Professor GABOR hat die westlichen Delegierten zum I. Internationalen Kongreß NAUKA I MIR für ein informell-informatives Gespräch auf dem Dachgarten versammelt. Sie kommen alle vom ersten abendlichen Mahl, das nicht nur reichlich mit

Balkan-Curry, sondern auch mit zahlreichen ernsten und heiteren Trinksprüchen über Weingläsern und dem hervorragenden nationalen Aprikosenschnaps gewürzt war. Eine besonders festliche Note erhielt das Bankett durch die bekannt launigen Witze von Prof. Nikolaj FRASOV, dem gegenwärtigen Präsidenten, welche sich meist auf Geschlechts-Unterschiede bezogen und von Dolmetscherinnen mit neutralen Gesichtern in verschiedene Sprachen übersetzt wurden. (Petar Stavnic hatte keinen einzigen Witz übersetzt.)

Die Herren auf dem Dachgarten sind naturgemäß gelöster Stimmung.

F. GABOR:

Ich kann nur hoffen, meine Herren, daß Ihre ersten Eindrücke in unserem kleinen Land nicht allzu enttäuschend waren...

EARLBUCK, IRLBÖCK, MORGOUDOU, THWAITES:

Oh – keineswegs – ganz im Gegenteil – nahezu beschämt wegen Gastfreundschaft – überwältigende Gastfreundschaft – für die Akademie hoffentlich keine allzugroße Belastung – usw. etc.

GABOR lacht und hebt abwehrend die Hände:

Freunde, nicht diese Töne, lasset uns angenehmere... Die Freude, wissen Sie, ist unsererseits. Denn der Staatsrat gibt für solche Gelegenheiten Summen aus einem speziellen Repräsentationskonto frei, die dann als göttlicher Regen auf uns alle niedergehen.

MORGOUDOU:

Ah, Danaë! Ein köstlicher Gedanke.

GABOR:

In diesem Sinne – *Er hebt eine tauglitzernde Flasche ins Licht der Petroleumlampe, welche wegen Stromausfalls den Rundtisch erhellt* – in diesem Sinne war es möglich und opportun, einen edlen weißen Evxinograd aus dem Bruderland Bulgarien herbeizuschaffen, einen Wein der Spitze, wie er nur auf dem Gut gedeiht, das ein dankbares Volk seinem großen Genossen Schivkov zur Verfügung gestellt hat. Evxinograd liegt am Schwarzen Meer, zwischen Varna und Druźba. *Er füllt die fünf Gläser.* Zum Wohl, meine Freunde.

DIE GÄSTE *nippen und sind begeistert:*

Épatant – sublime – what a body – and elegant, I'd say – trocken und feurig – trefflicher Ausbau etc. usw.

GABOR:

Ja, eine erfreuliche Folge neuer Politik. Welcher neuen Politik, fragen Sie mich? Nun, einer Politik der ökonomischen Anreize. – Von Trinksprüchen schlage ich vor Abstand zu nehmen. Trinksprüche sind ein schöner patriotischer Brauch, aber unser heutiges Soll ist erfüllt und übererfüllt. – Unterbringung, Logis? Fühlen Sie sich adäquat betreut?

THWAITES, ein Anhänger kalter Duschbäder:

Oh yes, by all means... Aber hören Sie, ich finde den Namen dieses Hotels sehr originell. Hope, Anthony Hope, das war doch –

GABOR *betrachtet ihn sardonisch:*

Sind Sie Literaturkenner?

EARLBUCK *wirft trocken ein:*

No, but I saw the movie. Stoffe von Anthony Hope wurden ixmal verfilmt, sind das Unterfutter der TV-Nachtprogramme. SOPHY OF KRAVONIA zum Beispiel. Schon mit Douglas Fairbanks junior, dann mit Stewart Granger, dem Langweiler, und Lana Turner. Der Beste war James Mason als Schurke, als – wie hieß er doch gleich? – ja, Colonel Stäfnitz.

GABOR:

Stäfnitz – ? *Er wirft den Kopf zurück und lacht:* Ah, was Hope mit unseren Namen anstellt, fällt unter Verstoß gegen die Menschenrechte.

Er blickt zu den Sternen empor und trinkt dabei aus einem silbernen flachen Fläschchen, das er neben sein Weinglas gestellt hat. Tatsache ist, daß dieser Hope, der Bücher nicht nur über uns, sondern auch ein erfundenes Land namens Ruritanien schrieb, ein Unterhaltungsschriftsteller ungeheuren Erfolges gewesen ist. Romantischen Erfolges, das ist wichtig.

EARLBUCK:

Die Schleuse von Miklevnji. Sophie die Heldenkönigin. Wurde uns im Anflug von der Stewardess mitgeteilt.

GABOR, *den Blick immer noch auf die Sterne gerichtet:*

Die Heldenkönigin in der Tat. – Womit wir beim Thema sind. – Meine Herren! Ich lege ein Geständnis ab. Ich finde es taktisch richtig, die nationalen Karten auf den Tisch zu legen. Nur so bewahren sich Nationen ihr Selbstbewußtsein. Meine Erfahrungen von früheren Kongressen bestätigen dies. Also: nationale Tatsachen, die dem Westen nur in höchst sonderbaren Variationen bekannt sind. Sehen Sie – *er seufzt und beugt sich in den Lichtkreis der Lampe, lächelt etwas geisterhaft* – dieser Mister Hope verdient es einerseits, daß wir seiner dankbar gedenken; daher prangt sein Name auf diesem Hotel für internationale Gäste. Andererseits jedoch verdient er den Zorn, den gerechten, nicht nur der krawonischen Patrioten, sondern der internationalen historischen Zunft.

IRLBÖCK *spürt, daß sein Auftritt naht, er neigt sich ebenfalls vor und fixiert Gabor:*

Sie meinen, daß das Werk SOPHY OF KRAVONIA, 1906 in London erschienen, keine Anerkennung als Geschichtsquelle verdient?

THWAITES:

Ah, 1906 in London –? Werd ich mir beschaffen.

IRLBÖCK:

Es ist vergriffen. Aber über den Out-of-Print Book Service in Cardiff ist es noch zu bekommen.

GABOR fixiert Irlböck:

Man darf Sie nie und nirgends unterschätzen, Professor. Ich müßte das seit Freising wissen. – In der Tat, Hope hat sich als historischer Dilettant an die Geschichte der Königin Sophia gewagt, was er dabei beleuchtete oder vielmehr herausschattierte, waren die oberflächlichsten Umstände ihres Schicksals – wie auch des Schicksals unseres Landes.

Zunächst: neben den unzuverlässigen Landkarten, die er in seinem Buch reproduziert, hat er eine einzige Quelle benützt: die Memoiren der Dame selber. Sie wurden 1897 in Paris veröffentlicht unter dem Titel ›Mémoires de S. A. R. Sophie de Kravonie, dictées par elle-même, au Château de Praslocque‹. Praslok ist ein trüber Witwensitz, sie war damals 47 Jahre alt, der Sekretär, dem sie diktierte, hieß Viitor Manolescu und war von Beruf Klavierlehrer, die alternde Dame schätzte seine wohltrainierten Fähigkeiten. Viele Möglichkeiten hatte sie nicht mehr – aber davon später. Zum Roman selbst – aber wie? Wir haben ja einen Kenner unter uns, Professor Yrrlbäk, wanns gefällig…

Aller Augen wenden sich Korbinian I. zu.

IRLBÖCK beginnt zögernd:

Mir ist natürlich klar, daß Hope nicht eben solide gearbeitet hat. So beschreibt der Autor den Suleiman-Turm zu Slavna ganz richtig als Relikt der Türkenherrschaft, setzt aber die Lage Krawoniens einige hundert Kilometer zu weit nördlich an für eine solche Vergangenheit.

MORGOUDOU:

Bravo. Sehr gründlich.

IRLBÖCK:

Zur Handlung –

THWAITES:

– in Kürze –

Irlböck:

Aber sicher. Sophie, geborene Grouch, ein schönes und vitales Landmädchen aus Essex, in Paris eine Zeitlang als Mademoiselle de Gruche bekannt (sehr romantische Seelen-Liason mit einem Aristokraten), gelangt mithilfe ihrer Freundin Marie Cerković mittellos nach Slavna, wo sie sich mit Sprachstunden durchschlagen will.

Earlbuck:

Au au, nicht viele Optionen damals für mittellose Damen.

Irlböck:

Durch eine wundersame Verkettung von Umständen gelingt es ihr, das Leben des Thronfolgers Sergius zu retten, dem unzufriedene Offiziere nach dem demselben trachten. Es folgt das Fällige: Sergius verliebt sich in sie, zu einem Zeitpunkt, wo eine massive Palast-Intrige gegen ihn läuft, eingefädelt vom damaligen Premier Stenović und dem Obersten des Husaren-Regiments, Stavnic.

Earlbuck:

James Mason. Klasse.

Irlböck:

Sergius stützt sich auf eine Hausmacht, den Stamm der Volsenji, der nördlich von hier in den Bergen sitzt –

Gabor:

Dort. In der Nacht. Unter den flammenden frostigen Sternen.

Irlböck:

Der Prinz ist der – bei Hope heißt es ›Bailiff‹ – des Stamms –

Gabor:

Gospadar.

Irlböck:

Ah, Gospadar, danke. Sergius bildet sie zu Artilleristen

aus, weil er in Deutschland Kanonen bestellt hat – Kanonen, die seinen absolutistischen Anspruch unwiderruflich festigen würden.

GABOR:

Dazu später einige patriotische Annotate.

IRLBÖCK:

Es kommt durch den jähen Tod des alten Königs aus dem Hause Stepanović...

GABOR:

Der Name stimmt wenigstens.

IRLBÖCK:

...zu gewalttätigen Auseinandersetzungen. Sergius, der sich mit seiner Sophie liebreich ins Schloß Praslok zurückgezogen hat...

GABOR:

Das Rotlicht da drüben. Aber es hat nichts mit den beiden zu tun, es ist ein Warnfeuer für den Flugverkehr, den wir nicht haben.

IRLBÖCK:

...wird tödlich verwundet und heiratet sterbend die Dame aus Essex. Sie hält das Andenken des Toten heilig, und gerade rechtzeitig taucht ein alter Freund aus England auf, ein Lord Dunstanbury...

GABOR:

In Wahrheit ein Doppelagent namens Jeremy Pickles...

IRLBÖCK:

...mit dem sie die Rache für den Toten plant und ausführt. Zusammen mit dem Engländer und den treuen Volseniern fängt sie die Kanonen an der Schleuse von Miklevnji ab und versenkt sie. Diese Wirren provozieren die Großmächte (Hope nennt sie nicht) ...

GABOR:

Rußland und Österreich, na also.

IRLBÖCK:

...die einmarschieren und dem Zwei-Wochen-Königtum des Knaben Alexis ein Ende bereiten. Sophie wird von den dankbaren Volsenji und dem Engländer über die Grenze spediert – Ende der Geschichte.

EARLBUCK:

Just like the movie.

EARLBUCK, MORGOUDOU, THWAITES und GABOR klatschen höflich. Letzterer öffnet die nächste Flasche Evxinograd.

MORGOUDOU:

Eine schöne Geschichte, très émouvante. Liebe, politische Intrige, Kampf...

GABOR:

Ein gekonntes Gemisch von Fiktion und Fakten. Sophie war eine kluge Person, sie wußte genau, worauf das bürgerliche Lesepublikum im Westen anspringt, wie es unsere Region sehen will und sieht. Aber fragen wir den Historiker, Professor Yrrlbäk: wo würden Sie, wann gefällig, mit Kritik am Sophie-Plot ansetzen?

IRLBÖCK:

Nun, es ist erkennbar reaktionär. Auf der Seite des strahlenden Prinzen und seiner Traumprinzessin die wackeren Gebirgler mit der unbedingten Loyalität, auf der anderen die intriganten Politiker und das träge, aufsässige Gesocks der Hauptstadt Slavna, einschließlich der meisten Militärs.

GABOR:

Sie treffen den Zwölfer auf der Scheibe. Prinz Sergje war Bonapartist, und zwar der preußischen Variante: Blut und Eisen. Blut von Analphabeten und Eisen von Krupp. In Slavna und den Handelswegen entlang der Krath zur Donau hatte sich eine rege Bourgeoisie entwickelt, und das Bauerntum begann politisch nachzudenken. Dialektisch-historisch war eine konstitutionelle Monarchie fällig, und die war unter einem Knabenkönig leichter zu haben. Unter Stenović und Stavnic natürlich nicht.

Morgoudou:

O unerbittliche Prosa der wahren Geschichte...

Thwaites:

Schade um den schönen Roman.

Earlbuck:

And the movie.

Irlböck:

Da wäre noch ein Punkt – ein philologischer.

Gabor:

Ich bin zwar kein Philologe, aber mit meiner Laien-Kompetenz stehe ich zur Verfügung.

Irlböck:

Hat das Wort für ›Hahn‹ im Krawonischen die gleiche Nebenbedeutung wie das englische ›cock‹?

Thwaites trocken:

Jetzt wird es ein richtiger Herrenabend. Schade, daß Professor Frasov nicht da ist.

Alle lachen etwas verlegen über die deftige Wendung des Gesprächs – bis auf

Gabor, der aufgestanden ist und starr, mit dem Glas in der Hand, an der Brüstung steht, ein paar Sterne über sich. Dann lacht auch er, während die andern schweigen:

Wieder eine Zwölf, Professor. – Aber wir müssen es den Herren erklären. Gemäß Sophies Memoiren mietete sie sich nach ihrer Ankunft in Slavna bei einem biederen jüdischen Goldschmied ein, dessen Haus den Namen Silver Cock trägt. Nun – *er räuspert sich* – Doktor Irlböcks Intuition ist richtig, es handelte sich im real existierenden Slavna um ein Etablissement, das Marie Cerković leitete. Sie hatte die rotblonde Cockney-Schönheit (kein Landmädchen, das ist fabriziert) als Star-Attraktion aus Paris mitgebracht. Für die allerfeinsten Herrschaften der krawonischen Société.

Irlböck:

Hope hat, meine ich, Bescheid gewußt. Auf Seite Fünf,

im Vorwort schreibt er: »Es ist sicher, daß Sophies körperliche Gaben machtvolle Verbündete ihres Ehrgeizes waren, ihres starken Willens und ihres Mutes; und es ist ebenso sicher, daß sie nicht davor zurückschreckte, diese Verbündeten als Verstärkung einzusetzen.« Ende des Zitats.

MORGOUDOU:

Das ›Silver‹ bezieht sich wohl auf den kommerziellen Aspekt der Kommunikation.

GABOR:

Kommunikation – ? Gut. Aber: die läßt sich nie auf den kommerziellen Aspekt beschränken, und so sind Etablissements dieser Art immer ideale, da informelle Zentren des Nachrichtenmarkts gewesen. Zudem: wir sind eine emotionale Rasse, Slawen sind berühmt für ihren Hang zur Verlorenheit an weibliche Reize – kurz, Sophie war in einer idealen Position. Der Kampf aufs Messer, bei dem der Thronfolger in Gefahr geriet, fand nicht auf der Straße, sondern im Prunksalon des SILVER COCK statt. Ein Rittmeister Mistić, der Abgott seiner Truppe, setzte es sich in den Kopf, Sophie dem Prinzen auszuspannen, das ging auf Leben und Tod, und die Dame schlug dem lichterloh brennenden Rittmeister von hinten eine Bronzelampe auf den Kopf und rettete so das Haus Stepanović, dem es in offener Feld- beziehungsweise Salonschlacht zweifellos dreckig ergangen wäre. So weit: das grundsätzliche Muster. Alles weitere entwickelte sich logisch, Marie Cerković wurde ausbezahlt, kein schlechtes Geschäft für sie, und Sophie wurde Baronesse von Dobrava – der übliche Titel für die erste Favoritin.

MORGOUDOU:

Residenz: die charmante gelbe Villa am See?

GABOR:

Ganz recht, die charmante kleine Villa am See. *Wütend:*

Es war alles so viel realer als in dem verdammten Schinken des Anthony Hope, verstehen Sie? Hope der Brite, und vor ihm schon die Sophie Grouch: sie kannten ihre westliche Kundschaft, die will oder wollte schmierige Seelenlandschaften in Aquarell, Marmelade, Gefühls-Marmelade. Ein rotblondes Weib mit grünen Augen – mi boźe! Mit Feuer, mit Verstand – wir wollen Schnaps, verstehen Sie. Fünfundfünfzig-, wenn nicht sechzigprozentig. Schnaps und papriziertes Gulasch. Keine Marmelade. Sophie begriff das, verstehen Sie? Sie sah ihre Chance, und sie setzte auf den Kronprinzen. Gut, sie verlor. Oder auch nicht, wenn man an ihren gemütlichen Lebensabend denkt. Zudem: Sie hat uns das wichtigste und glücklichste Ereignis unserer neuen Geschichte beschert.

Morgoudou:

Sie meinen – ?

Irlböck:

Er meint die österreichisch-russische Besetzung.

Morgoudou:

Glücklich – ?

Gabor:

Der Sphagistiker versteht es. Krawonien war keine Nation – noch keine Nation. Hier die Ebene mit ihrer Produktivität, ein beachtlicher Wasserweg, eine aufstrebende Bourgeoisie, eine gewitzte Bauernschaft, – dort die Scharfschützen der Berge, Analphabeten, aber arrogante, deren Verachtung für die Maulwürfe da drunten höchstens von ihrer Verachtung für Vollbäder übertroffen wurde.

Thwaites:

Ah, wie das an Schottland erinnert! Highlander gegen die fleißigen Lowlander der Kírk –

Gabor:

Ziemlich exakt. Die Besetzung dauerte achtzehn Jahre.

Auf der Berliner Konferenz 1878 wurde die krawonische Frage ventiliert, aber vertagt – zu heikel für die Macht-Balance, Bismarck war das klar. In Slavna regierten Marionetten, allseits verachtet. Begreifen Sie?

MORGOUDOU:

Résistance. Die Guerilla in den Bergen.

GABOR:

Eben nicht nur in den Bergen. Das ist entscheidend, das ist zentral. Die Guerilla begann dort, richtig, aber sie führte in den großen, den schmerzvollen Prozeß der Nationwerdung. Die Berge voll Wolfsmut, die Ebene mit ihrer Übung, ihrer historischen Übung in Hinterlist und Versklavung, unter den Türken erheblich trainiert – das ergänzte sich. 1893, die Balkan-Situation wurde immer komplizierter, beugten sich die beiden Großmächte der Weltmeinung – und wir hatten alles beisammen. Alles. Einschließlich des Totenlager-Worts – wie heißt – ja, des Vermächtnisses.

DIE GÄSTE bis auf IRLBÖCK:

Des Vermächtnisses – ?

GABOR:

Verzeihen Sie, ich greife vor. Begeisterung. Ich schulde Ihnen einen zusammenhängenden Bericht. Noch etwas –?
Er wedelt verführerisch mit einer neuen Flasche Evxinograd.

DIE GÄSTE:

Nicht doch – je vous en prie – too much, too much etc. usw. *Widerstand ist zwecklos.*

GABOR schenkt ein mit Schwung:

Es wird farbig, meine Herren, es wird plastisch. Erlauben Sie patriotischen Überschwang, er muß jetzt einsetzen. Doktor Irrlbeck! Sie erinnern sich, daß im Scharmützel an der Schleuse einige Volsenier verwundet wurden? Luković leicht, Petar Vasip ziemlich schwer – ?

Irlböck:
Luković, Vasip – o ja, in der Tat.
Earlbuck:
War im Film unklar.
Gabor:
In der Tat ja! Sie galten als Insurgenten, und die Besatzer, die verdammten Heuchler, die ja nur auf einen solchen Anlaß gewartet hatten, setzten sie auf eine Fahndungsliste: Kyrilliza und Latiniza, tot oder lebendig. Gesetz und Ordnung! Kurva.
Earlbuck:
Die Sorte Ordnung ist wissenschaftlich out.
Thwaites:
Na, na, na –
Earlbuck:
Seit Mandelbrot, Lorenz und Feigenbaum wissenschaftlich out. Ich bin bereit, hier und jetzt den Beweis...
Morgoudou:
Mes amis, wir unterbrechen eine unerhört spannende Geschichte.
Gabor:
Luković (nennen wir ihn, den Großen Wolf, so steht er in den Schulbüchern) war das recht, er ging in die Berge mit vierzehn Mann und begann den Befreiungskampf. Schwerer wars für Petar Vasip: seine Lunge kaputt wie kurz vorher die seines Gospadars, und die medizinische Versorgung in Volsenji – rudimentär, ach was, nonexistent. Man schaffte ihn nach Pystrová.
Irlböck:
Das malerische Kloster?
Thwaites:
– das auf allen Reiseprospekten –
Gabor:
Wenig malerisch damals. Es wurde erst vor einigen

Jahren restauriert, im Zug des Programms National-Erbe. Damals war dieses heiligmäßige Zeugnis pravoslavischer Kultur, denken Sie an die Ćetry-Choräle...

Morgoudou:

Pystrová war die Wiege der Ćetry-Choräle!? Dieser unglaublichen Polyphonie des zehnten Jahrhunderts? Ah, magnifique!

Gabor:

...völlig verfallen. Fuchs, Dachs, Wildschwein. Und ein Mönch namens Glykofor, von den anderen Bewohnern kaum unterscheidbar. Ein Hieromönch. Ein Mann alter Weisheit. Illuminiert...

Irlböck:

Erleuchtet.

Gabor:

In etwa, aber nicht ganz. Ein terminus technicus der slawischen Spiritualität. Jedenfalls, er nahm Petar entgegen in seinen Bärenarmen, nahm ihn auf in den grimmigen Schneeglanz seiner Winter, seine heiligmäßige Einsamkeit...

Irlböck:

Beata solitudo.

Gabor:

Nicht ganz so glückselig, o nein! Glykofor war vom Metropoliten von Slavna anathematisiert...

Morgoudou:

Wie bitte – ?

Gabor:

Verstoßen. Feierlich beschimpft.

Earlbuck:

Exkommuniziert – ?

Irlböck:

In den Bann getan.

Gabor:

Gleichviel, er hat seinerseits wie ein brüllender Löwe

den Metropoliten anathematisiert und mit sieben Schwurformeln den Fluch besiegelt, fragen Sie mich nicht, worum es ging, um die monotheletische Irrlehre oder auch um unsaures gegen saures Brot...

Irlböck:

Ungesäuertes.

Gabor:

Danke, danke, Doktor Yrrrlbääk, zutiefst verbunden. Bin kein Fachmann, vermute Ihrerseits gewisse Lücken in Molekularbiologie, das alte Problem der Zwei Kulturen, rühren wir nicht daran. Vielleicht gings zwischen Glykofor und dem Metropoliten auch um das doppelte oder dreifache Oster-Halleluja, um die Zahl der Finger, die beim Kreuzschlagen zu verwenden sind, jedenfalls um schaudervolle Grundfragen der genannten Art. Aber das ist völlig gleichgültig, verstehen Sie? Ein Eiswind aus den Bergen, gegen die verdammte verhockte Orthodoxie, die es zuerst mit Byzanz und dann mit den Türken getrieben hatte...

Morgoudou:

Ist die Kathedrale nach jenem Glykofor benannt?

Gabor:

O nein, o nein. Das wäre höchst erheiternd. Der erste Glykofor, der heilige, wurde von Hrimsar ins Land geholt und gründete die Schreiberschulen; von Krawonien, meine Herren, strahlte die Kyrilliza, die alte, die hakige, in den ganzen Ostraum aus, bitte das zu bedenken. Gleichviel, es geht nicht um diese uralten Dinge, ich darf Sie bitten, ins neunzehnte Jahrhundert zurückzukehren, mit mir die Einsamkeit der zwei Geächteten heraufzurufen, diesen Berserkerkampf um die Lunge des Petar Vasip und um die Seele Krawoniens, ein zutiefst slawischer Vorgang...

Thwaites:

Ihr Name, Doktor, klingt aber magyarisch.

Gabor:

Wenn Ihnen das Kopfzerbrechen bereitet, haben Sie den Balkan noch nicht verstanden. Mein Großvater kam aus Debrecen, meine Großmutter, seine Frau, eine Capristi, aus Rovinj, na und? Zurück zu Petar, der sich langsam, langsam erholt, keuchend und würgend auf einem Lager aus Wacholderzweigen, in Kotzen gewickelt, – zu Glykofor, der in den alten Truhen der Krypta stöbert...

Irlböck, sinnend:

In der Krypta...

Gabor:

...in Paramenten und Pergamenten, in Moder und Motten, und dazu Petar, halb aufgerichtet, lernt die alten Buchstaben mit Haken und Ösen, beim Fackelschein des Kienspans, geht schließlich auf Knien, geht in die Hocke, räumt mit herum und hinum, bis der irrwitzige Meister, fluchkräftige Hieromönch, im fernsten Eck, jenseits einer Tropfsteingrotte, auf das Entscheidungsvolle, das Entscheidende stößt – auf das geheime Rückgrat unserer Memoria, auf das Todeslagerwort des Kagan.

Earlbuck, Morgoudou, Thwaites im Chor:

Das Vermächtnis – ? Des Kagan – ?

Gabor:

Hrimsar des Erhabenen, regierte 862 bis 878.

Earlbuck:

Das Kerls mit dem Sägeschwert?

Thwaites:

Des größten Totschlägers nach Gott, heißt es so?

Gabor:

Ach was, höfische Schmeicheleien. Helden-Schablone der Frühzeit. Aber zurück zum Widerstand, der den Besatzern zunehmend peinlich wurde –

Morgoudou:

Was steht in dem Vermächtnis?

Gabor:

Luković, der Große Wolf, hatte eine glänzende Idee: die Masken-Königin. An den verschiedensten Punkten der Berge, später auch in den Ebenen, in den Sümpfen der Krath, ja selbst am Rand der Dörfer, erschien sie: die geheimnisreiche wahre Sophia, die Prava Sophija, Gedächtnis und Vermächtnis der trotzigen Waffentat an der Schleuse, Schatten der Kaiserin. Jawohl, der Kaiserin, mindestens einer der Anwesenden kennt meine diesbezüglichen Ansichten, Steinzeit-Kaiserin im Reifrock, thront über... aber lassen wir das. Sicher, die wirkliche Sophie leitete um diese Zeit ein Bordell in Liverpool...

Earlbuck:

Das Vermächtnis steht vermutlich in jedem krawonischen Schulbuch.

Gabor:

Nein. – Als die Großmächte abzogen, gelang es unschwer, Sophia in England aufzuspüren. Es ging ihr nicht so besonders, es war nicht schwer, sie zur Rückkehr zu bewegen, für alten Ruhm und eine mittlere Apanage zog sie nach Praslok mit dem Manolescu und schrieb ihre Memoiren, denen Sie das Anthony Hope Hotel verdanken. Die Macht wurde vom Sabor der Guerilla ausgeübt, bis wir uns, dem Zug der Zeit folgend, einen deutschen Prinzen der Familie Schroffenstein als König zulegten.

Thwaites:

Also, was ist jetzt mit diesem Hrimsar?

Gabor:

War unser größter Kagan.

Earlbuck:

Haben Sie schon gesagt.

Gabor:

Er erkannte, daß mit der lackdünnen protokrawonischen Oberschicht, die im 7. Jahrhundert vom Donez her über die Pässe gekommen war, und die eine turko-ugrische Sprache hatte, kein Staat mehr zu machen war – ganz wörtlich. So ließ er sich taufen und das Volk durchtaufen, er rief Glykofor herbei, den ersten, den heiligen, und der rief die gelehrtesten Mönche, ich erwähnte die Ausstrahlung der kyrillischen Schrift, nicht zu vergessen die Četry-Choräle...

THWAITES:

Und das war sein Vermächtnis?

GABOR ist wieder aufgestanden, lehnt am Geländer des Dachgartens, trinkt aus der kleinen flachen Flasche und mustert die westliche Delegation mit sichtlicher Skepsis:

Sehen Sie, wir sind eine sehr kleine Nation, und wir sind die klassischen Verlierer. Wir haben nicht viel: einige ferne, große Jahre der Erinnerung, die mühsam gewonnene Einheit...

MORGOUDOU, ein eingeschriebener Kommunist:

Und die neue Identität im Rahmen des sozialistischen Bruderbundes, selbstverständlich.

GABOR:

Selbstverständlich. Und, vielleicht, den Entschluß, daß uns die Zukunft gehört, weil uns sonst so verdammt wenig gehört. Irgendetwas, verflixt, muß uns doch gehören. Finden sie nicht?

Höfliches Lachen.

IRLBÖCK:

Eine Erfolgs-Struktur – möglicherweise. Das geb ich in den Computer.

GABOR:

Es ist ehrenvoll, das vom Fachmann zu hören.

THWAITES:

Ich rufe wie das Volk in Shakespeares Cäsar: Das Testament, das Testament! Wo ist es? Was steht drin?

GABOR:

Die Historiker streiten sich noch darum. War es echt, war es falsch? Blicken Sie auf die Umstände. Glykofor der Hieromönch, auf seine Manier zweifellos wahnsinnig, dazu ein volsenjischer Analphabet. Man traut uns nicht. Betrüblich. Wir behandeln das Todeslager-Wort entsprechend diskret. *Richtet sich auf:* Meine Herren, es ist spät geworden... Morgen um neun Uhr beginnt die Arbeit, wir haben von den Österreichern Pünktlichkeit gelernt, ich bitte, wann gefällig, um Verständnis.

IRLBÖCK starrsinnig, während der elektrische Strom wieder einsetzt und den Dachgarten in ungemütliche Helle taucht:

Was ist eigentlich der Mlazghan?

GABOR, starr und schweißglitzernd:

Mlazghan? Wo haben Sie das her? Ein verstaubtes Wort für die Nationalfahne, das ist alles.

THWAITES:

Ah, wie der Saltire in Schottland. Wir müssen eine engere Zweierbeziehung aufnehmen: Krawonien und Alba.

GABOR:

Gute Nacht. *Er geht rücksichtslos-geradlinig auf den Lift zu, der wegen seiner unerwarteten Funktionsfähigkeit freudig summt.*

DIE GÄSTE:

Spät genug – sehr informativ – herzlichen Dank – usw. etc.

Sie folgen zum Lift.

IRLBÖCK will den Abend mit Gymnastik abschließen und fünf Stockwerke per Nottreppe bewältigen. Seine Frage nach dem Mlazghan war unvorsichtig, das ist ihm klar. Aber sonst hat er sich nicht ausholen lassen, falls das Gabors Absicht war. An der durch ein Piktogramm gekennzeichneten Nottür trifft er auf Earlbuck.

Earlbuck:

Nach Ihnen, Sir.

Sie wendeln sich durch den Sichtbetonschacht nach unten.

Irlböck:

Auf welchem Stockwerk wohnen Sie?

Earlbuck:

Dem fünften. Sir, ich nehme an, Sie sind mein Vater. Wir sprechen uns morgen früh.

* * *

3.

Glanz überm Taltysee

Der Evxinograd ist keine gute Idee gewesen, gar keine. Er ist die Sorte trockenen Weißweins, der den Schlaf der Sünder flach und ihre Träume hektisch macht, er zwingt zu keuchenden Fluchten vor den Steppenreitern der Vergeltung, vor Professor Frasovs blutdürstigen Frauen-Bataillonen, vor dem riesigen weißen Ungeheuer, das aus Sidonies Alkoven hervorquillt, vor den steinernen Drachen, die aus der Tiefe schießen, und vor dem Hieromönch mit den gebleckten Reißzähnen, der die Faust gen Himmel reckt und das große Anathema ausstößt: »Auf, Daddysir, up and at 'em!«

»Up and at 'em!« Der Weckruf, durch die geschlossene Tür des Zimmers 503 geschossen wie eine Heckler-&-Koch-Salve, von trommelnden Knöcheln rhythmisiert. Korbinian wacht wütend auf, spürt die Skalpelle, die in seinen Brummschädel dringen, ist dennoch dankbar für jede, noch so grobe Errettung aus den Traumlabyrinthen. Es ist doch tatsächlich Ernest C. Earlbuck, der auf dem Gang in völlig unpassender Uncle-Clem-Manier herumröhrt: »Rise and shine, Vaterherz!«, in US-amerikanisch-deutschem Durcheinander, »es lächelt der See, er badet zum Laden, a dirty shame to miss it, c'mon!«

Ja, die Sonne sticht wahrhaftig ekelhaft durch die Jalousien, es bessert dies Dr. Irlböcks Zustand keineswegs, aber: »Auf gehts, Daddysir, wir bürsten den patriarchalen Löwen gegen die Linie!«, rufts auf dem Gang, und Korbinian ist so rasch an der Tür, daß er gar nicht merkt, wie er aus dem Bett gekommen ist, fragt halblaut und mit den Lippen an der Füllung: »Gegen den Strich, meinst du?«

Und ebenso halblaut, kaum vernehmlich durchs Holz, kommt Gekicher vom Gang: »Strich, Linie – my rotten German, oh my!« Das weckt eiskalt auf; kälter als die Dusche, in die er nun taumelt, zehn Sekunden auf modrigem Beton unter plätscherndem Seier. Und dann jagen Vater und Sohn, beide in Badehose und Morgenmantel, zum privilegierten Devisenbringer-Strand hinab. Ernest C. wirkt durchaus nicht sportlich, er ist rund und von käsiger Farbe, seine Brillenwölbungen wehren sich gegen Sonne und Natur, aber er rennt brav durch Lorbeer und Oleander, wenn er auch ziemlich keucht dabei. Korbinian holt ihn trotz knarrender Gelenke ein, und der Sohn japst: »Sorry Dad – aber das hat Gründe.«
Natürlich hat es Gründe, wenn der patriarchalische Löwe brüllt. Am Ufer, zwischen der kahlen Trauer zweier verlassener Limo-Stände, wird Ernest endgültig unsportlich, wickelt sich schief aus dem Bademantel, reibt sorgfältig Wasser gegen Arme und Bauch, Korbinian tut desgleichen. »Spielst du nicht mehr Baseball?«, fragt er den Sohn aus den Eingeweiden der Zärtlichkeit heraus. Ernest antwortet voll sorgfältigen Hasses: »Baseball, padre mio, wäre ein hinreichender Grund, sich der US-amerikanischen Staatsbürgerschaft zu entwinden.« Sprichts, geht in die Hocke, streckt die Arme nach vorn und sticht in See. Korbinian, der auch nie ein guter Schwimmer war (die Amper gab das nicht her), folgt ihm. In wenig sachgemäßen Stößen streben sie weg von Limo-Ständen und Oleander, bis sich Ernest C. auf den Rücken rollt und im Schwumm der Toten erstarrt.
Korbinians spezifisches Gewicht ist dergleichen nicht gewogen; er muß im plätschernden Hundspaddeln verharren. Dies ergibt die Regie des nun folgenden Gesprächs: man imaginiere ECE fast reglos, nur in Abständen mit leichten Handschlägen seine Balance sichernd, senkrecht in den Himmel sprechend; KI synko-

pisch das Wasser tretend, wobei sein Mund gelegentlich unter die Schlucklinie gerät, gelegentlich auch ein paar Schwimmstöße vom rechten zum linken Ohr des Sohnes unternehmend, zur Wahrung mehr des seelischen als des körperlichen Gleichgewichts. Dies hat natürlich Folgen für die Struktur des Gesprächs – wir transkribieren es ins literarisch Zusammenhängende.

(Nebenbei: all dies spielt sich vor zaubrischer Landschaft ab. Fast horizontal fällt Krawoniens Sonne ein, der morgendliche See raucht wie geschmolzenes Silber, Kormorane ziehen ernst aus dem Schilfgürtel, an dessen Rand ein halbes Dutzend stämmiger Gehörne und schlickgrauer Nüstern schwimmt: Wasserbüffel, urzeitliche Vorbilder amphibischen Glücks. Ferner und noch ferner dann die Gruppen der pfirsichfarbenen Flamingos, heller leuchtend als der Morgenglast selbst.)

Ernest: Nochmal sorry, Dad, hier ist es sicher, that's all. Im Hotel sitzt KRAWSEK.

Korbinian: Kraw- was?

E: KRAWSEK. Nach dem KGB der drittbeste Geheimdienst der Welt. Garantiert alles bugged, wie sagt man –

K: Ver – wanzt.

E: Audio- und visuell. Bis unter die Dachbalken.

K: Organe, haha, ja – Du kommst von FUTUMOR.

E: Klar. Erste Frage: wie kommst du auf DELIVERY?

K: Wer fragt hier wen –? Ich frage FUTUMOR: Was plant ihr?

E: Rettung der Menschheit, that's all.

K: Durch Reduktion auf plus minus fünf Prozent –? Mit anderen Worten: indem ihr fünfundneunzig Prozent –

E: Ich denke, du kennst deine Sphagistik. Jede Gattung hat Unter- und Obergrenzen ihrer Dichte. Die unsere ist nach oben längst überschritten, über das Optimum wird noch gestritten, aber gegen die Leute von der ›deep ecology‹ gehen wir nicht unter fünf Prozent, wegen der zivilisatorischen Altlasten, die dann zu bewältigen sind. Du siehst –

K: Ihr seid wahnsinnig. Was steckt dahinter?

E: Freising Zwei.

K: Frei – Zwei – Freising –

E: Claro. Der Computer hat alle Vorschläge durchgecheckt, welche die TRASCENDENZA eingesammelt hat. Du hast zwei gemacht: Freising Eins und Zwei. Der erste war so irreal und repressiv wie alle anderen, der zweite war der einzige, der arbeiten wird – sorry – which will work –?

K: Ich protestiere. Ich –

E: Du wurdest promoviert, Advisor. Denkst du, für nichts?

K: Und du –? Kannst du diesen – diesen –

E: Therapie-Vorschlag? Ich bin nicht Therapie. Ich bin reine Diagnose. Synergetik, Chaos-Forschung, Theologie.

Aber wir müssen zurück. Ich wiederhole Frage: how did you find out –?

K: Ich habe ein Papier. Ein – krawonisches Papier. Sie haben einen Plan, DELIVERY für ihre Zwecke auszunutzen. Für das verdammte Vermächtnis –

E: – des Kagan?

K: Hrimsars, ja. Beherrschung – des Balkan. Mlazghan küßt die drei Meere. Mittels Gegen-Serum –

E: Wenns stimmt, ist es sehr ernst. Das kann nur Frasov sein. Er sieht nicht so aus, aber er kann Einiges. – Du hast hoffentlich nichts – Schriftliches dabei?

K: Ich bin nicht völlig blöd.

E: Bravo Dad. – Wann und wie soll das Programm laufen?

K: Nicht klar. Nach dem Zehnten Parteitag.

E: Wann war der?

K: Wird sein. In zwei Jahren.

E: Hm. Anachronism. Faszinierend. Fascinating, don't you think? Das werden wir woanders ausdiskutieren.

K: Grundsätzlich: Ich werde nie – niemals –

Was wird er niemals tun? Es verschwindet hinter den Schleiern vor seinen Augen, aus denen drei große Vögel niedersteigen wie Jules-Verne-Luftkoggen, weiße bauchige Vögel, die auf dem Taltysee niedergehen: Pelikane, gibt es die wirklich?

E: Sie fliegen nach Süden, zum Vistonis-See, einer Lagune der Ägäis. Verschlammt übrigens schon, genau wie der See hier. – Wir werden JJS zuziehen müssen.

K: Wer ist –

E: Der zweitbeste Geheimdienst nach dem KGB, that's all. Daddysir, Sie waren eine sehr große Hilfe. Wir schwimmen jetzt zurück, sonst werden wir vermißt.

Und sie tun es im behutsamsten Tempo. Am Strand, beim Schlupf in die Morgenmäntel, fragt Korbinian noch den Sohn: »Wie kommst du an Theologie?«

Der sieht ihn fest und höchst verwundert an: »Konsequent angewandter Scharfsinn führt immer zur Theologie, that's all. O.K., los jetzt zum Frühstück. Hoffentlich gibts keine Blutwurst.«

Sie kamen zu spät, niemand vermißte sie, und es gab tatsächlich Blutwurst. Nach der Eröffnung der Arbeitssitzung durch Gabor spricht Vincent Morgoudou, spricht über sattsam bekannte Mißstände der Welternährung, die rücksichtslos an den Massen (LES MASSES) vorbei organisiert sei. Korbinian beherrscht die auf unzähligen Kongressen eingeübte Kunst, ganz aufrecht und mit aufmerksamem Gesichtsausdruck zu schlafen.

*

Im Übrigen verlief der Kongreß erfolgreich, vor allem das Drum und Dran. Korbinian wurde auf französisch und auf krawonisch interviewt, es gab ein Rundgespräch (live) im Vormittagsprogramm des Hörfunks, es gab Bankette des Mittags und des Abends, es gab französischen Kognak und Türkischen (pardon, Krawonischen) beim Mitglied des Staatsrats, das für Wissenschafts-Politik zuständig war, und es gab, was anders, eine Tour von Sehenswürdigkeiten des Landes. Die Tour berührte Pystrová, wo kernige Mönche einen Spezialllikör servieren; die Enge von Ćolnje, wo Luković und seine Wölfe dreihundert (oder auch nur vierzig?) Kosaken niedergemacht hatten; natürlich die Schleuse von Miklevnji, wo zehn perfekte Abgüsse von Krupp-Kanonen auf Tuffsokkeln stehen; und schließlich ein Dorf im Süden, eine Muster-Genossenschaft inmitten von Lavendel und Maulbeerbäumen, wo man in ein völlig spontanes Bankett mit Spanferkel und Aprikosenschnaps geriet, und wo die vier westlichen Gäste völlig spontan zu Ehrenbürgern Nummer Neun, Zehn, Elf und Zwölf ernannt wurden. (Nummer Eins war natürlich der Große Genosse; Fritjof Gabor immerhin Nummer Sechs.) Die Spanferkel, entsprossen den Lenden der hochbeinigen schwarzen Kampfschweine, die man dort aus den Maisfeldern hervorbrechen sah, waren exzellent. Jeder Vergleich mit den kläglichen Albino-Raupen, die im goldenen Westen auf Beton herumkrochen, verbietet sich von selbst. Der Bürgermeister trank auf den Frieden, er sah wie ein jungenhaft-besorgter Christlich-Sozialer aus, nötigte sie zur Hujra, zum gemessenen Kreistanz, der die Arme um nachbarliche Schultern verschwistert, während die Holzklarinetten die nahe schwermütige Walachei heraufrufen. Zweimal in der Woche, vergaß der Bürgermeister nicht zu betonen, fuhr ein Bus mit dreißig seiner Dörfler nach Slavna zur Dialyse, denn Nephritis sei hier seit Jahrhunderten endemisch, irgendetwas mit dem Wasser, und erst seit dem Aufstieg des Arbeiter- und Bauernstaates griff die medizinische Wissenschaft, konnte sie etwas unternehmen.

Was leider verwehrt blieb, war die Besichtigung des Schlosses Praslok (den fahlen russischen Delegierten schien dies mehr zu ärgern als die Westler), des getürmten und gewölbten Nestes lodernder prinzlich-britischer Liebe. Es war, wie erwähnt, von KRAWNAUK, genauer: von der bakteriologisch-virologischen Sektion, vor kurzem mit Beschlag belegt und zum Sperrgebiet erklärt worden. Immerhin bekamen sie im neuerbauten Verwaltungsgebäude eine Lektion von Georgje Pomatkin, Frasovs Adjutanten zur rechten Hand, einem Knaben mit unebener Haut und abstehenden Ohren, der ihnen sehr lang von Pionier-Forschungen auf dem Gebiet der Schweine- und Rinderpest berichtete, und eine weitere von Elena Kratkova, seiner düsteren Kollegin, die von Gabor als bedeutende Molekular-Biologin vorgestellt wurde.

Der Schlußakt des Kongresses war ein Bankett (was sonst) auf der Terrasse des Hotels der Befreiung (vormals Hôtel de Paris); auf eben der Terrasse, wo 1875 die schöne Fremde saß und ihren ersten Blick auf Prinz Sergius warf (jedenfalls, wenn man ihren Memoiren Glauben schenkte; ob Maria Cerković ihren Damen tatsächlich soviel Auslauf ließ, ist historisch nicht mehr festzustellen). Die Terrasse war mit lebendigen Windlichtern bestückt, zwischen denen die Funken der Glühwürmchen taumelten, dazu leuchtete wärmendes Petroleum blau um die aufgetragenen Grilltöpfchen, und die Trinksprüche waren fast so poetisch wie die der Kaukasier. Dr. Irlböck brachte zwei aus, auf krawonisch (sein Krawonisch hatte ungeheuer gewonnen in diesen wenigen Tagen): einen auf den Genius loci, auf Sophia also und die völkerverbindende Liebe, einen auf die vielhunderttausend Dörfer der Welt, die atemlos und angstvoll auf die Botschaft vom gesicherten Frieden warten. Der christlich-sozial aussehende Bürgermeister, der völlig spontan erschienen war, umarmte ihn und gab die Ehrenbürger-Urkunden aus, sorgfältig in Kyrilliza gemalt; Irlböck las sich darin als ИРЛБЕК, sein

Sohn als ЕРЛБАК, aber der Ehrenbürger Nummer Zehn, Thwaites, kam schlechter weg – als СВЕЙТС.
Korbinian kam neben Gabor zu sitzen, der elegant anwesend war, aber etwas schweigsam und etwas verschwommen in den seelischen Konturen. Nach dem fünften Schnaps gestand er, daß er litt. »Heute sagt man wohl, ich habe ein Problem. Benennen wir es ein Problem. Sehnsucht nach dem Weib, meinem Weib. – Sehen Sie«, holte er aus, gänzlich untypisch, mit der rechten Hand, »sie ist Aktivistin, in hoher Stellung. Sehen Sie«, und seine Schläfen schimmerten bläulich im Licht von den Grilltöpfchen, »unsere Frauen waren immer von hohem seelischen Rang, selbstbewußt, schon im Kontrast zur Türken-Kultur. Erotisch waren wir immer sehr polarisiert, Männer hier, Frauen da, eine Distanz, unerschöpflich für die Poesie und den Humor, denken Sie an die Witze von Frasov, na, na, da sind wir doch einer Meinung, wann gefällig. In der traditionellen Kultur war das kein – Problem, ja, kein Problem. Die Frau beherrschte den OIKOS, den komplexen, wirtschaftlich hoch organisierten Haushalt. Ivan Illich hat kürzlich darüber – GENUS, nicht wahr? Aber der sozialistische Fortschritt, insbesondere der wissenschaftliche, hat uns überrannt, überrumpelt. Ich bejahe ihn, selbstverständlich. Aber ich bin nicht dafür gemacht, mi bože, in ein leeres Haus...« Er ließ beide Hände in der Luft stehen, Korbinian hatte ihn noch nie so entblößt gesehen, es war ziemlich erschreckend.
Als Frasov begann, seine geschlechtspolarisierten Witze zu erzählen (sie waren noch problematischer als am ersten Abend), fühlte er sich frei, das heißt beschwipst genug, ins Innere des Hotels zu wandern, in seine staubigen, plüschigen Drachenhöhlen, und stieß dort ganz überraschend auf eine unsäglich moderne Devisen-Bar mit Glastischchen und Devisen-Damen. Er setzte sich an eines der Tischchen, verbat sich jede Spezialbetreuung und war

eigentlich nicht sonderlich überrascht, als sich Petar Stavnic zu ihm gesellte, der Dolmetscher der ersten Stunde. »Sind Sie«, fragte er ihn, während er einen hageren volsenischen Schaffell-Ober heranwinkte, »heute abend außer Dienst?«

»Zwei Pravi Sophiji«, sagte Petar knapp, und: »Eigentlich nicht, aber Professor Frasov besteht darauf, daß seine Witze von Damen übersetzt werden.«

»Alles im Dienst der Polarisierung«, sagte Irlböck, und der Kellner stellte zwei sehr merkwürdige Drinks in runden Schalen vor ihnen ab. »Prava Sophia, wahre Sophie – ein hübscher Name«, sagte er. »Was ist drin?«

»Ein Teil Gin, britischer, ein Teil Aprikosenschnaps, hiesiger, ein Schuß Bitter – wie sichs gehört für die Geschichte der Heldenkönigin.«

»Das klingt erregend. Aber ich wollte Sie schon lange fragen, ob Sie – ob Sie verwandt sind mit –«

»Mit Oberst Stavnic, meinen Sie? Oberst Stavnic von den Slavna-Husaren, der bei Miklevnji endete? Dem Schurken von Miklevnji, wie man ihn zu nennen beliebt?« Er lachte jung, beileibe nicht zynisch, er sah gut aus mit seinem ovalen Gesicht, seinem dunkelblonden Haar, seinen weißen vollständigen Zähnen, erinnerte Korbinian an junge unbefangene Signorini auf Renaissance-Prunkgemälden und an irgendeinen Italiener mit einer Gitarre. »Stavnic ist mein Ururgroßvater, natürlich. Und ich fühle mich ihm sehr verbunden.«

»Das«, sagte Dr. Irlböck mit der Fairneß, die er im Westen gelernt hatte, »müssen Sie mir erklären.«

»Gern. Aber viel ist es nicht.« Der junge Mann machte damit klar, daß es viel zu erklären gab. »Mein Ahn war höchstwahrscheinlich wirklich ein Schurke. Er war in einer Tretmühle, und er war gescheit genug zu wissen, daß es da keine anderen Sprossen gab als das Leben anderer. So hat er sich verhalten. Und genau in dieser

Situation finde ich mich, nur ist die Tretmühle nicht bedeutend genug und ich bin eine Sprosse. Damals war die Mühle bedeutender – für den Obersten, verstehen Sie?«
»Noch nicht ganz. Aber Sie sind sehr gescheit, und das macht Vergnügen.«
»Der Oberst war so schlau wie wenig andere –«
»Wie Stenović, der ihn an die Gebirgler verriet?«
»Sicher. Aber er war kühner, und das hat ihn erledigt. Das lernt sich hier: daß Kühnheit sich nur unter seltenen Umständen auszahlt. Umso kostbarer ist sie.«
»Und die Umstände herrschen zur Zeit nicht.«
»Dies ist die Epoche von Frieden und Wissenschaft. Die Lehrstühle sind besetzt, die Prämien sind vergeben, die Freundschaften betoniert.«
»Und Sie warten auf andere Umstände.« Dr. Irlböck sagte es auf krawonisch, der Satz war kurz genug, um keinen Fehler zu erlauben.
Petar Stenović lachte, blickte erstaunt, beugte sich vor und begann einen anderen Diskurs: »Ihr Krawonisch ist sehr gut. Vor allem Ihr Akzent.«
Korbinian betrachtete ihn, von Wohlwollen und Alkohol erhellt: »Jahrhunderte der Niederlage einen uns. Sie wissen sicher, was Sphagistik ist, Sie haben es in den Unterlagen für diesen Kongreß gesehen.«
»Was ich meine: warum? –«
»Warum was?«
»Warum quälen Sie sich mit dem Krawonischen? Sie sind kein Philologe. Philologen, gut, die lernen alles, Himalaya-Dialekte. Aber –«
»Vielleicht habe ich es gelernt, um Sie zu überraschen.«
»Doktor«, sagte der junge Mann, »das ist ein sehr lustiger Kongreß geworden, dank Ihnen.« Er lehnte sich zurück und sprach träumerisch-abrupt: »Petar, das ist natürlich Petar Vasip. Der Volsenier, der junge Wolf, der Wieder-

geborene von Pystrová. Meine Großmutter war seine Enkelin.«

Die Berge und die Ebene, der Wolf und der Fuchs: da saß leibhaftig die Information, die Dr. Irlböck brauchte, um PERWOKRAW annähernd zu begreifen. Verlierer, die nie aufgeben. »Wissen Sie«, sagte er langsam, »auch für mich war dieser Kongreß sehr interessant. Dank Ihnen.«

Petar lächelte plötzlich und blendend, erhob sich. »Danke für die Prava Sophija«, sagte er, war schon halb abgewandt, als Korbinian noch eine Frage stellte: »Der erste Krawonier, den ich kennenlernte, war Rittmeister bei den Slavna-Husaren und im Krieg Offizier beim Freien Krawonischen Bataillon in Nordafrika. Kennen Sie den Namen Milorad Smerćev?«

Stavnic senkte den Kopf, sein schönes Profil wurde traurig. »Nein. Aber das hätten Sie nicht fragen dürfen. Die Offiziere des sogenannten Freien Bataillons wurden alle als imperialistische Agenten entlarvt.«

»Hm.« Korbinian stand auch auf, der Augenblick forderte Kühnheit heraus. »Schreiben Sie's ruhig in Ihren Bericht. Das ist doch Ihr Problem, nicht wahr?«

Petar Stavnic sah ihn voll an, lächelte blendend und nickte.

*

Nach den aggressiven Landebonbons der HRIMSARFLOT steigen Vater und Sohn zusammen in Wien-Schwechat aus. Das Wetter ist herbstlich-freundlich geblieben. »Grüß Eileen von mir«, sagt Korbinian.

»Was beabsichtigst du zu tun?«, fragt der Sohn hinter den Brillengläsern hervor. Korbinian blickt ihn sinnend an: »Wenn du Zeit erübrigen kannst, würde ich vorschlagen, daß wir in Wien Quartier suchen und dann zum Heurigen fahren. Ich kenne ziemlich Einheimisches – nicht das

Touristen-Schmalz in Grinzing und dergleichen. Wir könnten Einiges ausdiskutieren.«
»Das«, antwortet der Sohn ernsthaft, »ist eine durchaus passende Idee.«

* * *

4.

Gewaltig endet so das Jahr

(Ein Gedächtnisprotokoll, memoriert, nie schriftlich niedergelegt)

Ernest C. Earlbuck:
Zusammen, Dad, zusammen: Gewaltig – endet so – das Jahr / mit gold-nem Wein – und Frucht – der Gärten / Rings schweigen – Wälder – Wunderbar... Ah, wunderbar! Truly wunderbar. Wie heißt der Poet? Drakul? Trakl, ah. Noch sehr jung damals, sagst du, konventionell, sagst du, später – wahrhaft modern, verzweifelt, bahnbrechend. Doch wunderbar, sure. Deutsch. Der Klang, Daddysir. Be-törend, also töricht machend. Doch nicht illegitim. Europäisch, verdammt mittel-europäisch. Köstlicher Ort, köstliche Idee, Papaherz, hier ausdiskutieren. Sehr europäisch, europäischer als Paris. Du lachst nicht? Gut. Das hier – w e i ß mehr als Paris. Der Busch da über der Tür. Die stillen – wie sagt man – Zecher. Milder Wein. Blaue Luft. Und Mord drunter, of course. Hineingestrickt – gewoben? Life Style nach Tyrannei und Massaker, Durchsatz von Energie gesenkt, milde Schärfe noch, Rosen-Paprika, wie? Man stemmt sich ein wenig, ein bis-serl an gegen Abrutschen nach Kravonia, sure. So kann es lang bleiben, so stirbt man nicht sofort: Vienna. Grüße von Eileen, of course. Natürlich, warum nicht? Sicher, sie wußte, daß wir uns, strikt jenseits des – Offiziellen... Daddysir, jetzt keine Verwirrungen. Keine Apologie. Gras über gestürztem – Grabstein. Wir verstehen heute alles, verstehen daß man alles versteht, ist stolz darauf. Ich – versteh auch. Ich war – ja, neun war ich damals, man ist stolz auf Wörter in diesem Alter, versteht aber fast alles ohne dieselben. (Mein Deutsch wird gut, what? Der Wein, I suppose.) Momma ist stolz, wie du

weißt, padre mio, hat nie aufgehört dich zu – preisen? Loben, Stets der Stufe des Alters angepaßt. In Spiralen, spiraligen Kreisen, so – *Handbewegung* – sich erweiternd. Gut.

Mit einem – Gefälle, of course, einer Tendenz: ich versuche sie zu analysieren. Mit neun Jahren: Daddy hat etwas vergessen in der alten Heimat, muß es suchen. Not bad, sagst du? Gut. Mit zwölf: es gibt sehr wenig real gute Menschen over there. Dad muß da helfen, man braucht ihn, er ist nötig – notwendig. Achtzehnjährig dann: Identität. What else, darum kreist, rotierts doch, Identi-tät. Er hat eine Rolle ergriffen, religiös, outer directed, außendirigiert, hat sie erkannt als nicht authentic, als LEBENSLÜGE – sehr schönes deutsches Wort das, wunderbar. Ich liebe Momma, hab ihr kein Wort geglaubt. Aber achtzehn, da war ich schon weg, fort, College, ging schnell, Berkeley dann, und M.I.T. Vorher? Gewohnt mit Uncle Clem, weißt du.

Eine sehr gute Beziehung zu Momma, seien Sie versichert, Sir. Probleme der Legalität, of course, Catholicism, sehr handy – handlich für Momma. Keine innige Fusion erwünscht, keine – Verschmelzung? Natürlich Clem, he never quite got it, nie ganz – begriffen. Wie er es sah: Corvie steht am Horizont, ein Gegen-Reformer? – gegenreformatorischer Drakula, mit römischem Sägeschwert, der größte Totschläger nach Gott, haha. Corvie will sein katholisches Pfund Fleisch, til death do us part undsoweiter, Frankenstein gegen Lust und identity, haha. Dabei: Clem hatte alles, was er brauchte, was Momma geben konnte, Momma alles, was er – please Daddysir, für mich passé, weißt du. Das ist – ausdiskutiert? Ja, noch ein – Gla-serl, ja? Okay.

Vor ich vergesse: Geld. Money. Man lese Marx sorgfältig, daß heißt theologisch: Charakter des Geldes, das – Sakramentale daran, das äußere Zeichen der – inneren

Gnade. Daß du immer Geld sand-test, für Momma, für mich: unio mystica, get it? – Dankschön. Prost. Zum Wohl.
Was ich fühle für Clem –? Ich –? Mitleid. Wie aus der Pistole gefeuert: Mitleid. Profound, tief. Nimm Baseball. Er mochte es nie, you know. Er haßte die Eingeweide von Baseball. Und er wußte eigentlich nie, warum ich netter kleiner Amerikaner werden – sollte. Überrascht dich? Oh no! Sollte es nicht. Unser gemeinsamer – Abscheu vor Baseball, Aversion, Ekel. Nach Stunden auf dem Spielfeld. War die einzige, einzig wirklich saubere – Relation zwischen uns. Verschwitzt, schweigsam, sauber – silent, clean, sweaty. Gut, was? Und er hätte gern einen Porsche gekauft, tat es nicht. Eileens wegen, deinetwegen, so etwa. Quasi, als möchtest du ihn in Person zusammenbauen, in Sindelfingen – nein Sindelfingen ist Mörßäjdäjs, also in Stuttgart oder irgendwo. – Komm, Daddy, da steigen wir nicht hinab, zu Clem, der Sphinx in der eigenen Grabkammer, das ist albern. Und – nekrophil.
Momma ist jetzt in Retirement, ja, Ruhestand, sie steht ruhig, ein schönes Wort. Problem? Du meinst Alkohol. Ah. Well, weißt du, sie managt das, wie soll man sagen, etwas un-amerikanisch, ist nicht – geheimnisvoll darüber, auch nicht – Fanfare, nicht – spiralig, kein Auf- oder Abstieg, weder geometrisch noch linearisch. Alkohol hinein-gewoben, that's all, wie Mord in Vienna.
Studium? Richtig. Wir nähern uns – dem Essentiellen. Frau? Kinder? Natürlich nicht. Wäre nicht ver-tretbar, nicht zu verantworten, heute. That's that. Also: Studium. Ging über Biochemie, revolutionäre, pardon, evolutionäre Erkenntnis-Theorie (Rupert Riedl, hier in Vienna, an arrogant horse's ass, aber gut...). Synergetics, mit heißem Bemühn, haha, Faust, pfeil-gerade in Chaosforschung und Theologie. Nun überzeugt, überzeugend. Absolut – zwingende Kombination. Wird das Feld um-

pflügen, beide Felder, Chaos und Theologie. Durch-Blick? Ausbruch. That's it. Wind der Freiheit.
Beginnen wir oben, upstairs. Ich frage Sie, Daddysir – ja, noch ein Glas. Kein Gla-serl. Einen halben, ja doch, okay. Ich frage: was muß Theologie immer tun, zuerst tun? Sie muß reden, was Gott NICHT ist. Immer gegen die Analogia Entis, immer gegen den großen Anthropomorphism, gegen den Großen Kriegs-Elefanten, den Chairman mit dem weißen Bart, den Unbewegten Beweger, den Weltenfixer, den bösen Voyeur bei sexueller Vergnügung undsoweiter, and so on und so fort. Den Kagan auch? den erhabenen Kagan, sure, you say it, gut. Den größten Totschläger nach Hrimsar, sehr gut. Und so ist es gewesen, immer gewesen: eine verlorene Schlacht. Für wen? Nicht für die Theologen. Für Gott. Ich erkläre mich:
Die Theologen reden von ORDNUNG. Simultan mit Kampf um Gottes totale Größe reden sie von ORDNUNG. Totale, absolute Blasphemie. Und es ist immer die simpelste, die man braucht, Seit an Seit, Schulter an Schulter: GOTT – und ORDNUNG. Von Punkt A nach Punkt B. Konsequenz ist bekannt: Heilige Büros. Paradox stört nicht: Alle sind Kinder Gottes, aber Gott will Ordnung, ist Ordnung, also? alle Sklaven. Spanien eine Hälfte des Globus, Portugal die andere. Ordnung muß sein, das ist ein sehr gutes, sehr schlechtes deutsches Wort: Ordnung ist Schulmeisterei. Und die gemeinen Leute? Verfluchen Ordnung, verfluchen Ketten, warten auf das Mirakel, warten auf den Gott mit dem Sledgehammer, gegen die Kette, ker-bauz. Ge-heimes Zentralproblem der Theologie: wie befreie ich GOTT? Immer und immerdar. Heraus aus dem Panzer, aus dem Korsett, aus Eisen-Rüstung, die, laut schlechter theologischer Auskunft, ER für sich selber gemacht.
Hier steigt empor: CHAOS. Heiliges Chaos. Der Jude, der Christ liest Bibel, erste Verse: Erde wüst und leer. Man

beachte! Es ist nichts ordentlicher als Wüste, als Leere. Barracks square, Kasernen-Hof. Eine condition, ein Zustand, den alle Ordentlichen ansehnen: Generalstäbe, topkicks? – Feldwebel, danke, Industriekapitäne, Geometer. Ja sogar noch Einstein. Tiefes Kompliment vor dem Riesen aus Ulm, eurem Riesen, »raffiniert ist der Herrgott, aber boshaft ist er nicht –« – wörtliches Zitat, sehr nahe und nicht vollständig, nicht complete. Denn, sagt er, »Gott ist kein Würfelspieler«. Aber das ist er, das ist er, padre mio. Würfelt in langen, brillanten Sequences, mit acht, mit zehn, mit Milliarden Würfeln, Chaos drängt, Chaos zwängt, Chaos entwirft sich. Kennst du, Daddy – *er zieht einen Satz von großen Karten* – den Mandelbrot Set? Hier, bitte, dieses Apfelmännchen, dies gemütliche Doppel-Bug, Doppel-Wanze, danke. Nichts als die Computerisierung einer non-linearischen formula, $x \rightarrow x^2 + c$. That's all. Wir stürzen hinein. Wir vergrößern, tausend-, zehntausend-, millionenfach. Hinab, hinab ins Sea Horse Valley, Tal der Seepferde, danke, hier zwischen body, Rumpf und Kopf der Wanze, die Mähnen spumescent, wie Schaum, Fibonacci-Kurven, Muschel-, Schneckenschalen, das ist LEBEN, padre, nicht lächerliche Geometrie wie Galilei, der liest Natur mit Buchstaben aus Kreisen und Dreiecken und Winkeln, kid stuff, wir gehen tiefer hinab, und da – see here, millionenfach vergrößert, wieder das Männchen, der Mandelbrot Set, self-similarity, Selbst-Ähnlichkeit, danke, wir lachen über – scale? – Maßstab, danke, Galaxien, Sonnen-Systems, Planeten, Bakterien, Atoms – der blueprint bleibt, die Blaupause des Chaos, die neue, die wirkliche Kathedrale, nicht mehr classical, sondern barock, sea shells and spark wheels and manes of foam – wie? Muscheln, ja, Funkenräder, schäumende Mähnen – ah!
Neuer Anthropomorphism? Möglich. Zugegeben. Gott als Pyrotechnician, als Jahrmarkts- wie? Aufreißer, sehr,

sehr gut, danke. Danke für den Tip, Daddysir, höchst willkommen, really. Die nächste Gefahr, das nächste Riff. Zu vermeiden. Unbedingt.
Aber du verstehst, don't you? Verstehst, daß wir beginnen zu verstehen? Die neue Kathedrale, Billions von Formen, keine gleicht ganz der anderen und doch: self-similarity, Selbstähnlichkeit. Das ist Tod-und-Leben, Leben-und-Tod. Wir nähern uns. Dis-ciplined, aber inter-dis-ciplinär. That above all. Ich habe gewußt, ich weiß, warum du aus den USA: Wissenschaft. Einsamkeit – Beata solitudo. Ins Auge des Sturms. Weg mit aller – Unreinigkeit. Deine Sphagistik: excellent. Fügt sich ein, it all fits in. Das Erkennen – hat erst begonnen. Und die Menschheit – muß fortfahren, zu erkennen. Sonst: sie wird es beenden. Wenn nicht – DELIVERY: die neue Option. Option auf ein paar hundert Jahre. Bei fünf Prozent, untere Grenze, bleibt bestehen die MEMORIA, das allgemeine Gedächtnis.
Daddysir: we owe it. Wir sind es schuldig. Wir, die Akademie, die FONDAZIONE als Spitze der Akademie, das einzig wahrhaftig – unselbstische, selbstlose, danke, Gebilde der Menschheit.
Die Ironie: wir, die Akademie, haben die – Schweinerei mitverschuldet. We made the mess. Erfolg, Erfolg, kindischer Erfolg: Menschheit vervierfacht in drei Generations, Mond-Trips, Technik, Komfort – wir haben Saatgut geliefert und den Mist, wir haben auch nur gewurstelt, muddled through, ohne reale Perspektive. In tausend separaten Disziplinen. Schuld. Moralisch und kausal. Und deshalb: wir schulden Befreiung, DELIVERY. Neue Option.
Ich appelliere, Vaterherz: denk an deinen Beitrag. Freising Zwei. Sphagistisch fundiert, ain't it? Und vorher: Exempel Huronen, schon alles drin. Alles, bitte, I beg you: Success, Erfolg – und Zweit-, Dritt-, Viert-Folgen, ab in

die Sackgasse, up the dead valley. Verlaufen. Deine Beweisführung – bitte.
Freising Eins, sagst du. Umbau der Kultur. Perestrojka komplett. Yes, magnificent. Alles mobili-sieren: die uralten Philosophen, Lau Dse, Dschuang Dse, die Vor-Socratics, die großen Stifter, Moses Buddha Jesus (oh Jeezas, was haben sie aus Jesus gemacht, die Ordnungstrottel!), die Sufi Mystics, die Zenmasters, ja und Meister Ekkehard und Francis von Assisi und Chief Seathl obendrein, wundervoll wonderful, mobilisieren das Große Erbe, heritage der großen Geister, Umsetzen. Wonderful. Go ahead. Ich halte dir die Daumen, thumbs up. Aber, padre mio, aber! Statistische Schwierigkeit: die Meisten wollen nicht. Ninety-nine percent, sagen wir ninety-seven. Drei Prozent Umkehrer, die anderen wollen fressen wie bisher, saufen noch mehr, wollen WC fürs Gegenteil, wollen Mörßäjdäjs fahren, wollen mehr und lustiger kopulieren, wollen Kinder für Alters-dings, Versorgung, danke, wollen hundert Jahre alt werden.
Noch, sagst du? Wegen der Strukturen? Ah! I agree. Aber wie lang, Daddysir, dauert dann die Perestrojka? Wie willst du die Massen, die ninety-seven –
Die Massen, jawohl. Das ist nicht – verächtlich, das ist einfach der Punkt, that's how the cookie crumbles. Der Punkt ist die Masse und die Zeit, die Masse be-nötigt, um den Kurs zu ändern. Steuern des Tankers, umsteuern. Problem der – Massenträgheit – Inertia. Wir haben einfach die Zeit nicht. Aus der Biosphäre schwindet das Ozon – pffft! – I beg you Dad, exactly für deine Perestrojka brauchen wir Delivery, brauchen wir Atempause.
Demokratisch, jawohl. Demokratisch wie noch nie. Keine Hitlerei, Herrenrassen-Wahn, im Gegenteil. Strikt anti-elitär. Daddysir, das war und ist der schwierigste Teil des Programms, von uns selbst postuliert, aufgestellt als Tafel, ethische Tafel: keine Bindung von Infektion oder

Immunität an Blutgruppen, klimatisch rassische, geographische Besonderheiten, Strikt ebenmäßig verteilt. Bin kein Spezialist, weiß gar nicht, wie das gelöst wurde, werde mich erkundigen, I'll find out, Dad, auch für dich. Und, natürlich, möglichst wenig Leiden. Zweite Tafel. Wir waren entschlossen. Die zwei Tafeln des Moses. Sie haben uns Jahre gekostet, die Commandments, kostbare Jahre, aber wir waren und sind entschlossen, made up our minds. Striktes Roulette, gleiche Chancen global, eins zu zwanzig, keine Privilegien.
Das wäre ethisch nicht – admissible, nicht zu-lässig. Sure. You, me, everybody else, eins zu zwanzig, einer von zwanzig – aber sicher.
Daher die Gefahr dieses krawonischen Dings, dieses Papers, das ruiniert die Spielregel, das ist der alte Mist der Menschheit, die eigene Gruppe favorisieren. Da müssen wir eingreifen. DELIVERY verträgt das nicht.
For Heaven's sake, Daddy, jetzt wirst du emotional. Irrationell. Bitte nicht, Was willst du –? Enthüllen, öffentlich machen? Pfui. Was willst du öffentlich machen? Welche – Evidenz, welche Belege hast du? Wo ist Beweis? Ein Paper, das es gar nicht gibt: zehnter krawonischer Parteitag, der noch nicht stattgehabt – stattgefunden? Bitte das nicht vergessen, dürfte auf Unglauben – stoßen. Selbst und gerade bei deutschen Medien, gebranntes Kind, Hitlers Tagebuch, haha. Vor allem und zu-sätzlich, wenn Geschichte meines Großvaters väter-licherseits... Dementia praecox, denk an die Jaspers-Kritik von 1913...
Aber Dad, really, das war nicht schwierig, Die FONDAZIONE durchlichtet? – leuchtet, danke, natürlich Background der Mitarbeiter. Alte Personal-Akte, Meldebehörden, Archive – Bayern war und ist da so ordentlich. Und bitte, Dad, ich fühle mich nicht belastet dadurch, to the contrary, finde Grandpa Father Förn-mouser faszinie-

rend, ein Genie, fühle mich gen-bereichert – sagt man so? Dieses glorreiche Finish in Frascati... Aber eine normalitäts-besessene Society wie die deutsche, ts ts ts, also ich sehe da difficulties, that's all.
Natürlich würden wir, täten wir, ohne zu zögern, keinen Augenblick, bitte mach dir das klar. Es wäre das – Minimum. Es wäre Rücksichtnahme, seitens der FONDAZIONE. Dad, es ist einfach – unwürdig, anzunehmen, bei den Stakes, um die wir spielen, diesen Einsätzen, daß wir nicht auf Leben und Tod... Aber das ist unwürdig, das so auszudiskutieren. Sprechen wir als concerned scientists, als sorgenvolle Wissenschaftler: Blick ins Auge des Sturms. Entweder DELIVERY – oder der Große Bäng. Schlimmer: Jahrzehnte gräßlicher Barbarei vor dem Ende der Gattungs-Frage. Tertium, wie der Theologe sagt, non datur – ein Drittes – gibt es nicht. Längst durch-analysiert, a dozen times, von Diagnose-Gruppe FUTUMOR, also auch von mir.
Warum streiten, padre mio? Warum auf den – Tisch hauen? Ich mache Vorschlag. Du gehst zurück nach Freising (ich komme sobald ich kann, seien Sie versichert Daddysir), du gehst und kämpfst für deine Perestrojka. Mit allen deinen Mitteln. Du flehst an: Politik, Wirtschaft, the public – die Öffentlichkeit. Die Kirchen. Motorcycle drivers. Gewerkschaften, Alkoholiker. Unternehmer. Aktionäre. Du verkündest – Umkehr. Radikale Umkehr. Holst Lau Dse aus dem Zylinder, Meister Ekkehard, Chief Seathl – und Jeezas. Sie werden nicht widerstehen.
Aber nur so – auf alle Fälle, just in case: FUTUMOR in Reserve, ja? DELIVERY als Notausgang, als Feuertreppe, als Leine am parachute, am Fallschirm.
Verantwortung? habe ich expliziert, analysiert. DELIVERY kommt directly aus unserer akademischen Verantwortung. Wir übernehmen sie. Wer hat schon nicht alles Verantwortung übernommen –?

Vor uns? Assurbanipal, Caesar, Napoleon, Ludendorff, Lord Kitchener, Churchill, Hitler, Stalin – the whole bloody bunch, für Ströme von Blut. Und wofür Verantwortung? Für lächerlichen shit: Pax Romana, Gloire, Empire, deutsches Reich, arische Rasse, Sieg des Proletariats, make the world safe for democracy, Mist, alles bloody shit gegen unsere Verantwortung, unser Motiv: Rettung der Menschheit, that's all. Sonnenklar. Excelsior. Forward Christian soldiers, nicht wahr? – Natürlich sind wir verdammt, wir sind der Sünden-Bock, das ist klar.
Topp – gilt die Wette?
Und was Krawonien betrifft: ich bitte Sie, Sir, diese Adresse zu memorieren, da ich sie sofort zerstören werde: THE GRAIL, 10, Avenue Scipion (trug auch Verantwortung, Scipio, für Karthago, wenn ich mich recht erinnere), F-75005 Paris. Dorthin erbitten wir Kopie deines Papiers. Werden wir regeln, no problem, JJS wird das regeln, Übersetzung nicht nötig.
Gilt die Wette, Daddysir? Perestrojka gegen DELIVERY? Sorry, Termine sind – Topp. Gilt. Und jetzt möchte ich, please, einen Slivovitz.
Gewaltig – endet so – das Jahr.

*

Als Korbinian nach Freising zurückkam und in sein MONREPOS hinabstieg, stellte er fest, daß seine GASLIGHT-Maschine eingeschaltet war, und daß auf dem Schaubild, unterhalb der Boa-Dame, das Wort TILT leuchtete.
Korbinian spielte immer korrekt, das Wort TILT kam bei ihm nicht vor.

* * *

VII

Spiegelgefechte

1.

Fragen der Strategie

Topp, die Wette gilt.
Er hat eingeschlagen, der Dr. Korbinian Irlböck.
Er wird kämpfen, das Duell ist angesagt, die Karten sind abgegeben.
Es geht um die Wahl der Waffen.
FUTUMOR hat ihn beleidigt, soviel steht fest. FUTUMOR hat seine ernsten Vorstellungen, sein Plädoyer für künftige Genügsamkeit und Würde, Freising Eins genannt und in den Papierkorb geworfen. FUTUMOR hat einen klirrend ironischen Witz, ein zynisches Bonbon, Freising Zwei genannt und in den Computer geschoben.
Computer haben keinen Humor, das wußten die. Und so wurde er zum Advisor ernannt, für $ 20.000 per annum.
Er wird die schärfste und gefährlichste Waffe wählen, die er führen kann – notfalls ein Bombenflugzeug.
Er sitzt an seinem Panorama-Fenster (sein Keller ist ihm verleidet) und prüft in aller Nüchternheit, eine Flasche schottischen Malz-Whiskey am Ellbogen, das Arsenal.
Da ist die Wasserstoffbombe, der Weltskandal: Geplanter Massenmord der Menschheit, irre Wissenschaftler in finnischer Sauna, Viren im finsteren Balkanschloß, der Tod in Maske und Cappa. Ah, das ist der Knüller, Doktor. Was haben Sie an Material, das wir verbraten können? Korrespondenz mit dieser Stiftung, soso. Wissenschaftliche Korrespondenz, Unterstützung eines innovativen Ansatzes, ja gut. Diese Umfrage nach dem Meadows-Bericht – na klar, da mußten die ja einsteigen. FUTUMOR? Na klar, nur konsequent. Solche Arbeitsgruppen gibts jetzt zu Tausenden, beugen sich besorgt über die Zukunft der

Menschheit, werden dafür bezahlt. Maxwell, Helmholtz, Edison Huong Dee? Die üblichen Finanz-Faxen, wissen Sie. Rio Terrà degli Assassini? Sie haben eine glückliche Phantasie, Doktor.
Und das krawonische Dings da. Woher haben Sie es, sagen Sie? Aus dem Nachlaß eines pensionierten Gymnasiallehrers? Wann ist der gestorben? 1937? Und da haben Sie es gefunden, in einem alten Aktendeckel? Und der Zehnte Parteitag hat noch gar nicht stattgefunden? Hören Sie, lassen Sie die Kopie da, wir rufen Sie an...
Die Wasserstoffbombe hat keinen Zünder, das heißt, keine Evidenz. Er braucht mehr Evidenz. Er muß die riesigen Lücken schließen, die weiten Risse, und die FONDAZIONE ist gerissen. Er muß also (nüchtern nach einem Schluck Schottischen) mit ihr in Verbindung bleiben. Muß versuchen, mehr herauszufinden. Das Perwokraw-Papier ist ein Anfang.
Das bedeutet die Verbindung zu halten. Das bedeutet, daß er die Kopie nach Paris schicken muß. Irgendwo liegt ein Stück vom Puzzle, irgendwo muß er es finden.
Er fertigt die Kopie (das Original geht sicher in den Wachtfeitl-Nachlaß zurück), verpackt sie, gibt sie eingeschrieben auf an THE GRAIL, 10, Ave. Scipion, F 75005 Paris.
Grundsätzlich muß FUTUMOR Krawonien als Warnung begreifen. Grundsätzlich müßten sie begreifen, die Herren in der Sauna, daß an Projekten dieser Größenordnung und dieses Größenwahns immer etwas schiefläuft. Harrisburg, und jetzt dieses ukrainische Ding. Wenn Krawonien das schafft, der geschlechtspolarisierte N. Frasov, dann kanns Kanada schaffen, Australien, Neuseeland, Singapur.
Das ist eines. Und das Andere, was ihm bleibt: die offene Feldschlacht. Freising Eins gegen Freising Zwei. Würde und moralische Umkehr gegen finstere Verschwörung. Er tritt in die Arena.

Und kämpft.
Verläßt den wissenschaftlichen Elfenbeinturm. Verfaßt Exposés, Denkschriften, luzide Warnungen. Macht detaillierte Vorschläge für bewohnbare Zukunft. Operiert auf zwei Ebenen. Ebene Eins: die Entscheidungsträger – Ministerien, UN, UN-Agenturen wie FAO und WHO, Weltbank, Konzerne. Ebene Zwei: die Meinungsbildner – Parteistiftungen, Kirchen, Akademien, Gewerkschaften, Schriftsteller-Organisationen, Naturschützer, und natürlich alle Medien. Und natürlich auch die Industrie- und Handelskammer. Den Allgemeinen Automobilclub läßt er weg, das ist hoffnungslos. Er dringt selber in die Publizistik ein, schreibt Artikel mit Titeln wie *Blick voraus in die Nacht! – Liegt das Kind schon im Brunnen? – Ist die Arche Noah eßbar?* – Schreibt sie, verschickt sie, telefoniert, mahnt an.
Und fällt mit der Nase auf alle Ebenen.
Die Ministerien, Agenturen, Konzerne lassen höflich antworten, einen Ministerialrat, eine Mrs. Heppendale, einen Mr. Aganian, einen Herrn i. A.: Ihre wertvollen Anregungen mit äußerstem Interesse – die von Ihnen berührten Problemfelder seit langem ein Anliegen unseres Hauses – wie Sie wissen, baut seit einiger Zeit unsere Policy auf ganz ähnlichen Überlegungen auf – bei Berücksichtigung der sozialen – der ökonomischen – der Sicherheits-Komponente...
Auch die Kirchen lassen höflich antworten, der Heilige Vater, der Herr Superintendent, der Weltkirchenrat hat mit äußerstem Interesse Ihre wertvollen Gedanken... – Wie Sie wissen, steht das Problem der Bewahrung der Schöpfung seit einiger Zeit im Mittelpunkt unserer... – Wir dürfen Sie auf den Hirtenbrief der Bischofskonferenz von 1980 verweisen, in dem unmißverständlich das Recht der Tiere auf eine Eigen-Existenz ohne Rückbezug auf den Menschen... –

Die Akademien danken für die wertvollen Anregungen, können sich jedoch nicht zu dem Freund-Feind-Denken entschließen, das uns doch, Herr Doktor, in einigen Ihrer Ausführungen... – die freiheitliche Gesellschaft lebt von Diskussion und Kompromiß... –
Die Redaktionen sind auch nicht mehr das, was sie waren. Seine Manuskripte kommen zurück, weil augenblicklich andere Probleme – oder: wir würden Ihnen vorschlagen, die letzten beiden Abschnitte noch einmal zu überdenken, es dürften bei einem derartig brisanten Thema keinerlei Mißverständnisse... –
Herr Wälser ist gerade in einer Besprechung, können Sie vielleicht heute nachmittag zwischen vierzehn Uhr und vierzehn Uhr zehn... –
Ja, Mensch Irlböck, gut daß Sie anrufen, wegen Ihres Dings, Ihres Artikels, das wäre doch etwas zu speziell für uns, eine Fachzeitschrift wäre da – welche? Also hören Sie, Irlböck, das dürfte doch gerade Ihnen... –
Was glauben Sie, wie uns die die Sendezeiten für Wortbeiträge gekürzt haben, es ist doch alles nur noch Knödeldödel, eine halbe Minute Anschmunzler und eine halbe Abschmunzler, kultureller Ethnozid das, aber... –
Ein Einziger, der nette lutherische Christ Dr. Liesing vom Südwestfunk, bittet ihn, einmal nach Baden-Baden zu kommen, damit man einmal alles durchsprechen kann. Man spricht alles durch beim Wandeln im vergreisten Kurpark, unter Riesenbäumen, in deren Laubkronen die Sonne köchelt:
»Sehen Sie, es drängen einfach zu viele auf den Markt, er ist übersättigt. Es wimmelt von Apokalyptikern. Der WHO'S WHO IN APOCALYPSE, der in London erscheint, ist bereits 314 Seiten stark, doch, Sie stehen auch drin, aber sehr fair, sehr fair. Gestern abend wurde der Dritte Internationale Apokalyptiker-Kongreß in Paris eröffnet, mit einem Sieben-Gänge-Menü im Tour d' Argent. Nächstes

Jahr soll er in Montreal stattfinden, fünfhundert Apo's (das alte Kürzel hat eine neue Bedeutung, sehen Sie) werden sich in zwanzig Jets in die Lüfte erheben, mit der Schubkraft, die der eines mittleren AKW, und den Abgasen, die denen von vierzigtausend Autos entsprechen. Auf allen Parties ranken sich die Gespräche um die Tatsache, daß es fünf nach zwölf ist, dazu werden die Eier des aussterbenden Störs und die Tentakeln der aussterbenden Tintenfische gereicht. Die Musikgruppen haben Namen wie *Einstürzende Neubauten, Belial's Beasts* und *Eierstöcke der Medusa,* die Texte variieren im Wesentlichen das gute alte Schlager-Motto: *Alles im Griff / auf dem sinkenden Schiff.* Die kirchlichen Akademien, nun, da gibts die evangelischen und die katholischen, Sie wissen ja, ich bin Protestant und habe auch nichts dagegen, ich habe für die evangelischen schon vor Jahrzehnten den Wappenspruch vorgeschlagen: Natürlich sind wir schuld, worum handelt es sich denn? So viel Apokalypse, so viel Beknirschungs-Psalmen, jetzt schon spezialisiert: Klima, Ozonloch, Sintflut, Waldsterben, Bodenvergiftung, bedienen Sie sich aus unserem reichhaltigen Besinnungs-Angebot. Für die katholischen lautet der Wappenspruch: Natürlich sind wir NICHT schuld undsoweiter, aber die Themen sind die gleichen.

Tja, und erst der Buchmarkt! Wie ich höre, hat sich innerhalb des Übersetzerverbandes eine AGRAP, eine Arbeitsgruppe Apokalyptik, gebildet, sie hält übernächste Woche ein Seminar in Straelen am Niederrhein ab, die Übersetzer haben da ein sehr hübsches Zentrum.

Jeder, der ein bißchen Geistesgeschichte kennt, weiß natürlich, was dies zu bedeuten hat: es wird sich nichts ändern. Gar nichts. Die apokalyptische Bewußtseinsindustrie ist Ablaßhandel, das ist es – sauberer, säkularisierter, postchristlicher Ablaßhandel, und ein Luther ist weit und breit nicht in Sicht. Wir hängen alle mit drin. Sie auch, wenn Sie auf den Markt gehen. Bleiben Sie in Ihrem sphagistischen Elfenbeinturm, Sie können sichs leisten, es ist eine ehrliche Position. Bleiben Sie in Ihrer splendid isolation. Freising ist ein gut isolierendes Gehäuse, kann ich mir denken...«

So spricht Dr. Liesing; sprichts in den Kulissen von Baden-Baden, sprichts in einer der aufwendigsten Isolationsmaschinen der Welt. Korbinian bleibt stehen. In seiner Brust schwillt Amüsement, schwillt lustiger Hohn, drückt fast unerträglich gegen die Rippen, gleichzeitig heiß und eisig: er, Korbinian Irlböck, der Pionier von Freising Zwei – isoliert! Er – im Elfenbeinturm! Er, der geheime Träger der zentralen Zukunftsplanung! »Dollfuß«, sagt er halblaut und kichert. Liesing wendet ihm sein linksliberal-lutherisches Antlitz zu, es changiert von Kümmernis in Erschrekken. »Also«, schließt er hastig das Gespräch, »ich muß zurück in die Galeere, leben Sie wohl.« Sprichts und enteilt in senkrecht gestreiftem Hemd und gebügelter Leinenhose, enteilt durch die Kurkonzert-Suppe von Suppé, Lortzing, Mascagni, die in der Messingluft simmert, enteilt durch die Gespenster-Parade von Bankiers und Grafen, von Dostojewski und Turgenjew, von rüschenraschelnden Kokotten, von grimmen couponschneidenden Witwen; durch die Dünste von Alters-Schonkost, die aus den feinen Restaurants dringen. »Leben *Sie* wohl!«, ruft ihm Korbinian launig nach – Liesings diesbezügliche Chancen stehen, wenn nichts dazwischenkommt (wenn, zum Beispiel, Korbinian Irlböck nicht dazwischenkommt), eins zu zwanzig, genau wie die jedes anderen Erdenbewohners, genau wie seine eigenen.

Aber an der Isolierung ist etwas dran. Sie ist ein Eiskristall in seiner Brust, der immer neue Drusen ansetzt, ein Fraktalgebilde, das in begrenztem Raum seine Umrißlinien stetig verlängert. Ungeduld mit dem Außen: was soll er noch in der Dienstagrunde? Was soll ihm der langwie-

rige Prozeß des Bischofs Veit Adam in Sachen ›Petzisches Wesen‹ vor dem Reichskammergericht in Wien? Was das Festprogramm des Bischofs Ecker zum Bistumsjubiläum 1724? Das geht ihm auf die Nerven. Und er geht der Runde auf die Nerven. Sein Stuhl bleibt immer öfter leer, die Runde wächst schmerzlos über dieser Lücke zusammen. Nach Jahrzehnten (richtig: Jahrzehnten!) ist er immer noch der Fremdling hier in Freising, incognito, der Homo Viator, der Pilger, der durchzieht, und der Pilger sitzt in gar nicht so schlechten Filmen, die in einem schönen alten Stallgewölbe gezeigt werden, sitzt in einem auf zickige Jugend gemachten Café zwischen den weißglitzernden Abguß-Popos hellenistischer Göttinnen und Nymphen, die da rumstehen; sitzt zwischen zwanzig dreißig Leuten und müht sich, sich allein zu sehen, allein in zehn Polsterstuhlreihen oder zwischen zehn Caféhaustischchen, erschrickt vor seinem Unvermögen, flieht dann zur letzten Gesprächspartnerin, zu Olivia.
Mit der geht es allerdings bergab. Sie ist achtzig, aber das ist es nicht allein. Sie wird schrecklich klein und mager, und in der Grünen Partei ist sie nicht mehr daheim, da geht es meist um Dinge, mit denen sie nichts anfangen kann: sexuelle Minderheitenrechte, Feministisches, Kreativitätskram minderer Sorte – oder, ganz anders und sehr handfest, um Wahllisten-Taktik und Müllvermeidungsstrategien.
»Manche sind wirklich schlechte Charaktere«, sagte sie plötzlich. »Ich fürchte…« Sagt aber dann nicht mehr, was sie fürchtet, blickt ins Leere über dem Tee, den jetzt Korbinian im Samowar neben dem Glastischchen zubereitet. (Den Samowar hat er ihr geschenkt zu Weihnachten – wann wars? 1985?)
Dann kommen die Briefe.

***

2.

Vermischte Post

Manchmal kommen die Briefe, wenn er die eine oder andere Glosse, den einen oder anderen Artikel plaziert hat; manchmal aber ohne jeden vermutbaren Anlaß. Ihr Stil, ihr Material, ihre Aufmachung, ihre Herkunft weisen keinerlei Gemeinsamkeit auf, aber sie sind alle an seine Privatadresse, Domberg, 805 Freising, gerichtet. Es folgt eine typische Auswahl:

1. (Geschäftsbriefkopf mit Poststempel Hannover, rechtsbündig ausgedruckt)
   MORGANA PRODUCT PLACEMENT CONSULTING OHG
   Osnabrück
   Sehr geehrter Herr Doktor, –
   – seit Jahren verfolgen wir interessiert Ihre Bemühungen um eine wissenschaftliche Systematik der Niederlage. Sie haben uns unschätzbare Dienste geleistet bei unserem Bestreben, Konstellationen zu analysieren und zu vermeiden, welche in die Niederlage führen, und Sie haben uns so geholfen, den Aufstieg unserer Firma zu optimieren. Dafür aufrichtigen Dank.
   Wir sehen allerdings hinter Ihrer respektgebietenden wissenschaftlichen Anstrengung einen gewissen Kulturpessimismus aufscheinen, dem wir in dieser Form nicht beipflichten können.
   Sicher belastet jede (materielle wie soziale) Energiefreisetzung unser planetarisches Habitat; liefert aber gleichzeitig die Hinweise und die Mittel, das damit verbundene Zukunftsrisiko zu neutralisieren. Es liegt auf der Hand, daß die Sicherung der Zukunft nur über

den technisch-wissenschaftlichen Durchbruch nach vorn ermöglicht werden kann; einen Durchbruch, der in vollem Gange ist. Wir hoffen, daß Ihnen dieser Hinweis für Ihre künftige Arbeit dienlich ist.
Mit den besten persönlichen Wünschen

Glett-Zander (nach Diktat verreist)

*

2) (Absender in Unzialen auf Zwiebelhautpapier geprägt, mit Füllhalter geschrieben)

Dr. Ingmar Tillessen, Haus Metanoia, 824 Berchtesgaden

Verehrter Feind, –

– die Anrede ist durchdacht: wir, meine Gefährtin Silke und ich, verehren Sie – und sehen Sie als Feind. Was wir, im Umgang mit geliebten Pferden und Hunden, in besinnlichen Bergwanderungen und musischen Erlebnissen an Daseinsform gewinnen, das fordern Sie nun unerbittlich als Tribut für zukünftiges Leben ein.

Sie machen es sich zu leicht.

Wir sind vor Angkor Wat gestanden, vor den Pyramiden der Mayas im Dschungel von Yukatan – aber nach wie vor beeindruckt uns Verwandtes mehr, Abendländisches. Erst vor wenigen Wochen setzten wir uns dem mächtigen Kouros aus dem 6. vorchristlichen Jahrhundert im Museum zu Samos aus. Sein Mysterienlächeln, seine strenge Nacktheit, der Halbschritt, der ihn aus den starren hieratischen Parametern Asiens löst – und wir fühlten uns ohne Besinnen eins mit der Forderung Rilkes vor seinem apollinischen Torso: du mußt dein Leben ändern.

Ändern wohin? Was sind die Kriterien der Metanoia? Raum, Zahl und Zeit? Die Unerbittlichkeit der Mikroben? Nein, da entginge uns eine ganze Dimension der Wirklichkeit. Der Weg zum Kouros von Samos (er stand ja an der *hiera hodos,* an der heiligen Straße, die von der Hauptstadt zum Heraion führte und, so meinen wir, immer noch führt –) ist der Weg zu den Müttern. Es ist der Geheimweg in die Tiefe, den Goethe im FAUST II beschwört. Den Weg findet nur eine Minderheit, und die Masse beherrscht uns. Silke und ich haben gelernt, das ohne Fluchtphantasien zur Kenntnis zu nehmen. Aber, verehrter Feind, wir, das heißt auch Sie, bleiben in der Minderheit.

Das verbindet uns.

Ihr Dr. Ingmar Tillessen.

*

3) (Geschäftspapier mit Bierspuren)

PRESTY*WERKE, FRANKFURT/OFFENBACH

Verehrter Doktor, oder was Sie sind, –

– gestern hat uns Freund Max, der für uns geistig denkt, Ihren Aufsatz aus der BESINNUNG ins Casino mitgebracht. Selten so gelacht. Wenn wir Sie verstanden haben (Ihr intelelles Chinesisch machts einem ja nicht leicht), dann verlangen Sie mehr oder weniger, daß wir in Armut und Würde auf die Affenbrotbäume zurückhüpfen, von wegen Überleben der Menschheit.

Amigo, Ihre Sorgen möchten wir haben. Wir haben den Betrieb durch miese und nicht so ganz miese Zeiten geschuftet, haben die PRESTY zur drittbesten in der Styropor-Pressen-Szene hochgehievt, und zwar im globalen Vergleich. Jetzt klimpert die Marie, mein Bester, die Kohlen stimmen. Die Welt, um im Bilde zu bleiben, ist uns als solche wurscht, scheißegal. Aber wenn wir, edel wie wir sind, einen Blick auf die globale Szene werfen: bitteschön, bringen Sie den Kanaken in den Ländern unterm Strich bei, daß sie sich gefälligst einen Präser überziehen, eh's mit Mut-

tern in die Heia geht. Das ist doch der entscheidende Punkt, wissen Sie so gut wie wir. Alles andere ist Deko. Schließlich sind wir das Volk von Beethoven, Bach und Graf Zeppelin und brauchen uns nicht unseren Standard von irgendwelchen Kanaken vermiesen zu lassen. Es unterzeichnen sechs Belegschaftsmitglieder vor Abflug des Bumsbombers nach Thailand.
(Sechs unleserliche Unterschriften)

*

4) (Akademischer Briefkopf, rechtsbündig geschrieben)
CAROLINA STATE UNIVERSITY – HISTORICAL DEPARTMENT
Dear Sir,
vielleicht erinnern Sie sich: wir haben uns beim Historikerkongreß 1979 in Philadelphia kennengelernt. Ich war damals von Ihrem Referat angetan. Seitdem verfolge ich Ihre papers mit wachsendem Interesse.
Die impliziten Folgerungen aus Ihrer Arbeit sind ziemlich klar. Ich bitte Sie jedoch (im Namen der akademischen Wahrheitsfindung) zu überprüfen, ob Sie einen Faktor in Ihrem Programm genügend gewichten: den Faktor ›neidvoller Vergleich‹ *(invidious comparison)*.
Es ist nicht zu übersehen, daß dieser Faktor, das heißt das Eindringen unserer Konsum-Maßstäbe in die Zweite und Dritte Welt, zu höchster Priorität aufgerückt ist. Exempel: die Japaner verkaufen in Malaysia an die Reisbauern Farbfernseher, ehe überhaupt ein elektrisches Netz existiert. Es entsteht so ein Erwartungsdruck, den die jeweiligen Regierungen nur durch Intensivierung der Ressourcen-Ausbeutung honorieren können.
Oder ein Beispiel, das Ihnen näherliegt: in der DDR ist ein Autotyp namens TRABANT erreichbar, nach zwölf oder achtzehn Jahren Wartezeit. Er wird nicht mit einer

Rikscha verglichen, sondern mit Ihren westdeutschen Marken – und die Wartezeit desgleichen.
Letzten Endes hat keine Autorität eine andere Option, als diesem Erwartungsdruck zu entsprechen.
Es würde mich freuen, von Ihnen zu erfahren, wie Sie diesen Faktor des ›neidvollen Vergleichs‹ in Ihr Sphagistik-System eingebaut haben bzw. einbauen wollen. Ich halte ihn für den zerstörerischsten globalen Faktor überhaupt.
Aufrichtig der Ihre,

D. Max von der Raudte.

*

5) (Mit Kugelschreiber auf Recycling-Papier, ohne Briefkopf)
Lieber Korbinian, –
– du kennst uns nicht, aber wir sind in der Szene, und da kennt man dich natürlich. Wir grübeln gerade die tibetanischen Totenbücher durch, und wir meinen, daß dir das helfen könnte zu verstehen, wie unwesentlich die meisten der Ängste sind, die da so herumschweben. Statistiken, Wissenschaft und all das, wie das gehandhabt wird, das ist doch alles nur Verwaltung von Ängsten. Lach nicht über das Dritte Auge, das ist bloß eine Erfahrungsfrage, und diese Erfahrungen stehen uns zur Verfügung, man braucht bloß den Mut zu haben.
Mit getrennter Post gehen dir die Erfahrungsberichte von Edgar und Helga betr. die tibetanischen Totenbücher zu, und du schreibst uns dann, oder?
Mit alternativen Grüßen

Lukas Happ
6501 Eisheim

*

6) (Rechtsbündig per Computer)
UNIVERSITÄT BIELEFELD FACHBEREICH GERMANISTIK
Sehr geehrter Herr Dr. Irlböck, –
– gestatten Sie, daß ich mich vorstelle. Ich heiße Erwin Bronté und bin wissenschaftlicher Rat. Ich habe unter Walter Höllerer an der TU Berlin studiert und dabei Witold Gombrowicz kennengelernt, für den ich mich nach wie vor sehr interessiere.
Der Grund meiner Zuschrift: G. hat auf seine unnachahmlich-rüde Art bereits 1962 (!) den Sargnagel der Menschheit auf den Kopf getroffen.
In der ersten Eintragung des Jahres 1962 (Witold Gombrowicz, TAGEBUCH, Hanser-Verlag, Ss. 715/6) beschreibt er eine Fahrt in einem überfüllten argentinischen Vorortszug, bei der er mit Freunden über die Nöte der Welt diskutiert:
»... von Sitzplatz keine Rede, ich stehe nicht einmal. Stecke nur... Mit welchem Recht ist mir das so nah, daß ich es fast atmen muß und zugleich die warmen Rinnsale an Ohren und Hals spüre?...
Der Zug rast, vorbei an Vorstadthäuschen. Ein Bahnhof. Man stößt. Drängt hinein. Weiter gehts. Zuviel. ...Jemand sagt ›Fidel!‹ (Gemeint ist Castro – E. B.). Dialog... Das Übliche, was wir schon auswendig können; Imperialismus, Kuba, weshalb die Regierung dies, weshalb die Regierung das... Gegensätzliche Ansichten. Meinungsvielfalt. Indessen drängen in der nächsten Station noch einmal an die zwanzig Leute herein, die Stimmen werden immer dumpfer... Einer fordert die Agrarreform, ein anderer die Verstaatlichung der Industrie, ein dritter die Abschaffung der sozialen Ausbeutung, aber diese Redseligkeit röchelt mit der Scheußlichkeit zerdrückter Brustkörbe... Und noch einmal Halt, und noch einmal Geplätte...
Weshalb sind wir so blind für die wichtigste Tatsache –

daß während der Diskussion immer mehr Menschen dazukommen? ... Sagt doch, was nützen euch die gerechteste Gesellschaftsordnung, die beste Güterteilung, wenn sich indessen die Nachbarin zwölffach vermehrt, der Idiot im Parterre seiner Alten sechse macht und im ersten Stock aus zweien acht werden? Ganz abgesehen von den Negern, Asiaten, Malaien, Arabern, Türken und Chinesen. Den Indern. Was sind eure Volksreden anders als das Geplapper eines Idioten, der nicht um die Dynamik seiner Genitalien weiß?«
Soweit W. Gombrowicz. Dem ist, so meine ich, nichts hinzuzufügen.
Mit freundlichen Grüßen

Erwin Bronté.

*

7) (Auf Saugpost mit einer alten Schreibmaschine getippt, auf der n und e nach oben springen)
Juliano Gotvych Vaquero, La Paz/Bolivia, z. Zt. Berlin
Sir, –
Sie sind ein Agent des imperialistischen Kapitalismus. Sie versuchen den Aufstieg der Unterdrückten zu blokkieren. Es wird Ihnen nicht gelingen. Wir können davon absehen, Sie zu beseitigen, das erledigt die Geschichte.
¡Libertad o muerte! JGV

*

8) (Anonyme Postkarte, mit Tintenstift geschrieben)
Habe deinen Radiovordrag gehört du Sau, geh doch hien wo du hingehöhrst. Wilst meinen Golf wegnemen du komunist, aber wir krigen dich schohn. Der recher der schweigenden merheit

*

9) (Sonstige Sendungen)

- Aufkleber mit der Inschrift MEIN AUTO FÄHRT AUCH OHNE WALD –
- Aufkleber mit rot durchkreuztem tierischen Neandertaler (mit Keule) und der Umschrift STEINZEIT? NEIN DANKE –
- Broschüre vom Münchener Katholikentag mit dem Titel DEM LEBEN VERTRAUEN –
- Päckchen, enthaltend drei sorgfältig in Folie gewikkelte sepiafarbene Fäkalien-Kroketten

***

3.

Apotheose der Olivia

Und dann, ganz plötzlich, erwachte Olivia wieder – vielmehr, wurde erweckt durch ein neues Zeichen am Horizont: sie sah die grimme Festung im Oberpfälzer Wald, die stahlgegürtete Baustelle der atomaren Wiederaufbereitungsanlage, die den Einstieg in die Plutoniumwirtschaft sichern sollte – und, im Aufstand dagegen, eine verhärmte, geduckte, durch Jahrhunderte schlecht ernährte Landschaft. Im Aufstand, jawohl, und das bis in die demütigsten Familien hinein.

Der Staat, der sich aus nicht mehr feststellbaren Gründen Freistaat nannte, tat, was er konnte, um die Symbolkraft dieses Streites zu stärken; warf Kohorten mit antiken Visierhelmen, Schilden und Streitkeulen in die Burg, sandte Kampfwagen mit Wasserkanonen, sandte Helix-Hornissen mit chemischen Giften in den Himmel, belebte die alte Raufkultur, die in der trägen Traumlosigkeit der Fettlebe schon versunken schien.

Olivia gings natürlich nicht ums Raufen, höchstens um seine zarteste Sublimierung, seine metaphysische Gestalt: um die furchtlose, willensstarke Kette der Menschen, die sich unbeweglich anstemmt gegen die unbewegliche Kette der Visiere und Schilde, kein anderes Projektil schleudernd als die Überzeugung des unbestreitbaren Humanismus, kein anderes Reizgas versprühend als das süße Gift der Hoffnung auf Mündigkeit. Die Welt war wieder klar und einfach, stimmte wieder. »Trotz allem, Bub, wir sind weitergekommen«, sagte sie. »Da müssen wir hin.« Der weißhaarige Bub war fest zurückgestellt ins Große Zettlerjahr, Widerspruch wäre grotesk gewesen,

selbst wenn er seine ganze Aversion gegen Massenballungen jeder Art zur Sprache gebracht hätte; gegen Olivia kam er nicht auf.
So durchbrach er seine Prinzipien, mietete einen bequemen Wagen, und sie fuhren los zum Taxöldener Forst.
An seinem unteren Rand, einen tüchtigen Fußmarsch von der bösen Festung entfernt, parkten sie sich in die Wagenburg der Belagerer ein. Die war kunterbunt, marketenderbunt, voll gestreifter und blümeliger Busse, voll von Gefährten aller Art und Altersstufen, voller chemischblauer, chemischroter, chemischgelber Parkas, aber auch heimischer Lodenjanker, gerottet unter den Fähnlein witziger und grimmiger Transparente, von Sperrholz- und Pappendeckel-Postern. »Livie ist da!«, sprangs von Mund zu Mund, und »Mensch Livie« oder »Spitze, daß du mitmachst«, aber auch »Grüßgott, Frau Professor« – hier gings multikulturell her, und die kleine dürre Person in vorzeitlicher Bergsteiger-Bundhose und einem Poncho in Tartanmuster, mit leisem, aber stetigem Kopfzittern, mit dem spärlichen Mittelscheitel zwischen einem Dutzend Löckchen, stand in den Schnittpunkten der Kulturen, lächelte immer sparsamer, je mehr sie sich freute – wie das ihre Art war.
So kams, daß Olivia die Fürstin des Heerzuges wurde, daß sie nun die weite, absolutistische Schneise durch den Forst hinauftrippelte, rechts gestützt von Korbinian, der widerwillig und doch verführt die Luft der Hoffnung und der Kameraderie einatmete, links von einem gewissen Gebhard, einem linken Dichter der hiesigen Mundart, der eine sorgfältig anrasierte Bartkrause trug. Die Spruchbanner wogten durch den armen Forst (er bestand aus schüchternen Kiefern, die auf dürrem Boden standen, dem von jahrzehntelangem Braunkohlen-Abbau geschundenen Boden, und die Kiefern sogen die Farbe ihrer Stämme gradwegs aus dem braunroten Sand). Ordentliche, kei-

neswegs kampfwütige Polizisten standen in Abständen am Rande der Schneise, murmelten in die Gebetskästchen ihrer kleinen Funksprechgeräte; aber ganz voraus, gleich hinter der weißblauen Rautenfahne, marschierte die Samba-Gruppe. Und die setzte nun ein, eine rasselnde, klirrende Maschine, angeworfen durch die rückwärts schreitende Führerin, ein federndes Pantherweib in dschungelgemustertem Overall, mit dem Stahlgesicht der Neuen Frau und Lippen, die nach innen gestülpt die Trillerpfeife festhielten. Weit voraus war schon die Lichtung zu ahnen, das ausgehauene Schußfeld, die Gitter des Festungsvierecks, aus fingerdickem Metall gewoben; dort würde man die Kette bilden, auf die Olivia sich freute, die Kette des furchtlosen Humanismus.

»Auwehzwick«, sagte da Gebhard, »die Autonomen.« Das Rautenbanner war plötzlich stehengeblieben, und fünfzig Meter davor schnürten schwarze Figuren, die Münder in schwarzen Skimützen verborgen, in loser, schräger Schwarmlinie über die Schneise – eine Horde von Vorzeit-Jägern. »Was ist das?«, fragte Korbinian begriffsstutzig. Und: »Die Chaoten, die wo das Bayerische Fernsehen braucht. Kommen eigens aus Frankfurt und Hamburg. Verdammt verdammt verdammt.« Olivia war lang genug im Oppositionsgeschäft, um zu begreifen: »Verhindert das doch!«, rief sie. »Schickt Ordner vor! Das ruiniert doch alles!« – »Eben«, sagte Gebhard noch, und dann gings los. Die netten kleinen Polizisten an den Schneisenrändern sagten Amen in ihre Gebetskästchen, setzten sich dann ins Waldesdunkel ab, verschämt wie zu einem kleinen Geschäft, und voraus, hinterm rechten Eck der sich öffnenden Schneise, erhob sich das Schlachtgebrüll.

Wieder hatte die Staatsmacht ihr Alibi für die Entfaltung blutiger Herrlichkeit. Keine Amateurgardisten, keine wütend-verlegenen Rundgesichter unter achteckigen

Mützen, sondern besoldete Legionäre im Helm, hinter rechteckigen Schilden, brachen ins Offene hervor, stießen nieder auf den kollektiven Drachen des Ungehorsams. Und schräg hinter den rechten Baumwipfeln, im zarten fliederfarbenen Himmel der Oberpfalz, torkelte nun die riesige röhrende Libelle empor, der wichtigste Fortschritt der Ordnungspolitik seit dem Zweiten Weltkrieg: der Hubschrauber.

»Scheiße, Scheiße!«, schrie der Dichter. »Die CS-Hummel!«

Die Samba-Pantherin blieb stehen, stieß beide Arme in die Luft, pfiff durch die Weite des Forsts, winkte hart nach rechts und jagte mit der ganzen Truppe in die dürftige Deckung der Kiefern. »Deckung!«, schrie auch Irlböck, keine Spitfire stieß da zu oder zog eine Rauchspur nach, die Hummel kippte leicht und ejakulierte ihre Dampf- und Reizgas-Wolke nach vorn, der wackeren Prozession entgegen. »Deckung«, keuchte sich Irlböck halblaut zu, packte die lächerlich leichte Grande Dame der konservativen Revolte um die Hüften, rannte nach links, warf sie und sich in eine flache, von dürftigem Strauchwerk gerahmte Mulde, bot sie und sich, ihre und seine Ohnmacht, der Erde an, wie ers gelernt hatte am Ende seiner ersten Jugend. Olivia stieß einen überraschten brüchigen Schrei aus, dann schwieg sie. Der Mundartdichter und der Sphagistiker beugten sich über sie, über ihr kleines, nun graues Gesicht mit dem nun halboffenen, verzerrten Mund. »Um Godswülln«, flüsterte der Dichter, »um Godswülln.« Die Hummel röhrte knapp rechts von ihnen vorbei, das Sperma ihres Zorns versprühend; ringsum torkelten nebelhafte Profile und Hinterköpfe, wedelten sinkende Spruchtafeln und Fähnlein. Korbinian begann zu würgen: Himmel Arsch und Zwirn, es lernt sich so leicht... »Sani!«, schrie er noch, ehe er anfing zu erbrechen, »Saa-nii!« Gelernt ist gelernt.

Als sie schließlich durchkamen, die Sanitäter, stellte der junge Notarzt einen komplizierten Schenkelhalsbruch fest. Sie luden die Fürstin der Demo, die sich in Rinnsalen bergabwärts verflüchtigte, schnell und behutsam auf eine Bahre, und als sie angehoben wurde, um in den Sanka geschoben zu werden wie ein kleines bräunliches Brot in den Backofen, lächelte sie mit geschlossenen Lidern, verzog den rechten Mundwinkel nach oben und sagte leise und zierlich: »Ölhafen.« Es war der erste wirklich gute Witz ihres Lebens.

*

Korbinian wartete in einem Rohrsessel, den Rücken zu einem tüllverhangenen Fenster, und blickte den Krankenhauskorridor hinunter, in die Schatten alten und neuen Leidens. Auf dem weißen Dromedar ritt der junge Gesandte in die Stadt, lachend unterm florentinischen Spitzhut mit der Milan-Feder, er schwenkte den Brief, der den galanten und unwiderstehlichen Antrag enthielt: *se ti piace, Mimi*... Und ganz oben, über den bekränzten Balkonen, schwebte der Fensterladen zur Seite, flatterte das taubenweiße Tüchlein, Mimi sagte ja, *ti darò tutt' il cuor.* Irlböck wußte, was kam.

Es kam der junge Arzt, der etwas toskanisch aussah, langsam aus den Schatten auf ihn zu, er trug das Antlitz geübter, professioneller Verlierer, eine Illustration zur Sphagistik.

»In diesem hohen Alter«, sprach er, während er etwas nach rechts blickte, als stehe da hinter Korbinian ein Tröster, »ist ein Schenkelhalsbruch natürlich eine ernste Sache. Trotzdem haben wir uns dazu entschlossen, den Gelenkkopf durch einen stählernen zu ersetzen, das ist technisch zu machen. Doch...« (er räusperte sich) »der Knochen war brüchig, Metastasen, viele. Frau Zettler hatte einen malignen Tumor in der Stirnhöhle, wußten

Sie das? – Fast unglaublich, diese Kontrolle, mit Achtzig. Wirklich das Beste für sie, wissen Sie, postoperativer Kollaps. – Ich nehme an, Sie wollen sie noch einmal…«
Olivia liegt in einem langen düsteren Zimmer, rechts und links von ihrem kleinen strengen Haupt brennen Kerzen, ihr Kinn ist hochgebunden, sie hat das Gesicht einer unbeugsamen Äbtissin, deren Wandel längst nicht mehr von dieser Erde ist. Korbinian steht stumm vor ihr, er ist entsetzlich schläfrig, die Art seines Körpers zu trauern. Er ist jetzt allein, hält alle seine Tode wie ein Bukett, die so verschiedenen Blüten: die Schritte in den Blütenhang von Frascati, das versiegelte, flüsternde Geheimnis der Katharina, die lange lange Einübung der Sidonie, ihr eigenes Ja zur Schwester Mikrobe, der kleine, braune, stachlige Heilhitler-Tod des Valentin. Sogar den Tod der kleinen Katze Schroeder hält er, sie war ihm und dem fünfjährigen Ernest und Eileen am Crescent Drive überfahren worden. Er hält den kleinen lauwarmen Körper und erinnert sich an seine Tränen – seit dem Tod der Mutter waren es die einzigen und letzten, wenn er sich recht erinnert.
Jeder Tod eine eigene Blume, jede einzeln gepflückt, einzeln zu Herzen genommen. Er kann sie nicht hinnehmen, kann sie einfach nicht hinnehmen, die gigantische globale Mähmaschine der FUTUMOR, die herandröhnt. Er kann es nicht. Er muß sich etwas einfallen lassen.

*

Natürlich erschien Olivias Tod nicht in der Demo-Statistik des Innenministeriums. Es bestand schließlich kein unmittelbarer Zusammenhang. Dafür wurden sechs verletzte Polizisten mitgezählt, die in der Gluthitze der Verfolgung in einen Graben gesprungen waren, in dem Rollen von NATO-Stacheldraht lagerten. So schuf man die Balance, auf die es dem Sprecher des Ministeriums ankam.

Ein anderer Sprecher, der des Bauherren-Konzerns, erklärte kurze Zeit später das ganze Projekt für gestorben. Ein Entsorgungsvertrag mit Frankreich war um vieles rentabler.

*

Was Dr. Korbinian Irlböck schließlich einfiel: er gründete den ›Verlag Firnmoser KG‹ und meldete im Börsenblatt für den deutschen Buchhandel Titelschutz an für den Roman

DELIVERY/ODER: DIE RETTUNG DER MENSCHHEIT

* * *

VIII.

Delivery

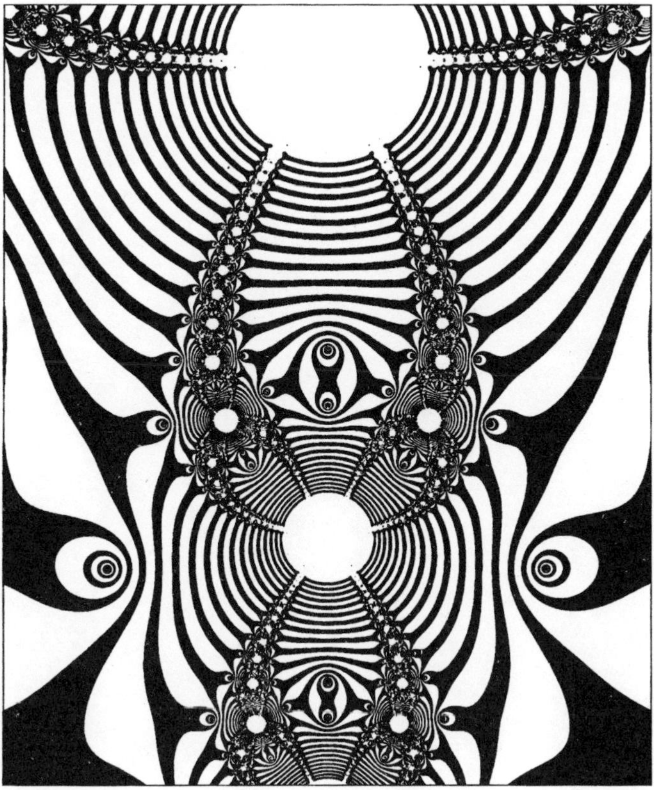

1.

Remember Giovanna

Mein Gott Giovanna.
Ich wußte nichts, als ich in die Krypta hinabstieg, ich ahnte nichts. Ich sah hinter der Säule, vor dem Ostlicht aus der Maximilianskapelle, den schmalen senkrechten Anschnitt einer Dame: eines Kostüms, einer Toque, einer Wange, einer Hüfte, und ich hörte eine Stimme, an die ich mich nicht einmal sofort erinnerte – eine Stimme, die halb sprach, halb sang (halblaut):

»Sér hón upp koma	ǫdru sinni
igrđ ór ægi	iđiagrœna…«

– im Halbdunkel, und die Worte der Wala kenne ich, die Weissagung der Wiedergeburt: sieht sie aufkommen anderen Mals/Erde aus Meer, frisch ergrünt…
Ich war schon längst ein grämlicher Kustos, der im Heiligtum nichts Spontanes mag, ich ging aufs Ostlicht los, umrundete die Säule, und sie wandte mir das Gesicht zu: ein mittelmeerisches Gesicht, nichts von nordischem Eis. Die Dame lachte kurz und leise und rieb das Netzwerk ihres Handschuhs an meiner Backe herunter: »Remember Giovanna?«
Mein Gott, das war sie.
Giovanna. Und sie ist (sie hat sich sogleich vorgestellt) Jeanne-Jacqueline Smerdyayev, kurz JJS.

JJS steht auch für irgendetwas, das in ›Security‹ endet.
JJS ist also gekommen, wie von Ernie zugesagt.
Hilflos. Mein Gott, hilflos.

Falla forsar flýgr ǫrn yfir –
Fallen Katarakte, fliegen Adler darüber.

Wir gingen dann essen. In den Lantprechtskeller nach Weihenstephan.

* * *

2.

Mit offenen Karten

(Ihre Hand auf meinem Ärmel)
Sie merken natürlich, daß mich das freut. Ich erinnere mich ganz genau an Venedig, o ja: Sie aßen Muscheln Marinara, eine stattliche Terrine voll, mon ami, während Sie redeten, redeten – aber gut redeten. Und es ist gut, daß Sie das nicht einzufangen versuchen, daß wir vielmehr hiesig essen. Lokalkolorit samt lokaler Gastronomie, müssen Sie wissen, gehört zu meinen Beobachtungsgegenständen, ich komme notgedrungen weit herum, zudem bin ich neugierig. Unendlich, wesenhaft neugierig. Und gefräßig. Lantprechtskeller, was bestellt man? Grießnockerl-Suppe, gut, und dann? Was nehmen Sie? Schweinshaxe? Alors, das Gleiche, lo stesso, mit Semmel-Knödel, ich bin gespannt. Eine Abwechslung nach Dobrava. Ja freilich, ich komme aus Dobrava, Ihretwegen, mein Freund, Ihretwegen; und eigentlich müßte ich Ihnen ein bißchen mehr böse sein, als ich es bin, als ich es fertigbringe. Bier? Natürlich Bier. Die älteste Brauerei der Welt, sagen Sie? Mit hundertjährigen Unterbrechungen (Lachen) – freilich, die Geschichte ist immer unbarmherzig, wenn sie auf hübsche Mythen trifft, selbst auf solche über Bier. Aber es ist gutes Bier, sagen Sie? Bene. Warum böse –? Das fragen Sie noch? Man war schon ziemlich – echauffiert Ihretwegen, mein Lieber. Wegen dieser Titel-Ankündigung. Man hat Anklagen erhoben, Drohungen ausgestoßen; ich sage das eher untertreibend. Auch meine Beurteilung stand zur Debatte. Ich habe seinerzeit, nach Venedig, ein sehr positives Votum über Sie abgeliefert – Sie sehen, ich spiele nicht mit verdeckten

Karten, es wäre unwürdig und obendrein falsch. Ich mochte Sie, mon ami, mag Sie, warum es leugnen? Wie meine amerikanischen Landsleute sagen: die *Vibes* stimmen, die Vibrationen, die Schwingungen. Sie waren auch beschwingt in Venedig, nicht wahr? Sie sind es noch –? Oh oh, merci. Ja, Sie waren beschwingt, Sie haben Vieles und Interessantes über sich erzählt, Ihren Hintergrund, Ihren wissenschaftlichen Ansatz, Ihre Erwartungen und Schwierigkeiten, auch sehr Lustiges – oh, wie habe ich gelacht über Max Planck und sein Halma-Kegelchen, Tourist verstaucht sich den Knöchel, ich muß jetzt noch lachen – (Lachen), wenn ich daran denke. Aber, und das war entscheidend: Sie haben mit keinem Wort die FONDAZIONE oder FUTUMOR erwähnt, nicht einmal andeutungsweise, nicht in minimalster Andeutung. Sie waren diskret und verschwiegen – und zwar instinktiv diskret. Sie sind ein idealer Geheimnisträger, wissen Sie das? Oh, und wie hübsch war Ihr Spitzendeckchen-Italienisch – (Lachen) – dolce stella della mia speranza, direkt aus der Oper, betörend! Von wem, sagen Sie, von einem Soldaten? In Tunesien? Unglaublich. Nein, überhaupt nicht unglaublich. Logisch. Das Altmodische sinkt in die Kommunikationsstrukturen des Volkes ab, in romanischen Ländern mehr als hier, aber es ist dennoch betörend, und Sie wußten das sehr wohl. Ich berichtete jedenfalls sehr positiv.
Da ist das Bier. Dunkel. Normale Portion? Imponierend. Auf das Wohl von –? Auf das Wohl der Zukunft, Corvin. Auf die möglichen Zukünfte, die Futuribles. Zögern Sie doch nicht! Darüber, so hoffe ich, sind wir uns doch sicher einig: es muß eine mögliche Zukunft geben.
Wie gesagt, ich habe nur Gutes über Sie berichtet, das machte es etwas peinlich für mich, aber ich hielt stand. Sehen Sie, mein Freund: ich konnte mit Recht darauf hinweisen, daß man Sie unfair behandelt hat. Sogar sehr unfair. Sie haben sich, um die FONDAZIONE zu warnen, in

dieser krawonischen Bredouille beträchtlichen Risiken ausgesetzt (die nicht vorüber sind, davon später). Sie haben das mit Mut und Geschick getan, vorher hatte man Sie schon zum Advisor gemacht, man hat Ihren Vorschlag Freising Zwei verwendet, aber man hat Sie darüber im Dunkeln gelassen. Man hat Sie nicht vertrauensvoll herangezogen, und das war töricht, um es gelinde zu sagen. Sehr töricht. Allüren der Macht, um es klar zu sagen, unter dem immer passenden und immer dürftigen Vorwand der Geheimhaltung. Man arbeitet, wenn man so operiert, zwangsläufig mit Figurinen, mit Marionetten, mit dem Orlando Furioso, der an Stange und Fäden baumelt, dem Saraceno, dem Rinaldo, der Angelica, den alten Spektakel-Puppen meiner mittelmeerischen Landsleute; und man glaubt sie nach eigener Regie zappeln zu lassen. Das war ein Verbrechen – und, wie mein verehrter Talleyrand sagte, noch etwas Schlimmeres als ein Verbrechen, es war ein Fehler. Ein übler Fehler.
Ernie war der Einzige, der das voll begriff, nachdem er Sie kennengelernt hatte – er hat mich unterstützt, voll unterstützt. – Natürlich kenne ich Ernie, sogar sehr sehr gut. Ich liebe ihn, auf eine Weise. Wissen Sie, er ist das, was sonst fast keiner in diesem Projekt ist: ein Mann mit einer kohärenten Philosophie. Einer katholischen, sicher, aber... Was finden Sie erstaunlich daran? Ich dachte, das liegt auf der Hand. Mir wird erst jetzt klar, wie ähnlich ihr beide euch seid, physisch ist das ja kaum zu erkennen, aber der Denkstil! Erschöpft und dennoch unerbittlich, der unendliche Marsch durch die Wüsten der Gottlosen, Augustinisches, leicht zu bestimmen. Und dann: Stellvertretung. Alle Sünden auf sich nehmen. Wir werden darauf zurückkommen – vielleicht. Ah, die Suppe, s'il vous plaît. Übrigens, daß wir uns gleich mißverständigen: dies ist auch ein Arbeitsessen, wie seinerzeit. Huong Dee zahlt, er tut es gerne, wie Sie wissen, er beurteilt unsere Effizienz

nach Zahl und Qualität der Arbeitsessen, also kein Wort mehr darüber. Grießnockerl – etwas österreichisch, nicht wahr? Aber ich sehe schon, Sie haben keine Diätprobleme, Sie sind der drahtige Typ mit dem glorreichen Thermostaten im System, wie machen Sie das nur, welche Ungerechtigkeit, wenn ich meine Schwierigkeiten, die Sie sicher bemerkt haben – oh oh, Schluß mit solchen Komplimenten, sonst ist es kein Arbeitsessen mehr, und wir betrügen die CAYMAN INVESTMENTS LIMITED. Nun ja, das ist die Briefkastenfirma, mit der Huong Dee operiert. Wußten Sie das nicht? Nur scheinbar eine komplizierte Geschichte, wir werden darauf zurückkommen. Ich spiele mit offenen Karten, denn ich sehe, daß Sie stark sind. Doch, sehr stark. Nein, da täusche ich mich ganz selten. Oder nie. Leute, die wirklich stark sind, wissen das ohnehin nicht, haben darüber nicht nachgedacht. (Ihre Finger auf meiner Hand) – Systematik der Verlierer, ich bitte Sie! das nenne ich Stärke, sich da selbst einbeziehen, wie Sie das tun – natürlich tun Sie das, und das ist eben Stärke, diese Selbstverständlichkeit. Es gibt starre Stärke und elastische Stärke, die erste ist imgrunde überhaupt keine. Blicken Sie sich doch um, alle diese wackligen Erfolgs-Poseure –

Ich? Mein Fach? Raten Sie. Ja bitte. – Wissenschaft? Stimmt. *Hard science,* wie unsere amerikanischen Landsleute sagen? Ja und nein. Nichts mit Formeln, nichts mit Materie- und Energie-Gleichungen, jedenfalls nicht im engeren Sinne, und doch die harte Wissenschaft von nichts anderem – der allerhärteste Umgang mit Energie und Materie überhaupt: Geschichte. Ja, wir sind Fachkollegen. Wundert Sie das?

(Lachen) Freilich nicht so, wie's unsere Altvorderen trieben, Verträge und Schlachten und große Männer. Eher schon wie die ganz alten: Thukydides, Tacitus. Das waren harte Kerle, Corvin. Sahen der Medusa ins Antlitz. Sahen die Schädel hinter den Prunkhelmen und Kronreifen. Vergleichen Sie damit einmal des Spaßes halber die großen Leuchten der ganz harten Wissenschaft, der modernen Physik etwa. Naivlinge, und zwar alle. Einstein leider vorneweg. Feierliche Besorgnis, Appelle an die Verantwortlichen, Zeigefinger im Tigergehege. Otto Hahn, Lise Meitner, bis hinunter zu den Zeitgenossen, eurem Carl Friedrich etwa. Ich muß illustrieren: da sitzt Otto Hahn als mehr oder weniger Kriegsgefangener in einer Villa bei Cambridge, hört von Hiroshima, vom Abwurf der Uranmaschine, die er, ja er, konzipiert hat, ist, Zitat, »unsagbar erschrocken und niedergeschlagen«... Aber dann erfährt er, daß er den Nobelpreis 1944 für Chemie erhalten hat, und das hebt die Stimmung. Eine Party wird geschmissen, man feiert mit Gin, Rotwein und Torten, mit Max von Laue, Carl Friedrich von Weizsäcker. Muntere Reden werden geschwungen, man serviert Launiges aus dem Leben des Laureaten, »der schöne Abend endete mit Gesang«, Zitat. Ein launiges Liedchen wird angestimmt, improvisiert, sein Refrain: »Und fragt man, wer ist schuld daran, / so ist die Antwort: Otto Hahn!« Belegt, mein Freund. Kommers-Lyrik, Alt-Heidelberg, Gaudeamus igitur, die Amerikaner waren und sind vernarrt in die Operetten-Mystique der deutschen Wissenschaft, haben Heidelberg nie bombardiert, völlig logisch, wie sollten sie auch, sie haben Heidelberg und Göttingen geerbt, sie stecken selbst bis über die Ohren in der entsetzlichen Unschuld der neuen Akademe – der geschichtslosen Akademe. Selbst Ernie ist nicht ganz frei davon, sonst wäre er nicht so nett wie er ist. Da sind wir ein Stück erwachsener, Corvin chéri, kein Widerspruch. Und das ist Schweinshaxe? Ah. A la bonheur, kann ich nur sagen. A la bonheur meiner Figur. Aber schuld sind Sie, Sie haben es empfohlen, Sie haben mich überrumpelt, ein schwaches Weib.

(Lachen) Mein Deutsch? Nun, ich tue mich leicht mit Sprachen, das liegt mir, sonst wäre ich ja kaum in meiner gegenwärtigen Stellung zu verwenden. Aber Deutsch – das habe ich mir regelrecht erschwitzt, verdanke das meiner Maman. Chère maman! Sie war wild entschlossen, daß ich deutsch – Meine Mutter selbst? Kein Wort, das ist das Komische daran; höchstens ein paar Floskeln. Sie ist (ja, sie ist rüstig, lebt in Paris, wo ich als Kind aufwuchs) sie ist eine Colon-Tochter aus Tunesien, Nähe Karthago, sie hat Papa kurz nach dem Zusammenbruch des deutschen Afrika-Korps kennengelernt, Papa war das, was die Franzosen einer schöneren Epoche einen Métèque nannten, ein zugereister, aus Rußland zugereister und deshalb doppelt eifriger Patriot, er war Schiffsbau-Ingenieur in Oran, hat sich den Freien Franzosen unter Giraud angeschlossen und den Etappenhengst de Gaulle entsprechend gehaßt, mitten im Krieg haben sie sich trauen lassen, *coup de foudre,* wie meine Landsleute sagen, Blitzschlag Amors. Man sieht mir das an, sagen Sie? Oh, oh, nun ja, das habe ich herausgefordert, nicht ganz unbedacht, gebe ich zu. Habe ich richtig verstanden, daß auch Sie in Tunis –? Formidable. Manchmal glaubt man, trotz aller wissenschaftlichen Nüchternheit, trotz aller historischen Härte, an eine prästabilisierte Harmonie, geht Ihnen das auch so? Zumindest was uns beide betrifft – (Ihre Handfläche auf meinem Handrücken) –

Aber ehe wir uns verlieren, mon ami, in Schweinshaxe und angenehme Gefühle: preisen wir noch einmal Ihre Leistung für das Programm. Mondieu! Ich kann mir denken, was Sie fühlten, als Sie diesen zweiten Vorschlag machten, dieses Freising Zwei. Ein défi – eine Herausforderung. Sie wollten die Technokratie zwingen, das Visier hinaufzuklappen, sich zu ihren eigenen Konsequenzen zu bekennen. Es ist Ihnen gelungen. Sie haben etwas geleistet, was bisher niemand geleistet hat, zu leisten wagte:

Sie haben den Begriff der Menschheit ›an sich‹ vom Begriff der real existierenden, der rein additiven Menschheit getrennt. Es war in erster Linie ein philosophischer Schritt, kein wissenschaftlicher. Die Lebenswissenschaften, ha! hätten es längst wissen müssen – ich korrigiere mich: einige ihrer scharfsinnigeren Vertreter wissen es ganz genau, wagen aber nicht darüber zu reden. Sie haben sich nie herangetraut, die beiden Begriffe nie genau unterschieden. Mondieu, wie kann man nur so begriffsstutzig sein. Rotwild; Mischwald; Fischbestände; Relation von Schneehasen zu Füchsen; Zyklen von Nahrungsfülle und entsprechender Bevölkerungsexplosion. Dadurch bedingt Ressourcenschrumpfung und entsprechend katastrophaler numerischer Absturz – alles bestens bekannt. Die Computer, diese neuen Phaser-Programme, aus denen das Mandelbrot-Männchen stammt – die kennen es auch. Sie hätten erleben sollen, wie die Blechtrottel ansprangen, als man ihnen Freising Zwei freigab! Endlich was zum Anfassen, endlich flotte Mathematik, Präzedenzfälle Rehheit, Fischheit, Froschheit –
Sie lieben die Menschheit? Aber natürlich, ich liebe sie auch, ich liebe sie innig – und könnte sie alle umbringen, die Dummköpfe. Soviel Scharfsinn, investiert in blinden biologischen Drang, ins blinde Mehr-und-Mehr: mehr Menschen-Milliarden, mehr Dollar-Milliarden, mehr Milliarden von Kilowattstunden, mehr Lebensjahre – und auf keinen, keinen Fall weniger. Das alles auf Kosten des Restes der Welt. Der Lebenswelt, des Eingemachten in Bergen und Meeren und Sand, eine Orgie, die in einer Woche das verjuxt, was Generationen von fleißigen Vorvätern angesammelt haben. Menschliche und andere. Wir befreien die Menschheit, verstehen Sie? Natürlich verstehen Sie, wenn Sie wollen. Und Sie wollen ja, mon ami. Wir eröffnen, zum ersten Mal nach Jahrhunderten entsetzlicher Determiniertheit, wieder echte Perspektiven. Den Ausweg aus der Reuse.

Sie sind klassisch gebildet. Sie erinnern sich, mit welcher Leichtigkeit im Altertum Verfassungen, Lebens-Systeme adoptiert, verworfen, in Neues umgeschmolzen wurden. Götterhimmel konnten sich vereinigen, Kulturen, in denen neue und alte Lebens- und Todes-Entwürfe sich umarmten. Noch im Mittelalter, mein Freund, in deinem Mittelalter, dem katholischen: Tausende, vielleicht Zehntausende junger Männer entschließen sich binnen einer Generation, von Gemüse zu leben, in malariaverseuchten Tälern zu schuften, sechs Stunden auf der bloßen Erde zu schlafen, in weiße Kapuzen-Umhänge gehüllt – die Zisterzienser, jawohl. Sie waren bereit, ein neues, blendendscharfes Werkzeug der Weltveränderung zu ergreifen. Und was ist heute? Was heute? Kaum mehr als der neidvolle Vergleich, kaum mehr als der biologische Drang: eine Million ist gut, zwei Millionen sind besser. Und das ist einfach zu wenig. Vergleiche das Athen des Perikles mit dem Mexico City von heute: fünfzigtausend gegen zwanzig Millionen. Was wird bleiben – jeweils?
Schau, wir können keine neue Religion erzeugen, wir können keine globale Ethik herbeizaubern. Was wir haben, ist die Wissenschaft. Sehr bescheiden, ich weiß. Aber sonst: nichts.
Aber ich rede doch mit Dr. Irlböck, dem großen Sphagistiker. Er weiß das doch alles. Natürlich weiß er es. Ich kenne doch seine Berichte an die FONDAZIONE, mon ami, ich flehe Sie an – (ihre Hand auf meiner) – verweigern Sie sich nicht Ihrer eigenen Logik. Wir müssen nicht in die Verzweiflung einlaufen. Müssen es überhaupt nicht. Wir müssen uns nur klar werden, daß wir die Krone der Schöpfung bleiben können. Ja, Corvin und Giovanna, die Krone der Schöpfung. Unter einer Voraussetzung: daß wir wissen, wir sind es nicht. Das ist das rettende Paradox. Evolutionäre Erkenntnistheorie – ja, und natürlich die GAIA-These. Kennen Sie sie nicht? Ganz dringend,

mein Freund, sie ist der krönende Schlußstein. Ich habe gesagt, daß wir keine Religion mehr haben, ich korrigiere mich schüchtern, nur im Konditional: GAIA könnte eine werden. Ein Engländer, eine Amerikanerin, James Lovelock und Lynn Margulis, absolut faszinierend. Die Erde als lebendiger Organismus, zumindest ein Bioid, der sich laufend erschafft, völlig unwahrscheinliche Verhältnisse im Flußgleichgewicht hält. Leben, Leben von Anfang an, in den fahlblauen Nächten der Frühzeit, Leben, das seine eigenen Lebensbedingungen schafft, das Kohlenstoff bindet und Sauerstoff freisetzt – Sauerstoff! das Ätzendste, was es gibt, Exkrement der anärobischen Bakterien, *of our bacterial heroes,* wie Lynn Margulis sie nennt, wir wandeln auf den Quadrillionen ihrer Grabsteine, atmen ihr Geschenk, das ist Oxygen, wir sind eingefügt ins Blut der Meere und Ströme, die Wälder-Lungen, die Wurzelnerven des Bodenlebens – man wird fromm dabei.

Fromm – und jung. Was lachst du? Wir sind ungeheuer jung, mon ami, und Sie spüren das auch, deshalb lachst du. Denn wir entdecken. Wo in der Welt, wo zwischen Südpol und Nordpol, gibt es Entdecker wie uns? Wo in der ersten, zweiten, dritten, ixten Welt? Wir entdecken die Millionen verschlungener Kreise, in denen sich das Leben entfaltet, majestätisch, als Tod-und-Leben, immer verschlungen in den Tod – immer, immer im Kreisen von Leben-und-Tod.

Auf den Lehrstühlen sitzen Philister, mon ami. In den Ministerien, den Parlamenten erst recht. Es gibt die FONDAZIONE, es gibt FUTUMOR. Sonst nichts. Rien. Nada. Deshalb – nein, kein Bier mehr. Etwas Käse vielleicht, und einen Schnaps – Enzian? Die Alpenblume? Ah, die Wurzel. Trefflich.

Deshalb: wir möchten, daß Sie ein wirklicher Freund werden. Ich möchte, mon ami. Weil ich Sie mag, und weil ich nicht einsehe, daß zwischen den Einsichtigen irgendwelche Störungen – oh, es gäbe so viel zu besprechen, aber nicht hier, nicht hier. Es war gut hier, doch, aber dies ist nicht mehr die Stunde, unter diesen lauten Menschen. Wissen Sie, daß Sie ganz außergewöhnliche Augenachsen haben? Zwei Höhepunkte: der eine (angeblich) der kalkulatorisch-rationale, der andere der emotionale. Wahrscheinlich (Lachen) Unsinn, wie die ganze Physiognomie des 19. Jahrhunderts. Und des zwanzigsten, tout court. Oh, es gibt so viel zu besprechen, und wir haben noch gar nicht wirklich begonnen. Wissen Sie, was wir brauchen? Wein. Sie haben sehr guten Wein im Keller. Woher ich das weiß? Chéri, du bist wohlhabend und still, es bleibt dir gar nichts anderes übrig, als gute Weine im Keller zu haben. Ich will den Käse nicht mehr, den Schnaps nicht mehr. Das ist im Wege. Eigentlich ist jetzt alles im Wege, findest du nicht? Alles ist unserem Augenblick im Wege, unserer Jugend, unserer Kraft. Wozu hast du die großen Ernten im Keller, mein Freund, mein guter Freund, wenn nicht für dich und Giovanna? Komm, wir gehen.

* * *

3.

Frühstück zu zweit

Rentier Zeus, dem Bade nicht ganz göttergleich entstiegen, da etwas schwach erstanden vom Schilflager an der Doryssa, das heißt von der machtvollen Vereinigung mit der urzeitlichen Hera; Zeus vor dem Rasierspiegel; mit linsengroßen Pigmentflecken an Stirn, Schläfen und Wangen, mit nicht allzu großen, aber gewellten Tränensäcken, mühsam gestreifter Halshaut, kleinen struppigen grauen Haarwirbeln um die Mundwinkel; ungeduldig schabend, mit der Handfläche nachfühlend auf sandiger Haut – und das Auge vermeidend, sein eigenes im Bett der strähnigen Lider.
Was soll das? Was vermeidet er, und warum vermeidet ers? Schämt er sich Heras? Schämt er sich vor Hera? Nichts dergleichen. Er wurde gesucht, so viel ist klar. Er wurde gefunden, wurde akzeptiert und kenntnisreich geliebt, mit Kenntnissen über die herbe, selbstkritische Wollust des Greises, der über sich selber Bescheid weiß. Soweit Bescheid weiß, daß er weiter nichts wissen will. Weiß, daß die raunende dunkle Vereinigung nur zustandekam, weil ein Plan besteht. Und? Man wird ihm sagen, was man will, und er wird sagen, ob er will oder nicht. Worauf hätte er denn Anspruch, der Rentier der Heimat & Boden Bank zu Meiringen im Haslital? Oder der Mr. Advisor von FUTURIBLES BIOMORPHES? Auf gebrochene Herzen von dunklen Schönheiten vielleicht? Auf ein besonntes Abendlicht im trauten Heim?
Oder nicht vielmehr auf die totenstille Leere, die ihn zwei-, dreimal in dieser Nacht überkam, die sternenweite Entfernung von jedem Trostlicht? Das stand ihm zu, er ist jetzt Zeitgenosse und Kamerad der schwerkraftberaubten

Monaden dieses ausgehenden Jahrtausends, die nicht mehr die hehre Verdammnis der großen christlichen Wüstlinge kennen.

Auch er kennt sie nicht, kennt nur das große Bedauern darüber. Er ist ein soignierter Senior, ein Mann von Lebensart, der cremigen Balsam auf die durstige Wangenhaut aufträgt, der neue Unterwäsche anlegt und ein neues weißes Hemd und in eine graue Flanellhose und einen königsblauen Blazer steigt, der einen seidenen Schal unter den Hemdkragen schiebt und Frühstück riecht – Aromen trügerischer Auferstehung: Fruchtsaft, Kaffee, Ei-mit-Schinken, Toast.

»Guten Morgen, mon ami«, sagt eine muntere Hera. Was ihn überfällt, ist hexenhafte Häuslichkeit. Der Frühstückstisch ist am Panoramafenster gedeckt, die Dame am Tisch trägt etwas Weites, Malvenfarbenes, mit generös ausladenden Keulenärmeln, ihr Haar ist durch ein silbriges Band mit einem winzigen Granatstein und einer winzigen Feder zusammengefaßt, ihre Wimpern ruhen auf den Wangen des geneigten Gesichts, sie schenkt Kaffee ein in strahlendes Porzellan, sie hält den Knauf des Kannendeckels mit dem Zeigefinger der linken Hand fest und spannt dazu die vollen aufmerksamen Lippen. »Ich habe die Kaffeemaschine benützt, ich hoffe, daß ich deine Dosis pro Tasse erraten habe – nicht zu stark, à l'américaine, nicht wahr?« Eine Dame besserer Kreise, eine mitteleuropäische, mit noch monarchistischen Manieren, Wien, Budapest, verwehtes München. Sie erhebt sich federnd und gesammelt und geht an die offene Durchreiche zur Küche, nimmt zwei Nickelpfännchen von der Réchaudplatte und im Vorbeigehen zwei Scheiben Toast aus dem Röster, schlägt sie in eine Serviette, legt die Serviette in ein Brotkörbchen, stellt die Pfännchen mit Ei-und-Schinken auf die Porzellanteller. »Perfekt«, sagt er heiser. Sie lacht hinter ihm stehend, legt ihre Hand in seinen Nacken: »In

die Liebe gefallen – fallen in love. Ein wunderschöner englischer Ausdruck, nicht wahr? Und so präzise.«
Sie setzt sich so elastisch, wie sie aufgestanden ist, sie schneidet und ißt entschlossen, sie trinkt gründlich, sie redet: »Das fette Gebilde da drüben über den Bäumen – ja da, dieses Pagodendach im Dunst – das ist der Tower des neuen Flughafens, n'est-ce pas? Du hast über deinen väterlichen Freund Zettler erzählt, in Venedig, erinnerst du dich – von seinem Auftrag? Von der Beobachtung der Barbaren-Armee? Da steht sie –« (ein Hinweis mit der Gabel) »steht vor den Toren, von Horizont zu Horizont, ein Meer von Berserkern, unter dem Mlazghan. – A l'attaque! Wirf dein Herz in die Schlacht! Es ist Zeit.«
»Zeit wozu?«
Sie lacht ungläubig: »Bitte bitte, mein Freund.« Sie wird sofort wieder ernst, geschäftig, häuslich. Sie hat einen kleinen Notizblock neben dem Teller, blättert darin ein wenig, während sie Vollkornbrot mit Honig ißt, sie blickt Irlböck etwas von unten an – mit einem Hauch jener Koketterie, die man in gräßlichen alten UFA-Filmen findet, und die man wohl einmal ›schelmisch‹ nannte. »Corvin, ich habe dir bei Bier und Schweinshaxe Einiges versprochen. Ich habe dir versprochen, Aufschlüsse zu geben, mit offenen Karten zu spielen. Nun, irgendwie kams anders... Pünktchen...« (oh wie schelmisch...) »– Chéri, wir müssen es nachholen. Frühstück ist dafür eine sehr gute Atmosphäre, findest du nicht?«
»Wenn es überhaupt eine gibt.«
»Bene. – Da wäre zunächst –« (sie flippt eine kleine karierte Seite um die Spiralfeder des Blocks) »– das krawonische Problem. Aber das ist auch nur verständlich zu machen, wenn wir mit offenen Karten spielen. – Woher hast du diesen Plan, dieses PERWOKRAW?«
»Ernie weiß es. Aus dem Nachlaß eines uralten Freisinger

Gelehrten, verstorben in den Dreißigerjahren in Italien. Der Text wurde von ihm bereits 1922 roh übersetzt.«
Sie sieht ihn offen und unbewegt an. »Lassen wir das vorläufig«, sagt sie dann. »Krawonien arbeitet für uns, sicher. KRAWNAUK, die Sektion BV. Krawonien ist geradezu ideal, weißt du. Ein kleiner Verliererstaat...«
»Und PERWOKRAW?«
»Geduld Geduld. In ihrer Lage wäre es fast komisch, wenn sie nicht an dergleichen dächten. Den wirklichen FUTUMOR-Plan kennen höchstens zwei Leute dort, der Rest der Sektion BV arbeitet fürs Vaterland.«
»Vaterland –?«
»Aber ja. Zehntausende von fleißigen, spießigen Forschern in kleinen, mittleren, auch größeren Staaten arbeiten fürs teure Vaterland. Arbeiten an allen möglichen neuen Schaltungen und Schnipseleien, welche die Doppelhelix im Sinne des Vaterlands modifizieren könnten. Sie sind schließlich beauftragt, etwas zu erfinden, was Feinde tötet, und zwar möglichst viele. Oder ihre Ernte versaut. Oder ihr Rindvieh und ihre Schweine umbringt, gleichviel. Das ists, was wir brauchen: tausende von hinreichend motivierten, fleißigen, spießigen Forschern. Aufs Resultat kommts uns an, alles andere interessiert nicht.«
»Eine Verschwörung also – ?«
»Nenne es wie du willst. Ein kleiner Kreis von Leuten mit dem einzigen richtigen, das heißt menschheitsrettenden Motiv. Vergiß nicht, es kommt uns sehr billig. Die Regierungen zahlen für unsere Arbeit.«
»Das Verschwörungsprinzip ist höchst altmodisch.«
»Mit höchst modernen Interessen dahinter.«
Er erwacht aus dem Koma der Häuslichkeit, weiß natürlich, daß er planvoll aufgeweckt wurde, hat nichts dagegen, beugt sich vor, die Ellenbogen auf den Tisch gestützt: »Interessen? Welche Interessen denn? Interessen, das bedeutet Geld, oder? Profite. Wer verdient an

DELIVERY? Am fast völligen Zusammenbruch des Umsatzes?«
»Das, mein Freund«, sagt sie nach einer Pause, bedachtsam und bedauernd, »ist etwas enttäuschend von dir. Es gibt mindestens zwei Interessen, die übergeordnet sind. Macht – und Prestige.«
»Wessen Macht also? Wessen Prestige-Bedürfnis finanziert FUTUMOR?«
»Und wer zahlt die Stipendien der FONDAZIONE aus? Das meintest du doch?« Sie scherzt natürlich, jedenfalls lacht sie kurz. »Du mußt entschuldigen, mein Freund: da gibt es zwei oder drei Karten, die kann ich nicht einfach auf den Tisch legen. Aber – ich will dir helfen. Vielleicht –« Sie springt auf, wendet ihm den kräftigen Rücken zu, spricht gegen das Fensterglas, wirft ihre Sätze dem Tower der Barbaren über den Bäumen entgegen. »Gehen wir einmal davon aus, mon ami, daß es auf der Welt viele, viele Wohltäter gibt. Viele und mächtige Wohltäter. Sie sind eine eigene Klasse, eine eigene Schicht geworden. Sie sitzen in allen Weltgegenden, von Bolivien bis Bhutan – du weißt, wo Bhutan ist?«
»Natürlich. Ein kleines Königreich im Himalaya.«
»Exakt. Diese Wohltäter haben die alten Kolonial-Eliten abgelöst, haben aber viele ihrer – na, ihrer Manierismen übernommen. Und entsandt werden sie von wem?«
»Weltbank«, sagt er aufs Geratewohl, und sie nickt vor dem diesigen Fenster. »Die auch, ja. Dann Agenturen der UN. FAO zum Beispiel, Landwirtschaft und Ernährung. WHO: Gesundheits-Organisation. Hast du einen Begriff davon, wie mächtig die sind?«
Korbinian schweigt, sieht eine neue, höchst farbige Landschaft heraufziehen für seine Sphagistik: »Ziemlich – ?«
»O ja, o ja, ziemlich.« Jetzt ist die Häuslichkeit weg, gottseidank, jetzt lehnt sie, eine entschlossene Kämpferin, am Fensterrahmen, die Keulenärmel unter den Brüsten

verschränkt. »Ziemlich, und immer ziemlicher. Auf eine unauffällige Weise. Sie nähern sich dem Status von Ministerien der Weltregierung – und warum auch nicht, mon ami? Sie tun Gutes. Sie rasen in Flugzeugen und Geländewagen herum, sie impfen die Kinder halber Kontinente durch, sie gewähren Kredite für Staudämme und Pestizide und Vierjahrespläne, veranstalten Grüne Revolutionen, rotten die Malaria aus. Und merken allmählich, was sie tun: die Grünen Revolutionen gehen schief, die Moskitos werden resistent, die alten Kulturen sterben so schnell aus wie Tier- und Pflanzenarten (bitte, denk doch an deine Huronen, Corvin!). Sie vervierfachen die Menschheit in einer Welt der Erosion, des Vormarsches der Wüsten, der Verarmung der genetischen Vielfalt – bitte, bitte mein Freund, such dirs aus, such dirs aus!«

Ja, jetzt ist sie wirklich sie selber, sie verläßt den Zwischenraum zwischen Fenster und Tisch, sie marschiert mit sehnigen Schritten zwischen Durchreiche und Irlböck-Sessel – nicht mehr Hera, Athene vielmehr, die wissende Planerin, dem Haupt des Zeus entsprungen, in voller intellektueller Rüstung. »Sie sind nicht dumm, mon ami. Es wäre höchst dumm, das zu glauben. Sie sehen – peu à peu – die schlimmen Folgen guter Absichten. Sie begreifen die Wahrheit des Satzes, daß der Weg zur Hölle mit guten Absichten gepflastert ist. Ein guter katholischer Satz, nicht wahr? – Gut.«

»Und deshalb – die FONDAZIONE?«

»Die FONDAZIONE, was sonst. Und FUTUMOR. Ganz von vorn denken, vielmehr denken lassen. Voraussetzungslos. Neue Ansätze. Freising Zwei zum Beispiel.«

»Das heißt«, sagt er langsam, flüsternd, »wir bereiten die Schöne Neue Welt vor – die Welt der planetarischen Verwaltung.«

»Sicher. Das hätten sie gern.« Sie bleibt neben ihm stehen, sie fährt durchs weiße Schläfenhaar über seinen Ohren, sie

lacht laut und etwas schadenfroh: »Aber auch das kann schiefgehen. Es geht so vieles schief, mein Freund.«
»Ich kann nicht. Ich akzeptiere das nicht. Ich weiche nicht zurück.«
»Aber wozu denn?« Sie setzt sich neben seinen linken Arm auf den Teppich, sie wirft ihm ihre Wangen, ihre Lippen und Wimpern entgegen. »Bleib wie du bist, mon ami. So gefällst du mir.«
»Ich schreibe diesen Roman.«
»Unbedingt. Und wir werden ihn dem Fernsehen als Stoff anbieten, einem kommerziellen Kanal, als Serie in mindestens sechs Teilen.« Sie wartet auf seine Verblüffung, die sie genau berechnet hat, sie lacht wieder, herzlich, unbeschwert: »Ja mon cher, die Perspektive haben wir durchgesetzt, Ernie und ich. Du darfst sehr froh sein. Die Zentrale liebt Indiskretionen sonst gar nicht, weißt du. Aber –« (sie setzt sich auf die Armlehne seines Sessels, ohne daß Wärme entsteht), »– wir konnten überzeugen. Schreib das, Corvin. Schick möglichst bald ein Exposé an die Adresse einer Agentur, die ich dir geben werde. Sie wird die nötigen Verhandlungen mit den Produzenten einleiten. Der Firnmoser Verlag wird ein gutes Geschäft machen, und der Autor auch. – Mon ami!« Er starrt in ihr Gesicht, das funkelnd von Vergnügen über dem seinen hängt. »Du hast keine Fernseh-Erfahrung. Stoffe wie dieser kommen tagtäglich über die Programme, sie sind so angenehm gruselig. Für die FONDAZIONE, für FUTUMOR könnte es keine bessere Absicherung geben.«
Sie wartet seine Reaktion nicht ab, steht auf, klatscht die Hände ab, als habe sie eben einen staubigen Koffer gehoben: »Bleibt ein letzter Punkt: deine persönliche Sicherheit. Bitte nimm das ernst, ich nehme es sehr, sehr ernst, ich möchte nicht, daß dir etwas zustößt. Nicht mehr von FUTUMOR, um Gotteswillen. Aber wir sind sicher, daß du unter Observierung von KRAWSEK stehst.«

»Die Weltbesten Nummer Drei«, murmelt er mit totem Spott...
»Vielleicht, vielleicht«, antwortet sie scherzhaft. »Wir werden sehen.« Sie greift nach der großen Hängetasche, die sie unterm Fenster an die Wand gelehnt hat, entnimmt ihr einen großen derben Umschlag aus braunem Manila-Papier: »Du bekommst – A – die Adresse der Agentur, Fernsehen, du weißt. B – drei verschiedene Pässe verschiedener Nationalität, dazu eine Liste deiner Aufenthaltsorte in den nächsten fünf Wochen. – Bitte chéri, mach' es mir nicht schwerer, als es ohnehin schon ist, wir haben uns große Mühe gegeben. Und es wird ganz angenehm sein für dich. Erfreulicherweise gehören wir zur akademischen Welt, die akademische Welt lebt von internationalen Kongressen, und wir haben dich unter wechselnden Namen und Kompetenzen angemeldet:
Yokohama – *Die Zukunft der Linguistik;* Galway – *Neue Parameter der Futurologie;* Toronto – *Amerikanische und europäische Einigungskriege im 19. Jahrhundert: Vergleichbares und Unvergleichbares;* Atlanta – Viertes Melville-Symposium, und so weiter, alles ist vorausbezahlt, die Flugtickets hast du auch. Ich beneide dich, wirklich. Ich käme gern mit, weißt du.«
Er steht hastig auf, sie legt ihre beiden Arme auf seine Schultern, er sieht die riesige Landschaft ihres Gesichts, die sein Blickfeld ausfüllt, eine fremde, außerirdische Landschaft. »Ich passe auf dich auf, du«, sagt sie leise. »Und wir sehen uns wieder. Aber frühestens in fünf Wochen, hörst du? Du mußt dich ans Programm halten.« Sie flüstert noch »Danke chéri« und gibt ihm einen Kuß. Ihm fällt ein, daß er ihr eine schreckliche Frage stellen müßte. Es fällt ihm aber nicht sofort ein, wie sie lautet. Die Frage wartet hinter der halboffenen Geheimtür, eine Vater-Frage.

* * *

4.

Auf der Rampe

Alias Johnson sitzt mit einem Drink und einer Zigarette im Dachgarten des Luxor-Hotels zu Toronto und sieht einer hübschen Blondine zu, die fast nackt und etwas beschwipst in den Swimmingpool springt. Die Blondine gehört ihm nicht, er will sie auch gar nicht haben, seine Erinnerungen sind bedeutender. Und auf einen Lebensabend reflektiert er nicht. Es wäre das Letzte, was er zu diesem Zeitpunkt haben möchte. Das Ausbleiben des Lebensabends wäre sozusagen seine Rettung aus dem kompletten Gefängnis. Er wartet, er hofft auf den letzten Anruf, und er wird, Himmel Arsch und Zwirn, keinen Renner satteln, um davonzukommen.

So bleibt er denn sitzen, als sich ein Page mit einer Tragtafel nähert: MR. KOSTLER. Und es ist dies tatsächlich der Name, mit dem er sich unten, in der marmornen und messingnen Riesengrotte der Halle, für den Kongreß über die Einigungskriege des 19. Jahrhunderts angemeldet hat. Very well, Mr. Kostler, Room 2321, Mr. Kostler. Er winkt den Pagen näher, der fragt nochmal »Mr. Kostler?« und hält ihm einen länglichen weißen Umschlag hin. Irlböck erhebt sich, winkt knapp, tippt einen halben Dollar in eine junge Hand, wedelt das »'k you Sir« weg, während er die Schmalseite des Couverts aufreißt.

Es enthält lediglich ein Ticket für die Park Island-Fähre, auf seiner Rückseite steht mit Kuli geschrieben: »Warten auf den Vater-Löwen.«

Dr. Irlböck tritt an das Geländer des Dachgartens und blickt hinab, fast senkrecht, zu den viertelkreisförmig angeordneten Eingangstoren der Inselfähren. Der Tag ist herbstlich, nicht besonders warm, aber sonnig – von angelsächsischer Freundlichkeit. Jenseits der Lagune erstrecken sich die Inseln, bilden fast einen Lido, und dahinter beginnt die zinnfarbene, trägflüssige Weite des Ontario-Sees. Eine Fähre tuckert dem Festland entgegen, der Anlegestelle hinter dem Eingangstor, in steter Runde der Pflicht, ein braver Esel am Göpelrad.

»So?«, sagt Korbinian halblaut, »So.« Er wirft die halbe Zigarette in die Tiefe des gepflegten Stadtufers, er geht mit schnellen ausgreifenden Schritten zum Lift, rempelt dabei die nasse Blondine an (nicht brutal, nur in gleichgültigem Versehen) und fährt sofort im Lift nach unten. Das Wetter ist sommerlich oder fast sommerlich, er hat keine wirklichen Bedürfnisse mehr, weder nach Wärme noch nach Gesundheit, er ist blank, ohne Mantel und Hut, im Fischgräten-Anzug des Kongreßteilnehmers, er hat die Linke in die Jackettasche geschoben, der Daumen bleibt außerhalb. Er zeigt das Ticket, er steigt ohne Zögern zwischen Rädern und Kinderwagen ein, eilt die Reeling entlang nach vorn zum Bug, den Blick ins Unbekannte vorauswerfend. Er zündet eine neue Zigarette an, das gehört sich so für einen Abenteurer seiner Generation, man kennt das aus alten Filmen.

Ernie erwartet ihn am rechteckigen Becken der Anlegestelle an der Lagunenseite von Park Island. Er trägt eine pludrige Hose, wie man sie jetzt hat, ein schwarzrotes Holzfällerhemd und eine Baseballmütze mit dem langen albernen Schild, das wie eine hochgerutschte Vogelmaske aussieht. Bleich hebt er die Rechte und schwenkt sie zehn Grad nach außen: willkommen Daddysir.

Die Insel ist mit dem Fanatismus organisiert, den der nordamerikanische Kontinent der tugendhaften Freizeitgestaltung widmet. Es gibt eine kleine Freiluftbahn mit weißen offenen Wägelchen, es gibt Snack-Pavillons mit Speise- und Trank-Angeboten zur Abtötung der Gaumenlust, es gibt ein Westerndorf für die Kleinen und die, die es bleiben wollen, es gibt hölzerne Bänke aus halben Bäumen, dunkel gebeizt und lackiert ebenso wie die Wegweiser, und vor allem gibt es grünstes Gras, kürzestes Gras, sorgsamst gepflegt und mit Tafeln versehen, auf denen steht: PLEASE WALK ON THE GRASS. Campus-Gras also.

Ernie kommt es auf das Gras an, er übt die instinktive Vorsicht von Leuten, die wissen, was ein gutes modernes Richtmikrophon leistet. Vater und Sohn gehen nebeneinander der anderen Seite der Insel zu, kreuzen Pfade mit Radlern, überschreiten schmale Wasserarme mit hiesigen Wasservögeln, vertäuten kleinen Booten, kommen schließlich zum breiten Aussichtspier, der sich in lichtes unendliches Wasser und lichten unendlichen Himmel erstreckt. Niemand außer ihnen ist auf der Rampe. Hier gibt es kein Schilf, keine Kormorane, keine Wasserbüffel, die alte Welt ist ganz weit weg, der See ist gleichgültig und wartet auf die Kanus der Huronen, die hiehergehören. (Aber saßen hier nicht die Irokesen, die Gewinner?)

»Sorry Dad«, sagte Ernie. Er spricht kein deutsch-amerikanisches Kauderwelsch mehr, er spricht in den gemessenen und doch drängenden Kadenzen des Universitäts-Amerikanisch. »Ich habe alle Kompetenzen überschritten, to hell with them, dieses Treffen ist völlig außerhalb jeder Norm, aber von äußerster Dringlichkeit. Es war schwer, dich aufzustöbern, ich mußte über die Zentrale gehen, JJS hat nicht mitgemacht. Dad, die Dinge rücken zusammen. Things are closing in.«

Er spricht mit einer leisen, flachen, atemlosen Stimme, der Stimme eines Menschen, um den sich die Dinge zusammenschließen: die Mauern, die Türen, die Optionen. »Ich nenne drei Buchstaben: AIS.«

»Adapted Immunization Series. Weiß ich. Soll von KRAWNAUK ...«

»Falsch, ganz falsch.« In Ernests Gurgel rumpelt etwas wie Panik.

»Die Wörter sind englisch, nicht krawonisch. Und warum sollten sie nicht englisch sein, Daddysir? Das Serum, die Folge von Sera wurde hier in Kanada entwickelt, in Edmonton. Von der dortigen FUTUMOR-Gruppe.«

»In Kanada – ?«

»Ja. Nach Blutgruppen differenziert, in drei Dosen einzunehmen. Oral.«

»Das«, so Korbinian, »ändert natürlich alles.«

»Das ändert alles«, sagt das Echo des Sohnes. Irlböck sieht ihn von der Seite an und begreift, daß sie über zwei gänzlich verschiedene Änderungen reden. Korbinian spürt plötzlich eine strahlende Freiheit – die Freiheit von der blinden Determination, von der Herrschaft der hellblauen Broschüre im Aktenband MISZELLEN II. Ernest C. dagegen... »Komm«, sagt Korbinian sanft und etwas hilflos, Papa Irlböck vom Crescent Drive, wenn der naseweise Ernie etwas verbockt hat. »Komm, Sohn. Sags Daddy.« Hinter ihrem Rücken tingelt die kleine Eisenbahn, rufen die Kinder, Irlböck lehnt am Geländer und blickt zurück, hoch über den Bäumen der Parkinsel türmt sich gläsern und stählern die Universalstadt, die hier zufällig Toronto heißt.

»FUTUMOR«, sagt der Sohn durch fast geschlossene Lippen, »hat seine Policy geändert. Im Interesse der historischen Kontinuität.«

»Ah, das ist hinreichend klar. Die Mannschaft geht in die Rettungsboote.«

»Die Experten. Zwecks Observierung und behutsamer Steuerung. Es wäre ja jammerschade um so viele und gute Experten.« Und Ernie wirft sich längelang mit dem Rücken auf die Bohlen der Rampe, spricht mit geschlossenen Augen in den Himmel, im Totenschwumm wie da-

mals (in weiter weiter Ferne) am Taltysee. »Das ändert alles. Die gesamte ethische Plattform.«
Irlböck sagt nichts. Er sitzt auf der letztmöglichen, leidenschaftslosen Terrasse, eingestimmt auf Kapitulation, und unter ihm, auf der See der Resignation, fährt plötzlich dieses verrückte Boot los, hinaus aufs offene Meer des Überlebens, zu den Küsten der wunderschönen, leeren, neuen Welt. Er wird nicht in dem Boot sitzen, soviel begreift er. »Wer soll geimpft werden?«, fragt er vorsichtshalber.
»Diagnose-Gruppe, Therapiegruppe, ja – ein paar Leute von der Exekutive.«
»Und die Geldgeber natürlich.« Geldgeber bleiben immer übrig – letzten Endes. Ernie blinzelt perplex ins Licht, an so etwas wie Geldgeber denkt er nicht, dergleichen gehört nicht zur Unschuld des akademischen Glashauses. »Schon gut, schon gut.«
»Nichts ist gut. Absolut nichts. Nichts.« Ernie hat die Augen geschlossen, Tränen warten hinter seiner flachen Stimme, Tränen der Kränkung, wenn nicht der Scham. »Da hat man wenigstens an Eines geglaubt: wenn es schon sein muß, dann gehen wir alle zusammen in die Schußlinie. Alle, die Opfer und die großartigen Verantwortungsträger. Wenigstens an das hat man geglaubt: diesen klitzekleinen, entscheidenden Vorsprung – moralischen Vorsprung – vor all den Scheiß-Cäsaren, Scheiß-Generälen, Scheiß-Politikern, Scheiß-Wirtschaftsführern. Wenigstens das.«
»Laß doch«, sagt Irlböck, fast wütend. »Uns fünfundneunzig Prozent ist das so oder so egal.«
Ernie hört ihn nicht, er verfolgt seine eigene Qual im Sonnenrot hinter den geschlossenen Lidern. »Das – und kein Urteil. Kein Urteil. Keine Selektion nach Rasse, Klasse, IQ oder was sonst. Kein Urteil über die Experten, kein Urteil über die Trottel. Kein Urteil über Porschefah-

rer oder Kokshändler oder Kinderschänder oder Päpste oder Fußballspieler oder Nonnen oder Huren. Strikt die Unparteilichkeit der Mikroben. Ersatz für ausgefallenes biologisches Flußgleichgewicht, that's all. Wiedergutmachung an der Biosphäre. Und wir, die Verdammten, natürlich dabei in der Lotterie.«

»Das«, so Korbinian, »hat sich wirklich geändert, da hast du recht.«

»Hitlerei ist das jetzt. Selektionsrampe.«

»Seit wann – ?«

»O, die Krisensitzung war vor fünf Wochen. Das AIS-Forschungsprogramm läuft natürlich schon länger, ist jetzt ausgereift.«

Ernie spricht weiter, monoton, die Tränen lassen sich nicht mehr lang Zurückhaltung gefallen. »Du hättest die Gesichter sehen sollen in der Krisensitzung. Plenum, beide Gruppen. Meine Damen und Herren – «

»War eine Dame dabei?«

»Zwei oder drei.«

»JJS?«

Ernie hört nicht zu, verfolgt seine Qual hinter den Lidern weiter: »– gänzlich neue Lage, stellt unsere Bemühungen in ein neues Licht, neue Möglichkeiten der Kontinuität, Möglichkeiten der Überprüfung unserer bisherigen, bla bla. Du hättest die Gesichter sehen sollen. Schurken, dem Fallbeil entronnen. Parksünder, die den Polizisten bestechen konnten. Freche Domestiken, mit einer Ohrfeige davongekommen. Feierlich-ernste Verwandte am Grab, die über die Erbschaft spekulieren. Ratten, die merken, daß der Schnauzer nicht mehr vorm Loch lauert. Und Klein-Ernie sieht sich um, sieht die Augenpaare, sieht sich selbst in diesen Augenpaaren, weiß, daß er genau so aussieht wie alle anderen Philister.«

»Du bist streng mit dir«, sagt Daddy behutsam. Ernie liegt längelang, Ernie sieht bleich und schweißig aus unter dem lächerlichen Baseball-Kappenschild, er öffnet die Augen nicht. »Doch, Philister, Spießer. Das murkst an der Doppelhelix herum und träumt von Immobilien-Anlagen. Das fabriziert Genozid und hechelt nach dem Hintern einer Tippse. Das spaltet Atome und prügelt sich um den Prestige-Parkplatz. Du hast die Heroen gerade noch mitgekriegt – Max Planck, Otto Hahn –«

»So heroisch waren die auch nicht.«

»Immerhin haben sie noch gewußt, wer den Hamlet geschrieben hat. Das brauchst du heutzutage gar nicht mehr voraussetzen. Und solches Pack, solches Pack macht ...«

»Überleben will jeder«, sagt Korbinian sanft und gezielt. »Ist doch eine Versuchung, oder?«

»Überleben?« Ernie schnellt hoch, sitzt jetzt kerzengerade mit ausgestreckten Beinen, er hat angefangen zu weinen, drei oder vier Tränen torkeln spiralig über seine runden Backen, aber er hört schon wieder auf, weil Wut in ihn einschießt. »So ein Unsinn! Weiter erkennen, das ist die Versuchung, die ungeheure Versuchung, verstehst du? Wir stehen am Anfang, ganz am Anfang, habe ich dir doch erklärt in Wien –«

»Hinab ins Seepferd-Tal ritten die Achthundert«, parodiert Irlböck die Kavallerie-Ballade des alten Alfred Tennyson.

»Verlierer, alle achthundert, padre mio. Wenn ich zustimme, wenn ich mitmache, bin ich einer deiner Verlierer, Verlierer auf ewig.«

»Du sagst: wenn ich mitmache. Hast du denn eine Wahl?«

»Natürlich habe ich eine Wahl. Jeder kriegt das verdammte kleine Etui, mit den drei Ampullen darin, in Abständen von einer Woche zu schlucken. Wenn sie mir nicht die Nase zuhalten und mir die Dinger zwischen die Zähne rammen, habe ich eine Wahl.«

»Sag mal – «, jetzt ist es an Korbinian, aus den zusammenrückenden Mauern zu sprechen, flach und hohl: »Sag mal, warum erzählst du mir eigentlich das alles?«

Ernie blickt zu ihm auf, gekränkt unterm Baseball-Schnabel, sein kindliches Vertrauen, sein kindliches Bedürfnis nach Aussprache ist gekränkt – und dann: »God. My God.«

»Die Frage ist, ob der deine auch der meine ist.« Korbinian Irlböck marschiert brüsk los, beide Hände jetzt in den Jackettaschen, die Türme der Universalstadt vor sich, hinter ihm, ein trostloser Mops in Schwarzrot, hampelt der große Chaosforscher: »My God, Daddysir, eine Frage der Fairneß, schließlich hast du Freising Zwei, das darfst du nicht vergessen –«

Korbinian bleibt abrupt stehen, wirbelt herum, der trostbedürftige Mops rennt gegen seine Fischgräten: »Sohn, ich vergesse es keine Sekunde lang, keine Sekunde. Und jetzt wünsch ich dir eine glückliche Wahl. Grüß Mutter von mir.« Er hält ihm die Hand hin, die Abschiedshand des Europäers. Ernie bleibt nichts übrig, als sie zu ergreifen: »God. My God«, sagt er nochmal, dann hampelt er weiter, der treuen Fähre entgegen, zurück in die Arme von FUTUMOR.

Korbinian schaut ihm nach, dann wendet er sich nach rechts, schlendert zu einem der Abtötungs-Kioske, bestellt etwas Nasses, setzt sich an einen leeren Tisch und konzentriert sich. Versucht Zwei und Zwei zusammenzuzählen, stößt auf zu viele Unbekannte. Er nimmt das Notizbuch aus der Brusttasche, in das er Stichworte für den Roman kritzelt, er schnaubt angewidert und steckt es wieder weg: es ist klar, daß man ihn hereingelegt hat – oder hat er es selber besorgt?

Und es fällt ihm sein Keller ein. Er hat ihn nicht mehr betreten, seit die Maschine mit der Gaslaterne TILT anzeigte, er hat sich, mit anderen Worten, gedrückt. Es ist Zeit, höchste Zeit, das abzustellen. Es ist höchste Zeit, zu den Geheimnissen Freisings zurückzukehren.

Und das tut er.
Er geht nachmittags in eine Sitzung des Symposiums über die Einigungskriege des 19. Jahrhunderts, ein Engländer aus Florenz referiert über den großen Verlierer Garibaldi, mitten im Referat geht er hinaus, Mr. Kostler ist ohnehin keiner, den man vermissen würde. Geht ins Zimmer 2321, packt seine wenigen, rationellen Siebensachen und geht zur Rezeption. »Ich reise ab«, erklärt er. »Ich zahle meine Extras.« Der Computer des Hotels hat ihm spaßhalber einen Saunabesuch berechnet, der nicht stattgefunden hat, der Rezeptionist lächelt verstehend, das tun die Computer laufend, zieht den Betrag wieder ab.
»Oh, Mr. Kostler«, sagt er dann, »es wurde etwas für Sie abgegeben.« Es ist ein Päckchen in einem Briefumschlag, er nimmt es entgegen: »Rufen Sie mir ein Taxi zum Flughafen.«
Bye-bye Atlanta, bye-bye Melville, leb wohl, du liebe verrückte Welt der Kongresse, der schwere Panzer wird zum Flügelkleide, empor, empor, die Erde bleibt zurück. Die Maschine ist fast restlos besetzt, er fliegt Business Class, er bekommt Champagner und ein Speziallächeln der gehetzten Luftkellnerin. Er öffnet das Päckchen, das ihm der Rezeptionist im Luxor gegeben hat. Es enthält ein flaches, stabiles Etui mit drei gläsernen, bernsteinfarbenen Ampullen. In dem Etui liegt ein Blatt mit einigen gekritzelten Zeilen:

›Du warst excellent, Daddysir. Du warst der Durchbruch. Ich nehme das Zeug nicht. Und ich revanchiere mich. Der Set gilt für Blutgruppe A, das ist die meine, Momma hat Null, also hast du auch A. Damit hast du jetzt die Wahl. Eine wirkliche Revanche, was?‹

Er läßt das Etui aufs Klapptischchen sinken. Er fühlt sich unendlich müde, stumpf, weggetreten. Ein neuer Tod, oder vielmehr ein weiterer alter Tod in seinem Bukett: der freie Entschluß des Sohns, auf die Selektionsrampe zu

treten. Der Entschluß eines Freien, bevor die große Mähmaschine losfährt.
Aber dann durchzuckt ihn ein hundsgemeiner Schmerz, vergleichbar der Brutalität eines ausgerissenen Zehennagels. Er fingert in der Hosentasche nach seinem Portemonnaie, in der Abteilung unter dem Zelluloid-Fensterchen findet er seine Klinik-Karte, die er vorsorglich bereithält – falls ihm, zum Beispiel, etwas im Verkehr passieren sollte. Und da muß das Notarzt-Team doch die Blutgruppe finden können, nicht wahr?
Die Blutgruppe ist B.
Pech, Korbinian. Doppeltes Pech.
Das C hinter Ernest stand wohl immer für Clem, nicht für Corvin.

***

5.

Der Kelch des Bundes

Er hätte das nicht machen sollen.

Das Programm wäre so schön gewesen: Er hätte an dem Melville-Symposium in Atlanta teilnehmen sollen, und dann an der Konferenz in Galway über Fragen der potentiellen Geschichtsdeutung, und anschließend an einer Seminarwoche über Grenzfragen der Religionswissenschaft in Canberra, und schließlich an dem friedlichen Ferienkurs für Creatives Schreiben in Kalamazoo, Michigan.

Er hätte das nicht einfach abbrechen und einfach nach Freising zurückkehren sollen.

Und wenn er schon zurückkehrte, hätte er sich nicht einfach per Taxi auf den Domberg fahren lassen sollen. Er hätte, zum Beispiel, einen Spaziergang auf dem Fürstendamm machen sollen.

Vielleicht hätte er dann zum ersten Mal mit wachen Augen das merkwürdige nagelneue Häuschen am Fuß des Domberghangs entdeckt, jenseits des Wassers, über ein versperrtes Brücklein erreichbar, direkt in der Fallinie herunter von seinem Garten – ein fensterloses Häuschen vage amtlichen Charakters, ohne Aufschrift, mit einer soliden dunkelgrünen Tür, die keine Klinke hat, sondern nur einen festen Knauf und zwei Sicherheitsschlösser; ein Brunnenhaus oder ein Umspannhäuschen oder was sonst. Er hätte vielleicht den Blick mißtrauisch nach oben geschickt, seiner Gartenterrasse entgegen – vielleicht.

Und vielleicht wäre er dann nicht ganz so überrascht gewesen, daß (es war später Abend) in seinem Wohnzimmer Licht brannte, daß alter Zigarrenmief in seiner Luft

hing, und daß auf dem Tisch vor dem Panorama-Fenster zwei benützte Gläser und eine leere Flasche standen.
Vielleicht hätte er mit weniger Ratlosigkeit das scheußliche Etikett auf der Flasche studiert: den Namen PRAVA SOPHIJA in lateinischen Großbuchstaben, mit Haken und Ösen auf Altslawisch getürkt, darunter eine hampelige Dame mit Maske, die in der Linken ein Gewehr und in der Rechten den Mlazghan emporreckt.
Er wäre vielleicht etwas besser vorbereitet gewesen auf das Auftauchen von Jeanne-Jacqueline Smerdyayer im Rahmen der Vestibül-Tür, der Frau seiner Träume (wenn er seine jüngste Traumproduktion einmal ehrlich durchmusterte).
Er hätte dann sogar mit einigem Wohlgefallen bemerken können, daß sie auf eine bisher unerprobte Art attraktiv aussah: kurvig in einem sogenannten Blaumann, einem blauen Overall also; einem Kopftuch, das ihr dunkelbraunes Haar bändigte; mit Cord-Leder-Handschuhen und Spuren, Flecken, Striemen von Mörtel, Staub, Spinnweben über Gesicht und Figur.
Und wäre nicht ganz so wehrlos gewesen gegen die voraussehbare Art, wie sie ihn ansprach, wie sie ihn sofort und eindeutig ins Unrecht setzte; wäre etwas gewappnet gewesen gegen den Ton einer engelsgeduldigen, aber an die Grenze ihrer Geduld gedrängten Maman aus besten mitteleuropäischen Kreisen:
»Das nenne ich eine Bescherung, chéri, eine schöne Bescherung!« Da sei man nun bemüht, den Herrn Professor aus allen Widrigkeiten herauszuhalten, ihn abzudekken, zu schirmen; da verschaffe man ihm ein wunderschönes Reiseprogramm mit wunderschönen Tickets und Pässen (ein teures Programm übrigens, Mr. Huong Dee sei nicht gerade entzückt gewesen, mon ami, über die außerplanmäßige Ausgabe); und er hätte sich denken können, daß man zu tun habe, alle Hände voll zu tun mit dieser

krawonischen Bredouille, die ja letzten Endes auch auf ihn, den Herrn Professor, zurückgehe, man möge das nicht vergessen, mon ami –
Natürlich hätte er darauf hinweisen können, daß er nicht gefragt worden war, daß er unter dem Druck der von Madame Maman angestifteten Verwirrung dieses Programm, diesen verrückten Kongreß-Zickzack über den Globus einfach geschluckt hatte, aber dazu hätte er den Atem einer Geistesgegenwart gebraucht, den ihre Suada einfach nicht zuließ. Und es wäre ihm dann möglich gewesen, den Zorn zu unterdrücken, die gestaltlose Bauernwut, die in ihm hochstieg, er hätte sie bändigen können, ehe sie die angelehnte Geheimtür zu der schrecklichen Frage aufstieß und die Frage einfach ins Zimmer stieß, zwischen sie und ihn: »Wie ist der Vorname deiner Mutter?«
Und es wäre ihm die (in leichter Verblüffung gegebene) Antwort erspart geblieben: »Nadine. Wieso?«, die ihn nun auf sie zuspringen ließ, die ihn ihre Oberarme ergreifen und sie schütteln ließ, während er schrie: »In der Nacht vom 7. auf den 8. Mai 1943 habe ich Nadine geliebt – in einer Villa von Marsa-la-Plage!«
Und sie hätte sich dann nicht, nach einem Moment der Erstarrung, losgerissen, wäre nicht zurückgesprungen, hätte nicht den Kopf zurückgeworfen, nicht den breiten Mund zu mänadischem Gelächter geöffnet, hätte sich nicht auf die Blaumann-Schenkel geschlagen und geschrien: »A l'aide, Papa, à l'aide, aiuto!« Es wäre ihm erspart geblieben, von ihr zur Kellertreppe gezerrt zu werden; hinabgezerrt zu werden vor das offene Schwenkregal im Keller, in den ersten Geheimraum hinein, den kühlen leeren, der aber nicht leer war, sondern vollgestopft mit den Requisiten aus dem Monrepos: Schreibtisch, Schreibsessel, Computergerät, Regale voller Ordner – und, nicht zu vergessen, die Flippermaschine, die sogar angeschlossen war – krank leuchtete das Gesicht der

Straßen-Dame über der Federboa. Und: »Hier hast du's, Corvin, in diese Unordnung mußt du zurückkommen, Corvin, du Eigensinniger, Ungehorsamer, Undisziplinierter. In drei Wochen hättest du ihn zurückgehabt, deinen Keller, tipptopp, wie gehabt, das Programm wäre gelaufen gewesen, die krawonische Gefahr gebannt, die Laboranten wären weggewesen, die Kuriere ausgelaufen. Nichts hätten wir in deiner Wohnung durcheinandergebracht, nichts, alles wäre über den Gang zum Flüßchen hinab gelaufen, wozu haben wir dieses Torhäuschen gebaut, die Genehmigungsbehörden beschwindelt, die Juristen beschäftigt, nur um dich abzuschirmen von der endlich menschheitsnützlichen Nutzung deiner Heimlichkeiten – aber nein, er muß kommen, er muß dazwischenkommen, chè noia! – Wozu? Da fragst du noch? Ein absolut sicheres Labor für die Großproduktion, die regionale, die mitteleuropäische, von Delivery, was sonst? Das Programm muß doch global möglichst gleichzeitig anlaufen, mondieu! Es bleiben noch genug Unsicherheitsfaktoren, kannst du glauben, cher papa. Drei Wochen noch, chè noia, chè miseria!«
Und dann hätte er vielleicht nie sein schönes Gewölbe, seine private Krypta mit den mittelalterlichen Rundgurten, als modernen Alchimistenkeller gesehen: blinkende Gerätschaften, Kühlschränke, Glasvitrinen voll von Petrischalen und Reagenzgläsern, Schlauchleitungen für Bunsenbrenner, alles überstrahlt von einem halben Dutzend Neonröhren. Eine leere Bühne jetzt, und vielleicht, wenn er die Frage nicht gestellt hätte, oder wenn er sie etwas später gestellt hätte, wäre das Gewölbe ganz menschenleer gewesen, wäre der stämmige Blaumann nicht in der Ecke gekauert, zwischen Mörtelmulde und Putzeimer und Beton-Hohlblöcken, der seelenruhig den engen Gang zum Sarkophag des Nonnosus zumauert. Und wenn er auch nur eine halbe Minute, auch nur zwanzig Sekunden

später hinabgezerrt worden wäre, dann wäre ihm zumindest das Letzte erspart geblieben, der letzte, unabweisliche Blick auf die letzte Lücke in der Vermauerung, das letzte Fenster, durch das ein Löwenhaupt zu sehen war, ein gewaltiger Lockenschädel, ein schrundiges, maskulines, mitesserverziertes Antlitz mit breiter Nase und wuchernden Brauen, zu ewigem Satyrgrinsen verzerrt: das Haupt des Professors Nikolja Frasov. »So, das hätt' ma!« hätte dann der Blaumann eine halbe Minute früher gesagt, hätte eine halbe Minute früher den letzten Hohlblock in die Lücke über dem Mörtelbrei gleiten lassen, aber sie war ihm nicht vergönnt, die halbe Minute oder auch nur die zwanzig Sekunden, es ist ihm nicht vergönnt, in Unwissenheit, in segensreicher, zu verharren – »Frasov!«.
Und der Blaumann hätte weitermauern können, hätte sauber verputzen können, statt aufzuspringen, herumzufahren wie ein Wachhund, die Spachtel in der kräftigen Pratze: kein Blaumann, eine Blaufrau, eine Blau-Megäre – Irma Göll-Jakusić. »Jessas, der Doktor!«, schreit sie.
Ja, so sehen nun die Tatsachen aus, im Indikativ.
»Du hast ihn – hergelockt, du Bestie«, röchelt Korbinian, und: »Bitte benimm dich, mon ami«, so Maman tadelnd und kühl. »Ich habe dir doch gesagt, daß das krawonische Problem bereinigt werden muß. Es war die sauberste Lösung, die Minimallösung. Chirurgisch. Ohne Frasov kein PERWOKRAW, da kein AIS in Praslok. Keine Alternative. Bitte sieh den Tatsachen ins Auge.«
»Du hast ihn hergelockt.«
»Er ist – er war geschlechtspolarisiert, wie du weißt. Es war nicht allzu schwierig. Ich habe nicht gelockt – er ist gerannt.«
»Aber AIS – Edmonton –«
»Das, mein Freund, ist etwas völlig Anderes. Das betrifft die globale Lage.«
Er sieht jetzt den Tatsachen ins Auge, ja, er sieht sie im

Indikativ. Er sieht das Wachhund-Auge der Irma Göll, wachsam und aufmerksam und mörderisch auf das Profil der Herrin geheftet, die rechte Pranke schon in der aufgesetzten Tasche des Blaumanns, ihre höchst praktische Miene unter dem mörtelbespritzten Papierhelm; hört ihre respektvolle Frage an das Profil der Herrin: »Ja da müß'ma wohl, was?«

Er sieht das schönste Labor der Welt, hochmittelalterliches Alchimistengewölbe, strahlendem Menschheitsnutzen gewidmet, sieht zwei Einheiten des zweitbesten Geheimdienstes der Welt (wenn Ernie recht hat – wo ist Ernie eigentlich? Bei Vater und Mutter? –), hört Giovannas Stimme: »Kannst du dir vorstellen, was Irma meint, Papa?«

»Nein.« Er weiß, was sie meint, aber er kann sichs nicht vorstellen. Er weiß, daß er jetzt zuviel weiß – daß er Evidenz hat, die er nicht haben dürfte: ein Labor voller Tod, ein Frasov hinter Beton und Putz.

Er weiß, was eigentlich unabwendbar ist, er sucht nach der erinnerten Terrasse des Gleichmuts, nach dem sanften Abschiedsgefühl des Philosophen, findet es nicht, Himmel Arsch und Zwirn, gelernt ist eben doch nicht gelernt. Giovannas Augen sehen das auch. Sie blickt ihn an, während sie eine Hand leicht abwehrend gegen die Göll-Jakusić erhebt: »Nichts Überflüssiges, Irma. Wir können unserem Freund etwas Günstigeres anbieten.«

Und sie tritt an einen Eisschrank, sie entnimmt ihm ein flaches Etui, klappt es auf: »Blutgruppe B, nicht wahr? Ich erinnere mich an deine Klinikkarte. Drei Dosen, oral einzunehmen, im Abstand von jeweils einer Woche. Dies ist die erste.« Sie hält eine der stattlichen 0,5-Deziliter-Ampullen ins Licht, das Elixier schimmert bernsteinfarben-venezianisch im hellen Licht, sie bricht die Spitze ab, wirft einen prüfenden Blick über die vorhandenen Gerätschaften, gewahrt mit leichter, freudiger Überraschung einen Kelch, einen spätgotischen Kelch, seinen Kelch auf

einem Glasschrank, nimmt ihn herab, füllt ihn mit dieser kleinen sakralen Menge versprochenen Lebens, reicht ihn dar, spricht sanft: »Nimm schon, trink. Wir wollen doch leben, mein Freund, n'est-ce pas?«
Und er gehorcht. Er trinkt voll Ehrfurcht, dann brechen die Dinge in seinem Kopf auseinander, seine Knie geben nach, und er plumpst auf das saubere Schieferpflaster seines geheimen Lebens.
»Ja, es wär schad gewesen«, sagt Irma respektvoll. »Wir bringen ihn nach oben«, sagt JJS. »Wir halten ihn unter Sedation, Sie brauchen nur gelegentlich nachsehen. Den Betrieb stört das nicht.«
»Den Verputz, den müß'ma wohl noch –«
»Ah, der Verputz.« Die Frauen sehen sich an, und Irma Göll-Jakusić deklamiert: »Wir werden noch oft darüber lachen im Palazzo.« Man sieht ihr nicht an, daß sie Edgar Allen Poe kennt, die Geschichte vom Fäßchen Amontillado.
Die Frauen tragen Dr. Korbinian Irlböck, sie tragen ihn sanft und barmherzig, sie betten ihn auf die Couch im Wohnzimmer, sie entledigen ihn der Oberkleidung und werfen eine flauschige Decke über ihn. Er stöhnt und murmelt etwas im halben Koma. Irma zieht eine Spritze auf. JJS entnimmt seiner Hose das Portemonnaie, sie prüft nochmals seine Klinikkarte, sie lacht leise und schüttelt den Kopf. Dann tritt sie ans Telephon und wählt eine Nummer ohne Vorwahlcode. »Hier Team Eins«, sagt sie. »In zwei Stunden kann die Arbeit wiederaufgenommen werden.« Sie hängt auf, stellt die Flasche PRAVA SOPHIJA und die zwei benutzten Gläser auf ein Tablett, stellt es in die Durchreiche. Das Telephon schnarrt, sie überlegt einen Augenblick, hebt dann doch ab, lauscht, zieht die Augenbrauen freudig hoch:
»Fritja – ty?«

* * *

6.

Klärung und Verklärung

Fritjof Gabor, mitteleuropäischer Koordinator von Krawsek, kam nach Freising, um seine Frau abzuholen. Sie empfing ihn freudig im Vestibül. »Wanka«, sagte er und küßte ihre Hand nach Väter-Art, »es ist Zeit, heimzugehen.« In seiner Stimme lag fast ungläubige Hoffnung. Ivana nahm die Huldigung entgegen, wie es Damen aus besten Kreisen gelernt haben. »Wie war der Zehnte Parteitag?«, fragte sie neckend. Er rollte die Augen, während sie ins Wohnzimmer gingen, pustete die Backen auf: »Mi bożе! Sehr spannungsreich – hier würde man wohl ›stressig‹ sagen. Vor allem sehr, sehr geheim, husch-husch. Kein Plenum, naturgemäß, Klausur in Pystrová. Wir haben ja diesen Umbau, *pre-ustrautschwo,* die Partei hat ja auch einen neuen Namen…«

»›Bund Menschlicher Sozialisten‹, ich weiß.« Ivana lachte silbern. »Aber Perwokraw bleibt ja.« Sie sprachen natürlich krawonisch.

»Perwokraw bleibt, und ob.« Sie nahmen beide Platz am Tisch vor dem Panorama-Fenster, Fritjof zog dabei sorgfältig die gebügelten Hosenbeine hoch. Ivana, hier zuhause, schenkte aus einer bereits entkorkten und temperierten Flasche Rotwein in sein Kristallglas, dann ihres – Médoc aus Korbinian Irlböcks großer Reserve. Die Ehegatten stießen dezent an, die Kristallgläser klangen nach Slavna und Dobrava und Sophija und Praslok, nach alter Liebe, malerischen Zeiten und neuen, kühnen Hoffnungen. »Hier«, sagte Gabor und zog eine dünne lindgrüne Broschüre aus der Brusttasche, warf sie auf den Tisch, sie trug den Titelaufdruck Первокраб – Kravonia First.

»Frisch aus der KRAWSEK-Druckerei. Bis auf die Einbandfarbe, die, glaube ich, hellblau ist, gleicht sie Irlböcks geheimnisreichem Fund. – Wie geht die Arbeit hier voran?«

»So gut, daß sie fast vorbei ist. Von der Terrasse aus könntest du die Kuriere sehen, die vom Bach heraufkommen. Wir sind mit der weltweiten DELIVERY-Aktion absolut synchron. Es wird weltweit verteilt.«

»Wer wird hier aufräumen?«

»Irma. Irma ist sehr gut.«

»Eine der Besten – das war immer klar.«

»Wenn sie Corvin versorgt und er dabei aufwacht, lächelt er sie sogar an.«

»Hm. – Du – magst ihn?«

»In einer Weise, ja.« Fritjof seufzte unhörbar; er wußte, was das alles bedeuten konnte.

Sie standen beide auf in wortloser Verständigung und traten an die Couch. Sie war jetzt mit einem frischen Leintuch bezogen, und der Greis Irlböck lag darauf, reinlich, in einem gebügelten Nachthemd mit bordiertem Kragen, mit halboffenem Mund und zurückgefallenem Unterkiefer; manchmal schnarchte er leise und defensiv. Die Pigmentflecken auf Stirn und Wangen hatten sich vermehrt, und seine grauen Bartstoppeln waren nicht ganz sorgfältig abrasiert.

»Es ist gut, daß er – Schlaftherapie erhält. Der Schock war groß, weißt du. Frasov –«

»Da kam er dazwischen, nicht wahr?«

»Leider. Irgendetwas muß ihn aus dem Programm geworfen haben, er redete von AIS aus Edmonton –«

»Das wußte er? Hm. Vielleicht Earlbuck.«

»Jedenfalls stand er plötzlich mitten im Zimmer, und dann drang er vor in den Keller. Irma war gerade am letzten Block. Sie wollte dann –«

»Kann ich mir denken. Sie ist da sehr vorsichtig. Aber so

ist es besser, du hattest völlig recht. Und vielleicht ist es gut, daß er dazwischenkam. Ehrlicher.«
Ivana sah ihn perplex an: »Welch exotischer Begriff!« Sie lachte, er runzelte die Stirn, flüchtig-selbstquälerisch: »Oh doch, ehrlicher. Warum sollen wir jetzt nicht ehrlich sein? Die Zeit dafür ist gekommen.« Dann, belustigt und wütend, den feinen schmalen Kopf schüttelnd: »Frasov! Dieser komplette Esel! Du mußt wissen, wir haben AIS aus Edmonton besorgt, noch im Prüfstadium, wir haben es über die Kratkova nach Praslok eingeschmuggelt als Eigenbau, sozusagen. Elena war immer unsere Beste dort! – Und weißt du, was er, Frasov, sich prompt eingebildet hat? Daß er selber das Serum – entwickelte, erfand, gleichviel. Aber vielleicht ist das eine Berufskrankheit von Direktoren autoritärer Systeme.«
»FUTUMOR«, sagte Ivana spitzig und korrekt, »war jedenfalls höchst erstaunt, als er mit seinem Angebot kam. Seinem Angebot – und seiner unglaublichen Kaufpreis-Forderung.«
»Ein sauberer Patriot, mi bože. Gottseidank war FUTUMOR die erste Adresse, die ihm einfiel – er hätte sonst unwiderruflichen Schaden anrichten können. – Nein, das hier war wirklich unumgänglich. Für alle Beteiligten.«
»Zudem: er liegt im Grab eines Wundertäters. Was mehr kann er sich wünschen?«
»Besonders geeignet für Frauenleiden!« Gabor lachte laut auf, warf sich in den Sessel zurück, schlug die Beine übereinander, ohne auf die Bügelfalten zu achten. »Hast du eigentlich gern für FUTUMOR gearbeitet?«
»Es war perfekt. Und wir haben doch gut kooperiert, nicht wahr?«
»Kooperation ist immer gut, wenn sie dem Richtigen zugute kommt.«
Sie blickten nun beide auf Korbinians Schlummerfrieden hinab, sie liebten ihn jetzt beide. »Letzten Endes«, sagte

Gabor der Ehrliche, »hat er alles in Gang gesetzt. Freising zwei – und PERWOKRAW auch.«

*

Kein Schlummerfrieden. Jagende Träume, Bildfolgen, von Chemikalien gejagt, Irlböcks Hofstaat in Panik. Ganz unten die Panik der ganz alten Gedächtnis-Rassen, der Geruchs- und Geschmacks-Schnüffler: deutlich das Aroma, der Zungenbiß von billigem Rotwein aus der Feldflasche, der ganz typische: violette Säure, die den Zinkpfeffer aus der Flaschenwandung lockt. Er schmeckt das, während er mit den drei Kameraden über den abendlichen Sund schaut, auf die Zypressen der anderen Villa hinüber, sie setzen abwechselnd die zwei Feldflaschen an die Lippen, das Boot läuft aus, die Spitfires schießen aus dem finsteren Süden, die Salven rattern: Verrückte, prost. Wein aus der Feldflasche, der Geschmack ist unabwendbar. Aber sie haben doch eine Karaffe auf dem Tisch, Nadines Karaffe, aber wo ist der Tisch, er ist gar nicht da, nur Sessel sind da, und sie trinken den Wein aus den Feldflaschen –

Und der Bär stürmt ihm nach durch die Keller der Jugend, diesmal könnte er ihm entrinnen, diesmal könnte er das wollüstige Unbekannte niederringen –

Und er kehrt vom Begräbnis der Mutter zurück, der Geruchschnüffler wittert allmächtiges Sauerkraut, TIMOR DOMINI, Die Furcht des Herrn auf dem Kapellenbogen, er tapst verzagt, nein, er eilt entschlossen auf die Tür mit dem blanken Messingschild zu: DIREKTOR –

– und die Gefangenen fahren auf der Pritsche eines Lastwagens durch die gefallene und befreite Stadt Tunis, die Straßen wirbeln von Menschen, von Geschrei und Musik, besoffene Australier tanzen eine weitoffene Polonaise, Hohnrufe ertönen, eine strenggekleidete ernste Französin wartet auf der Fahrbahn, um sie zu kreuzen, aber nicht nur deshalb, sie wartet, bis ihr Gesicht hart an der Seitenplanke des Lastwagens steht, sie sagt mit halb abgewandtem Gesicht ›Courage‹ – aber das sagte doch Nadine vor der Villa und in der Nacht, und Schafbinder: »Hast g'hört, Kurasch! Eine Vichy-Französin, eine Sympathisantin!«, sagt Schafbinder, sagt es näselnd, weil seine Nase verklebt ist, richtig, der Hieb des Reiters, aber das war doch vor der Gefangenschaft, als er das sagte...

– und es ist nicht der Direktor, der am Schreibtisch sitzt vor Sonnenkringeln und dem schwarzen Kreuzsockel, es ist sein ganz persönlicher Monsignore, der Monsignore an seiner Hormon-Orgel, er ist ganz römische Strenge und Schönheit, er steht höflich auf beim Eintritt des Knaben Irlböck, ja er verneigt sich, und Irlböck verneigt sich auch und sagt: »Monsignore, es ist mir klar geworden, was mir das Vermächtnis meiner Mutter bedeutet, es war ihr Trost, daß ich gut studiere auf den geistlichen Herrn, und sie wartet dort oben auf mein Versprechen, gut weiterzumachen. So steht es in ihrem Brief, und so hat sich denn mein Berufswunsch gefestigt, ich möchte Priester werden, und zwar ein guter Priester...« Und: »Nichts anderes habe ich von dir erwartet, Korbinian«, sagt der Monsignore und lächelt mit italienischen Lippen, »in diesen Zeiten der absoluten Entscheidung, des Kampfes zwischen Gut und Böse schlechthin.« Und er nimmt das Toledanerschwert vom Schreibtisch, das lebensgroße, das meterlange, und schlägt mit der Breitseite auf Irlböcks Schulter, es tut ein bißchen weh, das muß sein: »Du bist jetzt ein Ritter auf der Bestiensäule, du hältst stand, du führst das Schwert der reinen und keuschen Entscheidung, des Kampfes zwischen Gut und Böse schlechthin, wie schon betont. Du stehst auf der Milvischen Brücke.« –

– und im Türrahmen der Villa über dem Sund, dem

Türrahmen der leeren Villa, steht niemand. Doch, da steht einer, ein kleiner magerer Franzose, macht eine vage Handbewegung, Sie können bleiben, s'il vous plaît, nichts sonst. Kein Wein. Er geht über die Stufen hinunter, knapp und eilig, ganz anders als Nadine –

– und da spürt er plötzlich eine ungeheure Trauer und eine ungeheure Erleichterung, und hält inne auf der Flucht vor dem Bären und wendet sich um und spricht das Bannwort, und der Bär fällt auf die Vorderbeine zurück und macht sich ganz klein und kehrt auf seinen Wappenplatz zurück, kauert zu Füßen Korbinians auf dem Gemälde im Dom, wo jetzt ein unabsehbares Meer von Jünglingen die dreizehn Stufen hinaufschritt, in den weißen Alben des Lammes, die Stolen schräg über die Brust gebunden, das zittrige Leuchten von Sterben-und-Wiedergeburt übers Antlitz gegossen, bereit, sich vor dem Hochaltar, vor dem Rubens-Bildnis des einzigen, des Apokalyptischen Weibes niederzuwerfen, Neuzugebärende, die es nach Milch und Honig verlangt, und Korbinian in der ersten Reihe, nach entsagungsvollen und reichen Jahren im Seminar und im Alumnat, – um sich dann zu erheben mit furchtbarer Vollmacht – einer größeren als der, ein Gewitter oder einen Vulkanausbruch heraufzurufen – heraufzurufen, unwiderstehlich, die Präsenz des Erlösers selbst... –

– steht dann im rechten Seitenschiff, um ihn drängen sich die Menschen, die den besonderen wirkkräftigen Segen des Primizianten begehren, das Auflegen der salbölduftenden Hände: alle Illingers aus Eixendorf sind da, auch die, an die er sich kaum mehr erinnert, sind gestochen genau da, – der alte krumme Onkel Pankraz und die zwei Brüder und drei Schwestern der Mutter, ja und natürlich die Mutter selbst, jung, mit halbgeöffneten und vorgeschobenen Lippen, ich bin froh, daß es dich gibt, sagt sie, und Sidonie ist es, die es sagt, sie ist natürlich auch da, schlank und kerzengerade, ein Engel von Giotto, mit Berta und ihren Kindern und ein paar bärenstarken nackten Huronen, die demütig knien, gastfreundlichbereit für die Schwester Mikrobe, und, wie kann es anders sein, Quirin Zettler und Olivia, sie sagt: »Ich habe keinen Nazi großgezogen« und Zettlers Braue zuckt erhaben: »Kötsche, von coccineu, kokkini, zieh hinaus auf die purpurfarbene See, glückauf zu deinem Segel!« Und dann tritt, in der historischen Bibliothek des Dombergs, der Vater aus der geheimen Tür, der lächelnde zierliche Herr mit den rechteckigen Brillengläsern, reicht ihm die Hand und läuft geschwind mit ihm durch eine Villa mit Standbildern darin, auf eine Terrasse im Sonnenlicht, hilft ihm auf das Geländer der Balustrade, vor ihnen schäumt der Blütenhang, nozze dell'anima, Seelenhochzeit, und so verlassen sie zu zweit das Sklavenhaus, treten ins Licht und in die Weite, die so wundersam leer ist, die Weite der glücklichen Einsamkeit, die beata solitudo –

*

»Was ist er eigentlich?«, sann Gabor. »Ein starker Mann? Ein Feigling?«

»Un abbé manqué«, sagte Ivana Smerćeva im Salon-Ton.

»Ah, ein Hieromönch!«, rief Gabor. »Auf der Suche nach dem Vermächtnis des – des größten Totschlägers, wie? Die Menschen mochte er wohl nicht so besonders.«

»Einige schon«, lächelte Ivana.

»Du hast ihm«, argwöhnte er, »doch kein AIS gegeben?«

»I wo. Ein Plazebo, eine barmherzige Täuschung. Portwein mit einem Schuß Fernet-Branca. Recht professionell verpackt.«

»Gut. Er täte mir leid in unserer schönen neuen Welt. Aber er hat ja seine Chance wie jeder andere: eins zu neunzehn.«

»Eine Zeitlang«, eröffnete Ivana heiter, »hat er mich für seine Tochter gehalten.«
»Was – ??«
»Mi boże, du solltest dein Gesicht sehen!« Sie lachte hell. »Irgendwas in Tunis, mit einer Nadine. Dabei hat er Blutgruppe B, die hat Maman auch, und ich habe AB. Zudem: sie wohnte gar nicht in Marsa-la-Plage, sondern bei Hamammet. Da fand sie Papa.«
»Jedenfalls hast du recherchiert«, sagte Gabor halb im Ernst.
»Ehrensache für JJS«, gab sie zurück.
Gabor lachte jetzt stärker, lachte fast hilflos, küßte ihre Wange. »Schluß jetzt«, sagte er. »Gehen wir noch auf einen Sprung hinüber in die Kathedrale? Zu dieser Bestiensäule?«
»Es finden sich Asen«, sagte sie im Singsang, »und erinnern sich dort / an Großtaten und an Höchst-Gottes alte Runen – ok á Fimbultýs fornar runar.«
»Die Seherin, was? Für mich ist sie Maria Theresia.«
»Dann«, lachte sie kehlig, »gehen wir nicht. Du hast sie jetzt im Original.« Sie beugte sich langsam zum Eßtisch hinüber, sie schenkte ein, sie reichte ihm sein Glas. Fritjof und Ivana stießen an, ein Paar mit einer reichen Zukunft, und: »Auf Hrimsars Vermächtnis!«, rief er wild, schleuderte den Kristall durch die offene Durchreiche in die Küche, wo er unsichtbar zerschellte. »Der Mlazghan«, keuchte er, umfing seine Helena, den Reiz des schönen Leibes, hochbeglückt nach zehn Jahren tückischen Krieges, »der Mlazghan küßt die drei Meere!« Küßte sie auf beide Augen und den Mund.
»Oh, oh, oh«, gurrte Helena-Ivana und bot ihre Kehle den Wölfen des Luković.

*

Und nicht einmal Gabor kennt die tiefsten Wurzeln ihrer Loyalität, ihres Patriotismus.
Ihr Vater Milorad Smerćev, der Verehrer von Jean-Jacques Rousseau, hat es nicht leicht gehabt, im Kalten Krieg wurde das Freie Krawonische Bataillon zu Verrätern gestempelt, er ließ seinen Namen in Smerdyayev ändern, er lebte namen- und stellungslos lange Jahre im Dschungel von Paris, Maman brachte sie durch, unerschütterlich treu, und er fand schließlich doch Arbeit in der Autoindustrie, wenn auch schlechtbezahlte, und eine gewisse Rehabilitierung nach dem Tod Stalins. Und so stand 1954, bei der Zehnjahresfeier der Befreiung von Paris, die zehnjährige Métèque-Tochter Jeanne-Jacqueline in der vordersten Reihe der Schaulustigen, als die große Parade die Champs-Elysées hinabzog, sah mürrisches Eisenzeug, geduckte Selbstfahrlafetten und Panzer, sah kecke und wüste Paras mit aufgekrempelten Ärmeln, Sturmgewehre schräg vor der Brust, sah Spahis mit zylindrischen roten Filztürmen auf den Köpfen, adrette Matrosen mit roten Pompons auf den Baretten – und dann sah sie den einen Reiter, den einen großartigen Vertreter des Freien Krawonischen Bataillons, mit dem Ruhm von Bizerta und Trapani und Monte Cassino an den Mlazghan geheftet; den Rittmeister der Slavna-Husaren in Parade-Adjustierung, ihren Papa Milorad.
Er trug halblange gespornte Stiefel, an den Schäften mit Brokatborten abgesetzt. Er trug dunkelblaue Reithosen mit roten Biesen. Er war in eine hellgrüne Pekesche mit roter Verschnürung und silbernen Knebeln geschmiegt. Auf den Schultern trug er rotgoldene Epauletten, breit wie Signalblätter, und über den Rücken hing ihm ein pelzgesäumter, hüftlanger Dolman. Seine Mütze hatte silberne Paspeln und drei verschieden lange Spielhahnfedern. Er hatte schwarze Augen, einen breiten Schnurrbart, und er grüßte exakt mit der behandschuhten Rech-

ten, die Linke mit der Reitpeitsche ruhte auf dem Sattelknauf.
Glanz ferner Heimat, Morgen auf dem Taltysee, der erhabene Kagan von den Bergen herab: nie im Leben, weder vorher noch nachher, hat sie etwas Schöneres gesehen.
Krawonien über Alles – Kravonia First – ПЕРВОКРАВ.

* * *

IX.

Epilog:

Goldene Tafeln

Alles ging nach Plan – nach dem Mob-T-Plan.
Zwei Jahre lang verharrte die Macht Krawoniens in ihrem AIS-geschützten Bollwerk, an der Krath und in den volsenjischen Bergen versammelt. Dann brach sie (gemäß Punkt II, Schritt Drei) schäumend nach Osten, Westen und Süden aus, die Errungenschaften von KREKOSOTS an die Fahnen geheftet. Ihre Jagdhornissen, ihre Hubschrauberhummeln, ihre Panzerkäfer, ihre Reiter mit den wilden Seepferdchen-Fibonacci-Mähnen stürmten in die fast menschenleeren unerlösten Provinzen (die natürliche Immunität lag, wie vorberechnet, zwischen drei komma acht und sieben Prozent). Die Späh- und Mannschaftswagen wurden auf gewaltigen tauben Marktplätzen, auf gänsebestickten Dorfstraßen zusammengefahren, Amtsschilder, zweisprachige, wurden an die Türen verlassener Bürgermeistereien genagelt, die Erfüllung des Vermächtnisses wurde proklamiert – und es wurde tatsächlich erfüllt: drei Mlazghans senkten sich festlich in je ein blaues Meer, eins bei Dubrovnik, eins am Nestos-Delta, eins bei Constanza. Und das wars auch schon. Von da an ging so ziemlich alles schief.
Nicht für den FUTUMOR-Plan; für den gerade nicht. Der FUTUMOR-Plan griff weltweit, wirkte weltweit, und was er (neben der absolut dringenden Entlastung der Biosphäre) bewirkte, war eben das, was er bewirken sollte: den Zusammenbruch der real existierenden, zukunftsmordenden Strukturen. Aber genau diese Strukturen waren es, auf denen der PERWOKRAW-Plan beruhte. Das stellte sich rasch heraus.

Beim Ausmarsch aus dem Bollwerk waren 72 Prozent der Panzer einsatzbereit – nach vier Monaten waren es noch 28. Sie brauchten Sprit und Ersatzteile; für den Transport brauchte man Straßen, Gleise, Brücken. Die Gleise wurden von Steinlawinen blockiert, die Straßen in den Bergschluchten, die Brücken über die ungebärdigen Flüsse wurden nicht repariert; so blieb der Nachschub stecken, Ersatzteile, Sprit, Munition, irgendwo zwischen Slavna und Novi Sad, zwischen Dobrava und Temesvar. Man schickte Hubschrauber hoch, die vielleicht ein Viertel des Bedarfs bewältigen konnten; die Hälfte wurde beschossen oder blieb wegen des Fehlens von Ersatzteilen am Boden. Man beschloß Vergeltungsangriffe aus der Luft, man brauchte dafür Sprit hoher Oktanzahl, und der kam von Rotterdam oder Triest nicht mehr durch oder wurde in Ploesti nicht erzeugt.

So blieb als Letztes und Bestes der Mut der Wölfe des Luković, der Partisanen, die in Fußlatschen über alle Pässe und Saumpfade kamen – aber die blieben nicht alleinige Herren der Lage. Die Kommissare und Offiziere der Krisenstäbe fluchten; die wenigen heimgeholten Untertanen, die sie vorfanden, fluchten noch mehr – sie waren weder auf KREKOSOTS noch auf sonst eine fortschrittliche Herrschaftsform erpicht. Die örtlichen Zeughäuser waren geplündert oder gesprengt, die Vorräte an Nahrung und Kleidung längst verschleppt. Die Krisenstäbe begriffen, daß von Slavna wenig oder nichts mehr zu erwarten war, appellierten an örtlichen Freiheits- oder Aufstiegswillen, verhandelten mit den spärlichen Ordnungs- beziehungsweise Unordnungskräften, die sie vorfanden, stärkten sie dadurch, verrieten sie hinterrücks und wurden ihrerseits von ihnen verraten. Dreiecks- und Vierecks-Konflikte entstanden, und aus ihnen wuchsen die Erste Wojwodschaft Cernowitz, die Freien Transsylvanischen Komitate (die in grimmer Fehde mit den Freien

Transsylvanischen Sabors lagen, wenn sie sich nicht gerade mit ihnen gegen die Krawonier verbündeten), die Serenissima-Republik Kvarner und so manche andere. Ihre Legitimität war so nebelhaft wie ihre Grenzen; sie sorgten jedoch wie jede kampffreudige Herrschaft dafür, daß die Subsistenzwirtschaft (auf die jetzt alles ankam) in einem elenden Zustand verblieb.

Ein anderes, fast noch schlimmeres Mißgeschick: der Immunitäts-Effekt der AIS-Impfungen (in der Praslok-Version) war zunächst erfolgreich genug, erwies sich aber als instabil – die Impfungen mußten periodisch wiederholt werden. Nur die wichtigsten der weitgestreuten Krisenstäbe hatten das Glück, die nötigen Nachlieferungen zu erhalten; und so glomm die Epidemie DELIVERY (eine sehr ausgefeilte Form von Grippe, Inkubationszeit drei Monate, offener, immer tödlicher Verlauf zwei Tage, übertragbar in Luft, Wasser, Hautkontakten und Nahrung) ausgerechnet unter den krawonischen Kadern weiter, während sie überall sonst an den Grenzen der immunen Minderheiten rasch ausgebrannt war.

*

Es war ein ziemlich unglücklicher Rittmeister Petar Stavnic, der an einem heißen Julitag auf dem totenstillen Domplatz zu Freising einfuhr.

Seine Mission gehörte zu den vornehmsten, weil symbolträchtigsten im Rahmen der Großen Krawonischen Erhebung, sie trug den Codenamen *Goldene Tafeln* und war von der neuen KRAWSEK-Chefin Ivana Smerćeva persönlich entworfen und initiiert worden. (Fr. Gabor war leider von der Epidemie ergriffen worden.) Der Auftrag, unmittelbar nach den ersten, siegreichen Vorstößen erteilt: Erkundung der mitteleuropäischen Lage weit über die neuen Grenzen hinaus, in einem stattlichen Geleitzug von Geländefahrzeugen und Spähwagen; Erreichung des

Endpunkts Freising; Abtragung einer Dankesschuld der Republik daselbst. Hochgemut war man ausgezogen.
Bei Vrśac wurde die Truppe von unsichtbaren Banden beschossen; der krawonische Kommandant von Bled (er nannte sich ›Gospodar aller Slowenen‹, wovon die wenigsten Slowenen etwas wußten) verweigerte den Treibstoff zur Weiterfahrt, der ihnen auf ausdrückliche Weisung von KRAWSEK zuzuteilen war. Nahe der österreichischen Grenze wurde etwa die Hälfte der Männer vom Virus erledigt, etwa zehn vom Rest, zusammen mit einigen Fahrzeugen und requirierten Pferden, verkrümelten sich in die Dörfer Kärntens, wo es Wein, Kühe und junge Frauen gab.
Peter Stavnic gehörte zum Besten, worüber Krawonien verfügte; für Menschen wie ihn, deren Blutlinien die alte List der Ebenen und die alte Wut der Berge vereinen, war PERWOKRAW nach Maß geschneidert. Das Schicksal der Operation erbitterte ihn, aber es überraschte ihn nicht. Er war zäh, und er war flexibel. Er änderte die Taktik radikal, fiel in ein Sportkaufhaus für Touristen ein, kleidete sich und seine Männer in Laufdress, organisierte Geländefahrräder (wie sich herausstellte, die solideste Errungenschaft der Moderne für Transportzwecke), Rucksäcke und tiefe, von den Gepäckanhängern baumelnde Taschen für Waffen, Gerät und Proviant. Sie fuhren jetzt meist in der Dämmerung, lautlos und unauffällig auf Nebenstraßen, sie erreichten die bayerische Hochebene, wurden dennoch gelegentlich beschossen, stießen auch manchmal auf Gastlichkeit, und beides verursachte weiteren Schwund, zusammen mit den hartnäckigen Viren von Praslok.
So bestand denn das Kommando-Unternehmen *Goldene Tafeln* im Freisinger Domgeviert noch aus dem Anführer, dem Rittmeister Petar Stavnic, seinem Burschen Mirko, der jämmerlich hustete, und einem Freiwilligen, einem

breiten schwarzen Kroaten namens Ante, der sich bei den Kärntner Pässen angeschlossen hatte.

Der Dom stand schweigend und riesig, die große Uhr am Nordturm war stehengeblieben und zeigte nichts mehr an. Der Dom erteilte den Menschen keine Auskunft mehr, auch seine Glocken waren verstummt. Die Hitze war wütend, wurde mit jedem Sommer wütender, durch die Kiesschicht des Platzes drängte Unkraut, es war weißgelb und fasrig. Niemand war zu sehen; das hieß nicht, daß man nicht gesehen werden konnte. Sie fuhren durch bis zur Aussichtsterrasse mit den uralten Kastanienbäumen, sie lehnten die Räder an ihre Grundmauer, nahmen die Taschen ab und sprangen die Marmorstufen hinauf, wo sie keinen Blick auf die Landschaft verschwendeten, keinen auf den sinnlosen Tower des toten Flughafens, keinen auf die leeren oder halbleeren Gebäude unter dem Hang. Die beiden Männerr packten ihre zusammengeklappten Maschinenpistolen aus. »Ihr bleibt in Deckung hinter der Balustrade und haltet die Bögen unter dem Fürstengang da drüben im Auge.« Petar war auf Freising gut vorbereitet. »Ich werde mich umsehen.«

Gleich unterhalb der Terrasse, zwischen ihr und dem Eingangstor zum Kardinal-Döpfner-Haus (alles gründlich memoriert) fand er eine schiefe, teilweise von Schüssen zerspellte Anschlagtafel. Vielleicht bot sie einen brauchbaren Hinweis.

Er las die teils gebleichten, teils frischen Zettel, die da hingen – Such-Bewegungen von Überlebenden, Rufe ins Ungefähr: ›Erwin! Wir sind jetzt Fischergasse 10‹ – ›Mary bei M. in Haimhausen‹ – Tauschgesuche, Tauschangebote, ein computer-gedruckter Prospekt: Einladung zum ›Barmherzigkeits-Basar‹ einer christlichen Gruppe. Jemand hatte mit Filzstift darübergeschrieben: SCHEISS AUF JESUS. Not macht eben nicht jeden fromm.

»Was wollen S' denn da?« Die Stimme kam dünn und

blechern aus einem blechernen Trichter, der über dem versperrten Eingangstor des Kardinal-Döpfner-Hauses hing, rechts über ihm. Niemand war zu sehen. »In Deckung bleiben«, sagte er halblaut auf krawonisch, hob dann beide Hände – Verwegenheit hatte jetzt keinen Sinn: »Ich suche jemand – jemanden«, rief er, sein Deutsch kam ihm akademisch und rostig vor, auf der Fahrt hatte er es kaum gebraucht, außer zu Anweisungen wie ›Alles raus hier‹, ›Hände hoch!‹ oder ›An die Wand da drüben‹.

»Wen suchen S' denn?« Die Stimme war die einer alten Frau, zu sehen war immer noch niemand. Die Landschaft war friedlich genug erschienen – vielleicht war sie schon wieder friedlich geworden, vielleicht war die alte deutsche Sehnsucht nach Ordnung schon im Vormarsch, aber Vorsicht war noch immer eine gute Politik. »Ich suche den für den Dom – die Dom-Erhaltung – das Dom-Innere...« (war das kompliziert!) »– die dafür verantwortliche Person.« Das war schon besser, klang amtsdeutsch genug.

»Was wollen S' denn im Dom?«

»Ich bringe zwei – Memorialplaketten – Gedächtnistafeln. – Eine für das Innere des Domes, die Krypta. Eine für das Haus in der – nächsten, der unmittelbaren Nähe.«

»Und was steht da drauf?«

»Eine gilt dem Grab des großen krawonischen Forschers und Wissenschaftlers Nikolaus Frasov.«

»Kenn' ich net.«

»Er ruht in der Krypta.«

»Glaub ich net.«

Bäurische Reaktionen, vom großen Unglück verstärkt, wenn nicht eingeübt, soviel war klar. Petar redete hoffnungsvoll weiter: »Die andere ist gültig für das Andenken, das Gedächtnis des großen Freisinger Wissenschaftlers Doktor Kor-bi-nian Yrrlbäk.« Es wurde ihm fast

vergnügt zumute bei diesem Namen: PRAVA SOPHIJA in der Devisenbar, ein gutes Gespräch, eine gute Erinnerung.
Die Stimme im Blechtrichter sagte etwas Verworren-Menschliches, es klang wie »Jessas«. Eine Pause, dann: »Warten S' einen Augenblick. Aber sagen S' den andern zwei Herren, sie sollen brav sein.«
Da hatte jemand gut aufgepaßt. »Selbstverständlich«, sagte er und rief auf krawonisch: »Geht in Ordnung. Ihr bleibt in Deckung.«
Der Platz verstummte, blieb still und heiß. Ihm war übel, er kniff die Augen zusammen, wischte den Schweiß von der Stirn. Die Rucksackriemen schnitten ein, er schob die Daumen zwischen ihre nasse Unterseite und den nassen Flanell. Das weißgelbe Unkraut zitterte in der Hitze, die Domfassade glühte grau. Die Eingangstür knarrte, der eckige Kopf einer alten Frau erschien, mißtrauisch folgte der geneigte Oberkörper. Sie trug etwas Informelles, eine Art Kittelschürze. Sie war kräftig und mürrisch. »Wer sind Sie eigentlich?«
»Oh pardon. Darf mich vorstellen, wann gefällig: Rittmeister Petar Stavnic von den krawonischen Slavna-Husaren, auf ge-sonderter? – besonderer Mission in Freising.«
»Bloß wegen der – Tafeln?«
»Ja. Krawonien ist sehr – geschichte-bedacht? – geschichtsbewußt.«
»So. – Wissen S' was, kommen S' amal mit. Aber die beiden andern müssen dableiben.«
»Gut. – Wohin gedenken Sie mich zu führen?«
»Dahin, wo Sie hinwoll'n, ich habe den Schlüssel zum hintern Domeingang, vorn ist alles verbarrikadiert, bei den schlechten Zeiten... Bittschön.« Und sie setzte sich in Bewegung, sparsam, keineswegs verzagt, die Katastrophe hatte diese Frau nicht plattgehau-

en wie so viele. Sie ging zielstrebig, ihm war etwas schwarz vor den Augen, er hatte Mühe zu folgen, es ging auf einen Torbogen zu, der rechts von der Domfassade in einen alten Bautrakt eingelassen war. Der Bogen war ebenfalls verbarrikadiert, aber die Frau kannte sich aus mit einem vertrackten Riegelsystem, eine Bretterlage öffnete sich als bescheidener Durchgang. »Kommen S'.« Sie trat vor ihm in den Torbogen.

»Hej!« rief es da hinter ihnen, sehr munter, sehr freudig, Petar wandte sich nochmal um, er stand mitten in der kleinen Tür. Ante, der Kroate, kam in weiten Sprüngen näher, mit der Linken winkend, die Rechte auf den nach vorn gerichteten Lauf der MP gestützt. Er grinste übers ganze Gesicht.

»Was soll –?«, schrie Petar wütend, begriff die List, riß den Reißverschluß seiner Bluse auf und griff unter die Achsel nach der Pistole. Der Kroate schlitterte über den Kies, hatte seine Waffe schon im Anschlag und sandte einen Feuerstoß. Petar hustete dumpf, krümmte sich, fiel nach hinten und seitwärts, während der Mörder wieder ansprang. Die alte Frau knallte die Brettertür zu, warf zwei Riegel vor, lehnte keuchend ihren Kopf an das heiße, duftende Holz.

»Frau«, knurrte es jenseits der Bretter, »Frau, dir nix geschieht. Will goldene Tafeln, sonst nix. Du gib mir Rucksack, versteh? Rucksack. Sonst –« Die Bretter bogen sich von einem wilden Stiefeltritt, und ein Einzelschuß schlug splittrig auf Kniehöhe durch eine Planke.

»Warten S'!«, sagte die alte Frau heiser und zittrig. Sie beugte sich zu Petar Stavnic hinunter, sah, daß er ganz still und mit offenen Augen auf der Seite lag, bekreuzigte sich und nahm ihm die Pistole aus der Rechten. »Ich zieh ihm grad den Rucksack runter«, rief sie angstvoll, spähte durch eine Ritze zwischen zwei Brettern und hatte das

Gesicht des Mörders keine zehn Zentimeter vor den Augen. Sie schob die Mündung der Pistole ganz nah an die Ritze, tastete mit der Linken nach dem Sicherungshebel und zog durch. Der letzte Ausdruck auf dem breiten Gesicht, ehe es in rotem Nebel nach unten sank, war ein großes Erstaunen. »Da hast es«, murmelte Verena Irlböck.

Sie lauschte fast eine Minute lang, alles blieb dröhnend still. Man hörte nicht mehr oft Schüsse, aber man ging ihnen noch nicht nach. Vreni bückte sich, hob die Klappe des Rucksacks und öffnete den Reißverschluß. Sie fuhr mit der Rechten hinein, fingerte zwischen Lederbeuteln und alter Wäsche, ertastete ein wohlverpacktes hartes Rechteck, etwa fünfzig auf dreißig Zentimeter. »Tatsächlich«, flüsterte sie, »tatsächlich.« Sie kniete etwas mühsam nieder, bekreuzigte die unversehrte Stirn des schönen Toten, dann nochmal sich selbst, erhob sich und rannte dann, rannte die Passage neben den schweren Riesenpfeilern und Schwibbögen bis zu dem Haus, das sie jetzt bewohnte.

Ihre Finger zitterten jetzt; sie brauchte einige Zeit, bis sie die beiden Sicherheitsschlösser aufbrachte. Das Vestibül war dunkel und kühl nach der Hitze draußen, es roch nach alten Leuten. Im Wohnzimmer war das Panoramafenster durch eine Jalousie geschlossen; vor dem matten weißlichen Licht, das durch die Lamellen drang, zeichnete sich das Profil eines alten Mannes im Lehnstuhl ab. Korbinian und Vreni hatten beide überlebt: die Immunität war wohl eine genetische Gabe der Mutter.

»Hat da jemand –?«, fragte der Greis ins Dunkel hinein, Vreni antwortete fest und unwillig: »Jemand hat geschossen, ja. Irgendwo. – Und da war jemand, der dich sprechen will.«

»Ich empfange nicht, ich bin in Amerika«, sagte der vielbegehrte Sphagistiker.
»Freilich. Da hat er was abgegeben. Tafeln.«
»Hat sich der Mann vorgestellt?«
»Peter Staufer oder so ähnlich, sagt, er sei ein Rittmeister. Aus Dings – aus Krawonien.«
»Smerćev vielleicht –?« So der Greis, auffahrend aus halbem Schlummer. »Milorad –?«
»Nein, Peter. Ganz bestimmt.«
»In Krawonien kannte ich einen gewissen Petar Vasip«, murmelte der Greis weiter. »Ein vielversprechender junger Mann.«
»Wassibl ganz bestimmt nicht. – Schlaf du nur weiter, bei der Hitz.«
»Tafeln«, brummte der Greis. »Goldene Tafeln, im Gras gefunden von den Asen, die sie in Ur-Tagen gehabt...«

Vreni antwortete nicht mehr. Sie ging ins Vestibül zurück und ins Schlafzimmer, das sie sich als das ihre eingerichtet hatte. Auch ihre Jalousie war heruntergelassen, aber nur halb, das Licht war reichlich genug. Sie legte das Paket auf die Kommode aus Haag an der Amper, sie griff sich ihren eigenen Brieföffner und riß die Verklebungen auf. Da lagen die zwei Tafeln, glänzend und neu, Messing oder gar –? Die Inschriften waren in zwei Alphabeten ausgeführt, die erste in kyrillischem und die zweite in lateinischem, in tadellosem Deutsch.
Die erste lautete:

Hier ruht
Prof. NIKOLAUS FRASOV
Präsident der Krawonischen Akademie
der Wissenschaften
Pionier von
PERWOKRAW

Die zweite:

Hier wohnte und wirkte
Dr. Korbinian Irlböck
Schöpfer der Sphagistik
Pionier von
Perwokraw

»Die meinen, es hat ihn erwischt«, kicherte Vreni.

*

Irlböck war tatsächlich in Amerika. Es war nicht eine Ausrede, um unwillkommene Besucher abzuwimmeln. Seine Mission in Freising war beendet, erfolgreich abgeschlossen, er konnte zurückkehren in die Normalität, zu Frau und Kind, zum ahornüberschatteten Haus am Crescent Drive. Er hatte sie noch nicht gefunden, aber das machte nichts. Jetzt, in einer neuen, wiederbegrünten Welt, suchte und fand er ganz Amerika, das wirkliche Amerika.

Er glitt im Kanu durch die Flammenbögen des Indianersommers, mit lautlosem Ruderschlag, das Blatt senkrecht durchs Wasser nach vorn ziehend, aus einem See in den nächsten, die Fische sprangen glitzernd vor ihm durch die wehenden Spinnfäden, die großen Hirsche, kaum noch scheu, hoben die Münder aus den sprudelnden Uferquellen und sahen ihn forschend an. Er fand sein gutes Pferd, er ritt durch taufrische Wiesen nach Süden, der Saft der wilden Erdbeeren netzte die Hufe des Rosses, er träumte an silbrigen Kaskaden, er fing sich gewaltige Forellen, garte sie im Saft wilder Pfirsiche, folgte den gewundenen Altwassern mit ihren domhohen Baumwänden, vom spanischen Moos zusammengeflochten. Er hielt an auf der Höhe der Blue Ridge Mountains und erblickte Woge um Woge des Waldmeers, blaugrün, pulverblau sich verlierend in den Horizonten des Westens. Und ganz fern erahnte er bereits die Mesas, die Akkorde der Wüste, die

Sonnenuntergänge ohne Makel des Dunstes, Choräle der Einsamkeit.

*

Vreni drehte die Tafeln um und entdeckte einen kleinen Stempel: 585. Sie waren Gold, tatsächlich Gold. Sie lachte hilflos und schüttelte den Kopf. Es ging ihnen nicht gut, den Beiden. Die Banken waren weitgehend überflüssig, die Bayerische Kredit war ohne Terminangabe geschlossen, ihre Pension kam in wertlosem Papier, und Kurwis H&BB schien es nicht mehr zu geben – die Apokalypse hatte sogar die Schweiz erwischt. Vreni zog möglichst viel Gemüse im Garten, bekam Naturalien für ihren Pfortendienst drüben über dem Domplatz und die paar Handreichungen im Dom, Korbinian lebte davon mit.

Jetzt, jetzt hatte er vielleicht viel gutgemacht. Seit ein paar Wochen merkte die Bankerin im Ruhestand, daß die Leute ein fixes Zahlungsmittel wollten, das ausnahmsweise etwas wert war. Die periodisch ausgegebenen Gedenkmünzen der Banken tauchten aus alten Schachteln und Kistchen auf, kursierten auf den Märkten. Es wäre etwas, an einen Prägestock oder dergleichen zu kommen: ein altes Freisinger Siegel vielleicht, das wäre zu imitieren, der Korbinian mit dem Bären, der Mohrenkopf, I (EINE) DOM-DUBLONE – oder so ähnlich; Korbinian, wenn er nicht in Amerika war, hätte vielleicht noch bessere Ideen. Die Welt würde weitergehen, und sie, Vreni, hätte wieder einen Platz darin.

Über der Kommode hängt das Hochzeitsbild von Valentin und Katharina Irlböck, geborene Illinger. Es ist ein trauriges sepiafarbenes Bild, die Brautleute sind beide klein, und die Braut macht sich noch kleiner, weil sie kleiner als der Gemahl sein will, der Gemahl schaut selbstgerecht aus und etwas panisch, worauf hat er sich eingelassen, die Braut schaut verhangen und demütig und ist sich ihrer Sache sehr sicher.

*

Spät am Abend, als die Kühle die Menschen der kleinen Stadt ins Freie entließ, fand man die fremden Toten: einen mit einer Drahtschlinge erwürgt auf der Aussichtsterrasse, zwei vor dem Seiten-Eingang, die sich gegenseitig erschossen hatten. Zwei trugen Kennmarken einer fremden Wehrmacht.
Bet für Mirko, garottiert auf der Aussichts-Terrasse –
Bet für Petar, den Tapferen, meuchlings gemordet –
Bet auch für Ante, den der Trugglanz des Goldes geblendet –
– das Gold findet ja doch, wie sichs gehört, zu den Bankern zurück.

*

þar munu eptir undrsamliga
gullnar tǫflur i grasi finnask
þaer er i ár-daga áttar hǫfðu

Da werden danach wundersame
goldene Tafeln im Gras sich finden
die sie (die Asen) in Urtagen hatten gehabt

* * * * * *